Diogenes Taschenbuch 22603

Patricia Highsmith

Ripley Under Water

Roman
Aus dem
Amerikanischen von
Otto Bayer

Diogenes

Titel der Originalausgabe:
›Ripley Under Water‹
Copyright © 1991 by Patricia Highsmith
Die deutsche Erstausgabe
erschien 1991 im Diogenes Verlag
Umschlagzeichnung von
Tomi Ungerer

Veröffentlicht als Diogenes Taschenbuch, 1993
Copyright © 1991
Diogenes Verlag AG Zürich
300/93/8/1
ISBN 3 257 22603 9

Gewidmet den Toten der Intifada,
den sterbenden Kurden, all denen in jedwedem Land,
die gegen Unterdrückung kämpfen, die sich erheben
und für ihre Sache stehen – und fallen.

Tom stand mit einer fast vollen Tasse Espresso in der Hand bei Georges und Marie in der Bar-Tabac. Bezahlt hatte er schon, und die zwei Päckchen Marlboro für Heloise beulten seine Jackentasche aus. Tom sah einem anderen Gast am Spielautomaten zu.

Auf dem Monitor raste ein Motorradfahrer in den Hintergrund, dazu gab ein links und rechts aus dem Bild wandernder Lattenzaun die Illusion von Tempo. Der Spieler konnte den Fahrer ausscheren und ein langsameres Auto überholen oder wie ein Pferd hochspringen und ein plötzlich auf der Straße liegendes Hindernis überfliegen lassen. Sprang der Fahrer (Spieler) nicht rechtzeitig, so symbolisierte ein schwarzgoldener Stern den lautlosen Zusammenprall, der für Fahrer und Spiel das Aus bedeutete.

Tom hatte dem Spiel schon oft zugesehen (es war von allen, die Georges und Marie je angeschafft hatten, das beliebteste), aber gespielt hatte er es noch nie. Er hatte einfach keine Lust dazu.

»Non-*non*!« tönte es laut hinter der Theke hervor in den allgemeinen Lärm. Marie diskutierte mit einem Gast, wahrscheinlich politisch. Sie und Georges waren links, unerschütterlich. »*Ecoutez, Mitterrand...*«

Tom wußte jedoch, daß Georges und Marie – nichtsdestotrotz – gegen den Einwandererzustrom aus Nordafrika waren.

»*Eh, Marie – deux pastis!*« Der dicke Georges, eine ziemlich schmuddelige weiße Schürze über Hemd und Hose, bediente an den paar Tischen, an denen die Leute etwas tranken und hin und wieder eine Portion Pommes frites oder ein hartgekochtes Ei verlangten.

Die Musikbox spielte einen alten Cha-Cha-Cha.

Ein stiller schwarzgoldener Stern! Die Umstehenden seufzten mitfühlend auf. Tot. Alles vorbei. Auf dem Bildschirm blinkte stumm die beharrliche Aufforderung: INSERT COINS INSERT COINS INSERT COINS, und der Arbeiter kramte gehorsam in den Taschen seiner Bluejeans, warf neue Münzen ein, und das Spiel begann wieder von vorn: Motorradfahrer in Topform rast zum Horizont, zu allem bereit, umkurvt gewandt eine auf seiner Fahrbahn liegende Tonne und nimmt sauber die erste Hürde. Der Mann am Steuer war voll bei der Sache, wollte seinen Fahrer diesmal unbedingt durchbringen.

Tom dachte an Heloise und ihre Marokkoreise. Sie wollte Tanger sehen, Casablanca, vielleicht Marrakesch. Und Tom hatte eingewilligt, die Reise mitzumachen. Schließlich ging sie diesmal nicht auf eine dieser abenteuerlichen Kreuzfahrten, zu denen man sich vor der Abreise ins Krankenhaus begeben mußte, um sich impfen zu lassen, und außerdem geziemte es wohl einem Ehemann, seine Frau auf einigen ihrer Ausflüge zu begleiten. Heloise hatte solche Anwandlungen zwei- bis dreimal im Jahr, aber sie gab nicht jeder nach. Tom stand zur Zeit der Sinn nicht nach Urlaub. Es war Anfang August, in Marokko wahrscheinlich die heißeste Zeit, und Tom liebte seine Päonien und Dahlien um diese Jahreszeit besonders und pflückte fast täglich zwei, drei frische Blüten fürs Wohnzimmer. Tom war verliebt in seinen Garten, und er mochte auch Henri, seinen Mann für alles, der ihm bei den schweren Arbeiten half – ein Hüne an Kraft, allerdings nicht für jede Aufgabe zu gebrauchen.

Dann war da noch das Komische Pärchen, wie Tom die beiden im stillen nannte. Er wußte nicht einmal sicher, ob sie überhaupt ein Paar waren, aber das spielte natürlich keine Rolle. Er hatte nur das Gefühl, daß sie sich hier herumtrieben und ihn belauerten. Vielleicht waren sie ja harmlos, aber wer konnte das wissen? Tom hatte sie zum erstenmal vor einem Monat in Fontainebleau gesehen, als er und Heloise eines Nachmittags dort zum Einkaufen waren: ein Mann und eine Frau, dem Aussehen nach Amerikaner, so um Mitte Dreißig, die ihnen entgegenkamen und sie mit einem Blick musterten, den Tom gut kannte – als wüßten sie, wer er war, vielleicht sogar, wie er hieß: Tom Ripley. Er hatte solche Blicke schon einige Male auf Flughäfen bemerkt, allerdings nicht oft, in letzter Zeit sogar überhaupt nicht mehr. Er überlegte, daß man solchen Blicken vor allem dann begegnete, wenn man kurz zuvor in der Zeitung abgebildet gewesen war, aber nun war Tom schon seit Jahren nicht mehr in der Zeitung gewesen, da war er sich sicher. Zum letztenmal nach dieser Murchison-Geschichte, und die lag fünf Jahre zurück – Murchison, dessen Blut noch immer Toms Kellerboden befleckte – Tom gab das immer als Weinfleck aus, wenn jemand darauf hinwies.

In Wirklichkeit, rief Tom sich ins Gedächtnis, war es ein Gemisch aus Wein und Blut, denn Murchison hatte eine

Weinflasche über den Kopf bekommen. Eine Flasche Margaux, von Tom geschwungen.

Also, das Komische Pärchen. *Crash* machte der Motorradfahrer. Tom riß seinen Blick los und trug die leere Tasse zur Theke.

Der männliche Teil des Komischen Pärchens hatte glattes dunkles Haar und eine runde Brille, die Frau hellbraunes Haar, ein schmales Gesicht und graue oder graubraune Augen. Es war der Mann, der ihn mit diesem leeren, nichtssagenden Lächeln angegafft hatte. Tom hatte das Gefühl, diesen Mann schon einmal gesehen zu haben, auf einem Flughafen wie Heathrow oder Roissy; da mußte er ihn auch schon mit diesem Ich-erkenn-dich-Blick gemustert haben. Nicht feindselig, aber Tom mochte es nicht.

Und dann hatte Tom sie noch einmal um die Mittagszeit ganz langsam die Hauptstraße von Villeperce hinunterfahren sehen, als er gerade mit einer Baguette aus der Bäckerei kam (mußte Madame Annettes freier Tag gewesen sein, oder sie war mit dem Lunch beschäftigt gewesen), und da hatten sie ihn auch wieder so angesehen. Villeperce war ein kleines Nest, nicht weit von Fontainebleau. Was hatte das Komische Pärchen hier verloren?

Beide standen zufällig hinter der Theke, Marie mit breitem rotem Lächeln und Georges mit Stirnglatze, als Tom seine Tasse daraufstellte. »*Merci et bonne nuit, Marie – Georges!*« rief Tom und lächelte ihnen zu.

»*Bonsoir, M'sieur Riplé!*« rief Georges durch den Lärm und winkte mit der einen Hand, während er mit der anderen einen Calvados einschenkte.

»*Merci, M'sieur, à bientôt!*« schmetterte Marie ihm nach.

Tom war schon fast an der Tür, als der männliche Teil des Komischen Pärchens eintrat, runde Brille und so und offenbar allein.

»Mr. Ripley?« Auf seinen blaßrosa Lippen stand ein Lächeln. »Guten Abend.«

»'n Abend«, sagte Tom und ging weiter zur Tür.

»Wir – äh – meine Frau und ich … Darf ich Sie zu einem Drink einladen?«

»Danke, ich gehe gerade.«

»Dann vielleicht ein andermal. Wir haben ein Haus gemietet, hier in Villeperce. Da drüben.« Er zeigte ungefähr in Richtung Norden und entblößte beim Lächeln seine eckigen Zähne. »Sieht aus, als würden wir Nachbarn.«

Tom mußte wieder einen Schritt in die Bar zurück, weil zwei Gäste eintreten wollten.

»Mein Name ist Pritchard. David. Ich studiere an diesem Institut in Fontainebleau – dem INSEAD, Sie haben sicher schon davon gehört. Also mein Haus hier, das ist so ein zweigeschossiges, weiß, mit Garten und einem kleinen Teich. Wir haben uns in das Haus verliebt *wegen* dieses Teichs – Spiegelungen an der Decke – das Wasser.« Er kicherte.

»Aha.« Tom bemühte sich um einen halbwegs freundlichen Ton. Er war jetzt zur Tür hinaus.

»Ich rufe Sie mal an. Meine Frau heißt Janice.«

Tom nickte tapfer und quälte sich ein Lächeln ab.

»Schön. Tun Sie das. Gute Nacht.«

»Allzu viele Amerikaner wohnen hier ja nicht!« rief der unverzagte David Pritchard ihm nach.

Es dürfte Mr. Pritchard schwerfallen, an seine Telefonnummer zu kommen, dachte Tom, denn er und Heloise hatten dafür gesorgt, daß sie nicht im Telefonbuch stand. Mit diesem scheinbar so langweiligen David Pritchard – fast so groß wie Tom und etwas schwerer – schien es Ärger zu geben. Tom dachte auf dem Heimweg über ihn nach. Ein Polizist vielleicht? Der alte Akten ausgegraben hatte? Privatdetektiv im Auftrag von – ja, wessen Auftrag? Tom fielen im Moment keine aktiven Feinde ein. *Falsch*, das war genau das Wort, das ihm zu David Pritchard einfiel: falsches Lächeln, falsche Freundlichkeit, falsch vielleicht auch die Behauptung, er studiere am INSEAD. Dieses Institut in Fontainebleau konnte eine Tarnung sein, eine so auffällige, daß Tom jetzt dachte, es könnte sogar stimmen, daß Pritchard dort studierte – irgendwas. Oder – vielleicht waren die beiden ja auch gar nicht Mann und Frau, sondern ein CIA-Paar. Weshalb könnte die US-Regierung hinter ihm her sein? Nicht wegen der Steuern, die waren in Ordnung. Murchison? Ach was, der Fall war abgeschlossen. Zumindest eingestellt. Murchison und seine Leiche waren verschwunden. Dickie Greenleaf? Wohl kaum. Sogar Christopher Greenleaf, Dickies Vetter, schrieb Tom hin und wieder eine nette Karte, zum Beispiel letztes Jahr aus Alice Springs . Christopher war inzwischen Ingenieur und verheiratet und arbeitete in Rochester im Staat New York, soweit sich Tom erinnerte. Und selbst mit Dickies Vater Herbert Greenleaf stand Tom auf gutem Fuß. Zumindest schickten sie einander Weihnachtsgrüße.

Als der große Baum gegenüber Belle Ombre, dessen Äste ein wenig über die Straße hingen, in Sichtweite kam, hob sich Toms Stimmung wieder. Warum sollte er sich beunruhigen? Tom drückte den großen Torflügel gerade weit genug auf, um hindurchzuschlüpfen, dann schloß er ihn so behutsam es ging, es scheppert kaum, hängte das Vorhängeschloß ein und schob den Riegel vor.

Reeves Minot. Tom blieb auf dem Hof so plötzlich stehen, daß seine Schuhe im Kies rutschten. Er sollte wieder einmal für Reeves den Strohmann spielen. Reeves hatte ihn vor ein paar Tagen angerufen. Tom hatte sich schon so oft geschworen, es nie mehr zu tun, und dann doch immer wieder eingewilligt. Kam es daher, daß er so gern neue Leute kennenlernte? Tom lachte, nur kurz und kaum hörbar, und ging zur Haustür, wie immer mit federleichten Schritten, die den Kies kaum in Bewegung brachten.

Im Wohnzimmer brannte Licht, und die Haustür war noch unverschlossen, genau wie vor einer dreiviertel Stunde, als Tom weggegangen war. Er trat ein und schloß die Tür jetzt hinter sich ab. Heloise saß auf dem Sofa und war in ein Magazin vertieft – wohl etwas über Nordafrika, vermutete Tom.

»'allo, Chéri. Rivesse 'at angerufen«, sagte Heloise, schaute auf und warf mit einer Kopfbewegung ihr blondes Haar zurück. »Tome, 'ast du –«

»Ja. Fang!« Tom warf ihr lächelnd das erste rotweiße Päckchen zu, dann das zweite. Sie fing das erste, das zweite flog ihr gegen das blaue Hemd. »Was wollte Reeves – etwas Pressantes – *pressando – pénétrant –*?«

»'ör schon auf, Tome!« sagte Heloise und knipste das Feuerzeug an. Tom war sicher, daß sie insgeheim ihren Spaß an seinen Sprachspielchen hatte, aber das würde sie nie zugeben, sich kaum ein Lächeln gestatten. »Er ruft noch einmal an, aber vielleischt nischt 'eute abend.«

»Da wird wohl jemand – hm –« Tom brach den Satz ab, denn Reeves weihte Heloise nie in Details ein, und Heloise interessierte sich, wie sie selbst sagte, nicht für Toms und Reeves' Angelegenheiten, fand sie sogar langweilig. Es war auch besser so: Je weniger sie wußte, desto sicherer, dachte sie wahrscheinlich. Und da war was dran.

»Tome, wir gehen morgen die Tickets kaufen – nach Marokko. Ja?« Sie schlug genüßlich wie ein Kätzchen die nackten Füße auf dem gelben Seidenbezug des Sofas unter und sah ihn aus ihren hellen, lavendelblauen Augen an.

»J-ja, gut. Einverstanden.« Er hatte es versprochen. »Zuerst nach Tanger?«

»*Oui, chéri*, und dann von da aus weiter. Casablanca – selbstverständlich.«

»Selbstverständlich«, echote Tom. »Also gut, Darling, wir gehen morgen die Tickets kaufen – in Fontainebleau.« Sie buchten immer im gleichen Reisebüro, wo man sie schon kannte. Tom zögerte, aber dann rückte er doch damit heraus: »Darling, erinnerst du dich an dieses Paar – ein amerikanisch aussehendes Ehepaar, das wir neulich in Fontainebleau gesehen haben – auf der Straße? Sie kamen uns entgegen, und hinterher habe ich gesagt, daß der Mann uns nach meinem Gefühl so komisch angegafft hat. Ein Mann mit dunklem Haar und Brille.«

»Ich glaube – ja. Warum?«

Tom sah ihr an, daß sie sich genau erinnerte. »Weil er mich vorhin in der Bar-Tabac angesprochen hat.« Tom knöpfte sein Jackett auf und schob die Hände in die Hosentaschen. Er hatte sich nicht gesetzt. »Er gefällt mir nicht.«

»Ich erinnere mich an die Frau, die bei ihm war – helleres Haar. Amerikaner, ja?«

»Er zumindest. Die beiden haben in Villeperce ein Haus gemietet. Erinnerst du dich an dieses Haus, wo –?«

»*Vraiment*? Villeperce?«

»*Oui, ma chère!* Das Haus mit dem Teich, der sich an der Zimmerdecke spiegelt – im Wohnzimmer.« Er und Heloise hatten einmal die Muster bewundert, die an der weißen Decke tanzten wie kleine Wellen.

»Ja, ich erinnere mich an das Haus. Zwei Etagen, weiß, und kein besonders schöner Kamin. Nicht weit von den Grais, nicht wahr? Da war noch jemand bei uns, der es eventuell kaufen wollte.«

»Ja, ganz recht.« Ein entfernter Bekannter aus Amerika hatte ein Häuschen auf dem Land gesucht, nicht zu weit von Paris, und hatte Tom und Heloise gebeten, mit ihm ein paar Häuser in der Umgebung zu besichtigen. Er hatte nichts gekauft, jedenfalls nicht in der Nähe von Villeperce. Das war nun schon über ein Jahr her. »Also kurz gesagt – dieser Dunkelhaarige mit Brille sucht gutnachbarliche Beziehungen zu mir oder uns, aber ich mag nicht. Nur weil wir Englisch sprechen – oder Amerikanisch, haha! Anscheinend hat er was mit dem INSEAD zu tun – dieser großen Schule bei Fontainebleau. Woher kennt der überhaupt meinen Namen, und wieso interessiert er sich für uns?« Tom setzte sich lässig, um keinen allzu besorgten Eindruck zu machen. Sein Stuhl stand Heloise direkt gegenüber, dazwischen der Couchtisch. »David und Janice Pritchard heißen sie. Falls sie bei uns anrufen sollten, sind wir – höflich, aber beschäftigt. Alles klar, Chérie?«

»Natürlich, Tome.«

»Und sollten sie die Dreistigkeit besitzen und einfach hier vor der Tür erscheinen, lassen wir sie auf keinen Fall herein. Ich werde auch Madame Annette warnen, verlaß dich darauf.«

Heloise zog die normalerweise glatte Stirn in nachdenkliche Falten. »Was ist denn mit den beiden?«

Es war eine so arglose Frage, daß Tom lächeln mußte. »Ich habe nur so ein Gefühl –« Er zögerte. Gewöhnlich sprach er mit Heloise nicht über seine Intuitionen, aber wenn er es in diesem Fall tat, war es ja auch zu ihrem Schutz. »Sie scheinen mir nicht normal.« Tom sah auf den Teppich. Was war normal? Auf diese Frage hätte er keine Antwort gewußt. »Ich habe das Gefühl, sie sind nicht verheiratet.«

»Na und?«

Tom lachte und griff nach dem blauen Päckchen Gitanes auf dem Couchtisch, nahm Heloises Dunhill-Feuerzeug und zündete sich eine an. »Stimmt auch wieder, Chérie. Aber warum glotzen sie mich so an? Habe ich dir schon gesagt, daß ich glaube, ihn oder beide schon einmal gesehen zu haben, vor kurzem, auf einem Flughafen, und daß sie mich da auch so angeglotzt haben?«

»Nein«, sagte Heloise, und es klang sehr überzeugt.

»Ich behaupte ja nicht, daß es wichtig ist – ich schlage nur vor, daß wir uns höflich, aber – distanziert verhalten, wenn sie versuchen, sich an uns heranzumachen. Ja?«

»Ja, Tome.«

Er lächelte. »Es sind ja nicht die ersten Leute, die wir

nicht mögen. Kein besonderes Problem.« Tom stand auf, ging um den Couchtisch und zog Heloise an ihrer ausgestreckten Hand hoch. Er nahm sie in die Arme und sog mit geschlossenen Augen genießerisch den Duft ihrer Haare, ihrer Haut ein. »Ich liebe dich. Und ich will nicht, daß dir etwas zustößt.«

Heloise lachte, und sie ließen sich los. »Ich fühle mich in Belle Ombre *sehr* sicher.«

»Jedenfalls kommen die uns nicht über die Schwelle.«

2

Am nächsten Tag fuhren Tom und Heloise nach Fontainebleau, um ihre Tickets abzuholen. Sie hatten Air France bestellt und bekamen statt dessen Royal Air Maroc.

»Die beiden Gesellschaften arbeiten eng zusammen«, sagte die junge Frau, die Tom in diesem Reisebüro noch nie gesehen hatte. »Hotel Minzah, ein Doppelzimmer, drei Nächte?«

»Hotel Minzah, richtig«, antwortete Tom auf französisch. Sie konnten sicher auch einen Tag länger bleiben, wenn es ihnen gefiel. Das Minzah galt derzeit als das beste Hotel in Tanger.

Heloise war inzwischen in eine nahe Boutique gegangen, um sich ein Shampoo zu kaufen. Während die Frau die Tikkets ausstellte, wofür sie ziemlich lange brauchte, ertappte sich Tom dabei, wie er immer wieder zur Tür sah und dabei vage an David Pritchard dachte. Er rechnete aber nicht wirklich damit, daß Pritchard hier hereinkam. Hatten Pritchard und Anhang nicht genug damit zu tun, sich in ihrem frisch gemieteten Haus einzurichten?

»Waren Sie schon einmal in Marokko, M'sieur Ripley?« fragte die Frau und sah lächelnd zu ihm auf, während sie ein Ticket in den großen Umschlag steckte.

Interessiert sie das wirklich? dachte Tom. Aber er lächelte freundlich zurück. »Nein. Ich freue mich schon darauf.«

»Der Rückflug ist offen. Sollten Sie sich also in das Land verlieben, könnten Sie noch ein bißchen länger bleiben.« Sie reichte ihm den Umschlag mit dem zweiten Ticket.

Tom hatte schon den Scheck ausgestellt. »Schön. Vielen Dank, Mademoiselle.«

»*Bon voyage!*«

»*Merci.*« Tom ging zur Tür. Die Wände rechts und links davon waren vollbehängt mit bunten Postern – Tahiti, blaues Meer, ein kleines Segelboot und – ja! – dort das Poster, das Tom immer ein Lächeln entlockte, zumindest im stillen: Phuket, eine thailändische Insel, wie er sich erinnerte, denn er hatte nachgeschlagen. Auch hier wieder blaues Meer, gelber Strand und eine zum Wasser geneigte Palme, über die Jahre vom Wind gebeugt. Keine Menschenseele weit und breit. »Hatten Sie einen schlechten Tag – ein schlechtes Jahr? *Phuket*!« wäre ein guter Werbetext dazu, dachte Tom, und würde die Urlauber in Scharen verführen.

Heloise hatte gesagt, sie werde in der Boutique auf ihn warten, also wandte Tom sich jetzt nach links. Die Boutique befand sich von hier aus hinter der Kirche St-Pierre.

Und siehe – Tom hätte fluchen mögen, aber er biß sich statt dessen auf die Zunge –, da kamen ihm tatsächlich Pritchard und seine – Konkubine? – entgegen! Tom hatte sie zuerst gesehen in dem dichter werdenden Strom der Fußgänger (es war Mittag, Essenszeit), aber Sekunden später hatte das Komische Pärchen auch ihn erspäht. Tom schaute geradeaus und tat, als sehe er sie nicht. Schade nur, daß er den Umschlag mit den Flugtickets noch sichtbar in der linken Hand hatte, auf der ihnen zugewandten Seite. Ob die Pritchards das bemerkt hatten? Würden sie jetzt auf der

Straße vor Belle Ombre herumfahren und den Weg an der Seite erkunden, nachdem sie wußten, daß er eine Zeitlang nicht da sein würde? Oder sah er da Gespenster? Tom legte die letzten Meter zu den goldschimmernden Schaufenstern der Boutique Mon Luxe im Laufschritt zurück. Bevor er aber durch die offene Tür eintrat, blieb er noch einmal kurz stehen und sah sich um, ob das Komische Pärchen ihm wohl noch immer nachgaffte oder womöglich das Reisebüro betrat. Es hätte ihn nicht überrascht. Er sah Pritchards breite Schultern im blauen Blazer, sah seinen Hinterkopf ein wenig über die Menge ragen. Das Komische Pärchen schien am Reisebüro vorbeizugehen.

Tom betrat die parfümgeschwängerte Luft der Boutique, wo Heloise sich gerade mit einer Bekannten unterhielt, deren Namen Tom vergessen hatte.

»'allo, Tome! Françoise – *tu te rapelles*? Eine Freundin der Berthelins.«

Tom erinnerte sich nicht, tat aber so. Es spielte keine Rolle.

Heloise hatte bekommen, was sie wollte. Sie sagten *au revoir* zu Françoise. Sie studiere in Paris und kenne auch die Grais, erzählte ihm Heloise, nachdem sie draußen waren. Antoine und Agnès Grais waren alte Freunde und Nachbarn und wohnten am Nordrand von Villeperce.

»Du machst so ein bedrücktes Gesicht, *mon cher*«, sagte Heloise. »Alles in Ordnung mit den Tickets?«

»Ich glaube schon. Das Hotel ist bestätigt«, sagte Tom und klopfte auf die linke Jackentasche, aus der die Tickets hervorstanden. »Wie wär's mit Lunch im Aigle Noir?«

»*Ah – oui!*« rief Heloise erfreut. »Nichts gerner!«

Sie hatten es so vorgehabt. Es amüsierte Tom, wenn Heloise mit ihrem Akzent »gerner« sagte, und so versuchte er nicht mehr, ihr beizubringen, daß es »lieber« hieß.

Sie aßen auf der sonnenbeschienenen Terrasse zu Mittag. Die Kellner und der Oberkellner kannten sie und wußten, daß Heloise Blanc de Blanc, Schollenfilet, Sonne und als Salat meist Endivie bevorzugte. Sie unterhielten sich über erfreuliche Dinge: Sommer, marokkanische Lederhandtaschen. Vielleicht ein Bronze- oder Messingkrug? Warum nicht? Ein Kamelritt? Tom wurde schwindlig. So etwas hatte er einmal im Leben gemacht, glaubte er – oder war das im Zoo auf einem Elefanten gewesen? Plötzlich meterhoch über der Erde (auf der er unweigerlich landen würde, wenn er die Balance verlor) hin und her zu schaukeln, war nicht nach seinem Geschmack. Frauen liebten so was. Waren Frauen Masochisten? War das plausibel? Geburt – stoisches Ertragen von Schmerzen? Hing das alles zusammen? Tom nagte an seiner Unterlippe.

»Du bist so nervig, Tome.«

»Gar nicht«, widersprach er energisch.

Und er bemühte sich dann auch, bis zum Ende des Mahls und auf der Heimfahrt die Gelassenheit in Person zu sein.

Sie wollten in ungefähr zwei Wochen nach Tanger fliegen. Ein junger Mann namens Pascal, ein Freund von Henri, dem Mann fürs Grobe, würde mit ihnen zum Flughafen fahren und den Wagen nach Villeperce zurückbringen. Das hatte Pascal schon öfter getan.

Tom nahm einen Spaten und grub und jätete ein bißchen im Garten. Er hatte seine Jeans und die geliebten wasserfesten Lederschuhe an. Das Unkraut tat er in einen Plastiksack, der für den Kompost bestimmt war, und als er gerade angefangen hatte, welke Blüten zu zupfen, rief Madame Annette von der hinteren Terrassentür nach ihm: »*M'sieur Tome! – Téléphone, s'il vous plaît!*«

»*Merci!*« Er klappte im Gehen die Gartenschere zu und legte sie auf die Terrasse, dann ging er ans Dielentelefon und nahm den Hörer ab. »Hallo?«

»Hallo, ich – bist du es, Tom?« fragte eine Stimme, die sich anhörte wie die eines jungen Mannes.

»Ja.«

»Ich rufe aus Washington an.« Störgeräusche – *ui-uiing* – wie unter Wasser. »Ich . . .«

»*Wer* ist da?« fragte Tom, der nichts verstanden hatte. »Bleiben Sie mal dran, ich gehe an den anderen Apparat.«

Madame Annette war in der Eßecke des Wohnzimmers beim Staubsaugen, weit genug weg für ein normales Telefongespräch, aber nicht für dieses.

Tom lief in sein Zimmer und nahm dort den Hörer ab. »So, da bin ich wieder.«

»Hier ist Dickie Greenleaf«, sagte die junge Stimme. »Kennst du mich noch?« Ein Kichern.

Tom hätte fast wieder aufgelegt, aber diese erste Anwandlung verflog. »Ja, natürlich. Von wo rufst du an?«

»Aus Washington, wie gesagt«, antwortete die Fistelstimme.

Er tut zuviel des Guten, dachte Tom. War dieser Schwindler ein Homo? Oder eine Frau? »Interessant. Beim Stadtbummel?«

»Hm – nach meinem Abenteuer unter Wasser – du erinnerst dich vielleicht – bin ich körperlich nicht recht in Form für einen *Stadtbummel*.« Ein falsches Lachen. »Man hat...«

Ein Knistern und Quitschen, fast wären sie unterbrochen worden, aber dann knackte es, und die Stimme sprach weiter: »...mich gefunden und wiederbelebt. Wie du hörst. Haha! Die alten Zeiten sind nicht vergessen, nicht wahr, Tom?«

»Nein, in der Tat nicht«, antwortete Tom.

»Jetzt sitze ich im Rollstuhl«, sagte die Stimme. »Irreparable...«

Wieder Störgeräusche, ein Klappern wie von einer hinuntergefallenen Schere oder etwas Größerem.

»Rollstuhl zusammengekracht?« fragte Tom.

»Haha!« Pause. »Nein. Ich wollte sagen«, fuhr die jugendliche Stimme gelassen fort, »irreparable Schäden am vegetativen Nervensystem.«

»Aha«, sagte Tom höflich. »War nett, mal wieder von dir zu hören.«

»Ich weiß, wo du *wohnst*«, sagte die jugendliche Stimme, etwas ansteigend beim letzten Wort.

»Das denke ich mir – sonst könntest du mich ja nicht anrufen«, sagte Tom. »Also, ich wünsche gute Gesundheit – Genesung.«

»Solltest du auch. Wiederhören, Tom.« Der Anrufer legte hastig auf, wohl um ein unbezähmbares Kichern abzuschneiden.

So so, dachte Tom und fühlte, daß sein Herz schneller schlug als gewöhnlich. Wut? Überraschung? Jedenfalls nicht Angst, sagte er sich. Ihm war der Gedanke gekommen, daß es vielleicht die Stimme von David Pritchards Gefährtin gewesen war. Wer kam denn sonst in Frage? Niemand, der ihm in diesem Augenblick eingefallen wäre.

Was für ein widerwärtiger, makabrer – Streich? *Geisteskrank*, dachte Tom. Das bekannte Klischee. Aber wer? Und warum? War das wirklich ein Überseegespräch gewesen oder nur ein vorgetäuschtes? Tom war nicht sicher. Dickie Greenleaf. Mit dem mein ganzer Ärger angefangen hat, dachte Tom. Sein erster Mord, und eigentlich der einzige, den er bedauerte, das einzige Verbrechen, das ihm leid tat. Dickie Greenleaf, ein (für damalige Verhältnisse) wohlhabender junger Amerikaner, der in Mongibello an der italienischen Westküste lebte, der sich mit ihm angefreundet und ihn als Gast in sein Haus genommen hatte, und Tom hatte ihn geachtet und sogar bewundert, vielleicht zu sehr. Dickie hatte sich gegen ihn gewandt, und Tom hatte ihm das übelgenommen und ohne große Vorausplanung ein Paddel gepackt, als sie eines Nachmittags allein in einem kleinen Boot saßen, und Dickie erschlagen. Tot? Natürlich war Dickie schon viele Jahre tot! Tom hatte Dickies Leiche mit einem Stein beschwert und aus dem Boot gestoßen, und sie war untergegangen und ... Dickie war die ganzen Jahre nicht wieder aufgetaucht, wieso also jetzt?

Tom ging langsam in seinem Zimmer auf und ab und starrte finster auf den Teppich. Ihm war ein wenig übel, und er holte einmal tief Luft. Nein, Dickie Greenleaf war tot (diese Stimme hatte sowieso nicht nach Dickie geklungen), und Tom war in Dickies Schuhe und Kleider geschlüpft und hatte eine Zeitlang Dickies Paß benutzt, aber auch das hatte bald ein Ende gehabt. Dickies formloses Testament, von Tom geschrieben, hatte der Prüfung standgehalten. Wer besaß also jetzt die Frechheit, die alte Geschichte wieder aufzuwärmen? Wer wußte soviel oder interessierte sich so sehr für ihn, daß er sich über seine alten Beziehungen zu Dickie informiert hatte?

Tom mußte seiner Übelkeit nachgeben. Wenn er erst einmal das Gefühl hatte, sich übergeben zu müssen, kam er nicht mehr dagegen an. Das war schon öfter so gewesen. Er bückte sich über die Toilettenschüssel, nachdem er die Brille hochgeklappt hatte. Zum Glück kam nur ein wenig Flüssigkeit, aber ein paar Sekunden lang schmerzte ihn der Magen. Er spülte und putzte sich über dem Waschbecken die Zähne.

Zum Teufel mit diesen Idioten, egal wer sie sind, dachte Tom. Er hatte das Gefühl, daß vorhin zwei Leute am Telefon gewesen waren, die nur nicht beide sprachen, aber jemand hatte zugehört, darum die Heiterkeit.

Als Tom wieder nach unten kam, begegnete er im Wohnzimmer Madame Annette mit einer Vase Dahlien, denen sie wahrscheinlich das Wasser gewechselt hatte. Sie wischte gerade den Boden der Vase mit einem Geschirrtuch ab und stellte sie wieder auf das Sideboard. »Ich bin für eine halbe Stunde weg, Madame«, sagte Tom auf französisch. »Falls jemand anruft.«

»*Oui, M'sieur Tome*«, antwortete sie und setzte ihre Arbeit fort.

Madame Annette war schon etliche Jahre bei Tom und Heloise. Sie hatte ihr eigenes Zimmer mit Bad im Haus, im linken Teil von vorn gesehen, und besaß auch einen eigenen Fernseher plus Radio. Ihr Reich war vor allem die Küche, in die man von ihrem Zimmer aus über einen kleinen Flur gelangte. Sie war normannischer Abstammung und hatte blaßblaue Augen, deren Lider außen ein wenig herunterhingen. Tom und Heloise liebten sie sehr, weil sie von ihr geliebt wurden, so schien es zumindest. Sie hatte zwei Busenfreundinnen im Dorf, Madame Geneviève und Madame Marie-Louise, Haushälterinnen wie sie, und die drei schienen ihre Fernsehabende an den freien Tagen jeweils abwechselnd im Haus der einen oder der anderen zu verbringen.

Tom nahm die Gartenschere von der Terrasse und legte sie in die Holzkiste, die in einer Ecke stand und für derlei Dinge gedacht war. Die Kiste war bequemer als der weite Weg zum Gewächshaus hinten in der rechten Gartenecke. Tom nahm jetzt ein Baumwolljackett aus der Garderobe in der Diele und vergewisserte sich, daß seine Brieftasche mit dem Führerschein darin steckte, selbst für die kurze Fahrt. Die Franzosen liebten Stichkontrollen, und dafür setzten sie dann vorzugsweise Polizisten ein, die nicht von hier und entsprechend unnachsichtig waren. Wo steckte Heloise? War sie oben in ihrem Zimmer und stellte schon die Garderobe für ihre Reise zusammen? Wie gut, daß Heloise nicht abgenommen hatte, als diese Schleimer anriefen! Nein, sie hatte bestimmt nicht abgenommen, sonst wäre sie sofort verwundert in sein Zimmer gekommen und hätte Fragen gestellt. Aber Heloise war noch nie eine Lauscherin gewesen, und Toms Geschäfte interessierten sie nicht. Sowie sie merkte, daß ein Anruf für ihn war, legte sie unverzüglich auf, nicht hastig, einfach nur ganz selbstverständlich.

Heloise kannte die Geschichte von Dickie Greenleaf und hatte gewiß auch gehört, daß Tom verdächtigt wurde (oder worden war). Sie sprach aber nie darüber und stellte keine Fragen. Allerdings hatten sie und Tom seine fragwürdigeren Aktivitäten, seine häufigen, nicht näher erläuterten Reisen, auf ein Minimum beschränken müssen, um ihren Vater Jacques Plissot zu besänftigen. Plissot war Arzneimittelhersteller, und der Ripley-Haushalt war auf seine großzügigen Zuwendungen an Heloise, sein einziges Kind, zum Teil angewiesen. Heloises Mutter Arlène mischte sich noch weniger in Toms Tun und Lassen ein als Heloise. Sie war eine schlanke, elegante Frau, stets um Toleranz gegenüber der Jugend bemüht und jederzeit gern bereit, ihrer Tochter und überhaupt aller Welt mit Tips zur Haushaltsführung, Möbelpflege und – ausgerechnet! – sparsamer Wirtschaft auszuhelfen.

Das alles ging Tom durch den Kopf, während er den braunen Renault in mäßigem Tempo zum Dorf lenkte. Es war kurz vor fünf Uhr nachmittags, und da heute Freitag war, würde Antoine Grais vielleicht schon zu Hause sein, dachte Tom, aber sicher war das nicht, falls nämlich Antoine heute den ganzen Tag in Paris gewesen war. Antoine war Architekt, und er und Agnès hatten zwei Kinder zwischen zehn und zwölf. Das Haus, das David Pritchard gemietet haben wollte, stand nicht weit vom Haus der Grais, weshalb Tom jetzt an einer bestimmten Straßenkreuzung in Villeperce nach rechts abbog – so konnte er sich nämlich einreden, er wolle doch nur den Grais rasch guten Tag sagen. An der beschaulichen Hauptstraße, durch die Tom soeben gefahren war, befanden sich das Postamt, der Metzger, der Bäcker und eine Bar-Tabac – ungefähr alles, was Villeperce zu bieten hatte.

Jetzt kam das Haus der Grais hinter ein paar schönen Kastanienbäumen in Sicht. Es war rund, hatte die Form eines militärischen Wachturms und war inzwischen mit rosa Kletterrosen fast zugewachsen, was sehr hübsch aussah. Die Grais hatten eine Garage, und Tom konnte von weitem sehen, daß das Tor zu war, was bedeutete, daß Antoine das Wochenende noch nicht begonnen hatte und Agnès und vielleicht die Kinder irgendwohin zum Einkaufen gefahren waren.

Und jetzt das weiße Haus – Tom sah durch die Bäume, daß es nicht das nächste, sondern erst das übernächste Haus war, auf der linken Straßenseite. Er schaltete in den zweiten Gang zurück. Die Schotterstraße, auf der zwei Autos gerade noch gut aneinander vorbeikamen, war zur Zeit leer. Hier am Nordrand von Villeperce standen nur wenige Häuser, und es gab mehr Wiesen als Äcker.

Wenn die Pritchards ihn vor einer Viertelstunde angerufen hatten, mußten sie wohl zu Hause sein, dachte Tom. Er konnte ja wenigstens einmal nachsehen, ob sie sich vielleicht an ihrem Teich, den man seines Wissens von der Straße aus sah, auf Liegestühlen sonnten. Zwischen Straße und Haus befand sich ein grüner Rasen, der gemäht werden sollte, und ein Plattenweg führte von der Zufahrt zu den Stufen der Veranda. Auch an der Straßenseite, wo der Teich lag, hatte die Veranda eine kleine Treppe. Tom erinnerte sich, daß der größere Teil des Grundstücks hinter dem Haus lag.

Tom hörte Lachen, mit Sicherheit das Lachen einer Frau, vielleicht auch das eines Mannes dazwischen. Und es war tatsächlich aus der Nähe des Teichs gekommen, der sich zwischen Tom und dem Haus befand und hinter einer Hecke und ein paar Bäumen fast nicht zu sehen war. Jetzt sah Tom diesen Teich in der Sonne glitzern und hatte einen Moment den Eindruck, daß daneben zwei Gestalten im Gras lagen, aber er war nicht sicher. Soeben erhob sich eine hochgewachsene Männergestalt in roten Shorts.

Tom gab Gas. Ja, das war David persönlich gewesen, Tom war sich zu neunzig Prozent sicher.

Kannten die Pritchards seinen Wagen, den braunen Renault?

»Mister *Ripley*!« Der Ruf erreichte ihn schwach, aber deutlich.

Tom fuhr mit unvermindertem Tempo weiter, als hätte er nichts gehört.

Wie ärgerlich, dachte Tom. Er bog an der nächsten Ecke nach links ab und kam so wieder auf eine kleine Straße mit drei oder vier Häusern und Wiesen auf der einen Seite. Die Straße führte ins Dorf zurück, aber Tom bog noch einmal nach links ab, um sich dann im rechten Winkel wieder dem Turmhaus der Grais zu nähern. Er behielt sein gemächliches Tempo bei.

Jetzt sah Tom den weißen Kombi der Grais in der Einfahrt stehen. Es war ihm unangenehm, ohne vorherigen Anruf einfach so bei ihnen hereinzuplatzen, aber da er neue Nachbarn zu melden hatte, konnte er diesen Verstoß gegen die Etikette wohl einmal riskieren. Agnès nahm soeben zwei große Einkaufstaschen aus dem Wagen, als Tom vorfuhr.

»Hallo, Agnès! – Kann ich dir helfen?«

»Das wäre lieb. Hallo, Tome!«

Tom nahm die beiden Taschen, während Agnès noch etwas anderes aus dem Wagen wuchtete.

Antoine hatte schon einen Kasten Sprudel in die Küche getragen, und die zwei Kinder hatten eine große Flasche Cola geöffnet.

»Sei gegrüßt, Antoine!« sagte Tom. »Ich war gerade in der Nähe. Schönes Wetter, nicht?«

»Allerdings«, antwortete Antoine mit einem Bariton, der sein Französisch für Toms Ohren manchmal wie Russisch klingen ließ. Antoine war in Shorts mit Socken und Tennisschuhen und trug darüber ein T-Shirt von einem Grün, das Tom ganz besonders mißfiel. Antoine hatte dunkles, leicht gewelltes Haar und immer ein paar Kilo Übergewicht. »Was gibt's Neues?«

»Nichts Besonderes«, sagte Tom und stellte die Taschen ab.

Sylvie, die Tochter, hatte schon mit geübten Griffen auszupacken begonnen.

Tom lehnte ein Glas Cola oder Wein dankend ab. Bald würde Antoines Rasenmäher – nicht elektrisch, sondern mit Benzinmotor – zu knattern anfangen. Antoine war die Gewissenhaftigkeit in Person, sowohl in seinem Pariser Büro als auch hier in Villeperce. »Und was machen diesen Sommer eure Mieter in Cannes?« Tom stand noch immer in der großen Küche.

Die Grais besaßen ein Ferienhaus in oder bei Cannes, das Tom noch nie gesehen hatte, und pflegten es in den Monaten Juli und August, wenn sie das meiste Geld dafür bekamen, zu vermieten.

»Sie haben im voraus bezahlt – plus Telefoneinlage«, antwortete Antoine achselzuckend. »Wird wohl alles in Ordnung sein.«

»Wißt ihr auch schon, daß ihr neue Nachbarn habt?« fragte Tom, wobei er in die Richtung des weißen Hauses zeigte. »Amerikanisches Ehepaar, glaube ich – vielleicht ist euch das ja gar nicht neu. Ich weiß nicht, wie lange sie schon hier wohnen.«

»*N-non*«, sagte Antoine bedächtig. »Doch nicht *nebenan*?«

»Nein. Im übernächsten Haus. Dem großen.«

»Das zum Verkauf steht?«

»Oder zur Vermietung. Soviel ich weiß, haben sie es nur gemietet. Ein gewisser David Pritchard. Mit Frau. Oder –«

»Amerikaner...«, meinte Agnès sinnend. Sie hatte die letzten Worte mitbekommen. Ohne langes Abwarten schob sie einen Salatkopf ins untere Kühlschrankfach. »Hast du sie schon kennengelernt?«

»Nein. Er –« Tom beschloß weiterzureden. »Der Mann hat mich einmal in der Bar-Tabac angesprochen. Vielleicht hat ihm jemand erzählt, daß ich Amerikaner bin. Ich dachte nur, ich sag's euch mal.«

»Kinder?« fragte Antoine, die schwarzen Brauen finster zusammengezogen. Antoine liebte seine Ruhe.

»Nicht daß ich wüßte. Ich glaube nicht.«

»Sprechen sie Französisch?« fragte Agnès.

Tom lächelte. »Weiß ich nicht.« Wenn nicht, würden die Grais sich nicht mit ihnen abgeben wollen und die Nase über sie rümpfen, dachte Tom. Für Antoine Grais gehörte Frankreich den Franzosen, selbst wenn ein Fremder nur vorübergehend hier war und nur zur Miete wohnte.

Sie wechselten das Thema. Antoine hatte sich einen neuen Kompostbehälter zugelegt und wollte ihn an diesem Wochenende aufstellen. Er war als Bausatz gekommen und befand sich noch im Auto. Antoines Pariser Architekturbüro war erfolgreich, und er hatte einen neuen Mitarbeiter eingestellt, der im September anfangen sollte. Antoine machte im August natürlich nie Urlaub, selbst wenn er morgens in ein leeres Büro kam. Tom überlegte, ob er den Grais erzählen sollte, daß er und Heloise demnächst nach Marokko reisten, entschied sich aber fürs erste dagegen. Warum eigentlich? fragte er sich. Hatte er unbewußt beschlossen, doch nicht mitzufahren? Jedenfalls hatte es noch Zeit, die Grais irgendwann anzurufen und dabei ganz nebenher zu erwähnen, daß er und Heloise vielleicht für zwei, drei Wochen fort sein würden.

Nach den üblichen gegenseitigen Einladungen auf ein Glas Wein oder eine Tasse Kaffee verabschiedete Tom sich mit dem Gefühl, den Grais eigentlich nur zu seiner eigenen Sicherheit von den Pritchards erzählt zu haben. Aber schließlich war der Anruf dieses angeblichen Dickie Greenleaf doch so etwas wie eine Drohung gewesen, oder? Bestimmt!

Sylvie und Edouard Grais, die beiden Kinder, spielten mit einem schwarz-weißen Fußball auf dem Rasen, als Tom wegfuhr. Der Junge winkte ihm nach.

3

Als Tom nach Belle Ombre zurückkkam, stand Heloise im Wohnzimmer und wirkte verstört.

»Chéri – ein Anruf«, sagte sie.

»Von wem?« fragte Tom und hatte sofort ein unangenehmes Angstgefühl.

»Von einem Mann – er 'at gesagt, daß er Dickie Grinelève ist – in Washington –«

»*Washington?*« Es beunruhigte Tom, daß Heloise so bedrückt schien. »Greenleaf – das ist absurd, Darling. Ein fauler Witz.«

Sie runzelte die Stirn. »Und was soll – diese Wiets?« Ihr französischer Akzent brach sich Bahn. »Weißt du es?«

Tom richtete sich hoch auf – er war der Beschützer seiner Frau und seines Hauses. »Nein. Aber ein Witz ist es – egal von wem. Ich wüßte niemanden. Was hat er denn gesagt?«

»Zuerst – daß er mit dir sprechen will. Dann 'at er gesagt, er sitzt in einem – Roll-stuhl – *fauteuil roulant*?«

»*Oui, chérie.*«

»Durch ein Unglück mit dir. Im Wasser –«

Tom schüttelte den Kopf. »Ein sadistischer Scherz, Darling. Da gibt sich einer als Dickie aus, und dabei hat Dickie sich umgebracht – vor Jahren. Irgendwo. Vielleicht im Wasser. Seine Leiche hat man nie gefunden.«

»Ich weiß. So 'ast du es mir erzählt.«

»Nicht nur ich«, sagte Tom gelassen. »Alle. Die Polizei.

Die Leiche wurde nie gefunden ... Und er hatte ein Testament geschrieben. Ein paar Wochen, bevor er dann vermißt wurde.« Tom glaubte selbst daran, während er das sagte, obwohl er das Testament doch selbst geschrieben hatte. »Er war da jedenfalls nicht mit mir zusammen. Es war in Italien, vor Jahren – als er vermißt wurde.«

»Ich weiß, Tome. Aber warum – belästigt dieser Mensch uns jetzt?«

Tom schob die Hände in die Hosentaschen. »Ein schlechter Witz. Manche Leute brauchen so was – Aufregung, Nervenkitzel. ... Pech, daß der unsere Telefonnummer hat. Wie klang die Stimme?«

»Jung.« Heloise schien jedes Wort sorgfältig abzuwägen. »Nicht so tief, die Stimme. Amerikanisch. Die Leitung – die Verbindung – war nicht gut.«

»Demnach wirklich aus Amerika«, sagte Tom, ohne daran zu glauben.

»*Mais oui*«, sagte Heloise entschieden.

Tom konnte sich ein Lächeln abringen. »Ich finde, wir sollten das am besten vergessen. Wenn es wieder vorkommt und ich hier bin, gib den Hörer einfach an mich weiter, Darling. Und wenn ich nicht da bin, mußt du ganz ruhig bleiben – als ob du ihm kein Wort glaubtest. Und dann auflegen. Verstehst du?«

»Ja, klar«, sagte Heloise, als hätte sie es wirklich verstanden.

»Solche Menschen wollen nur andere erschrecken. Das gibt ihnen eine Befriedigung.«

Heloise setzte sich in ihre Lieblingsecke auf dem Sofa, die Ecke bei den Terrassentüren. »Wo warst du eben?«

»Ich bin ein bißchen durch die Gegend gefahren. Ums Dorf herum.« Solche Ausflüge machte Tom etwa zweimal wöchentlich in einem ihrer drei Autos, meist in dem braunen Renault oder dem roten Mercedes, und unterwegs erledigte er dann irgend etwas Nützliches, tankte etwa bei einem Supermarkt in Moret oder prüfte den Reifendruck. »Dann habe ich gesehen, daß Antoine schon für das Wochenende da ist, und bin kurz ausgestiegen, um guten Tag zu sagen. Sie luden gerade ihre Einkäufe aus. Ich habe ihnen von ihren neuen Nachbarn erzählt – den Pritchards.«

»Nachbarn?«

»Sie wohnen ganz in der Nähe. Fünfhundert Meter vielleicht.« Tom lachte. »Agnès hat gleich gefragt, ob sie Französisch sprechen. Wenn nicht, haben sie bei Antoine nichts zu melden, verstehst du? Ich habe gesagt, ich weiß es nicht.«

»Und was sagt Antoine zu unserer Nordafrikareise?« fragte Heloise lächelnd. »Ex-tra-va-gant?« Heloise lachte. So wie sie das sagte, klang es gleich sehr teuer.

»Ich habe ihnen eigentlich noch nichts erzählt. Wenn Antoine etwas über die Kosten sagt, weise ich ihn darauf hin, daß dort ja alles ziemlich billig ist, die Hotels zum Beispiel.« Tom ging zur Terrassentür. Er hätte gern einen Rundgang über sein Grundstück gemacht und nach den Küchenkräutern gesehen, der stolz sich wiegenden Petersilie, der stämmigen, köstlichen Rucola. Vielleicht würde er später etwas davon für den Salat zum Abendessen schneiden.

»Tome – du willst nichts unternehmen wegen dieses Anrufs?« Heloise setzte das schmollende, aber auch entschlossene Gesicht eines Kindes auf, das etwas wissen will.

Tom störte das nicht, weil hinter den Worten nicht das Gehirn eines Kindes steckte; das Kindliche in ihrem Gesicht kam vielleicht von den langen blonden Haaren, die ihr jetzt halb vor der Stirn hingen. »Nein – glaube ich«, sagte er. »Ihn der Polizei melden? Quatsch.« Heloise wußte natürlich auch, wie schwer es war, die Polizei auf »lästige« oder unsittliche Anrufe (sie hatten noch nie welche bekommen) anzusetzen. Da mußte man Formulare ausfüllen und in eine Fangschaltung einwilligen, mit der dann natürlich auch alles andere abgehört wurde. Auf so etwas hatte Tom sich noch nie eingelassen und wollte es auch künftig nicht. »Die rufen ja aus Amerika an. Irgendwann sind sie es mal leid.«

Er sah noch einmal zu der halboffenen Terrassentür und ging dann doch daran vorbei in Madame Annettes Reich, die Küche in der linken vorderen Ecke des Hauses. Der Duft einer komplizierten Gemüsesuppe stieg ihm in die Nase.

Madame Annette stand in einem blauweiß getüpfelten Kleid und dunkelblauer Schürze am Herd und rührte in einem Topf.

»Guten Abend, Madame.«

»*M'sieur Tome! Bonsoir.*«

»Und was gibt's heute abend als Hauptgericht?«

»*Oiseaux de veau* – aber keine großen, weil es so ein warmer Abend ist, hat Madame gesagt.«

»Richtig. Hmmm – das riecht göttlich. Ob warm oder nicht, ich habe Appetit... Madame Annette, ich möchte klarstellen, daß Sie sich hier wohl fühlen sollen und jederzeit Ihre Freundinnen einladen dürfen, wenn meine Frau und ich fort sind. Hat Madame Heloise schon etwas zu Ihnen gesagt?«

»*Ah, oui!* Wegen der Reise nach Marokko! Natürlich. Es wird wie immer sein, M'sieur Tome.«

»Aber – ja, gut. Auf jeden Fall müssen Sie Madame Geneviève einladen und – wie heißt die andere Freundin?«

»Marie-Louise«, sagte Madame Annette.

»Richtig, ja. Abends zum Fernsehen, und auch mal zum Abendessen. Mit einer guten Flasche Wein aus dem Keller –«

»Essen! Monsieur!« sagte Madame Annette, als ob das nun wirklich zuviel wäre. »Wir sind ganz zufrieden mit einem Täßchen Tee.«

»Dann aber Kuchen zum Tee. Sie sind in dieser Zeit ja die Hausherrin. Oder möchten Sie vielleicht lieber für eine Woche zu Ihrer Schwester Marie-Odile nach Lyon fahren? Wir können es so einrichten, daß Madame Clusot solange hier die Zimmerpflanzen gießt.« Madame Clusot war jünger als Madame Annette und kam einmal wöchentlich fürs »ernsthafte Putzen«, wie Tom sagte – Bäder und Fußböden.

»Oh –« machte Madame Annette, als überlegte sie, aber Tom merkte ihr an, daß sie im August lieber in Belle Ombre bleiben wollte, denn da waren viele Herrschaften verreist, und die Dienstboten hatten viel freie Zeit, soweit sie nicht mitgenommen wurden. »Ich glaube nicht, M'sieur Tome, *merci quand même*. Ich glaube, ich bleibe lieber hier.«

»Wie Sie wünschen.« Tom lächelte ihr noch einmal zu und ging zur Seitentür hinaus in den Garten.

Vor ihm führte der Feldweg vorbei, jetzt kaum zu sehen

zwischen den Apfel- und Birnbäumen und dem wild wu-
chernden, niedrigen Gesträuch. Über diesen Weg hatte er
Murchison einst in einer Schubkarre befördert, um ihn zu
begraben – vorläufig. Und auf diesem Sträßchen fuhr auch
hin und wieder ein Bauer mit einem kleinen Traktor in
Richtung Villeperce, oder wie aus dem Nichts kam plötzlich jemand mit einer Schubkarre voller Pferdeäpfel oder
einem Bündel Reisig vorbei. Der Weg gehörte niemandem.

Tom ging weiter zu seinem gepflegten Kräutergarten neben dem Gewächshaus. Er hatte sich aus dem Gewächshaus
eine lange Schere geholt und schnitt damit ein wenig Rucola
und ein Büschel Petersilie ab.

Belle Ombre war von der Gartenseite aus genau so schön
wie von vorn: zwei abgerundete Ecken mit Erkerfenstern
im Erd- und Obergeschoß, das nach europäischer Zählweise der erste Stock, bei den Amerikanern der zweite war.
Die rötlichgelben Steine wirkten so undurchdringlich wie
Burgmauern, auch wenn dieser Eindruck durch das rötli-
che Laub des wilden Weins, die blühenden Sträucher und
ein paar große Blumenkübel vor der Mauer etwas gemildert
wurde. Tom fiel soeben ein, daß er noch mit dem Hünen
Henri sprechen mußte, bevor sie abreisten. Henri hatte
kein Telefon, aber Georges und Marie konnten ihm etwas
ausrichten. Er wohnte im Haus seiner Mutter an einem
Platz hinter der Hauptstraße von Villeperce. Henri war weder intelligent noch fix, aber er besaß ungeheure Körper-
kräfte.

Nun, und Henri war auch entsprechend groß – über eins-
neunzig, schätzte Tom und ertappte sich bei der Vorstellung, wie Henri einen tätlichen Angriff auf Belle Ombre

abwehren würde. Lächerlich! Was für einen Angriff denn! Und von wem?

Was trieb nur dieser David Pritchard den ganzen Tag, überlegte Tom, während er wieder auf die drei Terrassentüren zuging – fuhr er wirklich jeden Morgen nach Fontainebleau? Und wann kam er zurück? Und womit vertrieb sich das Elflein Janice die Zeit? Mit Malen? Schreiben?

Sollte er nicht (natürlich nur, wenn er nicht an ihre Telefonnummer kam) einfach mal vorbeigehen und ein paar Dahlien oder Päonien mitnehmen, nur so, zum Zeichen guter Nachbarschaft? Sofort verlor der Gedanke wieder seinen Reiz. Sie waren bestimmt langweilig. Und er selbst wäre ein Schnüffler, wenn er's täte.

Nein, das wollte Tom doch lieber bleiben lassen. Er wollte mehr über Marokko lesen, über Tanger und wohin Heloise sonst noch wollte, und seine Kamera in Ordnung bringen und Belle Ombre für eine mindestens zweiwöchige Abwesenheit der Herrschaften herrichten.

Und das tat er auch. Er kaufte sich in Fontainebleau ein Paar dunkelblaue Bermudashorts und zwei bügelfreie weiße Hemden mit langen Ärmeln, denn kurzärmelige Hemden liebten weder er noch Heloise. Manchmal fuhr Heloise zu ihren Eltern nach Chantilly zum Lunch. Sie nahm dann den Mercedes und nutzte einen Teil des Vor- und Nachmittags zum Einkaufen, vermutete Tom, denn sie kehrte stets mit mindestens sechs Plastiktüten zurück, auf denen die Namen von Geschäften standen. Tom begleitete sie fast nie zu dem wöchentlichen Lunch bei den Plissots, weil er solche Essen langweilig fand und außerdem wußte, daß Jacques Plissot, Heloises Vater, ihn nur duldete und ahnte, wie zwielichtig manche von Toms Geschäften waren. Und wessen Geschäfte waren das nicht? fragte Tom sich oft. Schwindelte Plissot etwa nicht bei der Einkommenssteuer? Heloise hatte einmal (ohne daß es ihr etwas bedeutet hätte) fallengelassen, daß ihr Vater ein Nummernkonto in Luxemburg hatte. Das hatte Tom auch, und das Geld darauf stammte von der Derwatt Art Supply Inc. und sogar noch immer aus Verkäufen und Wiederverkäufen von Derwatt-Bildern in London – natürlich tat sich da jetzt immer weniger, nachdem Bernard Tufts, der die Derwatts mindestens fünf Jahre lang gefälscht hatte, gestorben war vor Jahren, ein Selbstmord.

Aber bitte, wer hatte schon eine reine Weste?

Mißtraute Jacques Plissot ihm vielleicht nur deshalb, weil er nicht *alles* über ihn wußte? Ein Gutes an Plissot war, daß er – genau wie Heloises Mutter Arlène – Heloise nicht drängte, ein Kind zu bekommen, damit sie Großeltern würden. Natürlich hatte Tom dieses heikle Thema mit Heloise unter vier Augen besprochen: Heloise war nicht wild aufs Kinderkriegen. Sie war wohl nicht unbedingt dagegen, aber eben auch nicht darauf versessen. Und nun waren Jahre vergangen. Tom war es recht. Er hatte keine Eltern, die er mit der Ankündigung des freudigen Ereignisses hätte begeistern können: Seine Eltern waren im Bostoner Hafen ertrunken, als Tom noch ganz klein war, worauf ihn seine Tante Dottie adoptiert hatte, diese knauserige alte Schachtel, die ebenfalls in Boston lebte. Jedenfalls hatte Tom das Gefühl, daß Heloise mit ihm glücklich oder wenigstens zufrieden war, sonst hätte sie sich längst einmal beklagt oder gleich ihre Sachen gepackt. Heloise wußte genau, was sie wollte. Und es mußte Jacques Plissot doch in seinen Kahl-schädel gehen, daß seine Tochter glücklich war und daß sie und Tom in Villeperce angesehene Leute waren. Etwa ein-mal jährlich kamen die Plissots zum Abendessen. Arlène Plissot kam etwas öfter allein, und diese Besuche waren ent-schieden angenehmer.

An das Komische Pärchen hatte Tom in den letzten Tagen höchstens noch einmal flüchtig gedacht, da kam am Sams-tagmorgen mit der Post um halb zehn ein quadratischer Umschlag, adressiert in einer Handschrift, die Tom nicht kannte und auf Anhieb unsympathisch fand: aufgeplu-sterte Großbuchstaben, ein Kreis über dem i anstelle eines Punktes. Eingebildet und dumm, dachte Tom. Da der Brief an »Madame et Monsieur« adressiert war, öffnete Tom ihn als ersten. Heloise war gerade oben und nahm ein Bad.

Sehr geehrte Mrs. und Mr. Ripley,
    wir würden uns außerordentlich freuen, Sie am Samstag (morgen) bei uns auf einen Drink begrüßen zu dürfen. Wäre Ihnen sechs Uhr recht? Ich weiß, daß es etwas kurz-fristig ist, und sollte es Ihnen beiden nicht passen, würden wir gern einen anderen Termin vorschlagen.
    In der Hoffnung, bald Ihre Bekanntschaft zu machen,
                                        Janice und David Pritchard
Umseitig ein Lageplan, damit Sie uns finden.
Tel.: 424-6434

Tom drehte das Blatt um und betrachtete kurz die simple Skizze mit der Hauptstraße von Villeperce und der im rechten Winkel davon wegführenden Nebenstraße, an der das Haus der Pritchards, das der Grais und dazwischen das kleinere, leerstehende Haus eingezeichnet waren.

Tam-ti-tam, dachte Tom und ließ den Brief gegen seine Finger schnippen. Die Einladung war für heute. Er war neugierig genug, hinzugehen – klar doch, je mehr man über einen potentiellen Feind wußte, desto besser –, aber er wollte Heloise nicht gern mitnehmen. Er mußte sich etwas ausdenken, was er Heloise erzählen würde. Inzwischen mußte er wohl schon einmal zusagen, aber nicht vormittags um zwanzig vor zehn, fand er.

Tom öffnete die übrige Post, mit Ausnahme eines Briefs an Heloise, auf dem er Noëlle Hasslers Handschrift zu erkennen glaubte. Sie war eine gute Freundin von Heloise und wohnte in Paris. Sonst nichts Interessantes – ein Kontoauszug von Manny Hanny in New York, wo Tom ein Girokonto unterhielt, sowie ein Werbeprospekt der Zeitschrift *Fortune 500*, die ihn aus irgendeinem Grund für betucht genug zu halten schien, daß er sich für ein Geldanlage-Magazin interessieren müsse. Tom überließ solche Entscheidungen (über Geldanlagen) seinem Steuerberater Pierre Solway, der auch für Jacques Plissot arbeitete, über den Tom ihn kennengelernt hatte. Solway hatte manchmal gute Ideen. Tom fand solche Arbeit, sofern man da von Arbeit sprechen konnte, langweilig, anders als Heloise (vielleicht war der Umgang mit Geld, zumindest das Interesse daran, ihr angeboren), denn sie beriet sich auch immer gern mit ihrem Vater, ehe sie und Tom ein Geldgeschäft tätigten.

Henri der Hüne sollte heute um elf Uhr kommen, und so schlecht er auch manchmal zwischen Donnerstag und

Samstag zu unterscheiden vermochte, war er doch immer Punkt zwei Minuten nach elf da. So auch heute, und wie immer trug Henri seine verwaschene blaue Arbeitshose mit den altmodischen Schulterträgern und den breitkrempigen Strohhut, für den »zerfleddert« eine angemessene Bezeichnung war. Außerdem hatte er einen rötlichbraunen Bart, den er wohl manchmal mit einer Schere bearbeitete – die einfachste Art, sich ums Rasieren zu drücken. Tom stellte sich oft vor, daß van Gogh ihn sicher gern als Modell genommen hätte. Ein eigenartiger Gedanke, daß ein von van Gogh in Pastell gemalter Henri heute um die dreißig Millionen Dollar erzielen könnte und würde. Von denen van Gogh natürlich keinen roten Heller zu sehen bekäme.

Tom riß sich zusammen und begann Henri zu erklären, was in den zwei bis drei Wochen seiner Abwesenheit zu tun war. Der Kompost. Ob Henri ihn bitte wenden könnte? Tom hatte neuerdings einen Kompostkorb aus Maschendraht, rund und fast brusthoch, mit knapp einem Meter Durchmesser und einer Tür, die ein Eisenstift zuhielt.

Aber während Tom noch redete und Henri zum Gewächshaus folgte und von seinem neuen Rosenstock sprach (hörte er ihm überhaupt zu?), packte Henri eine Gabel, die beim Gewächshaus hinter der Tür stand, und nahm sofort den Kompost in Angriff. Er war so groß und stark, daß Tom es einfach nicht über sich brachte, ihn vom Arbeiten abzuhalten. Und mit Kompost wußte Henri umzugehen, weil er verstand, wozu der gut war.

»*Oui, M'sieur*«, sagte Henri nur hin und wieder mit sanfter Stimme.

»Ach ja, und – von den Rosen sprach ich schon. Im

Moment keine Flecken. So, und – damit alles schön ordentlich aussieht – die Lorbeerhecke – mit der Schere.« Henri reichte, im Gegensatz zu Tom, auch ohne Leiter bis oben an die Hecke heran. Tom ließ sie nur an den Seiten schneiden, nach oben aber wachsen, wie sie wollte, weil sie ihm sonst zu sehr nach Formhecke ausgesehen hätte.

Tom sah neiderfüllt zu, wie Henri mit der linken Hand den Kompostkorb kippte und mit der rechten Hand den ausgezeichneten dunklen Kompost mit der Gabel herausharkte. »Ah, wunderbar! *Très bien!*« Wenn Tom diesen Korb zu bewegen versuchte, erschien er ihm jedesmal festgewachsen.

»*C'est vraiment bon*«, bestätigte Henri.

Dann die Setzlinge im Gewächshaus, dazu dort auch ein paar Geranien. Sie brauchten gelegentlich Wasser. Henri stapfte auf dem Holzlattenboden umher und zeigte durch Kopfnicken an, daß er verstanden hatte. Henri wußte, daß der Gewächshausschlüssel unter einem runden Stein hinter dem Gewächshaus lag. Tom schloß es nur ab, wenn er und Heloise für länger fort waren. Auch Henris ausgelatschte braune Schuhe stammten anscheinend noch aus der Zeit van Goghs; ihre Sohlen waren gut zwei Zentimeter dick, die Schäfte reichten bis über die Knöchel. Alte Erbstücke? Henri war ein wandelnder Anachronismus.

»Wir bleiben mindestens zwei Wochen weg«, sagte Tom. »Aber Madame Annette ist die ganze Zeit hier.«

Noch ein paar kleine Details, und Tom hielt Henri für ausreichend instruiert. Ein bißchen Geld wäre nicht verkehrt, dachte Tom und zog sein Portemonnaie aus der

Gesäßtasche, um Henri zwei Hundertfrancsscheine zu geben.

»Fürs erste, Henri. Und Sie schreiben alles auf«, fügte er hinzu. Tom wollte jetzt ins Haus zurück, aber Henri machte noch keine Anstalten zu gehen. So machte Henri das immer, strich um die Beete, hob hier einen dürren Zweig auf, warf dort einen Stein weg und trollte sich dann ohne ein Wort. »*Au revoir*, Henri!« Tom drehte sich um und ging zum Haus. Als er zurückschaute, schien Henri sich gerade noch einmal den Kompost vorzunehmen.

Tom ging nach oben, wusch sich in seinem Bad die Hände und machte es sich mit ein paar Prospekten über Marokko in seinem Sessel bequem. Die zehn, zwölf Fotos zeigten die blauen Mosaikwände einer Moschee, fünf Kanonen in Reih und Glied am Rand einer Felsenküste, einen Markt mit ausgehängten, grellbunt gestreiften Decken und einen gelben Strand, auf dem eine blonde Touristin im spärlichsten Bikini ein rosa Handtuch ausbreitete. Auf der Rückseite des Prospekts war ein Stadtplan von Tanger, eine schematische Skizze in klarem Blau und Dunkelblau, gelb der Strand, der Hafen ein Landzungenpaar, das sich schützend in die Straße von Gibraltar hineinreckte. Tom suchte die Rue de la Liberté, wo das Hotel El Minzah war. Offenbar konnte man von dort zu Fuß den Grand Socco oder Großen Markt erreichen.

Das Telefon klingelte. Tom hatte einen Apparat neben dem Bett stehen. »Ich nehm's!« rief er Heloise zu, die unten am Spinett saß und ihren Schubert übte. »Hallo?«

»Hallo, Tom. Hier Reeves«, meldete sich Reeves Minot über eine gute Leitung.

»Bist du in Hamburg?«

»Klar. Ich glaube – aber Heloise wird dir ja gesagt haben, daß ich schon mal angerufen habe.«

»Ja, hat sie. Ist alles in Ordnung?«

»Natürlich«, antwortete Reeves gelassen und munter. »Nur daß ich – dir gern etwas schicken möchte, ganz klein, wie eine Kassette. Eigentlich –«

Es *ist* eine Kassette, dachte Tom.

»Und nicht explosiv«, fuhr Reeves fort. »Wenn du es etwa fünf Tage bei dir aufbewahren und dann weiterschikken könntest – an die Adresse, die im Umschlag liegt –«

Tom zögerte, denn er ärgerte sich ein bißchen, wußte aber doch, daß er Reeves den Gefallen tun würde, denn Reeves tat das auch für ihn, wenn Tom etwas brauchte – für irgend jemanden einen neuen Paß, ein Nachtlager in Reeves' großer Wohnung. Reeves tat solche Gefälligkeiten schnell und kostenlos. »Ich würd's ja tun, alter Freund, aber Heloise und ich fliegen in ein paar Tagen nach Tanger und reisen von dort weiter durchs Land.«

»Tanger! Sehr gut! Zeit genug, wenn ich es als Eilsendung schicke. Vielleicht ist es dann morgen schon bei dir. Kein Problem. Ich schicke es heute ab. Und du schickst es in vier, fünf Tagen weiter – egal wo du dann bist.«

Da werden wir wohl noch in Tanger sein, dachte Tom. »Okay, Reeves. Im Prinzip ja.« Tom hatte unbewußt die Stimme gesenkt, als könnte jemand zu lauschen versuchen, aber Heloise saß noch am Spinett. »Wahrscheinlich in Tanger. Traust du der Post von da? Man hat mich gewarnt – sie soll sehr langsam sein.«

Reeves gab ein trockenes Lachen von sich, das Tom gut

an ihm kannte. »Es sind nicht die Satanischen Verse oder so was Ähnliches darauf – äh – *darin*. Bitte, Tom.«

»Ja, gut. Was *ist* es denn?«

»Sag ich dir nicht. Noch nicht. Wiegt keine dreißig Gramm.«

Ein paar Sekunden später legten sie auf. Tom überlegte, ob sein Adressat das Ding dann wohl an einen weiteren Mittelsmann schicken sollte. Reeves war ein Anhänger der vielleicht von ihm selbst aufgestellten These, daß eine Sache um so sicherer aufgehoben war, durch je mehr Hände sie ging. Reeves war hauptberuflich Ränkeschmied und liebte diese Arbeit. Ränke schmieden – ein schönes Wort. Es hatte für Reeves den Zauber der Heimlichkeit, wie für Kinder Verstecksspielen. Und Tom mußte zugeben, daß Reeves Minot bisher erfolgreich gewesen war. Er arbeitete allein, zumindest war er immer allein in seiner Altonaer Wohnung, in der er sogar schon einen Bombenanschlag und noch irgend etwas anderes überlebt hatte, wovon ihm eine zwölf Zentimeter lange Narbe an der rechten Wange als Andenken geblieben war.

Zurück zu den Prospekten, diesmal von Casablanca. Auf dem Bett lagen zehn solcher Broschüren. Tom dachte an den Eilbrief, der wohl übermorgen kommen würde. Unterschreiben müßte er dafür sicher nicht, denn Reeves schickte ungern etwas per Einschreiben, und das hieß, daß jeder im Haus den Brief in Empfang nehmen konnte.

Dann die Einladung zu den Pritchards, heute abend um sechs. Es war jetzt elf Uhr vorbei, da konnte man wohl schon anrufen und zusagen. Und was erzählte er Heloise? Sie sollte nichts davon wissen, daß er die Pritchards

besuchte, denn erstens wollte er sie nicht dorthin mitnehmen, und um die Sache noch zu komplizieren, wollte er ihr
zweitens nicht so rundheraus sagen, daß er sich als ihr Beschützer fühlte und sie nicht in der Nähe dieser Narren wissen wollte.

Tom ging nach unten, um noch einen Rundgang durch
den Garten zu machen und vielleicht Madame Annette um
eine Tasse Kaffee zu bitten, wenn sie in der Küche war.

Heloise, die noch am Spinett saß, stand auf und reckte
sich. »Chéri, Noëlle hat vorhin angerufen, als du draußen
mit Henri sprachst. Sie will heute abend zu uns zum Essen
kommen und vielleicht über Nacht bleiben. Bist du einverstanden?«

»Aber natürlich, Darling. Klar.« Es war nicht das erste-
mal, daß Noëlle Hassler anrief und sich selbst einlud,
dachte Tom. Aber Noëlle war nett, Tom hatte nichts gegen
sie. »Du hast hoffentlich ja gesagt?«

»'ab ich. *La pauvre* –« Heloise mußte plötzlich lachen.
»Ein gewisser Mann – Noëlle 'ätte nie meinen sollen, daß es
ihm *ernst* war! Er 'at sich nicht nett benommen.«

Wahrscheinlich abgehauen, dachte Tom. »Und nun ist
sie traurig?«

»'mm – nicht sehr, und nicht lange. Sie kommt nicht mit
dem Auto. Ich 'ole sie in Fontainebleau ab. Am Bahn'of.«

»Wann?«

»Gegen sieben. Ich muß mal auf dem Fahrplan nachsehen.«

Tom war erleichtert, jedenfalls ein bißchen. Er beschloß,
mit der Wahrheit herauszurücken. »Heute vormittag – ob
du's glaubst oder nicht – kam eine Einladung von den Prit-

chards. Diesen Amerikanern, erinnerst du dich? Wir sollen heute abend um sechs auf einen Drink zu ihnen kommen. Hast du etwas dagegen, wenn ich – allein hingehe, nur um etwas mehr über sie herauszubekommen?«

»N-nein«, sagte Heloise und machte dabei ein Gesicht wie ein Teenager, nicht wie eine Frau von Ende Zwanzig. »Was sollte ich dagegen 'aben? Und du bist zum Abendessen wieder da?«

Tom lächelte. »Verlaß dich darauf.«

4

Tom pflückte doch noch drei Dahlien und nahm sie mit zu den Pritchards. Er hatte mittags angerufen und die Einladung angenommen, und Janice Pritchard hatte sich hocherfreut gegeben. Tom hatte ihr gesagt, daß er allein kommen werde, da seine Frau gegen sechs eine Freundin vom Bahnhof abholen müsse.

Kurz nach sechs bog Tom in seinem braunen Renault zum Haus der Pritchards ein. Die Sonne war noch nicht untergegangen, und es war noch warm. Tom trug ein sommerliches Jackett mit offenem Hemd.

»Ah, Mr. Ripley, herzlich willkommen!« rief Janice Pritchard ihm von der Veranda entgegen.

»Guten Abend«, sagte Tom lächelnd. Er überreichte ihr die roten Dahlien. »Aus meinem Garten. Frisch gepflückt.«

»Oh, wie schön! Ich hole gleich eine Vase. Treten Sie doch ein . . . David!«

Tom betrat einen kleinen Vorraum, der in ein quadratisches weißes Wohnzimmer führte, an das er sich erinnerte. Der häßliche Kamin war noch da, sein Holz jetzt weiß gestrichen, die Borde in einem unglückseligen Dubonnet-Rot. Das Mobiliar war von einer falschen Rustikalität, und jetzt kam auch David Pritchard herein und wischte sich die Hände an einem Geschirrtuch ab. Er war in Hemdsärmeln.

»Guten Abend, Mr. Ripley! Willkommen. Ich rackere mich noch mit den Kanapees ab.«

Janice lachte pflichtschuldigst. Sie war noch schmaler, als Tom sie in Erinnerung hatte, und trug über der blaßblauen Baumwollhose eine schwarzrot gemusterte, langärmelige Bluse mit Rüschen an Hals und Manschetten. Ihr hellbraunes Haar hatte einen leichten Aprikosenschimmer, der ganz hübsch aussah, und war kurz geschnitten und so gekämmt, daß es ihr flauschig um den Kopf lag.

»So – und was möchten Sie trinken?« fragte David und sah Tom dabei durch seine schwarzen Brillenränder freundlich an.

»Wir können wahrscheinlich – jeden Wunsch erfüllen«, meinte Janice.

»Hm – Gin Tonic?« fragte Tom.

»Schon gewährt. Vielleicht möchtest du Mr. Ripley inzwischen mal durchs Haus führen, Honey?« meinte David.

»Aber ja. Wenn er möchte.« Janice legte den schmalen Kopf schief – wie ein Kobold, das war Tom vorhin schon aufgefallen. Sie schielte dadurch fast ein bißchen, was leicht irritierend wirkte.

Sie gingen ins Eßzimmer neben dem Wohnzimmer (Küche nach links), wo sich Toms Eindruck von pseudoantiker Scheußlichkeit in Gestalt eines schweren Eßtischs bestätigte, um den ein paar Stühle standen, deren Sitze etwa so bequem wie Kirchenbänke wirkten. Neben dem geschmacklosen Kamin führte die Treppe nach oben. Tom ging mit der unentwegt plappernden Janice hinauf.

Zwei Schlafzimmer, dazwischen ein Bad, und das war's schon. Ringsum Tapeten mit anspruchslosen Blumenmustern. Auf dem Flur ein einziges Bild, wie sie Hotelzimmer zu schmücken pflegten – ebenfalls Blumen.

»Sie haben das Haus gemietet«, sagte Tom, als sie wieder hinuntergingen.

»Ja ja. Wir wissen noch nicht, ob wir hierbleiben wollen. Das heißt, in diesem *Haus*. Aber sehen Sie mal, diese *Spiegelungen*! Wir haben extra die Jalousien offen gelassen, damit Sie das sehen können.«

»Ja – sehr hübsch!« Tom konnte von der Treppe aus, die Augen knapp unter Deckenhöhe, graue und schwarze Wellen sehen, die von dem Teich im Garten an die weiße Wohnzimmerdecke der Pritchards reflektiert wurden.

»Wenn der Wind weht, ist das natürlich alles noch – viel *lebendiger*!« erklärte Janice mit schrillem Kichern.

»Und die Möbel haben Sie selbst gekauft?«

»J-a-a. Ein paar sind aber nur geliehen – von den Leuten, die uns das Haus vermieten. Die Eßzimmereinrichtung zum Beispiel. Ein bißchen wuchtig, finde ich.«

Tom enthielt sich eines Kommentars.

David Pritchard hatte schon die Drinks auf den klobigen, pseudoantiken Couchtisch gestellt. Die Kanapees bestanden aus überbackenen Käsehäppchen an Zahnstochern. Dazu gab es gefüllte Oliven.

Tom nahm den Sessel, die beiden Pritchards setzten sich auf das Sofa, das wie der Sessel einen chintzartigen, geblümten Überzug hatte – die unanstößigsten Gegenstände im Haus.

»Cheers!« sagte David, jetzt ungeschürzt, und hob sein Glas. »Auf unsere neuen Nachbarn.«

»Cheers«, sagte Tom und trank.

»Schade, daß Ihre Frau nicht mitkommen konnte«, meinte David.

»Sie bedauert es auch. Ein andermal... Wie gefällt Ihnen – das heißt, was machen Sie eigentlich genau am INSEAD?« fragte Tom.

»Ich studiere Marketing. Von allen Seiten. Die verschiedenen Methoden und ihre Erfolgskontrolle.« David Pritchard hatte eine klare, direkte Art, sich auszudrücken.

»Von *allen* Seiten!« sagte Janice, wieder mit so einem nervösen Kichern. Sie hatte etwas Rötliches in ihrem Glas, vermutlich Kir, dachte Tom, einen leichten Cocktail mit Wein.

»Ist der Unterricht auf französisch?« fragte Tom.

»Französisch und englisch. Mein Französisch ist nicht so schlecht. Dürfte aber ruhig noch etwas besser sein.« Er sprach mit hartem r. »So eine Marketing-Schulung eröffnet einem allerlei berufliche Möglichkeiten.«

»Aus welcher Ecke der USA kommen Sie?« fragte Tom.

»Bedford, Indiana. Dann habe ich eine Zeitlang in Chicago gearbeitet. Immer im Vertriebswesen.«

Tom glaubte ihm nur halb.

Janice Pritchard zappelte nervös. Sie hatte schlanke Hände mit gepflegten, hellrosa lackierten Fingernägeln. Sie trug nur einen Ring mit einem kleinen Diamanten, der eher nach Verlobungs- als nach Ehering aussah.

»Und Sie, Mrs. Pritchard?« begann Tom freundlich. »Kommen Sie auch aus dem Mittelwesten?«

»Nein, ursprünglich aus Washington D.C., aber ich habe auch schon in Kansas und Ohio gelebt und –« Sie stockte wie ein kleines Mädchen, das seinen Text vergessen hat, und blickte auf ihre Hände, die in ihrem Schoß leise zuckten.

»Und *gelebt* und *gelitten* und *gelebt*.« David Pritchards Ton klang nur halb humorvoll, und er starrte Janice dabei recht kalt an.

Tom staunte. Hatten sie Streit gehabt?

»*Ich* habe doch nicht damit angefangen«, sagte Janice. »Mr. Ripley hat gefragt, wo ich –«

»Aber du *mußtest* nicht unbedingt in die Einzelheiten gehen.« Pritchard drehte den breiten Oberkörper leicht zu Janice. »Oder?«

Janice wirkte eingeschüchtert, mundtot gemacht, obwohl sie dabei noch zu lächeln versuchte und Tom einen raschen Blick zuwarf, der zu sagen schien: Tut mir leid, aber denken Sie sich nichts dabei.

»Aber du tust es so gern, nicht wahr?« fuhr Pritchard fort.

»Was, ins einzelne gehen? Ich verstehe nicht –«

»Mein Gott, was *haben* Sie denn nur?« sprach Tom lächelnd dazwischen. »Ich habe Janice nur gefragt, wo sie herkommt.«

»Vielen Dank, daß Sie mich Janice nennen, Mr. Ripley!«

Jetzt mußte Tom lachen. Er hoffte, es werde die Atmosphäre etwas entspannen.

»Na bitte, David«, sagte Janice.

David musterte Janice stumm, aber wenigstens hatte er sich wieder in die Sofakissen zurückgelehnt.

Tom kostete von seinem Drink, der gut war, und nahm seine Zigaretten aus der Jackentasche. »Haben Sie vor, diesen August irgendwohin zu verreisen?«

Janice sah David an.

»Nein«, sagte David Pritchard. »Nein, wir haben noch

kistenweise Bücher auszupacken. Die Kartons stehen zur Zeit alle in der Garage.«

Tom hatte zwei Bücherregale gesehen, eins oben, eins unten, und in beiden standen nur ein paar Taschenbücher.

»Wir haben gar nicht *alle* unsere Bücher hier«, sagte Janice. »Es sind noch –«

»Es interessiert Mr. Ripley bestimmt nicht, wo unsere Bücher sind, Janice – oder unsere Winterdecken«, sagte David.

Es interessierte Tom doch, aber er schwieg.

»Und Sie, Mr. Ripley?« fuhr David dort. »Verreisen Sie diesen Sommer – mit Ihrer reizenden Gattin? Ich habe sie bisher – nur einmal von weitem gesehen.«

»Nein«, antwortete Tom ein wenig nachdenklich, als könnten er und Heloise es sich noch anders überlegen. »Wir hätten nichts dagegen, dieses Jahr mal hierzubleiben.«

»Unsere – die meisten unserer Bücher sind in London.« Janice richtete sich ein wenig auf und sah Tom an. »Wir haben dort eine bescheidene Wohnung – Richtung Brixton.«

David Pritchard warf seiner Frau einen verdrießlichen Blick zu. Dann holte er Luft und sagte zu Tom: »Ja – und ich glaube, wir haben dort sogar gemeinsame Bekannte. Cynthia Gradnor?«

Tom kannte den Namen auf Anhieb, denn das war die Freundin und Verlobte des verstorbenen Bernard Tufts, die Bernard geliebt und sich von ihm getrennt hatte, weil sie es nicht ertrug, daß er Derwatts fälschte. »Cynthia –«, sagte er, als müsse er in seinem Gedächtnis kramen.

»Sie kennt die Leute von der Galerie Buckmaster«, fuhr David fort. »Sagt sie.«

Tom dachte, daß er einem Lügendetektor im Moment wohl nicht gewachsen wäre, denn sein Herz schlug spürbar schneller. »Ach ja. Blond, glaube ich – zumindest helle Haare.« Was hatte Cynthia den Pritchards erzählt, überlegte Tom, oder wieso sollte sie diesen Langweilern *überhaupt* etwas erzählt haben? Cynthia war nicht von der redseligen, mitteilsamen Sorte, und die Pritchards waren ein paar Klassen unter ihrem Niveau. Wenn Cynthia ihm schaden, ihn ruinieren wollte, hätte sie das schon vor Jahren tun können, dachte Tom. Cynthia hätte ja auch die Derwatt-Fälschungen auffliegen lassen können und hatte es nie getan.

»Vielleicht kennen Sie die Leute von der Galerie Buckmaster ja besser«, meinte David.

»Besser?«

»Besser als Cynthia.«

»Von *Kennen* kann eigentlich keine Rede sein. Ich war ein paarmal in der Galerie. Ich liebe Derwatt. Wer liebt ihn nicht?« Tom lächelte. »Die Galerie ist auf Derwatts spezialisiert.«

»Sie haben schon welche dort gekauft?«

»*Welche*? – Gleich mehrere?« Tom lachte. »Bei den Preisen? Ich besitze zwei – die habe ich gekauft, als sie noch nicht so teuer waren. Frühe Werke. Inzwischen hoch versichert.«

Sie schwiegen ein paar Augenblicke. Vielleicht überlegte Pritchard sich schon seinen nächsten Zug. Tom kam wieder der Gedanke, daß es vielleicht Janice war, die am Telefon Dickie Greenleaf imitiert hatte. Ihre Stimme hatte einen großen Tonumfang, schrill in der Höhe und ziemlich tief, wenn sie leise sprach. Stimmte sein Verdacht, daß die Pritchards sich – entweder in Zeitungsarchiven oder in Gesprächen mit Leuten wie Cynthia Gradnor – über Tom Ripleys Vergangenheit kundig gemacht hatten, so gründlich es ging – nur um mit ihm ein Spiel zu treiben, ihn zu schikanieren, vielleicht ihm ein Geständnis zu entlocken? Eine interessante Frage, was diese Pritchards wohl glaubten. Tom hielt Pritchard nicht für einen Polizeispitzel. Aber man konnte nie wissen. v-Leute gab es auch bei CIA und FBI. Lee Harvey Oswald war so ein v-Mann der CIA gewesen, dachte Tom, und man hatte ihn in diesem Fall geopfert. Dachten die Pritchards an Erpressung, Geld? Abscheulicher Gedanke.

»Noch einen Drink, Mr. Ripley?« fragte David Pritchard.

»Danke – einen kleinen vielleicht.«

Pritchard ging in die Küche und nahm auch sein eigenes Glas mit, während er Janice ignorierte. Die Tür zur Küche neben dem Eßzimmer stand offen, so daß er von dort aus ohne weiteres mithören konnte, was im Wohnzimmer gesprochen wurde, dachte Tom. Er wollte aber warten, bis Janice anfing. Oder nicht?

Tom fragte: »Sind Sie auch berufstätig, Mrs. – Janice? Oder waren Sie es früher mal?«

»O ja! In Kansas war ich Sekretärin. Dann habe ich Gesang studiert – Stimmbildung – zuerst in Washington. Es gibt dort so viele Schulen, man glaubt es kaum. Aber dann –«

»– ist sie mir begegnet, Pech gehabt«, sagte David, der

soeben mit den Drinks auf einem runden kleinen Tablett zurückkam.

»Wenn *du* das sagst«, versetzte Janice betont schnippisch, um dann in ihrem ruhigeren, tieferen Ton fortzufahren: »Du mußt es ja wissen.«

David, der sich noch nicht gesetzt hatte, holte mit geballter Faust zu einem gespielten Schlag gegen Janice aus, der ihr Gesicht nur knapp verfehlte. »Ich werd's dir geben.« Er lächelte nicht dabei.

Janice hatte nicht mit der Wimper gezuckt. »Aber manchmal ist die Reihe an *mir*«, erwiderte sie.

Was für neckische Spielchen sie da trieben, dachte Tom. Um sie im Bett wiedergutzumachen? Unangenehme Vorstellung. Aber Tom interessierte sich für ihre Beziehung zu Cynthia. Das war eine Pandorabüchse. Wenn Pritchard oder sonst jemand – vor allem Cynthia Gradnor, die ebensogut wie die Buckmaster-Leute wußte, daß die letzten fünf Dutzend Derwatts gefälscht waren – sie öffnete und die Wahrheit sagte, brauchte man erst gar nicht zu versuchen, den Deckel wieder draufzutun, weil dann alle diese teuren Bilder nichts mehr wert wären, höchstens noch für ein paar exzentrische Sammler, die ihren Spaß an guten Fälschungen hatten; also für Leute wie Tom – aber wie viele gab es davon auf der Welt. Wer hatte schon so ein zynisches Verhältnis zu Gerechtigkeit und Wahrheit?

»Wie *geht* es denn Cynthia – Gradnor, ja?« begann Tom. »Ich habe sie schon Ewigkeiten nicht mehr gesehen. Ziemlich still, wenn ich mich recht erinnere.« Tom erinnerte sich aber eben auch, daß Cynthia ihn haßte, weil es Toms Idee gewesen war, daß Bernard Tufts nach Derwatts Selbstmord dessen Bilder fälschen sollte. Bernard hatte sie brillant und mit Erfolg gefälscht, hatte langsam und stetig in seinem kleinen Londoner Atelier vor sich hin gearbeitet, aber er hatte dabei auch sein Leben ruiniert, weil er Derwatt und sein Werk verehrte und achtete und schließlich das Gefühl hatte, einen unverzeihlichen Verrat an Derwatt begangen zu haben. Bernard hatte sich, ein Nervenwrack, schließlich umgebracht.

David Pritchard ließ sich mit der Antwort genüßlich Zeit, und Tom sah (oder glaubte zu sehen), daß Pritchard dachte, Tom sei wegen Cynthia beunruhigt und versuche Pritchard über sie auszuquetschen.

»Still? O nein«, antwortete Pritchard schließlich.

»O nein«, sagte auch Janice und ließ ein kurzes Lächeln aufblitzen. Sie rauchte eine Filterzigarette, und ihre Hände waren jetzt ruhiger, obwohl noch immer, selbst mit der Zigarette zwischen den Fingern, ineinander verschränkt. Und immerzu ging ihr Blick zwischen Tom und ihrem Mann hin und her.

Und was hieß das? Hatte Cynthia die ganze Geschichte vor Janice und David Pritchard ausposaunt? Tom konnte es einfach nicht glauben. Und wenn doch, dann sollten die Pritchards es doch unverblümt sagen: Die Galerie Buckmaster hat die letzten sechzig Derwatts getürkt. »Ist sie inzwischen verheiratet?« fragte Tom.

»Ich *glaube* ja, nicht wahr, David?« sagte Janice. Dabei rieb sie sich ein paar Sekunden lang mit der flachen Hand den rechten Arm über dem Ellbogen.

»Vergessen«, sagte David. »Sie war allein, als – die letzten Male jedenfalls, als wir sie gesehen haben.«

Gesehen, wo? dachte Tom. Und wer hatte sie mit Cynthia bekannt gemacht? Tom scheute sich aber, weiterzubohren. Hatte Janice blaue Flecken an den Armen? Trug sie deshalb an so einem heißen Augusttag diese komische langärmelige Bluse? Damit man die blauen Flecken nicht sah, die ihr brutaler Mann ihr beigebracht hatte? »Gehen Sie oft in Kunstausstellungen?« fragte Tom.

»Kunst – haha!« David hatte nach einem kurzen Blick zu seiner Frau ein echtes Lachen von sich gegeben.

Janice hatte ihre Zigarette aufgeraucht, und jetzt spielte sie wieder mit ihren Fingern und hielt die Knie fest zusammengepreßt. »Können wir nicht von etwas Schönerem reden?«

»Was wäre schöner als die schönen Künste?« fragte Tom lächelnd zurück. »Schöner, als eine Landschaft von Cézanne zu betrachten! Kastanienbäume, eine Landstraße – dieses warme Orange in den Dächern der Häuser.« Tom lachte, und es war gutgemeint. Zeit zum Gehen, aber immer noch überlegte er angestrengt, was er noch sagen könnte, um mehr herauszubekommen. Er nahm dankend noch ein Käsehäppchen, als Janice ihm den Teller reichte. Nein, kein Wort würde er über den Fotografen Jeff Constant oder den Journalisten Ed Banbury sagen, die vor Jahren gemeinsam die Galerie Buckmaster gekauft hatten, weil sie sich von Bernard Tufts' Fälschungen einen netten Profit versprachen. Tom bekam ebenfalls Prozente von den Derwatt-Verkäufen, eine Summe, die in den letzten Jahren mehr oder weniger gleich geblieben war, aber das war normal, weil seit Bernards Tod ja keine neuen Derwatts mehr auf den Markt kamen.

Toms ernstgemeinte Bemerkung über Cézanne schien auf taube Ohren gestoßen zu sein. Er sah auf seine Armbanduhr. »Gerade muß ich an meine Frau denken«, sagte er. »Ich muß nach Hause.«

»Und wenn wir Sie nun einfach ein Weilchen hierbehalten?« meinte David.

»Hierbehalten?« Tom stand schon.

»Sie nicht weglassen.«

»Aber David! Treib doch mit Mr. Ripley keine *Spielchen*!« Janice wand sich in sichtlicher Verlegenheit, aber sie grinste dabei und hielt den Kopf schief. »Mr. Ripley liebt keine *Spielchen*!« Ihre Stimme war wieder schrill geworden.

»Mr. Ripley liebt Spielchen *sehr*«, erwiderte David Pritchard. Er saß jetzt aufrecht auf dem Sofa, die Hände in den Hüften, und präsentierte seine stämmigen Oberschenkel. »Sie könnten hier gar nicht weg, wenn wir nicht wollten. Und ich kann Judo.«

»Was Sie nicht sagen.« Die Haustür, oder die Tür, durch die Tom hereingekommen war, befand sich schätzungsweise sechs Meter hinter ihm. Tom war nicht scharf auf eine Prügelei mit Pritchard, aber wenn es dazu käme, wäre er bereit, sich seiner Haut zu wehren. Er könnte zum Beispiel den schweren Aschenbecher packen, der da zwischen ihnen stand. Ein Aschenbecher gegen die Stirn hatte seinerzeit Freddie Miles in Rom glatt und für immer erledigt. Ein Schlag nur. Und tot war Freddie. Tom musterte Pritchard. Ein Langweiler, übergewichtig, alltäglich, mittelmäßig. »Ich muß los. Vielen Dank, Janice – Mr. Pritchard.« Tom lächelte und drehte sich um.

Er hörte nichts hinter sich, und als er sich bei der Tür zur Diele noch einmal umdrehte, kam Mr. Pritchard nur lässig hinter ihm drein geschlendert, als wäre sein Spielchen vergessen. Janice kam angeflattert. »Finden Sie hier schon alles, was Sie brauchen?« fragte Tom. »Supermarkt? Haushaltswaren? In Moret kriegt man so ziemlich alles. Es ist jedenfalls am nächsten.«

Ja, ja.

»Hören Sie noch manchmal von der Familie Greenleaf?« fragte David Pritchard und warf den Kopf zurück, wie um sich größer zu machen.

»Ja, gelegentlich.« Toms Miene blieb unverändert liebenswürdig. »Kennen Sie Mr. Greenleaf?«

»Welchen?« fragte David scherzhaft und ein bißchen grob.

»Also nicht«, sagte Tom. Er sah zu dem flimmernden Kreis an der Wohnzimmerdecke. Die Sonne war fast hinter den Bäumen verschwunden.

»Groß genug, um darin zu ertrinken, wenn es regnet«, meinte Janice, die Toms Blick sah.

»Wie tief ist der Teich denn?«

»Hm – vielleicht anderthalb Meter«, antwortete Pritchard. »Der Untergrund ist schlammig, glaube ich. Nichts zum Planschen.« Er grinste und zeigte seine großen, eckigen Zähne.

Es hätte ein freundliches, naives Grinsen sein können, aber Tom kannte ihn jetzt besser. Er trat von der Verandatreppe auf den Rasen. »Also, noch mal vielen Dank. Ich hoffe, wir sehen uns bald wieder.«

»Bestimmt! Und danke für Ihren Besuch«, sagte David.

Komische Vögel, dachte Tom auf der Heimfahrt. Oder war Amerika ihm nur schon so völlig fremd? Hatte etwa jede amerikanische Kleinstadt so ein Pärchen wie die Pritchards zu bieten? Mit absonderlichen Marotten? Wie es ja auch junge Leute von siebzehn, neunzehn Jahren gab, die sich einen Umfang von zwei Metern anfraßen. Tom hatte irgendwo gelesen, man sehe sie am häufigsten in Florida und Kalifornien. Nach ihren Freßorgien erlegten diese Fanatiker sich dann drakonische Hungerkuren auf, und kaum waren sie zu Skeletten abgemagert, begannen sie die ganze Leier wieder von vorn. Tom vermutete eine Art Selbsthaß dahinter.

Das Tor zu Belle Ombre stand offen. Tom fuhr auf den Hof, dessen grauer Kies beruhigend knirschte, und stellte den Wagen links in die Doppelgarage, neben den roten Mercedes.

Noëlle Hassler und Heloise saßen im Wohnzimmer auf dem gelben Sofa, und Noëlle lachte so laut und fröhlich wie eh und je. Die dunklen Haare auf ihrem Kopf waren heute abend ihre eigenen, lang und glatt. Sonst trug sie nämlich gern Perücken – es war so etwas wie eine Verkleidung. Tom wußte bei ihr nie, woran er war.

»*Mesdames!*« sagte er. »Einen wunderschönen guten Abend. Wie geht's, Noëlle?«

»*Bien, merci*«, sagte Noëlle. »*Et toi?*«

»Wir sprechen über das Leben«, ergänzte Heloise auf englisch.

»Aha, das Thema aller Themen«, sprach Tom weiter auf französisch. »Ihr mußtet hoffentlich nicht mit dem Abendessen auf mich warten?«

»*Mais non, chéri!*« sagte Heloise.

Tom sah sie wohlgefällig an, wie sie so rank und schlank auf dem Sofa saß, den nackten linken Fuß auf dem rechten Knie. Welch ein Gegensatz zu dieser verkrampften, nervösen Janice Pritchard! »Ich würde nämlich vor dem Essen gern noch einen Anruf erledigen, wenn ich darf.«

»Bitte sehr«, sagte Heloise.

»Dann entschuldigt mich.« Tom ging nach oben in sein Zimmer und wusch sich im Bad rasch die Hände, was ihm nach unerfreulichen Erlebnissen wie dem von vorhin immer ein Bedürfnis war. Heloise würde sein Bad heute abend mitbenutzen, denn sie trat das ihre immer ab, wenn sie Besuch hatten. Tom vergewisserte sich, daß die zweite Tür, die zwischen dem Bad und Heloises Zimmer, unverschlossen war. Sehr unangenehm, dieser Moment, als der feiste David Pritchard gesagt hatte: »Und wenn wir Sie nun einfach ein Weilchen hierbehalten?« Und wie Janice ihn so gebannt angestarrt hatte! Ob Janice ihrem Mann beigestanden hätte? Tom vermutete es. Vielleicht wie ein Roboter. *Warum?*

Tom warf das Handtuch wieder über den Halter und ging zum Telefon. Sein braunledernes Adreßbuch lag daneben, und das brauchte er, weil er weder Jeff Constants noch Ed Banburys Telefonnummer auswendig kannte.

Zuerst Jeff. Er wohnte noch in London NW 8, wo er auch sein Fotostudio hatte, soviel Tom wußte. Nach seiner Uhr war es 19:22. Er wählte.

Ein Anrufbeantworter meldete sich nach dem dritten Klingeln, und Tom nahm einen Kugelschreiber und notierte eine andere Nummer. ». . . bis einundzwanzig Uhr«, sagte Jeffs Stimme.

Also zweiundzwanzig Uhr französische Zeit. Er wählte erneut. Ein Mann meldete sich, und nach den Hintergrundgeräuschen zu urteilen, war dort eine Party in vollem Gange.

»Jeff *Constant*«, wiederholte Tom. »Ist er da? . . . Der Fotograf.«

»Ah, der Fotograf! Moment. Und Ihr Name?«

Tom mochte das nicht. »Sagen Sie einfach ›Tom‹.«

Er mußte ziemlich lange warten, bis Jeff sich etwas atemlos meldete. Der Partylärm ging weiter.

»Ah, *Tom*! Ich hatte an einen anderen Tom gedacht . . . Ach so, ja, eine Hochzeit – der Empfang danach. Was gibt's?«

Tom war jetzt froh um die Hintergrundgeräusche. Jeff mußte schreien und die Ohren spitzen. »Kennst du einen gewissen David Pritchard? Amerikaner, etwa fünfunddreißig Jahre alt? Dunkle Haare. Frau heißt Janice und ist blond.«

»N-nein.«

»Kannst du Ed Banbury dasselbe fragen? Ist Ed erreichbar?«

»Ja, aber er ist vor kurzem umgezogen. Ich frage ihn mal. Seine Adresse weiß ich nicht auswendig.«

»Also, hör zu – diese Amerikaner haben in meinem Dorf ein Haus gemietet und behaupten, vor kurzem Cynthia Gradnor kennengelernt zu haben – in London. Werfen mit unschönen Andeutungen um sich, diese Pritchards. Aber nichts über – Bernard.« Tom hätte sich bei dem Namen fast verschluckt. Er hörte es förmlich in Jeffs Gehirn arbeiten. »Wie kann er Cynthia kennengelernt haben? Läßt sie sich jemals in der Galerie blicken?« Tom sprach von der Galerie Buckmaster in der Old Bond Street.

»Nein.« Das wußte Jeff anscheinend genau.

»Ich bin mir nicht einmal sicher, ob er Cynthia wirklich kennt. Aber daß er überhaupt von ihr *gehört* hat –«

»Im Zusammenhang mit den Derwatts?«

»Das weiß ich nicht. Du glaubst doch auch nicht, daß Cynthia die Petze spielen würde, oder? Daß sie –« Tom unterbrach sich, als ihm schaudernd klar wurde, daß Pritchard, oder beide Pritchards, in seiner Vergangenheit gewühlt haben mußten, und zwar zurück bis Dickie Greenleaf.

»Cynthia ist keine Petze«, sagte Jeff im Brustton der Überzeugung, während die Tollhausgeräusche im Hintergrund weitergingen. »Paß auf, ich werde Ed aushorchen und –«

»Heute noch, wenn's geht. Ruf zurück, egal – das heißt bis Mitternacht eurer Zeit. Und morgen bin ich auch zu Hause.«

»Was glaubst du denn, was dieser Pritchard im Schilde führt?«

»Gute Frage. Irgendeine Gemeinheit, aber frag mich nicht, was für eine. Ich kann's noch nicht sagen.«

»Du meinst, er weiß vielleicht mehr, als er sagt?«

»Ja. Und – ich brauche dich ja nicht darüber aufzuklären, daß Cynthia mich *haßt*.« Tom sprach so leise, wie er es sich leisten konnte, wenn er auch noch verstanden werden wollte.

»Sie liebt uns alle nicht besonders! ... Du wirst von mir oder Ed hören, Tom.«

Sie legten auf.

Dann das Abendessen, aufgetragen von Madame Annette – eine köstliche klare Suppe, die nach mindestens fünfzig Zutaten schmeckte, gefolgt von Flußkrebsen in Mayonnaise mit Zitronenscheiben, dazu ein kühler Weißwein. Der Abend war noch warm, und die Terrassentür stand weit offen. Die Damen unterhielten sich über Nordafrika, denn Noëlle Hassler war anscheinend mindestens schon einmal dort gewesen.

»...haben keine Taxameter, man muß einfach zahlen, was der Fahrer verlangt... Und ein wunderbares Klima!« Noëlle riß fast ekstatisch die Hände in die Höhe, dann nahm sie ihre weiße Serviette und wischte sich die Fingerspitzen ab. »Dieser Wind! ... Es ist dort gar nicht heiß, weil den ganzen Tag so ein herrlicher Wind weht! ... Ja, Französisch! Wer kann denn schon Arabisch?« Sie lachte. »Mit Französisch kommt ihr durch – überall.«

Ein paar Tips noch. Mineralwasser trinken, irgendwas mit »Sidi« im Namen, in Plastikflaschen zu haben. Und bei Verdauungsproblemen Imodium-Pillen.

»Kauft euch dort auch Antibiotika zum Mitbringen. Rezeptfrei«, erklärte Noëlle vergnügt. »Rubitrazin zum Beispiel. Ganz billig! Und *fünf Jahre* Haltbarkeit! Ich weiß das, weil ...«

Heloise saugte das alles in sich hinein. Sie lernte so gern neue Orte kennen. Nicht zu fassen, daß ihre Eltern nie mit ihr in das ehemalige französische Protektorat gereist waren, dachte Tom, aber anscheinend hatten die Plissots ihre Urlaube lieber in Europa verbracht.

»Und die Prickardes, Tome?« fragte Heloise. »Wie waren sie?«

»Die Pritchards, Darling. David und – Janice. Also –« Tom warf einen Blick zu Noëlle, die nur mit höflichem Interesse zuhörte. »Sehr amerikanisch«, fuhr Tom fort. »Er studiert Marketing am INSEAD in Fontainebleau. Womit sie sich die Zeit vertreibt, weiß ich nicht. Abscheuliche Möbel.«

Noëlle lachte. »Wieso?«

»*Style rustique.* Aus dem Supermarkt. Echt massiv.« Tom schnitt eine Grimasse. »Und für die Pritchards selbst habe ich auch nicht viel übrig«, endete er mit einem milden Lächeln.

»Kinder?« fragte Heloise.

»Nein. Ich glaube, das ist nicht unsere Art Leute, liebe Heloise. Jedenfalls bin ich froh, daß ich dort war und dir das erspart geblieben ist.« Tom griff lachend nach der Weinflasche und füllte die Gläser nach.

Anschließend spielten sie Scrabble auf französisch. Genau das brauchte Tom jetzt zur Entspannung. Er fühlte sich richtig verfolgt von diesem mediokren David Pritchard und der Frage, was er im Schilde führen mochte, wie Jeff es ausgedrückt hatte.

Gegen Mitternacht ging Tom in sein Zimmer und schickte sich an, mit *Le Monde* und der Wochenendausgabe der *Tribune* zu Bett zu gehen.

Einige Zeit später klingelte im Dunkeln sein Telefon und weckte ihn auf. Sogleich erinnerte er sich, daß er zu Heloise

gesagt hatte, er bekomme vielleicht noch einen späten Anruf und sie solle den Apparat in ihrem Zimmer lieber aus-
stöpseln, worüber er jetzt froh war. Heloise und Noëlle
hatten noch sehr lange zusammengesessen und geredet.

»Hallo?« sagte Tom.

»Hallo, Tom! Ed Banbury. Entschuldige, daß ich so
spät noch anrufe, aber als ich vor ein paar Minuten nach
Hause kam, hatte ich eine Nachricht von Jeff, wonach es
sich um etwas Wichtiges zu handeln scheint.« Eds präzise
Aussprache klang noch präziser als sonst. »Ein gewisser
Pritchard?«

»Ja. Und Frau. Sie – haben in unserm Dorf ein Haus gemietet. Und sie behaupten, Cynthia Gradnor zu kennen . . .
Weißt du etwas davon?«

»N-nein«, sagte Ed, »aber von diesem Kerl habe ich
schon gehört. Nick – Nick Hall, das ist unser neuer
Geschäftsführer in der Galerie – hat mal von einem Amerikaner gesprochen, der in der Galerie war und sich nach –
Murchison erkundigt hat.«

»Murchison!« wiederholte Tom leise.

»Ja, das war *allerdings* eine Überraschung! Nick – er ist
noch kein Jahr bei uns und wußte nichts von einem ver-
schwundenen Mr. Murchison.«

Ed Banbury sagte »verschwunden« in einem Ton, als
wäre Mr. Murchison eben wirklich nur verschwunden, und
dabei hatte Tom ihn umgebracht. »Wenn ich fragen darf,
Ed – hat Pritchard *mich* erwähnt, nach mir gefragt?«

»Nicht daß ich wüßte. Ich habe Nick ausgefragt, aber ich
wollte ihm natürlich auch keinen Floh ins Ohr setzen!«
Ed lachte schallend, offenbar wieder ganz der Alte.

»Hat Nick etwas von Cynthia erwähnt – etwa daß dieser Pritchard mit ihr gesprochen hätte?«

»Nein. Das hat Jeff mir gesagt ... Nick kennt Cynthia gar nicht.«

Tom wußte, daß Ed und Cynthia einmal recht gut miteinander gestanden hatten. »Ich versuche herauszubekommen, wie Pritchard an Cynthia geraten ist – oder ob überhaupt.«

»Aber was *will* denn dieser Pritchard?« fragte Ed.

»Er wühlt in meiner Vergangenheit herum, hol ihn der Geier«, antwortete Tom. »Soll er im eigenen Morast ersaufen!«

Ed lachte kurz. »Hat er Bernard erwähnt?«

»Nein, Gott sei Dank. Er hat auch Murchison nicht erwähnt – *mir* gegenüber. Ich war nur kurz auf einen Drink bei den Pritchards. Er ist ein Stinktier. Ein Kotzbrocken.«

Jetzt lachten sie gleichzeitig.

»Du«, sagte Tom. »Wenn ich fragen darf – weiß dieser Nick etwas über Bernard und so weiter?«

»Glaub ich nicht. Es wäre möglich, aber wenn, dann behält er seinen Verdacht wohl lieber für sich.«

»Verdacht? Ed, wir sind erpreßbar! Entweder hat Nick Hall keine Ahnung – oder er hängt mit drin. Er muß.«

Ed seufzte. »Ich habe keinen Grund anzunehmen, daß er irgendwas vermutet, Tom – wir haben gemeinsame Freunde. Nick ist ein verhinderter Komponist, der noch nicht aufgegeben hat. Er braucht einen Job, und bei uns hat er einen. Mit der Malerei hat er nicht viel am Hut, das steht fest, er merkt sich nur das Nötigste und kennt halbwegs die

Preise, damit er Jeff oder mich anrufen kann, wenn mal ein ernsthafter Interessent auftaucht.«

»Wie alt ist Nick?«

»Um die Dreißig. Stammt aus Brighton. Eingesessene Familie.«

»Ich möchte nicht, daß du Nick – nach Cynthia fragst«, sagte Tom, als dächte er nur laut. »Aber es beunruhigt mich, was sie gesagt haben könnte. Sie weiß alles, Ed«, sagte Tom sehr leise. »Ein Wort von ihr, zwei Worte –«

»So eine ist sie nicht, das schwöre ich dir. Ich glaube, sie würde das Gefühl haben, Bernard zu schaden, wenn sie – etwas verlauten ließe. Sie hält – sozusagen sein Andenken hoch.«

»Siehst du sie manchmal?«

»Das nun nicht. Sie kommt nie in die Galerie.«

»Dann weißt du zum Beispiel nicht, ob sie inzwischen verheiratet ist?«

»Nein«, sagte Ed. »Ich könnte im Telefonbuch nachsehen, ob sie da noch unter Gradnor steht.«

»Mmmm – ja, warum nicht? ... Wenn ich mich richtig erinnere, hatte sie eine Nummer in Bayswater. Ihre Adresse hatte ich nie. Und wenn dir etwas einfällt, wie Pritchard sie kennengelernt haben könnte, *falls* er sie kennengelernt hat, dann sag's mir, Ed. Vielleicht ist es wichtig.«

Ed Banbury versprach es ihm.

»Ach ja, und welche Nummer hast du jetzt, Ed?« Tom notierte sie sich, ebenso Eds neue Adresse im Stadtbezirk Covent Garden.

Sie wünschten einander alles Gute und legten auf.

Tom ging wieder zu Bett, nachdem er noch kurz auf dem

Flur gelauscht und nach Licht unter einer Tür gespäht hatte (er sah keins), um sich zu vergewissern, daß der Anruf niemanden gestört hatte.

Murchison, großer Gott! Von Murchison hatte man zuletzt gehört, als er in Villeperce bei Tom übernachtet hatte. Dann hatte man sein Gepäck am Flughafen Orly gefunden, und das war's. Vermutlich – nein, bestimmt – war Murchison nicht in die gebuchte Maschine gestiegen. Was von Murchison noch übrig war, lag jetzt in einem Fluß namens Loing oder in einem Kanal davon, jedenfalls nicht weit von Villeperce. Ed und Jeff, die beiden Buckmaster-Galeristen, hatten nur die allernötigsten Fragen gestellt: Murchison, der die Derwatt-Fälschungen gemutmaßt hatte, war vom Erdboden verschwunden, und das war ihrer aller Rettung gewesen. Gewiß war Toms Name durch die Zeitungen gegangen, aber nur kurz, weil er mit einer überzeugenden Geschichte hatte aufwarten können, wie er Murchison zum Flughafen Orly gefahren habe.

Dies war ein weiterer Mord gewesen, den er nur ungern, ja widerstrebend begangen hatte, anders als bei diesen Mafiosi, die zu erwürgen ihm eine Freude und Befriedigung gewesen war. Bernard Tufts hatte ihm geholfen, Murchisons Leichnam aus dem flachen Grab hinter Belle Ombre zu schaufeln, worin Tom ihn erst ein paar Tage zuvor allein zu begraben versucht hatte. Das Grab war weder tief noch sicher genug gewesen. Tom erinnerte sich, wie er und Bernard die in eine Plane gehüllte Leiche mitten in der Nacht in den Kombi geladen und zu einer bestimmten Brücke über der Loing gebracht hatten, wo sie zu zweit keine Mühe gehabt hatten, den mit Steinen beschwerten Murchison übers

Geländer zu wuchten. Bernard hatte Toms Befehlen gehorcht wie ein Soldat, denn er lebte in einer anderen, seiner eigenen Welt, in der andere Ehrbegriffe galten und andere Dinge zählten: Bernards Gewissen war mit der schweren Schuld nicht fertig geworden, daß er im Lauf der Jahre wissentlich zwischen sechzig und siebzig Gemälde und unzählige Zeichnungen im Stile Derwatts, seines Idols, angefertigt hatte.

Ob die englischen oder amerikanischen Zeitungen (Murchison war ja Amerikaner gewesen) zur Zeit der Fahndung nach Murchison je den Namen Cynthia Gradnor erwähnt hatten? Tom glaubte es nicht. Ganz bestimmt war im Zusammenhang mit Murchisons Verschwinden nie der Name Bernard Tufts gefallen. Tom erinnerte sich, daß Murchison mit einem Mann von der Tate-Galerie verabredet gewesen war, um mit ihm über seine Fälschungstheorie zu sprechen. Zuerst war er zur Galerie Buckmaster gegangen, um mit den Galeristen Ed Banbury und Jeff Constant zu sprechen, und sie hatten bald darauf Tom alarmiert. Tom war nach London geflogen und hatte die Kastanien aus dem Feuer geholt, indem er, als Derwatt verkleidet, einige Bilder verifiziert hatte. Dann war Murchison zu Tom nach Belle Ombre gekommen, um sich seine zwei Derwatts anzusehen. Tom hatte Murchison als letzter lebend gesehen, das ging aus der Aussage von Murchisons Frau in Amerika hervor, mit der Murchison von London aus telefoniert haben mußte, bevor er nach Paris flog und dann zu Tom nach Villeperce fuhr.

Tom fürchtete schon, er werde in dieser Nacht vielleicht von unschönen Träumen heimgesucht, in denen Murchison in einer Wolke von Blut und Wein auf Toms Kellerboden stürzte oder in denen Bernard Tufts mit seinen verschlissenen Wanderstiefeln an eine Felskante bei Salzburg trat und verschwand. Aber nein. So launisch sind die Träume, so unlogisch das Unterbewußtsein, daß Tom gänzlich unbeschwert schlief und am nächsten Morgen besonders erfrischt und fröhlich erwachte.

5

Nachdem Tom geduscht und sich rasiert hatte, zog er sich an und ging kurz nach halb neun hinunter. Der Morgen war sonnig, aber noch nicht warm, und ein angenehmer Wind bewegte die Birkenblätter. Madame Annette war natürlich schon auf und in der Küche, wo sie neben dem Brotkasten ihr kleines Kofferradio stehen hatte, aus dem zwischen den Nachrichten ständig eine dieser Dudel- und-Quasselsendungen tönte, an denen im französischen Rundfunk kein Mangel herrschte.

»*Bonjour*, Madame Annette!« sagte Tom. »Ich habe mir gerade überlegt – da Madame Hassler wahrscheinlich heute morgen wieder abreist, wäre vielleicht ein kräftiges Frühstück angebracht. »*Coddled Eggs?*« Er kannte nur die englische Bezeichnung, denn *coddled* stand zwar in seinem Wörterbuch, aber das französische Wort dafür bezog sich eigentlich nicht auf Eier. »*Œufs dorlotés* – verwöhnte Eier? Wissen Sie noch, welche Mühe ich hatte, Ihnen das zu übersetzen? Die in den kleinen Porzellanformen. Ich weiß, wo sie sind.« Tom holte sie aus einem Schrank. Sie hatten ein halbes Dutzend davon.

»*Ah, oui, Monsieur Tome! Je me souviens. Quatre minutes.*«

»Mindestens. Aber ich frage zuerst die Damen, ob sie überhaupt welche möchten... Ja, mein Kaffee! Den kann ich brauchen!« Tom wartete die paar Sekunden, während

Madame Annette heißes Wasser aus ihrem stets bereiten Kessel in die Filterkanne goß. Dann trug er diese auf einem Tablett ins Wohnzimmer.

Tom trank seinen Kaffee gern im Stehen und sah dabei zum Fenster hinaus in den Garten. Er konnte dann so schön seine Gedanken schweifen lassen und überlegen, was im Garten zu tun war.

Minuten später war Tom im Kräutergarten und schnitt für den Fall, daß die »verwöhnten Eier« auf Gegenliebe stießen, schon ein Sträußchen Petersilie ab. Die zerkleinerte Petersilie wurde nebst etwas Butter, Salz und Pfeffer in die Porzellanform mit dem rohen Ei getan, bevor der Deckel daraufgeschraubt und die Form in heißes Wasser gestellt wurde.

»'allo, Tome! Schon bei der Arbeit? Guten Morgen!« Es war Noëlle in schwarzer Hose, Sandalen und dunkelrotem Hemd. Tom wußte, daß ihr Englisch nicht schlecht war, aber mit ihm sprach sie fast immer nur französisch.

»Guten Morgen. Ja, Schwerarbeit.« Tom hielt ihr das Petersiliensträußchen hin. »Möchtest du mal kosten?«

Noëlle nahm einen Stengel und knabberte daran. Sie hatte schon ihren blaßblauen Lidschatten und den hellen Lippenstift aufgelegt. »Ah, délicieux! – Weißt du was?« fuhr sie fort. »Heloise und ich haben uns gestern abend nach dem Essen noch unterhalten. Ich komme vielleicht auch nach Tanger, wenn ich in Paris verschiedenes erledigt habe. Ihr beide fliegt ja nächsten Freitag. Ich kann vielleicht am Samstag aufbrechen. Das heißt natürlich, wenn es dir recht ist. Für fünf Tage vielleicht –«

»Das nenne ich eine angenehme Überraschung!« antwortete Tom. »Du kennst ja auch das Land. Ich finde die Idee hervorragend.« Und das meinte Tom auch so.

Die Damen waren mit den »verwöhnten Eiern« einverstanden, eines für jede, und da es so ein munteres Frühstück war, brauchten sie mehr Toast und Tee und Kaffee. Sie waren gerade fertig, als Madame Annette aus der Küche kam und etwas mitzuteilen hatte.

»Monsieur Tome – ich muß es Ihnen sagen, glaube ich – aber da drüben auf der Straße steht ein Mann und macht Fotos von *Belle Ombre*«. Sie sprach »Belle Ombre« immer sehr andächtig aus, aber wenigstens ohne Ausrufungszeichen.

Tom war schon auf den Beinen. »Entschuldigung«, sagte er in die Runde. Er hatte längst einen Verdacht, wer das war. »Danke, Madame Annette.«

Er ging ans Küchenfenster und sah hinaus. Ganz recht, es war der feiste David Pritchard. Soeben trat er aus dem Schatten des schiefen Baumes gegenüber, den Tom so liebte, in die Sonne und hielt sich die Kamera vors Auge.

»Vielleicht findet er nur das Haus so schön«, sagte Tom ruhiger, als ihm zumute war, zu Madame Annette. Er hätte David Pritchard mit Freuden erschießen können, wenn er eine Flinte im Haus gehabt hätte – und natürlich nur, wenn er es ungestraft hätte tun können. So blieb ihm nur ein Achselzucken. »Falls Sie ihn mal auf unserm Grundstück sehen«, sprach er lächelnd weiter, »wäre es etwas anderes, dann sagen Sie es mir.«

»M'sieur Tome – vielleicht ist er ja nur ein Tourist, aber ich glaube, er wohnt in Villeperce. Ich meine, das ist der Amerikaner, der da unten –« Madame Annette zeigte in die richtige Richtung – »ein Haus gemietet hat, mit seiner Frau.«

Wie schnell sich so etwas in einem kleinen Ort herumsprach, dachte Tom, und dabei hatten die *femmes de ménage* meist keine eigenen Autos, nur Fenster und Telefone. »Ach ja?« sagte Tom und hatte sogleich ein schlechtes Gewissen, denn vielleicht wußte Madame Annette schon jetzt oder bald, daß er erst gestern abend zu einem Aperitif im Haus dieses Amerikaners gewesen war. »Wahrscheinlich hat es nichts zu bedeuten«, sagte er, schon wieder auf dem Weg ins Wohnzimmer.

Er traf Heloise und Noëlle bei einem der Wohnzimmerfenster an. Noëlle hatte den langen Vorhang ein wenig zurückgezogen und sagte soeben lächelnd etwas zu Heloise. Tom wußte zwar, daß Madame Annette ihn nicht bis in die Küche hören konnte, trotzdem schaute er sich um, bevor er sprach. »Das ist übrigens dieser Amerikaner«, sagte er leise auf französisch. »David Pritchard.«

»Bei dem du gestern *warst*, Chéri?« Heloise war herumgewirbelt und sah ihn an. »Warum *fotografiert* er uns?«

Pritchard war tatsächlich noch nicht fertig. Er war jetzt über die Straße gekommen und stand an der Einmündung zu dem berühmten Feldweg, dem Niemandsland. Dort wuchsen Büsche und Bäume. Von dort aus würde Pritchard keinen freien Blick aufs Haus haben.

»Das weiß ich auch nicht, Chérie, aber er ist so ein Typ, dem es einfach Spaß macht, andere zu ärgern. Jetzt wartet er zum Beispiel nur darauf, daß ich wütend zu ihm hinausgehe, und gerade darum sage ich lieber nichts.« Er warf Noëlle einen amüsierten Blick zu und ging zum Eßtisch zurück, wo seine Zigaretten lagen.

»Ich glaube, er hat uns gesehen – am Fenster«, sagte Heloise.

»Sehr gut«, antwortete Tom und zog genüßlich an seiner ersten Zigarette. »Wirklich, ich könnte ihm keine größere Freude machen, als jetzt zu ihm hinauszugehen und ihn zu fragen, was er hier zu fotografieren hat.«

»Ein merkwürdiger Mensch!« meinte Noëlle.

»Das kann man wohl sagen«, antwortete Tom.

»Hat er gestern abend nicht gesagt, daß er gern euer Haus fotografieren möchte?« fragte Noëlle.

Tom schüttelte den Kopf. »Nein. Aber reden wir nicht mehr von ihm. Ich habe Madame Annette aufgetragen, mir sofort zu melden, wenn er – den Fuß auf unser Grundstück setzt.«

Sie sprachen dann wirklich über andere Dinge – die Vor- und Nachteile von Reiseschecks gegenüber Kreditkarten in nordafrikanischen Ländern. Tom sagte, am liebsten sei ihm ein bißchen von beidem.

»Ein bißchen von beidem?« fragte Noëlle.

»Es gibt zum Beispiel Hotels, die akzeptieren keine Visa Card, nur American Express«, sagte Tom, »aber Reiseschecks werden immer genommen.« Er stand bei den Terrassentüren und nutzte die Gelegenheit, einen Blick über sein Anwesen zu werfen, von dem Feldweg auf der linken Seite bis in die hintere rechte Ecke, wo still und beschaulich das Gewächshaus stand. Nichts regte sich, keine menschliche Gestalt. Tom sah, daß seine Unruhe Heloise nicht entging. Wo hatte Pritchard seinen Wagen stehen? Oder hatte

Janice ihn hier abgesetzt und würde gleich wiederkommen und ihn abholen?

Die beiden Damen suchten jetzt in einem Fahrplan die Züge nach Paris heraus. Heloise wollte Noëlle nach Moret fahren, von wo sie mit einem Direktzug zur Gare de Lyon kam. Tom bot seine Dienste an, aber offenbar wollte Heloise ihre Freundin wirklich selbst hinbringen. Noëlle hatte nur eine winzige Reisetasche bei sich, die sie auch schon gepackt hatte, so daß sie im Nu wieder damit unten war.

»Danke, Tome!« sagte Noëlle. »Wir werden uns ja nun wohl früher als sonst wiedersehen – schon in sechs Tagen!« Sie lachte.

»Hoffentlich. Es wäre schön.« Tom wollte ihre Tasche hinaustragen, aber Noëlle ließ es nicht zu.

Tom begleitete sie noch nach draußen und sah dem roten Mercedes nach, wie er nach links abbog und die Richtung zum Dorf einschlug. Soeben kam von links ein weißes Auto gefahren und hielt, und im selben Moment trat eine Gestalt aus dem Gebüsch auf die Straße – Pritchard im zerknitterten braunen Sommerjackett und dunkler Hose. Er stieg in das weiße Auto. Tom trat schnell hinter die Hecke neben dem Tor und wartete. Die Hecke war praktischerweise so hoch, daß ein preußischer Gardesoldat sich dahinter hätte verstecken können.

Da fuhren sie, die selbstgefälligen Pritchards! David grinste Janice an, die in ihrer Aufregung nur Augen für ihn zu haben schien, statt auf die Straße zu achten. Pritchard sah jetzt zu dem offenen Tor von Belle Ombre herüber, und Tom wünschte sich fast, er würde es wagen, Janice zurücksetzen und hier hereinfahren zu lassen – er wäre mit bloßen

Fäusten auf sie beide losgegangen – aber Pritchard befahl Janice offenbar nichts dergleichen, denn der Wagen rollte langsam davon. Tom sah, daß es ein weißer Peugeot mit Pariser Nummer war.

Was mochte inzwischen noch von Murchison übrig sein? Wahrscheinlich hatte die langsam und stetig dahinfließende Loing im Lauf der Jahre mehr für die Beseitigung der Leiche getan als eventuelle räuberische Fische. Tom wußte nicht, ob es in der Loing Fische gab, die Fleisch fraßen, höchstens Aale. Tom hatte gehört – er verscheuchte den unappetitlichen Gedanken. Das wollte er sich lieber nicht ausmalen. Er erinnerte sich an zwei Ringe, die er an den Fingern des Toten gelassen hatte. Vielleicht hatten die Steine die Leiche an ein und derselben Stelle festgehalten. Ob sich der Kopf von den Halswirbeln gelöst hatte und für sich allein fortgerollt war, was eine Identifizierung an den Zähnen unmöglich machen würde? Die Plane war wohl längst verrottet.

Hör auf damit! befahl sich Tom und hob den Kopf. Es waren erst Sekunden vergangen, seit er die widerlichen Pritchards gesehen hatte, und jetzt stand er vor seiner unverschlossenen Haustür.

Madame Annette hatte inzwischen das Frühstücksgeschirr abgeräumt und war wohl jetzt in der Küche mit Kleinigkeiten beschäftigt, prüfte vielleicht gerade nach, wieviel weißer und schwarzer Pfeffer noch im Haus war. Oder sie war vielleicht sogar schon in ihrem Zimmer und nähte etwas für sich oder eine Freundin (sie besaß eine elektrische Nähmaschine), oder sie schrieb einen Brief an ihre Schwester Marie-Odile in Lyon. Sonntag war Sonntag, und Tom hatte sogar schon an sich selbst gemerkt, daß Sonntage ihren Einfluß geltend machten; man arbeitete an einem Sonntag einfach nicht so viel. Madame Annettes offizieller freier Tag war der Montag.

Tom betrachtete das naturfarbene Spinett mit seinen hellen und dunklen Tasten. Ihr Musiklehrer, Roger Lepetit, kam immer am Dienstag nachmittag, um sie beide zu unterrichten. Zur Zeit studierte Tom ein paar alte englische Lieder ein, die er weniger liebte als Scarlatti, aber sie waren dafür persönlicher, wärmer – und natürlich einmal etwas anderes. Er hörte auch gern von weitem (denn Heloise mochte das nicht) zu, wenn Heloise ihren Schubert übte. Sie schien den bekannten Melodien des Meisters mit ihrer Naivität und ihrem Eifer neue Dimensionen zu entlocken. Ihr Schubert-Spiel amüsierte Tom auch deshalb, weil Monsieur Lepetit dem jungen Schubert ein wenig ähnlich sah – aber Schubert war natürlich immer jung gewesen. Monsieur Lepetit war knapp vierzig, ein bißchen weich und rundlich und trug eine randlose Brille genau wie Schubert. Er war unverheiratet und lebte wie ihr Gärtner, der Hüne Henri, bei seiner Mutter. Welcher Kontrast, diese beiden Männer!

Hör mit dem Träumen auf, befahl sich Tom. Was hatte er folgerichtig aus Pritchards fotografischen Bemühungen von heute vormittag zu erwarten? Würden die Bilder oder Negative bei der CIA landen, dieser Organisation, über die John F. Kennedy nach Toms Erinnerung einmal gesagt hatte, er sähe sie am liebsten gehängt, aufs Rad geflochten und gevierteilt? Oder würden David und Janice Pritchard sich vor die Fotos setzen, von denen sie vielleicht einige hatten vergrößern lassen, und kichernd bereden, wie sie in die

Burg Ripley eindringen könnten, die offensichtlich weder Hund noch Mensch bewachte? Und wären das nur Spielereien, oder wären es echte Pläne?

Was hatten sie nur gegen ihn, und warum? Was hatten sie mit Murchison zu schaffen, oder Murchison mit ihnen? Waren sie mit ihm verwandt? Das konnte Tom nicht glauben. Murchison war ein halbwegs gebildeter Mensch gewesen, eine Klasse über den Pritchards. Tom hatte auch seine Frau einmal kennengelernt, als sie nach dem Verschwinden ihres Mannes nach Belle Ombre gekommen war, um Tom zu besuchen, und sie hatten sich eine gute Stunde lang unterhalten. Tom hatte sie als eine kultivierte Frau in Erinnerung.

Verschrobene Sammler? Die Pritchards hatten ihn nicht um ein Autogramm gebeten. Ob sie in seiner Abwesenheit versuchen würden, Belle Ombre zu verwüsten? Tom überlegte hin und her, ob er der Polizei einen Hinweis geben sollte, er habe eine verdächtige Person beobachtet, und da die Ripleys eine Zeitlang nicht zu Hause sein würden –

Er überlegte immer noch, als Heloise zurückkam.

Heloise war bester Dinge. »Chéri, warum hast du den Mann, der hier fotografiert hat, nicht ins Haus gebeten – diesen Prickers –?«

»Pritchard, Darling.«

»Prit-chard. Du warst doch bei ihnen eingeladen ... Was ist so schlimm an ihm?«

»Er ist nicht so freundlich, wie er tut, Heloise.« Tom stand an der hinteren Terrassentür und merkte selbst, wie er richtig in Kampfpositur ging, die Füße leicht gespreizt. Locker bleiben, befahl er sich. »Pritchard ist ein nervtötender kleiner Schnüffler«, fuhr er ruhig fort. »*Un fouinard –* genau das ist er.«

»Wonach schnüffelt er denn?«

»Ich weiß es nicht, Darling. Ich weiß nur – daß wir lieber Abstand halten und ihn ignorieren sollten. Ihn und seine Frau.«

Der nächste Tag war Montag, und Tom paßte morgens den Augenblick ab, als Heloise ins Bad ging, dann rief er das Institut in Fontainebleau an, wo Pritchard angeblich Marketing studierte. Es kostete ihn einige Zeit. Er sagte zuerst, daß er mit jemandem aus dem Fachbereich Marketing verbunden werden möchte. Tom war darauf vorbereitet gewesen, das Gespräch auf französisch zu führen, aber die Frau, die den Anruf annahm, sprach akzentfreies Englisch.

Nachdem Tom endlich mit der richtigen Person verbunden war, fragte er, ob ein gewisser David Pritchard, ein Amerikaner, im Moment zu sprechen sei oder ob er ihm eine Nachricht hinterlassen könne. »Meines Wissens studiert er Marketing«, sagte Tom. Er habe ein Haus gefunden, das Mr. Pritchard eventuell mieten möchte, und er müsse Mr. Pritchard unbedingt etwas mitteilen. Tom merkte, daß der Mann bei INSEAD ihm das abnahm, denn die Leute dort waren immer auf Wohnungssuche. Der Mann meldete sich kurz darauf wieder und teilte Tom mit, daß in keinem ihrer Verzeichnisse ein David Pritchard zu finden sei, weder bei Marketing noch in einem anderen Fachbereich.

»Dann muß ich etwas falsch verstanden haben«, sagte Tom. »Vielen Dank für Ihre Mühe.«

Tom machte einen Rundgang durch den Garten. Er hätte

natürlich wissen können, daß David Pritchard – falls er überhaupt so hieß – sich einen Sport daraus machte, Lügen zu verbreiten.

Aber Cynthia. Cynthia Gradnor. Das war rätselhaft. Tom bückte sich und pflückte eine Butterblume vom Rasen, zart und glänzend. Wie war Pritchard an ihren Namen gekommen?

Tom holte einmal tief Luft und wandte sich wieder zum Haus. Er war zu dem Schluß gekommen, daß er am besten Ed oder Jeff bat, Cynthia anzurufen und sie geradeheraus zu fragen, ob sie Pritchard kenne. Tom hätte das auch selbst tun können, aber er rechnete fest damit, daß Cynthia bei ihm einfach auflegen oder sich jedenfalls stur stellen würde, egal was er von ihr wollte. Ihn haßte sie noch mehr als die anderen.

Tom trat gerade ins Wohnzimmer, als es an der Haustür klingelte, einmal, zweimal. Tom riß sich aus seinen Gedanken und ballte ein paarmal kurz die Fäuste. Er spähte durch den Spion in der Tür und sah einen Fremden mit blauer Mütze.

»Wer ist da?«

»Der Eilbote, M'sieur. Post für M'sieur Riplé.«

Tom öffnete. »Das bin ich. Danke.«

Der Bote überreichte Tom einen kleinen dicken Umschlag, tippte an die Mütze und ging. Er mußte aus Fontainebleau oder Moret gekommen sein, überlegte Tom, und sich vielleicht in der Bar-Tabac erkundigt haben, wo Tom wohnte. Es war die geheimnisvolle Sendung von Reeves Minot aus Hamburg, dessen Adresse links oben in der Ecke stand. Im Innern fand Tom ein weißes Schächtelchen und

darin so etwas wie ein Minifarbband in einer Kunststoffkassette. Es lag auch noch ein weißer Umschlag bei, auf den
Reeves nur »Tom« geschrieben hatte. Tom öffnete ihn.

Hallo, Tom!

Hier ist es. Bitte schick es in circa fünf Tagen an George
Sardi, 307 Temple Street, Peekskill, N. Y. 10569, aber nicht
eingeschrieben, und deklariere es als Ton- oder Farbband.
Bitte per Luftpost.

Herzlich wie immer

R. M.

Und was war auf dem Band, fragte sich Tom, während er die
Kunststoffkassette wieder in das weiße Schächtelchen tat –
internationale Geheimnisse, welcher Art auch immer?
Geldtransaktionen? Aufzeichnungen über die Verschie-
bung von Drogengeldern? Oder widerliche kleine Pri-
vatangelegenheiten zu Erpressungszwecken – zwei Stimmen, deren Besitzer sich allein wähnten? Tom war froh,
über das Band nichts Näheres zu wissen. Er bekam kein
Geld für solche Dienste und hätte auch nichts dafür haben
wollen, nicht einmal eine Gefahrenprämie hätte er akzep-
tiert, wenn Reeves sie ihm angeboten hätte.

Tom beschloß, jetzt zuerst bei Jeff Constant anzurufen
und ihn zu bitten, nachdrücklich zu bitten, er solle sich
noch einmal erkundigen, wie David Pritchard an Cynthia
Gradnors Namen gekommen sei, ferner, was Cynthia zur
Zeit tue, ob sie verheiratet sei, in London arbeite. Ed und
Jeff konnten leicht unbekümmert sein, dachte Tom.
Schließlich hatte er, Tom Ripley, für sie alle Thomas Mur-

chison beseitigt, und nun kreiste über ihm und seinem Haus der Geier in Gestalt David Pritchards.

Heloise war jetzt bestimmt aus dem Bad und wieder in ihrem Zimmer, aber Tom zog es dennoch vor, dieses Gespräch hinter verschlossener Tür in seinem Zimmer zu führen. Er sprang mit großen Sätzen die Treppe hinauf, suchte die Nummer in St. Johns Wood heraus, wählte und rechnete bereits damit, an einen Anrufbeantworter zu geraten.

Eine fremde Männerstimme meldete sich und sagte, Mr. Constant sei zur Zeit beschäftigt, und ob er ihm etwas ausrichten könne? Mr. Constant habe einen Fototermin.

»Sagen Sie Mr. Constant, daß Tom am Apparat ist und ihn ganz kurz sprechen muß.«

Jeff meldete sich nach kaum dreißig Sekunden. Tom sagte: »Entschuldige, Jeff, aber die Sache drängt ein bißchen. Könntet ihr beide, du *und* Ed, noch einmal herauszubekommen versuchen, wie dieser David Pritchard an Cynthias Namen gekommen ist? Es ist sehr wichtig. Ja, und – ist Cynthia je mit ihm zusammengetroffen? Pritchard ist ein Lügenmaul, wie es im Buche steht. Ich habe vorgestern nacht noch mit Ed gesprochen. Hat er dich angerufen?«

»Ja. Heute früh, kurz vor neun.«

»Gut ... Das Neueste ist, daß Pritchard gestern vormittag gegen zehn auf der Straße stand und mein Haus fotografierte. Wie findest du das?«

»Fotografiert! Ist er ein Bulle?«

»Das will ich ja herausfinden. Ich *muß* es herausfinden. Ich will in ein paar Tagen mit meiner Frau in Urlaub fahren. Du wirst hoffentlich verstehen, daß ich mich um die Sicherheit meines Hauses sorge ... Vielleicht würde es etwas bringen, Cynthia einmal zum Lunch oder einem Drink oder sonstwas einzuladen – um zu erfahren, was wir wissen wollen.«

»Das dürfte kaum –«

»Ich weiß, daß es nicht leicht sein wird«, sagte Tom, »aber es ist einen Versuch wert. Es kann einen hübschen Batzen von deinem Einkommen wert sein, Jeff, und von Eds auch.« Tom wollte am Telefon nicht hinzufügen, daß es zudem eine eventuelle Strafanzeige gegen Jeff und Ed wegen Betrugs – und gegen ihn selbst wegen Mordes – verhindern helfen könne.

»Ich werd's versuchen«, sagte Jeff.

»Noch mal zu Pritchard: Amerikaner, etwa fünfunddreißig Jahre alt, dunkles, glattes Haar, etwa einsachtzig groß, stämmig; trägt eine schwarzgeränderte Brille und hat beginnende Geheimratsecken.«

»Ich werd's mir merken.«

»Falls aus irgendwelchen Gründen Ed für diese Aufgabe besser geeignet wäre –« Aber Tom hätte nicht sagen können, wer von den beiden geeigneter war. »Ich weiß, daß Cynthia schwierig ist«, fuhr Tom jetzt ruhiger fort, »aber Pritchard fahndet nach Murchison – jedenfalls hat er den Namen erwähnt.«

»Ich *weiß*«, sagte Jeff.

»Na gut.« Tom fühlte sich wie ausgelaugt. »Also, Jeff, ihr haltet mich auf dem laufenden, so gut ihr könnt, du und Ed. Ich bin noch bis Freitag vormittag hier.«

Sie legten auf.

Tom nahm sich eine halbe Stunde, um mit, vermeintlich, ungewöhnlicher Konzentration am Spinett zu üben. Er tat besser daran, sich kurze, überschaubare Zeitabschnitte vorzunehmen – zwanzig Minuten, eine halbe Stunde – dann erzielte er einfach bessere Fortschritte, sofern dieses Wort nicht zu hochgegriffen war. Toms Ziel war es nicht, perfekt zu spielen – nicht einmal hinlänglich? Wozu denn auch! Er würde nie vor Leuten spielen, wen sollte sein Mittelmaß also stören, außer ihn selbst? Diese Übungen und die wöchentlichen Unterrichtsstunden mit dem schubertlichen Roger Lepetit waren für Tom eine Form der Selbstdisziplin, die er liebgewonnen hatte.

An der vorgesehenen halben Stunde fehlten nach Toms Uhr noch zwei Minuten, als das Telefon klingelte. Er nahm in der Diele ab.

»Hallo, Mr. Ripley, bitte –«

Tom erkannte sofort Janice Pritchards Stimme. Heloise hatte oben abgenommen, und Tom sagte: »Schon gut, Chéri, ich glaube, das ist für mich.« Er hörte Heloise auflegen.

»Hier ist Janice Pritchard«, fuhr die verkrampfte Stimme nervös fort. »Ich möchte mich für gestern früh entschuldigen. Mein Mann hat manchmal so alberne, *rüde* Ideen – Ihr Haus zu fotografieren! Sie haben ihn doch sicher gesehen, oder Ihre Frau.«

Während sie redete, erinnerte Tom sich an das Gesicht, mit dem sie ihren Mann erst gestern im Auto offensichtlich beifällig angelächelt hatte. »Ja, ich glaube, meine Frau hat ihn gesehen«, sagte er. »Nicht der Rede wert, Janice. Aber wozu braucht er Fotos von meinem Haus?«

»Er *braucht* sie nicht«, sagte sie mit hoher Stimme. »Er will Sie nur ärgern – und jeden überhaupt.«

Tom gab ein verwundertes Lachen von sich und verkniff sich die Bemerkung, die ihm auf der Zunge lag. »Er findet das wohl komisch, wie?«

»Ja. Ich verstehe ihn nicht. Ich habe schon zu ihm gesagt –«

Tom unterbrach ihre scheinheilige Verteidigungsrede. »Darf ich fragen, Janice, woher Sie oder Ihr Mann meine Telefonnummer haben?«

»Ach, das war leicht. David hat den Klempner gefragt, den von hier. Er hat sie uns anstandslos gegeben. Er war wegen irgendeiner Kleinigkeit bei uns.«

Natürlich, Victor Jarot, der unermüdliche Entleerer rebellischer Senkgruben, Bezwinger verstopfter Röhren. Wußte so ein Mensch überhaupt, was Diskretion war? »Aha«, sagte Tom, bleich geworden. Aber was sollte er mit Jarot machen, außer ihn bitten, niemandem seine Telefonnummer zu geben, unter gar keinen Umständen? Dasselbe konnte ihm auch mit dem Heizölhändler passieren. Für solche Leute drehte die Welt sich einzig und allein um ihr Gewerbe und sonst nichts. »Was macht Ihr Mann eigentlich wirklich?« fragte Tom aufs Geratewohl. »Ich meine – ich kann mir kaum vorstellen, daß er wirklich Marketing studiert. Davon versteht er doch wahrscheinlich schon alles, was es zu verstehen gibt. Ich hatte den Eindruck, daß er mich damit auf den Arm nehmen wollte.« Er würde Janice nicht sagen, daß er sich beim INSEAD erkundigt hatte.

»Äh – Moment mal. Ja, ich habe doch den Wagen gehört. David ist zurück. Ich muß jetzt Schluß machen, Mr. Ripley. Wiederhören!« Sie legte auf.

Nanu! Mußte ihn heimlich anrufen! Tom lächelte. Und

was bezweckte sie damit? Sich zu entschuldigen! War das Sich-entschuldigen-Müssen eine weitere Demütigung für Janice Pritchard? War David wirklich eben zur Tür hereingekommen?

Tom lachte laut. Spielchen, nichts als Spielchen! Heimliche Spielchen und offene Spielchen. Und scheinbar offene Spielchen, die in Wahrheit heimlich und verstohlen waren. Aber die durchgehend heimlichen Spielchen fanden natürlich in aller Regel hinter verschlossener Tür statt. Und die Betroffenen waren nur Spieler, die irgend etwas Unbeherrschbares in sich auslebten. Aber ja.

Er drehte sich um und starrte auf das Spinett, an das er sich jetzt aber nicht wieder setzen wollte. Er ging nach draußen und eilte zu dem nächstgelegenen Dahlienbeet, um mit dem Taschenmesser eine davon abzuschneiden, eine nur, und zwar so eine mit krauser, orangefarbener Blüte, die er am liebsten hatte, weil ihre Blütenblätter ihn an van-Gogh-Skizzen erinnerten, Felder bei Arles, die Blätter und Blüten mit Liebe und Sorgfalt gestrichelt, ob mit Kreide oder Pinsel.

Tom ging ins Haus zurück. Er dachte jetzt an Scarlattis Opus 38, oder die Sonate in d-moll, wie Monsieur Lepetit sagte. Tom übte sie gerade und hoffte sogar, Fortschritte zu machen. Vor allem liebte er dieses eine Thema (für ihn das Hauptthema), das so nach strebendem Bemühen klang, sich mutig den Schwierigkeiten stellte – und doch so schön war. Aber er wollte das Stück nicht so lange üben, bis es ihm verleidet war.

Er dachte auch an den versprochenen Anruf von Jeff oder Ed wegen Cynthia Gradnor. Eine bedrückende Aussicht, daß dieser Anruf frühestens in vierundzwanzig Stunden kommen konnte, selbst wenn es Jeff gelänge, mit Cynthia irgendwie in ein Gespräch zu kommen.

Als nachmittags um fünf das Telefon klingelte, hoffte Tom schon ein ganz klein wenig, es wäre Jeff, doch es war nicht Jeff.

Agnès Grais meldete sich mit ihrer angenehmen Stimme und fragte, ob Tom und Heloise heute abend um sieben auf einen Aperitif zu ihnen kommen möchten. »Antoine hat ein verlängertes Wochenende eingelegt, will aber morgen ganz früh weg, und ihr beide verreist doch demnächst.«

»Danke, Agnès. Wenn du einen kleinen Moment wartest, frage ich Heloise.«

Heloise war einverstanden, und Tom ging zurück und sagte es Agnès.

Tom und Heloise verließen Belle Ombre kurz vor sieben. Tom dachte unterwegs an das Haus der Pritchards, das an derselben Straße stand, gar nicht weit von den Grais. Was war den Grais an den »neuen Mietern« aufgefallen? Bisher vielleicht noch nichts. Die wildwachsenden Bäume, die in dieser Gegend noch überall auf den freien Flächen zwischen den Häusern standen – Tom liebte sie – verdeckten manchmal die Lichtpunkte von weiter entfernten Häusern und dämpften sogar Geräusche, wenn sie belaubt waren, und das waren sie ja zur Zeit.

Wie immer sah Tom sich bald von Antoine in ein Gespräch verwickelt, obwohl er sich insgeheim vorgenommen hatte, sich diesmal nicht darauf einzulassen. Er wußte nichts zu reden mit dem arbeitsamen, stramm rechten Antoine, während Heloise und Agnès jenes weibliche Talent besaßen, sofort ein Gespräch zu beginnen und es notfalls den ganzen Abend durchzuhalten – und das mit unverändert freundlichen Mienen.

Aber heute sprach Antoine von Marokko und nicht vom Zustrom der vielen Nichtfranzosen nach Paris, die alle untergebracht werden wollten. »*Ah, oui*, mein Vater war einmal mit mir dort, da war ich vielleicht sechs. Ich habe es nie vergessen. Seitdem war ich natürlich noch ein paarmal da. Es hat seinen Zauber, etwas Magisches. Wenn man sich überlegt, daß die Franzosen einmal – ein Protektorat darüber hatten, damals, als die *Post* noch funktionierte, das *Telefonsystem*, die *Straßen* . . .«

Tom hörte zu. Wenn Antoine von der Liebe seines Vaters zu Tanger und Casablanca sprach, konnte er fast poetisch werden.

»*Natürlich* sind es die Menschen, die ein Land ausmachen«, sagte Antoine. »Es ist rechtmäßig *ihr* Land – aber sie lassen es so herunterkommen, aus französischer Sicht.«

Ach ja. Was konnte man dazu sagen? Nur seufzen. »Etwas anderes –«, begann Tom, um das Thema zu wechseln. Er schwenkte seinen großen Gin Tonic, daß die Eiswürfel darin klirrten. »Eure neuen Nachbarn – sind das ruhige Leute?« Er deutete mit dem Kopf zum Anwesen der Pritchards.

»Ruhig?« Antoine schob die Unterlippe vor. »Wenn du schon fragst«, sagte er mit einem leisen Glucksen, »zweimal haben sie ziemlich laut Musik gehört. Spät, um Mitternacht. *Später* sogar! Popmusik.« Er sagte »Popmusik« wie einer, dem es unbegreiflich war, daß man mit über zwölf

Jahren noch Popmusik hören konnte. »Aber nicht lange. Eine halbe Stunde.«

Eine verdächtige Zeitdauer, dachte Tom, und Antoine Grais war genau der Mann, ein solches Phänomen mit der Uhr zu stoppen. »Heißt das, ihr hört es bis hier?«

»O ja. Dabei wohnen wir fast einen halben Kilometer weit weg! Es war wirklich sehr laut!«

Tom lächelte. »Und sonst? Sie kommen sich noch nicht euren Rasenmäher ausleihen?«

»*Non-n*«, knurrte Antoine und trank seinen Campari.

Tom hatte nicht vor, mit einem Wort zu erwähnen, daß Pritchard Belle Ombre fotografiert hatte. Antoines unbestimmter Argwohn gegenüber Tom hätte sich dadurch ein wenig verfestigen können, und das war das letzte, was Tom brauchen konnte. Am Ende hatte damals das ganze Dorf gewußt, daß kurz nach Murchisons Verschwinden die Polizei bei Tom gewesen war, französische und englische. Die Polizei hatte keinen Lärm darum gemacht, war nicht mit Blaulicht und Sirene vorgefahren, aber in so einem Nest erfuhr eben jeder alles, und noch mehr davon konnte Tom sich nicht leisten. Bevor sie zu den Grais gekommen waren, hatte er deshalb Heloise noch eingeschärft, Pritchard und seine Fotografiererei nicht zu erwähnen.

Soeben kamen Sohn und Tochter Grais, die irgendwo schwimmen gewesen waren, herein, lächelnd, barfuß und mit nassen Haaren, aber nicht laut – das hätten die Grais nicht geduldet. Edouard und seine Schwester sagten brav *bonsoir* und gingen in die Küche, Agnès folgte ihnen.

»Freunde in Moret haben einen Swimmingpool«, erklärte Antoine. »Trifft sich gut für uns. Sie haben auch Kin-

der. Ich bringe sie hin. Er bringt die unsern wieder her.«
Antoine gestattete sich wieder ein Lächeln, das sein wohl-
genährtes Gesicht mit Fältchen überzog.

»Wann kommt ihr denn zurück?« fragte Agnès. Sie fuhr
sich mit den Fingern durchs Haar. Die Frage galt Heloise
und Tom. Antoine war gerade aus dem Zimmer gegangen.

»In drei Wochen, vielleicht«, sagte Heloise. »Das steht
noch nicht fest.«

»So, da bin ich wieder.« Antoine kam die Wendeltreppe
herunter und hatte etwas in jeder Hand. »Agnès, Chérie,
kannst du uns ein paar kleine Gläser holen? – Hier, Tome,
das ist eine sehr gute Karte. Alt, aber – du *verstehst*!« Sein
Ton hieß, daß Alt gleich Gut war.

Es war eine vielbenutzte Straßenkarte von Marokko, immer wieder gefaltet und mit Klebefilm geflickt.

»Ich werde sie sehr sorgsam behandeln«, versprach Tom.

»Ihr müßt euch ein Auto mieten. Keine Frage. Um in die
kleinen Orte zu kommen.« Damit wandte Antoine sich seiner Spezialität zu, dem Genever in einer gekühlten Stein-
gutflasche.

Tom erinnerte sich, daß oben in Antoines Arbeitszimmer ein kleiner Kühlschrank stand.

Antoine schenkte ein und reichte das Tablett mit den vier
Gläschen zuerst den Damen.

»Ooooh!« machte Heloise wohlerzogen, obwohl sie Genever nicht mochte.

»*Santé!*« sagte Antoine, und sie hoben die Gläser. »Auf
eine glückliche Reise und eine wohlbehaltene Heimkehr!«

Ex.

Tom mußte zugeben, daß es ein besonders feiner Genever war, aber Antoine machte ein Aufhebens darum, als hätte er ihn selbst gebrannt, und noch nie hatte Tom erlebt, daß er jemandem ein zweites Glas davon angeboten hätte. Immerhin wußte Tom jetzt, daß die Pritchards noch nicht die Bekanntschaft der Grais gesucht hatten – vielleicht wußten sie ja nicht, daß die Ripleys schon lange mit den Grais befreundet waren. Und das Haus zwischen dem der Grais und dem der Pritchards? Es stand seit Jahren leer, soviel Tom wußte, und war vielleicht zu verkaufen. Unwichtig, unbedeutend, dachte Tom.

Tom und Heloise versprachen beim Abschied, den Grais eine Ansichtskarte zu schicken, und Antoine warnte sie sofort, daß die marokkanische Post *abominable* sei. Tom dachte an Reeves' Film- oder Tonband.

Sie waren kaum zu Hause, da klingelte das Telefon.

»Ich erwarte einen Anruf, Darling, und –« Tom ging in der Diele ans Telefon, bereitete sich aber darauf vor, doch noch auf sein Zimmer zu gehen, falls es Jeff war und das Gespräch komplex werden sollte.

»Chéri, ich brauche jetzt unbedingt einen Löffel Joghurt. Ich mag nun einmal keinen Genever«, klagte Heloise und entfernte sich in Richtung Küche.

»Tom«, sagte Ed Banburys Stimme, »hier Ed. Ich habe Cynthia erreicht. Jeff und ich haben uns – vereint bemüht. Ein Zusammentreffen mit ihr war nicht drin, aber ich habe ein paar Sachen erfahren.«

»So?«

»Wie es scheint, war Cynthia vor einiger Zeit auf einer Presseparty, so einem Stehempfang, zu dem praktisch jeder reinkam, und – anscheinend war dieser Pritchard auch da.«

»Moment, Ed, ich sollte vielleicht doch lieber an den anderen Apparat gehen. Bleib mal dran.« Tom sprang die Treppe hinauf, riß in seinem Zimmer den Hörer von der Gabel und rannte wieder nach unten, um in der Diele aufzulegen. Heloise achtete nicht weiter auf ihn und schaltete im Wohnzimmer den Fernseher ein. Aber Tom wollte vor ihren Ohren nicht den Namen Cynthia nennen, denn das hätte sie daran erinnern können, daß Cynthia die Verlobte von Bernard Tufts gewesen war, *le fou*, wie Heloise ihn genannt hatte. Bernard hatte Heloise eingeschüchtert, als sie ihn hier in Belle Ombre einmal kennengelernt hatte. »Da bin ich wieder«, sagte Tom. »Also, du hast mit Cynthia gesprochen?«

»Am Telefon. Heute nachmittag. Auf dieser Party hat ein Bekannter Cynthia angesprochen und behauptet, da sei so ein Amerikaner, der ihn gefragt habe, ob er Tom Ripley kenne. Offenbar aus heiterem Himmel. Dann hat dieser Mann –«

»Auch ein Amerikaner?«

»Weiß ich nicht. Cynthia hat ihrem Bekannten – diesem Mann – jedenfalls geantwortet, der Amerikaner soll sich doch mal um Ripleys Verbindung mit Murchison kümmern. So ist das gekommen, Tom.«

Tom fand das mehr als verschwommen. »Du weißt nicht, wie dieser Mittelsmann hieß? Dieser Freund von Cynthia, mit dem Pritchard gesprochen hat?«

»Cynthia hat den Namen nicht genannt, und ich wollte nicht – zu neugierig danach fragen. Was hatte ich überhaupt für einen Grund, sie anzurufen? Daß irgend so ein Trampel von einem Amerikaner ihren Namen kennt? – Ich habe ihr nicht gesagt, daß *du* mir das erzählt hast. Von wegen aus heiterem Himmel! Ich mußte das so machen. Aber ich denke, wir wissen jetzt einiges mehr, Tom.«

Das ja, dachte Tom. »Cynthia ist Pritchard aber nie persönlich begegnet. Richtig?«

»Meines Wissens nein.«

»Der Mittelsmann muß wohl zu Pritchard gesagt haben: ›Ich werde einmal meine Freundin Cynthia Gradnor nach diesem Ripley fragen.‹ Pritchard hat ihren Namen richtig ausgesprochen, und der ist ja nun nicht alltäglich.« Cynthia hatte vielleicht sogar besonderen Wert darauf gelegt, Pritchard über den Mittelsmann ihren Namen anzugeben, überlegte Tom, gewissermaßen als Visitenkarte und in der Hoffnung, Tom Ripley werde den Schrecken seines Lebens bekommen, wenn er je davon erfuhr.

»Bist du noch da, Tom?«

»Ja. Cynthia ist uns nicht wohlgesinnt, mein Bester. Und dieser Pritchard auch nicht. Aber der hat nur einen Sprung.«

»Sprung?«

»Einen Sprung in der Schüssel, eine Macke, frag mich nicht, was für eine.« Tom holte Luft. »Danke für deine Mühe, Ed. Und gib das auch an Jeff weiter.«

Nachdem sie aufgelegt hatten, durchlebte Tom ein paar mulmige Sekunden. Cynthia hatte sich zu Thomas Murchisons Verschwinden das Ihre gedacht, das stand fest. Und sie hatte den Mut, sich zu exponieren. Sie mußte doch wissen, daß sie selbst ganz obenan auf Toms Todesliste stehen würde, wenn es eine solche gäbe, denn sie wußte über die Fälschungen ganz genau Bescheid, wußte sogar (was nicht einmal Tom mit Bestimmtheit wußte), welches Bild Bernard als erstes gefälscht hatte, vermutlich mitsamt dem Datum.

Tom dachte nach. Wenn Pritchard sich in Zeitungsarchiven über Ripley informiert hatte, war er wahrscheinlich auf den Namen Murchison gestoßen. Toms Name war, soviel er wußte, nur ein einziges Mal in amerikanischen Zeitungen erwähnt worden. Madame Annette hatte gesehen, wie er Murchisons Koffer zu seinem (Toms) Wagen getragen hatte, rechtzeitig für Murchisons Flug ab Orly, und hatte irrtümlich, aber arglos, der Polizei erzählt, sie habe M'sieur Riplé *und* M'sieur Murchisonne mit dem Gepäck zu M'sieur Riplés Wagen gehen sehen. So groß war die Macht der Suggestion, des schönen Scheins, dachte Tom. Murchison hatte nämlich in diesem Moment in Toms Keller gelegen, notdürftig in eine alte Plane gehüllt, und Tom hatte Todesängste ausgestanden, daß Madame Annette in den Keller gehen könnte, um eine Flasche Wein zu holen, ehe er sich um die Leiche kümmern konnte.

Wenn Cynthia den Namen Murchison erwähnt hatte, war das für die Pritchards wohl ein neuer Ansporn gewesen. Zweifellos wußte Cynthia, daß Murchison kurz nach seinem Besuch bei Tom »verschwunden« war. Tom erinnerte sich, daß es in den englischen Zeitungen gestanden hatte, wenn auch nur in kurzen Meldungen. Murchison war der Überzeugung gewesen, daß sämtliche späteren Derwatts gefälscht wären. Und sollte seine Überzeugung noch nicht stark genug gewesen sein, so hatte Bernard Tufts sie weiter gestärkt, indem er Murchison in dessen Londoner Hotel offen ins Gesicht gesagt hatte: »Kaufen Sie keine

Derwatts mehr.« Murchison hatte Tom von dieser merkwürdigen Begegnung mit einem Fremden in der Hotelbar berichtet. Der Fremde habe Murchison aber seinen Namen nicht genannt. Doch Tom, der Murchison in London nachgeschlichen war, kannte ihn, denn er hatte das Tête-à-tête mit Bernard beobachtet, und das Entsetzen, das Tom damals gepackt hatte, fühlte er jetzt noch. Er hatte genau gewußt, was Bernard da sagte.

Tom hatte sich oft gefragt, ob Bernard danach zu Cynthia gegangen war, um ihr zu sagen, er habe geschworen, nie mehr Bilder zu fälschen, nur um sie zurückzugewinnen. Aber selbst wenn, Cynthia hätte ihn nicht wieder genommen.

6

Tom hatte sich schon gedacht, daß Janice Pritchard noch einmal versuchen könnte, ihn zu »kontaktieren«, wie sie es ausdrücken würde, und am Dienstag nachmittag tat sie es dann auch. Gegen halb drei klingelte in Belle Ombre das Telefon. Tom hörte es nur ganz leise. Er jätete gerade Unkraut auf einem der Rosenbeete beim Haus. Heloise nahm ab und rief ein paar Sekunden später: »Tome! *Téléphone!*« Sie war an die offene Terrassentür gekommen.

»Danke, mein Schatz!« Er ließ die kleine Hacke fallen. »Wer ist es?«

»Prickartes Frau.«

»Aha! – Pritchards, Darling.« Ärgerlich, aber doch neugierig, ging Tom im Flur an den Apparat. Diesmal hätte er ja schlecht nach oben gehen können, ohne es Heloise erklären zu müssen. »Hallo?«

»Hallo, Mr. Ripley. Gut, daß Sie zu Hause sind. Ich habe überlegt – vielleicht finden Sie es ja ein bißchen anmaßend von mir – aber ich würde so gern mit Ihnen ein paar Worte unter vier Augen reden.«

»Oh?«

»Ich habe den Wagen, und ich hätte Zeit bis kurz vor fünf. Könnten –«

Tom wollte sie nicht im Haus haben, und in das Haus der Pritchards zu gehen, hatte er auch keine Lust. Sie verabredeten sich also für Viertel nach drei in Fontainebleau beim

Obelisken (Toms Idee), und zwar in einem Arbeiterbistro an der Nordostecke, »Le Sport« oder so ähnlich. Tom und Heloise erwarteten Monsieur Lepetit um halb fünf zu ihrer Musikstunde, was Tom aber nicht erwähnte.

Heloise sah ihn mit einer Neugier an, die seine Telefongespräche selten auslösten.

»Ja, ausgerechnet.« Tom sagte es ungern, fuhr aber fort: »Sie will mit mir sprechen. Vielleicht kriege ich ja was heraus. Deshalb habe ich zugesagt. Heute nachmittag.«

»Herauskriegen?«

»Ihr Mann gefällt mir nicht. Sie gefallen mir beide nicht, Darling, aber – wenn ich etwas herauskriege, ist das schon nützlich.«

»Die beiden stellen dumme Fragen, ja?«

Tom lächelte, froh, daß Heloise ihre gemeinsamen Probleme verstand, die eigentlich nur seine Probleme waren. »Nicht übermäßig. Mach dir keine Sorgen. Sie sind bloß Quälgeister. *Des taquins.* Beide. Ich erzähl dir alles ganz genau, wenn ich wiederkomme«, fuhr er schon etwas fröhlicher fort, »und ich bin rechtzeitig für Monsieur Lepetit wieder hier.«

Tom verließ wenige Minuten später das Haus und fand in der Nähe des Obelisken einen – hinsichtlich der Legalität zweifelhaften – Parkplatz, aber das war ihm egal.

Janice Pritchard stand bereits verlegen an der Bar. »Mister Ripley.« Ihr Lächeln war herzlich.

Tom nickte, sah aber über die ausgestreckte Hand hinweg. »Tag. Setzen wir uns in eine dieser Nischen?«

Sie setzten sich. Tom bestellte Tee für die Dame und *un petit noir* für sich.

»Was treibt Ihr Mann denn heute?« fragte er freundlich lächelnd und erwartete als Antwort, David sei am INSEAD in Fontainebleau, worauf Tom sie dann um genauere Angaben zum Studium ihres Mannes bitten würde.

»Er hat heute nachmittag seine Massage«, antwortete Janice Pritchard mit einer wiegenden Kopfbewegung. »In Fontainebleau. Ich muß ihn um halb fünf abholen.«

»Massage? Hat er's am Rücken?« Für Tom hatte »Massage« einen anrüchigen Klang, er dachte dabei an Freudenhäuser, obwohl er natürlich wußte, daß es auch wohlanständige Massagesalons gab.

»Nein.« Janice machte ein gequältes Gesicht. Sie starrte abwechselnd auf den Tisch und zu Tom. »Er mag das einfach. Immer und überall, zweimal wöchentlich.«

Tom schluckte, ihm war dieses Gespräch zuwider. Die lauten Rufe nach *un Ricard* und das Triumphgeheul der Spieler am Automaten klangen ihm angenehmer in den Ohren als Janice Pritchards Ausführungen zu ihrem komischen Gatten.

»Ich meine – sogar wenn wir in Paris sind, findet er immer sofort einen Massagesalon.«

»Seltsam«, sagte Tom leise. »Und was hat er gegen mich?«

»Gegen *Sie*?« Es klang höchst erstaunt. »Nichts, wieso denn? Er hat Respekt vor Ihnen.« Sie sah Tom in die Augen.

Das wußte Tom. »Warum erzählt er, daß er am INSEAD studiert, wenn es gar nicht stimmt?«

»Oh – das wissen Sie?« Janice sah ihn jetzt ruhiger an, ihre Augen blickten belustigt, boshaft.

»Nein«, sagte Tom. »Ich weiß gar nichts. Ich glaube nur nicht alles, was Ihr Mann erzählt.«

Janice lachte, kicherte richtig schadenfroh.

Tom war nicht danach, ihr Lächeln zu erwidern. Er sah, wie Janice sich mit dem Daumen das rechte Handgelenk rieb, fast wie eine gedankenlose Massage. Sie trug ein blütenweißes Hemd über einer blauen Hose und ein (nicht echtes, aber hübsches) Perlmutthalsband unter dem Hemdkragen. Doch als sie beim Massieren jetzt den Ärmel ein wenig hochschob, sah Tom eindeutige Blutergüsse. Auch der bläuliche Fleck links an ihrem Hals war ein Bluterguß, das sah er jetzt. Hatte sie ihm die blauen Flecken am Handgelenk absichtlich gezeigt? »Also«, fuhr Tom jetzt fort, »wenn er nicht am INSEAD studiert –?«

»Er erfindet gern Geschichten«, sagte Janice, den Blick auf dem gläsernen Aschenbecher, in dem von ihren Vorgängern noch drei Kippen lagen, eine mit Filter.

Tom lächelte nachsichtig und sehr darum bemüht, daß es echt aussah. »Aber Sie lieben ihn trotzdem.« Er sah Janice zögern und die Stirn runzeln. Jetzt kommt sie mir mit der Maid in Bedrängnis oder einer ähnlichen Nummer, dachte Tom. Sie genoß es sichtlich, wie er sie ausquetschte.

»Er braucht mich. Ich weiß nicht genau, ob er – ich meine, ob ich *ihn* liebe.« Sie sah zu Tom auf.

Mein Gott, als ob das wichtig wäre, dachte Tom. »Wenn ich Sie etwas sehr Amerikanisches fragen darf – wovon lebt Ihr Mann? Womit verdient er sein Geld?«

Ihre Stirn war plötzlich wieder glatt. »Ach, das ist kein Problem. Seine Familie hatte ein Sägewerk, irgendwo im Staat Washington. Als sein Vater starb, wurde es verkauft, und David und sein Bruder bekamen je die Hälfte. Das Geld ist angelegt – irgendwie – und das verschafft uns ein Einkommen.«

Sie sagte dieses »irgendwie« in einem Ton, der Tom verriet, daß sie von Geldanlagen nicht das mindeste verstand. »In der Schweiz?«

»N-nein. Das regelt alles irgend so eine Bank in New York. Wir haben unser Auskommen. Nur David will immer noch mehr.« Janice sagte das mit einem fast süßen Lächeln, als spräche sie von einem Kind, das immer noch ein zweites Stück Torte haben will. »Ich glaube, sein Vater ist mal böse auf ihn geworden und hat ihn aus dem Haus geworfen, als er so um die Zweiundzwanzig war und nichts gearbeitet hat. Trotzdem bekam David ein schönes Taschengeld, er wollte aber mehr.«

Tom konnte das nachempfinden. Leichtes Geld nährte das traumhafte Element seiner Existenz, garantierte den Fortbestand des Unwirklichen – und sorgte zugleich für einen gefüllten Kühlschrank und einen gedeckten Tisch.

Tom trank einen Schluck Kaffee. »Warum wollten Sie mich sprechen?«

»Oh –« Seine Frage schien sie aus einem Traum geweckt zu haben. Sie schüttelte kurz den Kopf und sah ihn an. »Um Ihnen zu sagen, daß er ein Spiel mit Ihnen treibt. Er will Ihnen Schaden zufügen. Auch mir, aber im Moment – interessieren Sie ihn.«

»Wie könnte er mir schaden?« Tom zückte seine Gitanes.

»Hm, er – unterstellt Ihnen alles mögliche. Und er will nur, daß es Ihnen grauu-en-haft geht.« Sie betonte das

Wort so, als bedeute es zwar etwas Unangenehmes, aber eben doch nur ein Spiel.

»Es ist ihm noch nicht gelungen.« Tom bot ihr eine Zigarette an. Sie schüttelte den Kopf und nahm eine eigene. »Was unterstellt er mir zum Beispiel?«

»Oh, das sage ich nicht. Er schlägt mich sonst.«

»Er schlägt Sie?«

»Ja. Manchmal verliert er die Nerven.«

Tom spielte ein wenig den Schockierten. »Sie müssen aber doch wissen, was er gegen mich hat. Etwas Persönliches kann es nicht sein, denn bis vor ein paar Wochen kannte ich ihn noch gar nicht.« Jetzt ging er aufs Ganze: »Er weiß nichts über mich.«

Sie kniff die Augen zusammen und lächelte so matt, daß man es kaum noch ein Lächeln nennen konnte. »Nein, er tut nur so.«

Tom fand sie genauso abstoßend wie ihren Mann, aber er versuchte es sich nicht anmerken zu lassen. »Er hat demnach die Angewohnheit, in der Gegend herumzulaufen und Leute zu ärgern?« fragte Tom, als ob ihn der Gedanke amüsierte.

Janice gab wieder so ein Kleinmädchenkichern von sich, dabei wiesen die Fältchen um ihre Augen sie als mindestens fünfunddreißigjährig aus, so alt, wie auch ihr Mann aussah. »Könnte man so nennen.« Sie sah Tom kurz an und blickte zur Seite.

»Wer war vor mir dran?«

Schweigen. Janice starrte in den verdreckten Aschenbecher wie eine Wahrsagerin in ihre Kristallkugel, als erblickte sie Fragmente alter Begebenheiten darin. Sie zog sogar die Brauen hoch – spielte sie jetzt irgendeine Szene zum eigenen Vergnügen? – und Tom sah eine halbmondförmige Narbe an ihrer rechten Stirnseite, die er bisher nicht bemerkt hatte. Ob sie von einer abendlich fliegenden Untertasse stammte?

»Was verspricht er sich davon – Leute zu ärgern?« fragte Tom mit leiser Stimme, wie bei einer Séance.

»Es macht ihm eben Spaß.« Ihr Lächeln war jetzt echt. »Da war einmal so ein Sänger in Amerika – nein, es waren *zwei*!« fügte sie lachend hinzu. »Der eine war ein Popsänger, die andere – viel bekannter – eine Opernsängerin. Ich weiß nicht mehr, wie sie hieß, ist wohl auch besser so, haha! Norwegerin, glaube ich. David –« Janice starrte wieder in den Aschenbecher.

»Ein Popsänger?« half Tom nach.

»Ja. David hat ihm nur Schmähbriefe geschickt. ›Es geht bergab mit dir‹ oder ›Zwei Mörder warten auf dich‹, in dieser Art. David wollte ihn fertigmachen, damit er einen Auftritt schmiß. Ich weiß nicht mal, ob die Briefe überhaupt bei ihm angekommen sind, diese Leute bekommen ja so viele Briefe, und er war bei der Jugend eine große Nummer. Mit Vornamen hieß er Tony, das weiß ich noch. Aber ich glaube, er ist über Drogen gestolpert und nicht –« Janice stockte wieder und sagte dann: »David sieht Leute gern *zugrunde* gehen – wenn er kann. Wenn *er* sie zugrunde richten kann.«

Tom hörte aufmerksam zu. »Und über diese Leute legt er Dossiers an? Sammelt Zeitungsausschnitte?«

»Das weniger«, meinte Janice obenhin und warf Tom einen kurzen Blick zu, dann trank sie einen Schluck Tee.

»Zum einen will er so etwas nicht im Haus haben, falls er –
na ja, Erfolg hat. Ich glaube nicht, daß er zum Beispiel bei
dieser norwegischen Sopranistin Erfolg hatte, aber er hat
immerzu den Fernseher angehabt und sie beobachtet, das
weiß ich noch, und gesagt, sie wird immer unsicherer, es
geht mit ihr zu Ende. So ein *Unsinn*, habe ich bei mir gedacht.« Janice sah Tom in die Augen.

Ihre Offenheit ist falsch, dachte Tom. Wenn es ihr so
ernst damit wäre, wieso lebte sie dann noch mit David
Pritchard unter einem Dach? Tom holte tief Luft. Logische
Fragen konnte man nicht jeder Ehefrau stellen. »Und was
hat er mit mir vor? Nur mich zu schikanieren?«

»Ach ja – wahrscheinlich.« Janice wand sich wieder.
»Er findet, daß Sie zu sehr von sich überzeugt sind. Eingebildet.«

Tom unterdrückte ein Lachen. »Also mich schikanieren«, überlegte er laut. »Und was kommt als nächstes?«

Janice zog einen Mundwinkel hoch, wodurch ihre
schmalen Lippen einen verschlagenen, amüsierten Zug bekamen, den er noch nicht an ihr gesehen hatte, aber sie
mied seinen Blick. »Wer weiß?« Sie rieb sich wieder das
Handgelenk.

»Und wie ist David gerade auf mich gekommen?«

Janice sah ihn an und dachte nach. »Wenn ich mich recht
erinnere, hat er Sie irgendwo auf einem Flughafen gesehen.
Ihr Mantel ist ihm aufgefallen.«

»Mein *Mantel*?«

»Leder und Pelz. Jedenfalls sehr schön, und David hat
gemeint: ›Ist das nicht ein schöner Mantel, wer mag das nur
sein?‹ – Und irgendwie hat er's in Erfahrung gebracht. Hat

sich vielleicht hinter Sie in die Reihe gestellt, um Ihren Namen mitzubekommen.« Janice zuckte die Achseln.

Tom suchte angestrengt in seinem Gedächtnis, fand aber nichts. Er schloß kurz die Augen. Natürlich war es auf einem Flughafen möglich, seinen Namen in Erfahrung zu bringen und zu sehen, daß er einen amerikanischen Paß hatte. Dann wie weiter? Anfragen bei den Botschaften? Tom war da nicht aufgeführt, *glaubte* er jedenfalls, zum Beispiel nicht in Paris. Dann Zeitungsarchive? Das erforderte Hartnäckigkeit. »Wie lange sind Sie schon verheiratet, Janice? Und wie haben Sie David kennengelernt?«

»Oh –« Erneute Heiterkeit in ihrem schmalen Gesicht, ihre Hand fuhr durch das aprikosenfarbene Haar. »Ich – ja, wir sind jetzt seit über drei Jahren verheiratet. Und kennengelernt haben wir uns – auf einer großen Konferenz für Sekretärinnen, Buchhalter – sogar Chefs.« Noch ein kurzes Lachen. »In Cleveland, Ohio. Ich weiß nicht mehr, wie David und ich ins Gespräch gekommen sind, es waren so viele Leute da. Aber David hat einen gewissen Charme, auch wenn Sie ihn vielleicht nicht sehen.«

Tom sah ihn wirklich nicht. Typen wie Pritchard sahen immer so aus, als gedächten sie zu bekommen, was sie haben wollten, egal wem sie dafür den Arm ausrenken oder den Hals umdrehen mußten, und Tom wußte, daß dies auf bestimmte Frauentypen anziehend wirkte. Er schob seinen Ärmel zurück. »Entschuldigen Sie. Ich habe gleich eine Verabredung, aber ein bißchen Zeit habe ich noch.« Er hätte um sein Leben gern Cynthia erwähnt und gefragt, zu welchem Zweck Pritchard sie zu mißbrauchen gedachte, aber er wollte den Namen nicht mit Gewalt aufs Tapet bringen. Und natürlich wollte Tom auch nicht zeigen, daß ihn etwas beunruhigte. »Was will Ihr Mann von mir – wenn ich fragen darf? Wozu hat er zum Beispiel mein Haus fotografiert?«

»Natürlich um Ihnen Angst vor ihm zu machen. Er will sehen, daß Sie Angst vor ihm haben.«

Tom lächelte nachsichtig. »Bedaure. Aussichtslos.«

»David versucht damit nur *Macht* zu demonstrieren«, sagte Janice in immer schrillerem Ton. »Das habe ich ihm schon so *oft* gesagt.«

»Noch eine offene Frage: War er mal bei einem Psychiater?«

»Haha! *Hihiii!*« Janice krümmte sich vor Lachen. »*Er* doch nicht! Über Psychiater macht er sich nur lustig, das sind lauter Scharlatane, sagt er – *wenn* er überhaupt was sagt.«

Tom gab der Kellnerin ein Zeichen. »Aber – finden Sie es nicht etwas ungewöhnlich, Janice, wenn ein Mann seine Frau schlägt?« Tom konnte sich ein Lächeln kaum verkneifen, denn Janice genoß diese Behandlung ja offensichtlich.

Janice wand sich und zog die Stirn kraus. »Schlägt –« Sie starrte an die Wand. »Ich hätte das vielleicht nicht sagen sollen.«

Tom hatte schon davon gehört, daß mißhandelte Frauen ihre Männer auch noch deckten, und sicherlich war Janice dieser Typ, im Moment jedenfalls. Tom zog einen Geldschein aus der Brieftasche, der den Rechnungsbetrag überstieg, aber er winkte ab, als die Kellnerin ihm herausgeben wollte. »Lassen wir uns nicht unterkriegen. Verraten Sie mir Davids nächsten Zug«, sagte Tom fröhlich, als wäre das Ganze ein lustiges Spiel.

»Zug – was für einen Zug?«

»Gegen mich.«

Ihr Blick wurde düster, als füllte eine Vielzahl von Möglichkeiten ihr Gehirn. Sie lächelte mühsam. »Ich könnte das ehrlich nicht sagen, wüßte es vielleicht nicht mal in Worte zu fassen, wenn ich –«

»Wieso nicht? – Versuchen Sie's doch mal.« Tom wartete. »Will er mir die Fenster einwerfen?«

Sie antwortete nicht, und Tom erhob sich angewidert.

»Wenn Sie mich jetzt entschuldigen –«, sagte er.

Auch sie stand auf, schweigend, vielleicht gekränkt, und Tom ließ sie zur Tür vorausgehen.

»Ich habe übrigens gesehen, wie Sie David am Sonntag vor meinem Haus abgeholt haben«, sagte Tom. »Jetzt holen Sie ihn wieder ab. Sie sind eine sehr zuvorkommende Frau.«

Wieder keine Antwort.

Auf einmal kochte in Tom die Wut hoch, und er wußte, daß sie aus Frustration kam. »Warum hauen Sie nicht ab? Warum bleiben Sie bei ihm und lassen sich das gefallen?«

Darauf würde Janice Pritchard natürlich nicht antworten, es ging zu dicht an den Nerv. Tom sah in ihrem rechten Auge eine Träne glitzern, während sie die Straße entlanggingen – wahrscheinlich zu ihrem Wagen, denn sie ging voran.

»Sind Sie überhaupt verheiratet?« bohrte Tom weiter.

»Ach, hören Sie doch auf!« Jetzt flossen die Tränen über. »Ich wollte Sie so gern nett finden.«

»Bemühen Sie sich nicht, Madame.« Tom dachte in diesem Moment an ihr befriedigtes Lächeln, als sie David am Sonntag vor Belle Ombre abgeholt hatte. »Adieu.«

Tom machte kehrt und ging zu seinem eigenen Wagen, lief die letzten Meter. Er hätte Lust gehabt auszuholen und die Faust auf irgend etwas krachen zu lassen, und wenn es ein Baumstamm gewesen wäre. Auf der Heimfahrt mußte er richtig achtgeben, daß er nicht zu sehr aufs Gas trat.

Zu seiner Erleichterung war die Haustür verschlossen, und Heloise kam, um ihm zu öffnen. Sie hatte am Spinett gesessen. Auf dem Notenständer lehnte ihr Schubert-Liederheft.

»Himmel Herrgott Affenzahn!« rief Tom, völlig außer sich, und griff sich mit beiden Händen an den Kopf.

»Was ist denn, Chéri?«

»Diese Frau ist behämmert! Das ist so erbärmlich. Grauenhaft!«

»Was hat sie denn gesagt?« Heloise war ganz ruhig.

Es brauchte schon einiges, um Heloise zu erschüttern, und ihre Gelassenheit tat Tom richtig wohl. »Wir haben Kaffee getrunken. Vielmehr ich. Sie – na ja, du kennst ja diese Amerikanerinnen.« Er stockte. Eigentlich fand Tom immer noch, daß er und Heloise die Pritchards einfach ignorieren sollten. Wozu Heloise mit ihren Machenschaften behelligen? »Weißt du, Darling, oft langweilen mich die Leute. Manche Leute. Langweilen mich derart, daß ich aus der Haut fahren könnte, tut mir leid.« Ehe Heloise ihm eine weitere Frage stellen konnte, sagte Tom: »Entschuldige mich mal kurz«, und ging ins Bad neben der Diele, um sich das Gesicht mit kaltem Wasser zu waschen und die Hände mit Wasser und Seife und die Fingernägel mit einer Bürste zu bearbeiten.

Wenn Monsieur Roger Lepetit käme, würde er sich bald in einer völlig anderen Welt befinden. Tom und Heloise wußten nie, wen von ihnen Monsieur Roger für die erste halbe Stunde drannehmen würde, denn er traf diese Entscheidung immer ganz plötzlich, indem er mit höflichem Lächeln sagte: »*Alors, M'sieur*«, oder »*Madame, s'il vous plaît?*«

Monsieur Lepetit kam ein paar Minuten später, und nach den üblichen Floskeln über das schöne Wetter und den wohlgepflegten Garten wandte er sich mit seinem rosigen Lächeln an Heloise, hob einladend eine weichliche Hand und sagte: »Sie, Madame? Möchten Sie anfangen? Sollen wir?«

Tom hielt sich im Hintergrund, setzte sich aber nicht. Er wußte, daß seine Anwesenheit Heloise nicht beim Spielen störte, was Tom sehr angenehm fand. In der Rolle des gestrengen Kritikers hätte er sich nicht gefallen. Er zündete sich eine Zigarette an, ging hinter das lange Sofa und betrachtete den Derwatt über dem Kamin. *Kein* Derwatt! rief er sich in Erinnerung, sondern eine Fälschung von Bernard Tufts, mit dem Titel *Mann im Sessel*. Es war braunrot mit ein paar Streifen Gelb und hatte, wie alle Derwatts, mehrfache Umrisse, die oft auch dunkler waren und manchen Leuten Kopfweh machten, wie sie sagten, aber aus einigem Abstand wirkten die Bilder dadurch lebendig, fast als bewegten sie sich. Der Mann im Sessel hatte ein bräunliches, affenähnliches Gesicht, dessen Ausdruck man als nachdenklich hätte bezeichnen können, obwohl es keineswegs klar definierbare Züge trug. Was Tom daran gefiel, war das (trotz des Sessels) Rastlose, Zweifelnde, Bekümmerte in dem Gesicht; sowie auch die Tatsache, daß es eine Fälschung war. Es hatte in seinem Haus einen Ehrenplatz.

Der andere Derwatt im Wohnzimmer hieß »Die roten Stühle«, auch ein Ölgemälde mittlerer Größe, auf dem zwei etwa zehnjährige Mädchen in angespannter Haltung, die Augen angstvoll aufgerissen, auf zwei Stühlen saßen. Auch hier waren die rötlichen und gelben Umrisse der Stühle und Figuren verdrei- und vervierfacht, so daß dem Betrachter nach ein paar Sekunden (Tom stellte sich immer einen Erstbetrachter vor) die Erkenntnis dämmerte, daß der Hintergrund Flammen sein könnten, daß die Stühle vielleicht brannten. Was mochte dieses Bild jetzt wert sein? Eine sechsstellige Zahl in britischen Pfund, eine hohe sechsstellige Zahl, vielleicht mehr. Je nachdem, wer es versteigerte. Toms Versicherung bewertete die beiden Bilder immer höher. Tom dachte nicht daran, sie zu verkaufen.

Angenommen, es gelänge diesem unflätigen David Pritchard, sämtliche Fälschungen auffliegen zu lassen, so würde er doch den »Roten Stühlen« nichts anhaben können, denn das Bild war alt und von einwandfreier Londoner Provenienz. Aber Pritchard *konnte* ja gar kein Unheil anrichten, mochte er seine stumpfe Nase hineinstecken, wo er wollte, dachte Tom. Pritchard hatte nie von Bernard Tufts gehört. Die wunderschönen Schubert-Klänge taten jetzt das Ihre dazu, Tom wieder aufzurichten, auch wenn Heloise mit ihrem Spiel nicht eben Konzertansprüchen genügte; die Intention war da, der Respekt vor Schubert – genau wie in Derwatts – nein Bernards – »Mann im Sessel«

der Respekt vor Derwatt dagewesen war, als Bernard es im Stile Derwatts malte.

Tom ließ entspannt die Schultern sinken, bog und streckte die Finger und besah sich seine Fingernägel. Alles in bester Ordnung. Bernard Tufts hatte an den Profiten, den steigenden Einnahmen aus den falschen Derwatts nie teilhaben wollen, wie Tom sich erinnerte. Bernard hatte immer nur so viel genommen, wie er brauchte, um in seinem Londoner Atelier weiterwerkeln zu können.

Wenn nun einer wie Pritchard die Fälschungen entlarvte – wie denn? dachte Tom –, wäre auch Bernard Tufts bloßgestellt, selbst wenn er tot war. Jeff Constant und Ed Banbury würden Antwort auf die Frage geben müssen, aus wessen Hand die Fälschungen stammten, und das wußte natürlich auch Cynthia Gradnor. Eine interessante Frage, ob sie vor Bernard Tufts, ihrer einstigen Liebe, noch so viel Achtung haben würde, ihn nicht zu verraten. Es war Tom ein sonderbares, stolzes Bedürfnis, sich schützend vor diesen idealistischen, kindlichen Bernard zu stellen, der sich am Ende selbst für seine Sünden bestraft hatte, indem er sich von einem Felsen stürzte.

Tom hatte die Mär verbreitet, Bernard habe in Salzburg seine Reisetasche bei Tom gelassen und sei fortgegangen, um sich ein anderes Hotelzimmer zu suchen, weil er umziehen wollte; und dann sei Bernard nicht mehr zurückgekommen. In Wirklichkeit war Tom ihm nachgestiegen, und Bernard war von einer Felskante gesprungen. Anderntags hatte Tom die Leiche verbrannt, so gut er es vermochte, und sie als Derwatts Leiche ausgegeben. Und man hatte ihm Glauben geschenkt.

Seltsam, wenn Cynthia noch einen schwelenden Groll nährte und sich womöglich fragte, wo denn nur Bernards Leiche geblieben war... Und – ja – Tom wußte eben, daß Cynthia ihn und die beiden von der Galerie Buckmaster haßte.

7

Das Flugzeug begann den Landeanflug mit einem scharfen Abkippen der rechten Tragfläche, und Tom erhob sich, soweit der Sicherheitsgurt es ihm gestattete. Heloise hatte den Fensterplatz, darauf hatte Tom bestanden, und da lag nun der Hafen von Tanger – die beiden spektakulären, einwärts gebogenen Landzungen, wie Zinken, die weit in die Straße von Gibraltar hineinragten, als wollten sie dort etwas fangen.

»Erkennst du den Hafen von der Landkarte wieder?« rief Tom. »Da ist er!«

»*Oui, mon chéri.*« Heloise wirkte längst nicht so aufgeregt wie er, aber auch sie konnte den Blick nicht von dem runden Fenster wenden.

Leider war das Fenster schmutzig und die Sicht nicht klar. Tom versuchte Gibraltar zu sehen. Er sah aber nur den Südzipfel Spaniens mit Algeciras. Wie klein das war!

Das Flugzeug richtete sich auf, kippte zur anderen Seite und flog eine Linkskurve. Nichts zu sehen. Aber jetzt kippte wieder der rechte Flügel, und Tom und Heloise sahen aus größerer Nähe weiße, zusammengepferchte Häuser auf einer Anhöhe, kalkweiße kleine Häuser mit winzigen quadratischen Fensterchen. Am Boden rollte das Flugzeug noch zehn Minuten über das Gelände, während die Passagiere ihre Gurte lösten und nicht mehr die Geduld hatten, auf ihren Sitzen zu bleiben.

Sie kamen in die Paßabfertigung, einen großen Raum, in den die Sonne durch hohe, geschlossene Fenster hereinschien. Tom war warm, und er zog sein Sommerjackett aus und legte es sich über den Arm. Die Leute in den beiden langsam vorrückenden Reihen schienen französische Touristen zu sein, aber auch Einheimische waren darunter, dachte Tom, denn einige trugen Dschellabas.

Im nächsten Raum, wo Tom ihr Gepäck einfach vom Boden nahm – sehr unbürokratisch –, wechselte er tausend französische Francs in marokkanische Dirham um und fragte eine dunkelhaarige Frau am Informationsschalter nach dem besten Weg ins Stadtzentrum. Taxi. Kostet? Etwa fünfzig Dirham, antwortete sie auf französisch.

Heloise war »vernünftig« gewesen, und so brauchten sie für ihre paar Koffer keinen Gepäckträger. Tom hatte zu Heloise gesagt, sie könne sich ja in Marokko noch etwas kaufen, sogar einen zusätzlichen Koffer, um die Sachen zu transportieren.

»Fünfzig ins Stadtzentrum, einverstanden?« fragte Tom auf französisch den Taxifahrer, der seine Wagentür öffnete. »Hotel Minzah?« Tom wußte ja, daß es hier keine Taxameter gab.

»Steigen Sie ein«, antwortete der Fahrer schroff.

Er und Tom luden das Gepäck ein.

Ab ging's wie eine Rakete, jedenfalls kam es Tom so vor, aber daran konnte auch die ziemlich holprige Straße und der Wind von den offenen Fenstern schuld sein. Heloise hielt sich mit der einen Hand an ihrem Sitz, mit der anderen an einem Riemen fest. Durch das Fahrerfenster wehte Staub herein. Aber die Straße führte wenigstens geradeaus und anscheinend genau auf das weiße Häusergedränge zu, das Tom vom Flugzeug aus gesehen hatte.

Häuser standen an beiden Straßenseiten, rohe rote Ziegelbauten, drei- bis fünfstöckig. Sie kamen auf eine Art Hauptstraße mit Männern und Frauen in Sandalen, ein paar offenen Cafés und kleinen Kindern, die unbekümmert über die Straße rannten und den Fahrer zu plötzlichen Bremsmanövern zwangen. Zweifellos war dies jetzt die eigentliche Stadt, staubig, grau und von Einkäufern und Spaziergängern wimmelnd. Der Fahrer bog nach links ab und hielt nach ein paar Metern an.

Hotel El Minzah. Tom stieg aus, bezahlte und gab ein paar Dirham Trinkgeld, und sogleich kam ein Page, um ihnen behilflich zu sein.

Tom füllte in der hohen, unpersönlichen Hotelhalle den Meldezettel aus. Das Foyer wirkte immerhin sauber, seine vorherrschenden Farben waren Rot und Dunkelrot, obwohl die Wände cremeweiß waren.

Wenige Minuten später waren Tom und Heloise in ihrer »Suite« – Tom fand diesen Ausdruck immer so lächerlich vornehm. Heloise wusch sich Gesicht und Hände, schnell und entschlossen wie immer, und begann sogleich auszupacken, während Tom aus den Fenstern sah, um sich einen Überblick zu verschaffen. Sie befanden sich im vierten Stock nach europäischer Zählweise. Tom blickte auf ein geschäftiges Bild aus grauen und weißen Gebäuden, keines höher als sechs Geschosse, einem Durcheinander von zum Trocknen aufgehängter Wäsche, ein paar Stangen mit zerfransten, unidentifizierbaren Fahnen, einem Wald von Fernsehantennen auf den Dächern und dazwischen noch mehr Wäsche. Direkt unter einem anderen Fenster sonnte sich auf dem Hotelgelände die betuchte Klasse, zu der wohl auch er gehörte. Am hoteleigenen Swimmingpool war die Sonne schon verschwunden. Weiße Tische und Stühle umzäunten die in Bikinis und Badehosen herumliegenden Gestalten, und dahinter standen schöne, gepflegte Palmen, Sträucher und Bougainvilleen in voller Blüte.

Eine Klimaanlage, etwa in Oberschenkelhöhe, blies Kaltluft nach oben, und Tom streckte die Hände aus, um die Kühle in seine Ärmel hinaufkriechen zu lassen.

»*Chéri!*« Ein Aufschrei sanfter Verzweiflung. Dann ein kurzes Lachen. »*L'eau est coupée! Tout d'un coup!* Genau wie Noëlle gesagt hat«, fuhr sie auf englisch fort. »Erinnerst du dich?«

»Täglich insgesamt für jeweils vier Stunden, hat sie doch gesagt, oder?« Tom lächelte. »Und wie sieht's in der Toilette aus? Und im Bad?« Tom ging ins Bad. »Hat Noëlle nicht gesagt – ja, nun sieh dir das an! Ein Eimer sauberes Wasser! Trinken möchte ich es nicht unbedingt, aber sich damit waschen –«

Tom wusch sich Gesicht und Hände mit kaltem Wasser, und zusammen packten sie die letzten Sachen aus. Dann machten sie sich zu einem Spaziergang auf.

Tom klimperte mit den fremden Münzen in der rechten Hosentasche und überlegte, was sie als erstes kaufen könnten. Ansichtskarten? Oder lieber in ein Café gehen? Sie standen an der Place de France, einer Kreuzung von fünf Straßen, zu denen die Rue de la Liberté gehörte, an der laut Toms Stadtplan ihr Hotel stand.

»Die da!« rief Heloise und zeigte auf eine Handtasche aus

geprägtem Leder, die vor einem Laden zwischen Halstüchern und Kupferschalen von zweifelhaftem Gebrauchswert hing. »Ist sie nicht hübsch, Tome? So ausgefallen!«

»Mhm – aber meinst du nicht, daß es noch andere Läden gibt, Darling? Schauen wir uns doch erst mal um.« Es ging auf sieben Uhr zu, und Tom sah, daß einige Geschäftsinhaber ihre Läden schon schlossen. Plötzlich griff er nach Heloises Hand. »Ist das nicht aufregend? Ein neues Land!«

Sie lächelte ihn ebenfalls an. Er sah die eigenartigen dunklen Linien in ihren lavendelblauen Augen, die von den Pupillen ausstrahlten wie Speichen von einer Nabe; ein grobes Gleichnis für so etwas Schönes wie Heloises Augen.

»Ich liebe dich«, sagte Tom.

Sie gingen zum Boulevard Pasteur, einer breiten Straße, die sanft abfiel. Noch mehr Läden, und alles noch dichter beieinander. Frauen und Mädchen in langen Umhängen rauschten vorbei, die nackten Füße in Sandalen, während junge Burschen und Männer offensichtlich Bluejeans, Turnschuhe und Sporthemden bevorzugten.

»Möchtest du einen Eistee, Chérie? Oder einen Kir? Die wissen hier sicher, wie man einen Kir macht.«

Sie gingen in die Richtung ihres Hotels zurück und fanden an der Place de France mit Hilfe von Toms ungenauem Stadtplan im Prospekt das Café de Paris, eine lange Reihe Tische und Stühle auf dem Gehweg, an denen es laut herging. Tom ergatterte das anscheinend letzte runde Tischchen und angelte von einem der Nebentische einen zweiten Stuhl heran.

»Hier, etwas Geld, Darling.« Tom zückte seine Brieftasche, um Heloise die Hälfte seiner Dirhams zu geben.

Sie hatte so eine anmutige Art, ihre Handtasche zu öffnen – was sie jetzt bei sich hatte, war eine Art Satteltasche, nur kleiner – und Geldscheine oder auch anderes im Handumdrehen darin verschwinden zu lassen, aber trotzdem alles an seinem Platz. »Und wieviel ist das?«

»Etwa – vierhundert Francs. Ich wechsle heute abend im Hotel noch mehr. Wie ich gesehen habe, zahlt das Minzah den gleichen Kurs wie die am Flughafen.«

Diese Feststellung interessierte Heloise scheinbar überhaupt nicht, aber Tom wußte genau, daß sie es sich merken würde. Er hörte kein Französisch ringsum, nur Arabisch – beziehungsweise einen Berberdialekt, wie er gelesen hatte. So oder so, Tom verstand beides nicht. An den Tischen saßen fast ausschließlich Männer, einige in reiferem Alter und etwas schwergewichtig, alle in kurzärmeligen Hemden. Nur an einem weiter entfernten Tisch saß ein hellhaariger Mann in Shorts mit einer Frau.

Und die Kellner machten sich rar.

»Ob wir uns das Zimmer für Noëlle bestätigen lassen sollen, Tome?«

»Ja, lieber einmal zuviel als zuwenig.« Tom lächelte. Er hatte schon bei der Anmeldung nach dem Zimmer für Madame Hassler gefragt, die morgen abend ankommen werde, und der Portier hatte ihm gesagt, daß ein Zimmer reserviert sei. Tom winkte zum drittenmal einem Kellner, diesmal einem mit weißem Jackett und einem Tablett auf der Hand, der nicht den Eindruck machte, als fühlte er sich hier für irgend etwas zuständig. Doch diesmal nahte er wirklich.

Tom mußte sich belehren lassen, daß Bier und Spirituosen nicht serviert würden.

Sie bestellten beide Kaffee. *Deux cafés.*

Tom war mit den Gedanken bei Cynthia Gradnor – daß ausgerechnet sie ihm hier in Nordafrika einfallen mußte! Cynthia, dieser Inbegriff kühler, blonder, englischer Hochnäsigkeit. Oder war sie nicht kühl gegen Bernard Tufts gewesen? Am Ende sogar gefühllos? Aber das hätte Tom nicht beantworten können, da dies in den Bereich sexueller Beziehungen fiel, die im Privaten so verschieden von dem sein konnten, was das Paar in der Öffentlichkeit vorführte. Wie weit würde sie es treiben in ihrem Bestreben, Tom Ripley zu entlarven, wenn sie nicht zugleich auch sich selbst und Bernard Tufts entlarven wollte? Komisch, aber Tom hatte Cynthia und Bernard, obwohl sie nie geheiratet hatten, immer als eine geistig-seelische Einheit betrachtet. Gewiß, sie waren ein Liebespaar gewesen, viele Monate lang, aber dieser physische Aspekt war ohne Belang. Cynthia hatte Bernard geachtet, hatte ihn aus tiefem Herzen geliebt, und vielleicht hatte Bernard sich in seiner selbstquälerischen Art zuletzt für »unwürdig« gehalten, mit Cynthia auch nur zu schlafen, weil er sich wegen der Derwatt-Fälschungen so schuldig fühlte.

Tom seufzte.

»Was hast du, Tome? Bist du müde?«

»Nein!« Tom war nicht müde, und jetzt lächelte er auch wieder übers ganze Gesicht und fühlte sich wahrhaft frei, da er sich klarmachte, wo er sich befand: viele hundert Kilometer entfernt von seinen »Feinden«, sofern hier von Feinden die Rede sein konnte. Plagegeister, ja, so konnte er sie wohl nennen, und damit waren nicht nur die Pritchards gemeint, sondern auch Cynthia Gradnor.

Für den Augenblick ... Tom konnte den Gedanken nicht zu Ende denken, und wieder verfinsterte sich sein Gesicht. Er fühlte es und rieb sich die Stirn. »Morgen – was machen wir morgen? Das Forbes-Museum, die Bleisoldaten? Das ist in der Kasbah. Erinnerst du dich?«

»Ja!« sagte Heloise, und ihr Gesicht leuchtete auf. »*Le Casbah!* – Dann der Socco.«

Sie meinte den Grand Socco, den Großen Markt. Da würden sie kaufen, handeln, feilschen, was Tom nicht mochte, aber tun mußte, wenn er nicht als Tölpel dastehen und wie ein Tölpel bezahlen wollte.

Auf dem Rückweg zum Hotel kaufte Tom, ohne zu feilschen, ein paar hellgrüne und ein paar dunklere Feigen, beide Sorten genau von der richtigen Reife, dazu noch herrliche grüne Trauben und Orangen. Er füllte damit die beiden Plastiktüten, die ihm der Verkäufer gegeben hatte.

»Die werden sich in unserem Zimmer gut machen«, sagte Tom. »Und ein paar geben wir auch Noëlle ab.«

Das Wasser lief wieder, wie Tom zu seiner Freude entdeckte. Heloise duschte, dann Tom, und danach ruhten sie sich in Pyjamas auf dem übergroßen Bett aus und genossen die klimatisierte Kühle.

»Einen Fernseher gibt's hier auch«, sagte Heloise.

Tom hatte ihn schon gesehen. Er versuchte ihn einzuschalten. »Nur aus Neugier«, sagte er zu Heloise.

Es tat sich nichts. Tom kontrollierte den Stecker, aber der schien richtig eingestöpselt zu sein, und zwar in derselben Dose wie die Stehlampe, die funktionierte.

»Morgen«, meinte Tom resigniert, aber nicht weiter erschüttert. »Da sage ich unten Bescheid.«

Am nächsten Morgen besuchten sie vor der Kasbah zuerst den Grand Socco und nahmen ein Taxi (ohne Taxameter), um Heloises Einkäufe ins Hotel zu bringen – eine Handtasche aus braunem Leder und ein Paar rote Ledersandalen – denn sie wollten die Sachen nicht den ganzen Tag mit sich herumschleppen. Tom ließ das Taxi warten, während er die Tüte am Empfang deponierte. Dann fuhren sie zum Postamt, wo Tom das geheimnisvolle Ding aufgab, das aussah wie ein Farbband. Er hatte es schon in Frankreich in einen neuen Umschlag gesteckt. Per Luftpost, aber nicht eingeschrieben, wie Reeves es wünschte. Tom schrieb keinen Absender darauf, nicht einmal einen erfundenen.

Von dort ging es in einem anderen Taxi zur Kasbah, die sie durch ein paar enge, bergauf führende Sträßchen erreichten. York Castle ließ grüßen – hatte Tom nicht irgendwo gelesen, daß Samuel Pepys dort eine Zeitlang beschäftigt oder stationiert gewesen war? Die Kasbah thronte erhaben über dem Hafen, ihre steinernen Mauern wirkten ungeheuer stark und mächtig, wohl wegen der kleineren weißen Häuser rechts und links davon. Unweit erhob sich eine Moschee mit hoher grüner Kuppel. Während Tom hinübersah, ertönte ein lauter Singsang. Tom hatte gelesen, daß die Gebetsrufe des Muezzins viermal täglich erschollen, heutzutage aber vom Tonband. Zu faul, das Bett zu verlassen und die Treppe hinaufzusteigen, dachte Tom, aber unbarmherzig andere Leute morgens um vier wecken! Er nahm an, daß die Gläubigen dann aufstehen, sich nach Mekka neigen und irgendwelche Gebete sprechen mußten, bevor sie wieder ins Bett durften.

Tom erwartete eigentlich, daß ihm das Forbes-Museum

mit seinen Bleisoldaten mehr Spaß machen würde als Heloise, aber sicher wußte er das nicht. Heloise sagte nicht viel, schien aber von den Schlachtenszenen, den Verwundeten mit blutigen Verbänden um die Köpfe, den Paraden aller möglichen, zum Teil berittenen Regimenter – alles auf langen Tischen unter Glas präsentiert – ebenso fasziniert zu sein wie Tom. Die Soldaten und ihre Offiziere waren elf bis zwölf Zentimeter hoch, die Kanonen und Wagen entsprechend. Wunderbar! Wie aufregend, noch einmal sieben Jahre alt zu sein – hier stockten Toms Gedanken abrupt. Seine Eltern waren schon tot gewesen, ertrunken, als er alt genug gewesen wäre, um sich an Bleisoldaten zu freuen. Er hatte in diesem Alter bei seiner Tante Dottie gelebt, die für den Charme bleierner Soldaten keinerlei Verständnis gehabt und ganz bestimmt kein Geld dafür herausgerückt hätte.

»Ist das nicht herrlich, wie allein man hier ist?« sagte Tom zu Heloise, denn merkwürdigerweise war ihnen in den großen, labyrinthartigen Räumen, durch die sie gingen, noch keine Menschenseele begegnet.

Sie hatten keinen Eintritt bezahlen müssen. Der Aufseher im großen Foyer, ein jüngerer Mann mit weißer Dschellaba, bat sie lediglich, sie möchten so freundlich sein und sich in sein Gästebuch eintragen. Heloise kam der Bitte nach, dann Tom. Es war ein dickes Buch mit gelblichen Blättern.

»*Merci et au revoir!*« sagten sie dann reihum.

»Taxi?« fragte Tom. »Guck mal, da! Meinst du, das könnte ein Taxi sein?«

Sie gingen den Weg zwischen großen, grünen Rasenflächen hinunter zu einer Stelle, die von weitem aussah wie ein Taxistand. Im Moment stand dort ein einziger verstaubter Wagen. Sie hatten Glück. Es war ein Taxi.

»*Au Café de Paris, s'il vous plaît*«, sagte Tom durchs Fenster, ehe sie einstiegen.

Sie dachten jetzt an Noëlle, die in wenigen Stunden in Roissy ihr Flugzeug besteigen würde. Sie wollten eine Schale frisches Obst in ihr Zimmer stellen (das eine Etage über dem ihren lag), dann mit einem Taxi zum Flughafen fahren und sie abholen. Im Café de Paris trank Tom einen Tomatensaft, auf dem eine Scheibe Zitrone schwamm, Heloise einen Pfefferminztee, von dem sie schon gehört, aber noch nie gekostet hatte. Er duftete köstlich. Auch Tom probierte ein Schlückchen. Heloise sagte, sie komme um vor Hitze, und der Tee solle gut dagegen sein, obwohl sie sich nicht vorstellen könne, warum.

Es waren nur ein paar Schritte zu ihrem Hotel in der Rue de la Liberté. Tom bezahlte und nahm sein weißes Jackett von der Stuhllehne, als er plötzlich auf dem Boulevard, links von ihnen, einen bekannten Kopf und Schultern zu sehen glaubte.

David Pritchard? Im Profil hatte dieser Kopf ausgesehen wie Pritchard. Tom stellte sich auf die Zehenspitzen, aber es liefen hier so viele Leute herum, daß Pritchard, falls er es war, von der Menge verschluckt wurde. Er hätte zur Straßenecke rennen und ihm nachsehen können, aber Tom fand, es lohnte sich nicht, schon gar nicht, ihm nachzulaufen. Wahrscheinlich hatte er sich sowieso geirrt. Dieser dunkelhaarige Kopf mit runder Brille: begegnete man solchen Typen nicht alle Tage mehrmals?

»Dahin geht's, Tome.«

»Ich weiß.« Tom erspähte unterwegs einen Blumenverkäufer. »Blumen! Komm, wir holen uns welche!«

Sie kauften ein paar Zweige Bougainvilleen, ein paar Taglilien und einen Strauß kurzer Kamelien. Der war für Noëlle.

Irgendwelche Mitteilungen für Ripleys? *Non, Monsieur*, erfuhr Tom von dem rotlivrierten Mann an der Rezeption.

Sie riefen beim Hausverwalter an und bekamen zwei Vasen, eine für Noëlles Zimmer, eine für ihres. Blumen hatten sie ja genug. Noch eine kurze Dusche, bevor sie irgendwohin zum Lunch gingen.

Sie machten sich auf die Suche nach »The Pub«, den Noëlle ihnen empfohlen hatte, »Stadtmitte, in einer Nebenstraße zum Boulevard Pasteur«, erinnerte sich Tom. Er fragte einen Straßenhändler, der Krawatten und Gürtel feilbot, ob er wisse, wo sie »The Pub« fänden. Zweite Straße rechts, dann würden sie ihn sehen.

»*Merci infiniment!*« sagte Tom.

»The Pub« war, falls überhaupt, nur sehr sparsam klimatisiert, aber er war immerhin gemütlich und auch lustig. Das gab sogar Heloise zu, die wußte, wie es in manchen englischen Pubs zuging. Der oder die Besitzer hatten sich hier alle Mühe gegeben: braunes Gebälk, an der Wand eine alte Pendeluhr zwischen Fotos von Sportmannschaften, die Speisekarte auf einer Tafel, Heineken-Flaschen auf den Regalen. Die Gaststube war klein und nicht zu voll. Tom bestellte ein Cheddar-Sandwich, Heloise eine Art Käseplatte und dazu ebenfalls ein Bier, das sie nur bei größter Hitze trank.

»Sollen wir Madame Annette anrufen?« meinte Heloise, nachdem sie den ersten Schluck Bier getrunken hatten.

Tom war gelinde überrascht. »Nein, Darling – warum denn? Machst du dir Sorgen?«

»Ich nicht, Chéri, aber du, stimmt's?« Heloise hatte ein ganz klein wenig die Stirn gerunzelt, aber das kam bei ihr so selten vor, daß es schon fast ein Schmollgesicht war.

»Nein, Darling. Warum denn auch?«

»Wegen diesem Prickarte, ja?«

Tom legte die Hand vor die Augen und fühlte, wie er rot wurde. Oder war es die Hitze? »Pritchard, Liebes. Nein«, sagte er entschieden, gerade als sein Käsesandwich mit einem Schälchen Tunke kam. »Was könnte er schon anrichten? *Merci*«, sagte er zu dem Kellner, der Heloise erst nach ihm bediente, was aber Zufall sein konnte. Tom fühlte genau, daß sein »Was könnte er schon anrichten?« eine alberne, rein rhetorische Frage war, nur zu Heloises Beruhigung gedacht. Pritchard konnte sehr viel anrichten, es kam nur darauf an, wieviel er beweisen konnte. »Wie schmeckt dein Käse?« fragte Tom, um der einen leeren Frage gleich eine zweite anzuschließen.

»Chéri, war Pritecharte nicht der Mann, der sich am Telefon als Grinelève ausgegeben hat?« Heloise strich sich behutsam ein wenig Senf auf den Käse.

Der Ton, in dem sie »Grinelève« sagte, ohne »Dickie«, ließ Dickie Greenleaf und somit seine Leiche viele Meilen weit weg und geradezu unwirklich erscheinen. »Ganz unwahrscheinlich, Darling«, sagte Tom ruhig. »Pritchard hat eigentlich eine ziemlich tiefe Stimme. Jedenfalls keine junge. Du hast gesagt, die Stimme klang jung.«

»Ja.«

»Apropos telefonieren«, sagte Tom nachdenklich, während er sich einen Löffel Tunke auf den Tellerrand tat. »Dabei fällt mir ein dummer Witz ein. Willst du ihn hören?«

»Ja«, sagte Heloise. Ihre lavendelblauen Augen verrieten wieder nur mäßiges, aber doch vorhandenes Interesse.

»Klapsmühle, *maison de fous*. Ein Arzt sieht einen Patienten etwas schreiben und fragt, was er da schreibt. Einen Brief. An wen, fragt der Arzt. An mich, sagt der Patient. Was steht denn in dem Brief, fragt der Arzt. Weiß ich doch nicht, antwortet der Patient, ich habe ihn ja noch nicht bekommen.«

Heloise quittierte den Witz zwar nicht mit lautem Lachen, aber immerhin lächelte sie. »Das ist ja *wirklich* albern.«

Tom holte tief Luft. »Postkarten, Darling... Wir brauchen einen ganzen Stapel. Galoppierende Kamele, Märkte, Wüstenlandschaften, umgedrehte Hühner –«

»Umge...«

»Man sieht sie auf Ansichtskarten oft mit dem Kopf nach unten. In Mexiko zum Beispiel. Auf dem Weg zum Markt.« Wo man ihnen die Hälse umdreht, hätte Tom hinzufügen können, ließ es aber.

Noch zwei Heineken schlossen das Mahl ab. Es waren ziemlich kleine Flaschen. Zurück in die Vornehmheit des El Minzah, wo sie noch einmal duschten, diesmal gemeinsam. Anschließend war ihnen nach einer Siesta. Sie hatten noch reichlich Zeit, bevor sie zum Flughafen mußten.

Irgendwann nach vier Uhr zog Tom Bluejeans und ein

Hemd an und ging nach unten, um am Empfang Postkarten zu kaufen. Er kaufte ein ganzes Dutzend. Da er einen Kugelschreiber bei sich hatte, wollte er gleich eine Karte an die getreue Madame Annette beginnen, damit Heloise sie dann fertig schreiben konnte. Lange war es her – und nicht oft vorgekommen –, daß Tom auch seiner Tante Dottie eine Karte aus Europa schickte, um, wie er vor sich selbst zugab, in ihrer Gunst zu bleiben und eventuell einmal etwas zu erben. Zehntausend Dollar hatte sie ihm dann vermacht, ihr Haus aber – das Tom gefiel und auf das er spekuliert hatte – jemand anderem gegeben, dessen Namen er längst vergessen hatte, vielleicht weil er ihn vergessen wollte.

Er ging in die Bar des El Minzah und nahm auf einem Hocker Platz, weil dort das Licht gut war. Eine Karte an die Cleggs könnte auch nicht schaden, dachte Tom. Alte Bekannte, die bei Mélun wohnten, beides Engländer; er war Rechtsanwalt im Ruhestand. Tom schrieb auf französisch:

Liebe Madame Annette,

hier ist es sehr heiß. Wir haben schon Ziegen auf der Straße herumlaufen sehen, ohne Strick! . . .

Das stimmte, aber ein Junge in Sandalen hatte sie begleitet, der sie ganz gut im Griff hatte und sie nötigenfalls bei den Hörnern packte. Und wohin waren sie unterwegs gewesen? Er fuhr fort:

. . . Sagen Sie bitte Henri, daß die kleine Forsythie neben dem Gewächshaus *jetzt* gegossen werden muß. A bientôt, Tom.

»M'sieur?« fragte der Barkellner.

»*Merci, j'attends quelqu'un*«, antwortete Tom. Vermutlich wußte der rotlivrierte Barkellner, daß Tom Hotelgast war. Die Marokkaner machten, wie die Italiener, ganz den Eindruck, als ob sie gut beobachten und sich fremde Gesichter merken könnten.

Hoffentlich schlich Pritchard jetzt nicht um Belle Ombre herum, dachte Tom, und beunruhigte Madame Annette, die ihn mittlerweile gewiß schon ebenso von weitem erkannte wie er. Die Adresse der Cleggs? Tom kannte ihre Hausnummer nicht genau, aber er konnte die Karte trotzdem schon einmal anfangen. Heloise war immer froh, wenn ihr das lästige Kartenschreiben weitgehend abgenommen wurde.

Tom nahm wieder den Kugelschreiber und sah einmal kurz nach rechts.

Seine Sorgen um Pritchard und Belle Ombre hätte er sich sparen können. Pritchard saß an der Bar, nur vier Hocker weiter, und sah mit seinen dunklen Augen zu Tom herüber. Er hatte seine runde Brille auf, ein kurzärmeliges blaues Hemd an und vor sich ein Glas stehen, aber sein Blick war unverwandt auf Tom gerichtet.

»Guten Tag«, sagte Pritchard.

Durch die Tür hinter Pritchard kamen ein paar Leute in Sandalen und Bademänteln vom Swimmingpool herein und traten lässig an die Bar.

»Tag«, sagte Tom ruhig. Seine abwegigsten Befürchtungen schienen wahr geworden zu sein: Dieser vermaledeite Pritchard hatte ihn in Fontainebleau in der Nähe des Reisebüros mit den Tickets in der Hand gesehen. *Phuket*! dachte Tom, denn er erinnerte sich an den friedlichen Strand dieser Insel auf dem Plakat des Reisebüros. Er blickte wieder auf seine Ansichtskarte, auf der vier Bilder waren: ein Kamel, eine Moschee, Marktfrauen in gestreiften Kopftüchern und ein Strand aus Gelb und Blau. *Liebe Cleggs*. Tom nahm den Kugelschreiber.

»Wie lange bleiben Sie hier, Mr. Ripley?« fragte Pritchard und machte Anstalten, mit seinem Glas zu ihm zu kommen.

»Hm – ich glaube, wir reisen morgen wieder ab. Sind Sie mit Ihrer Frau hier?«

»Ja. Aber wir wohnen nicht in diesem Hotel.« Pritchards Ton war kalt.

»Übrigens«, fragte Tom, »was haben Sie mit den Bildern vor, die Sie von meinem Haus gemacht haben? Am Sonntag, erinnern Sie sich?« Tom wußte noch, daß er dieselbe Frage Pritchards Frau schon gestellt hatte, und er vertraute noch immer darauf, oder hoffte zumindest, daß Janice Pritchard ihrem Mann nicht alles über ihr Teestündchen mit Tom Ripley erzählt hatte.

»Sonntag, ja. Ich habe Ihre Frau oder sonst jemand aus dem Fenster gucken sehen. Die Fotos – die sind nur für die Akten. Wie gesagt, ich – habe ein hübsches Dossier über Sie.«

Gesagt hatte Pritchard das nicht direkt. Tom fragte: »Arbeiten Sie für irgendeine Auskunftei? Internationale Wegelagerer GmbH?«

»Haha! Nein, ich habe nur meinen Spaß daran – und meine Frau natürlich auch«, fügte er mit einem gewissen

Nachdruck hinzu. »Sie sind ein ergiebiges Feld, Mr. Ripley.«

Tom stellte sich vor, wie diese dumme Gans im Reisebüro wahrscheinlich auf Pritchards Frage reagiert hatte: »Wohin hat denn Ihr letzter Kunde gebucht? Das ist nämlich unser Nachbar, Mr. Ripley. Eben haben wir ihm noch zugewinkt, aber er hat uns nicht gesehen. Wir können uns nicht so recht entschließen, aber auf jeden Fall möchten wir woandershin.« Worauf die Frau geantwortet haben mochte: »Mr. Ripley hat für sich und seine Frau Tickets nach Tanger gekauft.« In ihrer Beschränktheit hatte sie womöglich noch von sich aus den Namen des Hotels beigesteuert, dachte Tom, zumal Reisebüros von den Hotels, die ihre Kunden buchten, Prozente bekamen. Tom fragte: »Da haben Sie und Ihre Frau also den weiten Weg nach Tanger gemacht, nur um mich zu sehen?« Man hätte seinen Ton so deuten können, daß er sich geschmeichelt fühlte.

»Warum nicht? Ist doch interessant«, sagte Pritchard, ohne die dunklen Augen von Tom zu wenden.

Und ärgerlich. Jedesmal, wenn Tom ihn sah, schien Pritchard wieder ein Pfund zugenommen zu haben. Seltsam. Tom sah nach links, ob Heloise schon im Foyer war, denn sie mußte jetzt jeden Moment kommen. »Ganz schöne Umstände für Sie, finde ich, wenn man bedenkt, daß wir nur so kurz hierblieben. Wir reisen nämlich morgen wieder ab.«

»So? – Sie müssen natürlich Casablanca sehen, oder?«

»Ganz gewiß«, antwortete Tom. »Nach Casablanca fahren wir auch. In welchem Hotel wohnen Sie und Janice?«

»Im – äh – Grand Hotel Villa de France, gleich da –« Er zeigte hinter Tom – »eine Straße weiter oder so.«

Tom glaubte ihm nicht ganz. »Und was machen unsere gemeinsamen Freunde? Wir haben so viele.« Tom lächelte. Er war aufgestanden, seine linke Hand mit Karten und Kugelschreiber lag auf dem schwarzen Lederbezug des Barhockers.

»Welche?« Pritchard gluckste fast wie ein alter Mann.

Am liebsten hätte Tom ihm die Faust in den dicken Bauch gerammt. »Mrs. Murchison?« tippte er.

»O ja, wir halten Kontakt. Auch mit Cynthia Gradnor.«

Wieder ging Pritchard der Name ganz leicht von der Zunge. Tom bewegte sich zentimeterweise rückwärts, in Richtung auf die breite Tür, um anzuzeigen, daß er jetzt gleich den Raum verlassen werde. »Sie halten Kontakt – über den Atlantik hinweg?«

»Klar, warum nicht?« Pritchard zeigte seine eckigen Zähne.

»Aber –«, begann Tom nachdenklich, »– worüber reden Sie denn miteinander?«

»Über *Sie*«, antwortete Pritchard lächelnd. »Wir tragen zusammen, was jeder von uns weiß.« Wieder dieses bekräftigende Nicken. »Und wir planen.«

»Mit welchem Ziel?«

»Spaß«, erwiderte Pritchard. »Vielleicht auch Rache.« Er lachte zufrieden in sich hinein. »Für so einiges, versteht sich.«

Tom nickte und meinte freundlich: »Dann viel Glück.« Er drehte sich um und ging.

Tom trat ins Foyer, wo er Heloise in einem Sessel sitzen sah. Sie hatte eine französische Zeitung vor sich, das heißt, die Sprache war Französisch, aber Tom sah auf der Titelseite auch eine Kolumne mit arabischen Schriftzeichen. »*Heilige* Neune –!« Tom wußte, daß sie Pritchard gesehen hatte.

Heloise sprang auf. »Schon wieder! Dieser Dingsda! Tome, ich kann es nicht glauben, daß er *hier* ist!«

»Ich bin genauso wütend wie du«, sagte Tom leise auf französisch, »aber wir lassen uns lieber nichts anmerken, es könnte sein, daß er uns von der Bar her beobachtet.« Tom gab sich äußerlich völlig ruhig. »Angeblich wohnt er hier in der Nähe, im Grand Hotel Dingsda, mit seiner Frau. Ich glaub's ihm nicht unbedingt. Aber in irgendeinem Hotel wird er wohl heute nacht sein.«

»Und er ist uns *hierher* nachgereist?«

»Weißt du Chérie, wir könnten –« Tom unterbrach sich und fühlte sich gefährlich um Argumente verlegen. Um ein Haar hätte er zu Heloise gesagt, sie könnten ja heute nachmittag noch umziehen, das Hotel wechseln und damit Pritchard – zumindest hier in Tanger – erst einmal los sein, aber für Noëlle Hassler wäre das wohl weniger spaßig gewesen, denn wahrscheinlich hatte sie schon einigen Bekannten erzählt, sie werde ein paar Tage im El Minzah wohnen. Und warum sollten er und Heloise sich solche Umstände machen, nur wegen so eines Widerlings namens Pritchard? »Hast du den Schlüssel schon abgegeben?«

»Ja«, sagte Heloise. »Ist Prickerts Frau auch hier?« fragte sie, als sie das Hotel verließen.

Tom hatte sich nicht einmal umgedreht, um zu sehen, ob Pritchard die Bar verlassen hatte. »Er behauptet es, aber das heißt wahrscheinlich, daß sie nicht hier ist.« Seine *Frau*! Was waren das für Verhältnisse, wenn die Frau ihm in einer Bar in Fontainebleau beichtete, daß ihr Mann ein Tyrann war und sie schlug! Und trotzdem blieben sie zusammen. Zum Kotzen!

»Du bist so angespannt, Chéri.« Heloise hatte seinen Arm genommen, hauptsächlich um ihn im Gedränge auf dem Trottoir nicht zu verlieren.

»Ich bin nur in Gedanken. Entschuldige.«

»Woran denkst du?«

»An uns. An Belle Ombre – alles.« Er sah Heloise kurz ins Gesicht, gerade als sie sich mit der linken Hand das Haar nach hinten strich. *Ich will nicht, daß uns etwas zustößt*, hätte er auch sagen können, aber er wollte Heloise nicht noch mehr beunruhigen. »Gehen wir mal auf die andere Straßenseite.«

Wieder waren sie auf dem Boulevard Pasteur, als hätten die Menschenmassen und die Läden eine magnetische Anziehungskraft. Tom sah über einer Tür ein richtiges englisches Wirtshausschild: *Rubi Bar and Grill*, mit arabischen Schriftzeichen darunter.

»Schauen wir da mal rein?« fragte Tom.

Es war eine kleine Restaurant-Bar, und die drei, vier Leute, die darin standen oder saßen, sahen nicht nach Touristen aus.

Tom und Heloise stellten sich an die Bar und bestellten einen Espresso und einen Tomatensaft. Der Barkellner schob ihnen ein Tellerchen mit kalten Bohnen hin, ein zweites mit Rettich und schwarzen Oliven, dazu Gabeln und Papierservietten.

Ein gutgebauter Mann, der hinter Heloise auf einem Hocker saß und mit einer Miene ernsthafter Konzentration in einer arabischen Zeitung las, schien von diesen Tellerchen seinen Lunch einzunehmen. Er trug eine gelbliche Dschellaba, die ihm fast bis auf die schwarzen Straßenschuhe reichte. Jetzt sah Tom ihn eine Hand durch einen Schlitz in der Dschellaba stecken, um an seine Hosentasche heranzukommen. Die Ränder dieses Schlitzes wirkten ein wenig schmuddelig. Der Mann schneuzte sich die Nase und steckte sein Taschentuch anschließend wieder ein, alles ohne einen Blick von der Zeitung zu heben.

Tom war begeistert. So eine Dschellaba wollte er sich kaufen – und wenn er den Mut hatte, vielleicht auch tragen. Er brachte Heloise mit dieser Mitteilung zum Lachen.

»Und ich fotografiere dich damit – in der Kasbah? Vor unserm Hotel?«

»Wo du willst.« Tom dachte nur an die praktische Seite solch eines losen Umhangs, unter dem man ebensogut Shorts wie einen Anzug tragen konnte, sogar eine Badehose.

Tom hatte Glück: Vom *Rubi Bar and Grill* gleich um die Ecke hingen vor einem Laden zwischen lauter bunten Tüchern auch Dschellabas.

»*Dschellaba – s'il vous plaît*«, sagte Tom zu dem Händler. »Nein, nicht rosa«, wehrte er gleich ab, als er das erste Angebot des Händlers sah. »Und mit langen Ärmeln.« Tom tippte mit dem Zeigefinger auf sein Handgelenk.

»*Ah, si! Ici, M'sieur.*« Seine flachen Sandalen schlappten auf dem alten Holzfußboden. »*Ici –*«

Eine Kleiderstange – oder Wäscheleine – voller Dschellabas, von ein paar Auslagetischen halb verdeckt. Tom hätte dem Händler nicht einmal im Krebsgang dorthin folgen können, statt dessen zeigte er von weitem auf eine blaßgrüne Dschellaba mit langen Ärmeln und zwei Schlitzen, durch die man an seine Hosentaschen herankam. Tom hielt sie sich vor den Körper, um die Länge zu messen.

Heloise krümmte sich schier vor Lachen, täuschte aus Höflichkeit einen Hustenanfall vor und strebte zur Tür.

»*Bon, c'est fait*«, sagte Tom, nachdem er nach dem Preis gefragt und ihn akzeptabel gefunden hatte. »Und die da?«

»*Ah, si –*« Es folgte eine Eloge auf die Qualität der Messer, von der Tom nicht jedes Wort verstand, obwohl der Mann französisch sprach. Für die Jagd, fürs Büro, für die Küche.

Lauter Klappmesser. Tom traf seine Wahl schnell: eines mit einem Heft aus hellbraunem Holz mit eingearbeiteten Messingbeschlägen, spitzer scharfer Klinge und einer konkaven Aussparung an der stumpfen Seite. Dreißig Dirham. Zusammengeklappt war das Messer keine fünfzehn Zentimeter lang und paßte in jede Tasche.

»Nehmen wir ein Taxi?« meinte Tom zu Heloise. »Nur eine Spritztour – egal wohin. Hättest du Lust?«

Heloise warf rasch einen Blick auf ihre Uhr. »Läßt sich machen. Aber willst du sie nicht anziehen – deine Dschellaba?«

»Anziehen? Das kann ich doch im Taxi!« Tom winkte zum Abschied dem Händler, der ihnen nachsah. »*Merci, M'sieur!*«

Der Händler rief noch etwas, aber Tom verstand es nicht, er hoffte nur, daß es nicht »Gott mit Ihnen« hieß, egal welcher Gott gemeint war.

»Jachtklub?« fragte der Taxifahrer.

»Dahin fahren wir demnächst zum Lunch«, sagte Heloise zu Tom. »Noëlle will uns hinführen.«

An Toms Wange perlte ein Schweißtropfen hinunter. »Irgendwohin, wo es kühl ist. Wind«, erklärte er dem Fahrer auf französisch.

»La Haffa? – *Brise – l'océan.* Ganz nah. *Thé!*«

Tom war unschlüssig. Aber sie stiegen ein und überließen es einfach dem Fahrer. Tom sagte nur: »Wir müssen in einer Stunde wieder im Hotel El Minzah sein« und vergewisserte sich, daß der Fahrer ihn verstanden hatte.

Sie verglichen ihre Uhren. Um sieben sollten sie Noëlle abholen.

Ab ging's wieder in rasender Fahrt, und das Taxi hatte nicht mehr die besten Federn. Offenbar hatte der Fahrer ein bestimmtes Ziel. Nach Toms Eindruck fuhren sie ungefähr nach Westen, und allmählich blieb die Stadt zurück.

»Umziehen«, befahl Heloise boshaft.

Tom holte die zusammengefaltete Dschellaba aus der Plastiktüte, setzte sich in Positur, zog den Kopf ein und streifte sich das dünne blaßgrüne Tuch über. Ein paar Schlängelbewegungen, bis es ihm über die Jeans fiel, dann vergewisserte er sich noch, daß es beim Hinsetzen nicht zerreißen konnte. »Na bitte!« sagte er triumphierend zu Heloise.

Sie musterte ihn aus blitzenden Augen wohlgefällig von oben bis unten.

Tom griff in seine Hosentaschen: Sie waren zugänglich. Das Messer steckte in der linken Tasche.

»La Haffa«, sagte der Fahrer und hielt vor einer Betonmauer an, die mehrere Türen hatte, wovon eine offenstand. Dahinter sah man, durch eine Lücke in der Mauer, den Atlantik blau schimmern.

»Was ist das hier? Ein Museum?« fragte Tom.

»*Thé – café*«, sagte der Fahrer. »*J'attends? Demiheure?*«

Am besten sagst du ja, dachte Tom und antwortete: »Okay – *demi-heure.*«

Heloise war schon ausgestiegen und sah mit hochgerecktem Kopf zu dem blauen Wasser hinüber. Ein stetiger Wind blies ihr Haar nach einer Seite.

Aus einem steinernen Türbogen gestikulierte ihnen ein Mann in schwarzer Hose und losem weißem Hemd. Er tat es mit langsamen Bewegungen – wie ein böser Geist, der sie in die Hölle oder zumindest ins Verderben locken wollte, fand Tom. Ein abgemagerter schwarzer Köter begann an ihnen herumzuschnüffeln, verlor aber offenbar das Interesse und humpelte auf drei Beinen davon. Was mit seinem vierten Bein los war, konnte man nicht erkennen, aber er schien schon lange damit zu leben.

Tom folgte Heloise fast widerstrebend durch den primitiven Türbogen auf einen Plattenweg, der in Richtung Meer führte. Links sah er eine Art Küche, in der man Wasser auf einem Stein erhitzen konnte. Eine breite Treppe ohne Geländer führte zum Meer hinunter. Tom blickte nach rechts und links in lauter kleine Nischen – oder Zimmer, die auf der Meerseite keine Wände hatten; sie waren mit Strohmatten an Stangen überdacht, und auf dem Boden lagen ebenfalls Matten, sonst gab es kein Mobiliar. Es waren zur Zeit auch keine Gäste da.

»Eigenartig«, sagte Tom zu Heloise. »Möchtest du einen Pfefferminztee?«

Heloise schüttelte den Kopf. »Jetzt nicht. Hier gefällt es mir nicht.«

Auch Tom gefiel es nicht. Der Wirt oder Kellner kümmerte sich nicht um sie. Tom konnte sich gut vorstellen, daß es hier nachts oder bei Sonnenuntergang bezaubernd sein mußte, wenn man mit Freunden hier war, ein bißchen Leben herrschte, ein Öllämpchen auf dem Boden brannte. Man säße mit gekreuzten Beinen oder läge halb auf diesen Matten, wie die alten Griechen. Jetzt hörte Tom ein Lachen aus einer der Nischen, in der drei Männer mit gekreuzten Beinen auf der Matte saßen und irgend etwas rauchten. Im Schatten, in den die Sonne nur ein paar winzige goldene Pünktchen warf, glaubte Tom auch Teetassen und einen weißen Teller zu sehen.

Draußen wartete ihr Taxi, dessen Fahrer sich lachend mit dem mageren Burschen im weißen Hemd unterhielt.

Zurück zum El Minzah. Tom bezahlte den Fahrer, dann traten er und Heloise ins Foyer. Von da, wo sie standen, konnte er Pritchard nirgends sehen. Und seine Dschellaba erregte nicht das allermindeste Aufsehen, wie er zu seiner Freude feststellte.

»Darling – ich würde gern etwas erledigen, jetzt gleich. Dauert etwa eine Stunde. Könntest du – würde es dir etwas ausmachen, allein zum Flughafen zu fahren und Noëlle abzuholen?«

»N-non«, meinte Heloise bedächtig. »Wir kommen natürlich sofort hierher zurück. Was hast du denn vor?«

Tom lächelte. »Nichts Wichtiges.« Er zögerte. »Ich möchte nur – ein bißchen für mich allein sein. Wir sehen uns – gegen acht? Oder kurz danach? Grüß Noëlle von mir. Bis bald!«

8

Tom ging wieder hinaus in die Sonne, hob die Dschellaba hoch und holte seinen Stadtplan aus der Gesäßtasche. Es waren anscheinend wirklich nur ein paar Schritte bis zum Grand Hotel Villa de France, das man über die Rue de Hollande erreichte. Tom machte sich auf den Weg. Er wischte sich mit dem oberen Teil der Dschellaba den Schweiß von der Stirn, dann raffte er sie an beiden Seiten hoch und zog sie sich im Gehen über den Kopf. Schade, daß er keine Plastiktüte bei sich hatte, aber das Gewand ließ sich ja schön klein zusammenfalten.

Niemand beachtete ihn, und ebensowenig beachtete Tom die übrigen Passanten. Die meisten von ihnen, Männer und Frauen, trugen Einkaufstaschen und waren nicht zum Bummeln unterwegs.

Tom betrat das Foyer des Grand Hotel Villa de France und sah sich um. Nicht so vornehm wie das Minzah. Auf vier Sesseln im Foyer saßen Leute, aber keiner von ihnen war Pritchard oder Gemahlin. Tom ging zur Rezeption und fragte, ob er Monsieur David Pritchard sprechen könne.

»*Ou Madame Pritchard*«, fügte er hinzu.

»Wen darf ich melden?« fragte der junge Mann.

»Sagen Sie einfach Thomas.«

»M'sieur Thomas?«

»*Oui.*«

Monsieur Pritchard war offenbar nicht im Haus, obwohl

der junge Mann mit einem Blick hinter sich feststellte, daß der Zimmerschlüssel nicht da war.

»Kann ich seine Frau sprechen?«

Der junge Mann legte den Hörer auf und erklärte, daß Monsieur Pritchard ohne Begleitung hier sei.

»Vielen Dank. Richten Sie ihm bitte aus, daß M'sieur Thomas ihn besuchen wollte. ... Nein, danke, M'sieur Pritchard weiß, wo er mich erreichen kann.«

Tom wandte sich zur Tür, aber im selben Moment sah er Pritchard aus einem Aufzug treten, eine Kamera am Riemen über der Schulter. Tom schlenderte auf ihn zu. »Guten Tag, Mr. Pritchard.«

»Nanu – hallo! Welch nette Überraschung.«

»Ja. Ich dachte nur, ich könnte doch mal reinschauen und guten Tag sagen. Haben Sie ein paar Minuten Zeit? Oder sind Sie irgendwo verabredet?«

Pritchards dunkelrosa Lippen öffneten sich verwundert – oder erfreut? »Hm – äh – ja, warum nicht?«

Es schien eine von Pritchards Lieblingsfloskeln zu sein – warum nicht? Tom begab sich mit liebenswürdigster Miene zum Ausgang, mußte dort aber warten, bis Pritchard seinen Schlüssel abgegeben hatte.

»Schöne Kamera«, sagte Tom, als Pritchard ihn einholte. »Ich war vorhin an einem hübschen Fleckchen an der Küste, gar nicht weit von hier. Das heißt, an der Küste liegt hier ja alles, nicht?« Er lachte amüsiert.

Hinaus aus der klimatisierten Atmosphäre und wieder hinein in die heiße Sonne. Tom sah, daß es kurz vor halb sechs war.

»Wie gut kennen Sie Tanger?« fragte Tom, ganz darauf

eingestellt, den Kundigen zu spielen. »La Haffa? Da hat man diesen herrlichen Ausblick. Oder – ein Café –?« Er zeigte mit einer kreisenden Handbewegung auf die unmittelbare Umgebung.

»Probieren wir's mal dort, wovon Sie zuerst gesprochen haben. Mit der Aussicht.«

»Vielleicht möchte ja auch Janice gern mitkommen?« Tom blieb auf dem Trottoir stehen.

»Sie hat sich vorhin kurz zum Schlafen hingelegt«, sagte Pritchard.

Auf dem Boulevard ergatterten sie nach einigen Minuten ein Taxi. »La Haffa«, wies Tom den Fahrer an.

»Ist dieser Wind nicht herrlich?« meinte Tom, wobei er sein Fenster einen Spaltbreit öffnete, damit die Luft hereinströmen konnte. »Sprechen Sie Arabisch? Oder den hiesigen Berberdialekt?«

»Nur ein paar Brocken«, antwortete Pritchard.

Tom stellte sich darauf ein, auch dies ein bißchen vorzutäuschen. Pritchard trug weiße Schuhe aus irgendeinem geflochtenen Material, das die Luft durchließ – genau die Art Schuhe, die Tom nicht ausstehen konnte. Komisch, wie ihn aber auch alles abstieß, was Pritchard an sich hatte, sogar die Uhr mit dem goldenen Stretchband, so richtig teuer und protzig, mit goldenem Gehäuse, sogar einem goldfarbenen Zifferblatt – passend für einen Zuhälter, dachte Tom, dem seine konventionelle Patek Philippe, die mit dem braunen Lederarmband aussah wie ein antikes Stück, unendlich viel lieber war.

»Da, sehen Sie! Ich glaube, wir sind gleich da.« Wie es meist so geht, schien die zweite Fahrt kürzer zu sein als die erste. Tom bezahlte gegen Pritchards Protest die zwanzig Dirham und entließ den Fahrer. »Man kann hier Tee trinken«, sagte Tom. »Pfefferminztee. Vielleicht auch anderes.« Tom lachte kurz. Auf Verlangen bekam man hier wahrscheinlich auch Haschisch.

Sie traten durch den steinernen Türbogen und gingen den Plattenweg hinunter, wobei Tom bemerkte, daß einer der weißbehemdeten Kellner ihr Kommen beobachtete.

»Was für eine Aussicht!« meinte Tom.

Die Sonne schwebte noch über dem blauen Meer. Bei diesem Blick auf den Atlantik hätte man meinen können, es existiere kein Körnchen Staub auf der Welt, obwohl unter den Füßen und rechts und links überall eine dünne Sand- und Staubschicht lag. Auf den Steinplatten sah man Fetzen von Strohmatten, und die Pflanzen auf der trockenen Erde wirkten durstig. In einer der Nischen, oder wie man die unterteilten würfelförmigen Räume nennen wollte, drängten sich sechs Männer, die auf dem Boden saßen oder lagen und sich angeregt unterhielten.

»Wie wär's hier?« fragte Tom und zeigte auf eine Nische. »Damit wir bestellen können, wenn der Kellner kommt. Pfefferminztee?«

Pritchard zuckte die Achseln und spielte an den Einstellringen seiner Kamera.

»Warum nicht?« sagte Tom, um Pritchard zuvorzukommen, aber Pritchard sagte es im selben Moment.

Pritchard hob mit steinerner Miene die Kamera vors Auge und richtete sie aufs Meer.

Der Kellner kam mit einem leeren Tablett in der Hand. Er war barfuß.

»Zwei Pfefferminztee, bitte«, bestellte Tom auf französisch.

Der Junge nickte und ging.

Pritchard knipste drei weitere Bilder, gemächlich und meist mit dem Rücken zu Tom, der in der Nische im Schatten der durchhängenden Dachmatte stand. Jetzt drehte Pritchard sich um und fragte mit mattem Lächeln: »Eins von Ihnen?«

»Nein danke«, antwortete Tom freundlich.

»Soll man sich hier hinsetzen?« fragte Pritchard, indem er langsam in die sonnengetüpfelte Nische kam.

Tom lachte. Er hatte keine Lust, sich zu setzen. Er nahm die zusammengefaltete Dschellaba unter seinem linken Arm hervor und ließ sie auf den Boden fallen. Dann steckte er die linke Hand in die Hosentasche und fuhr mit dem Daumen über das zusammengeklappte Messer. Er sah jetzt auch ein paar Stoffkissen auf dem Boden liegen; sicher gut für die Ellbogen, wenn man sich zurücklehnte.

Tom fragte kurzentschlossen: »Warum erzählen Sie mir, Sie hätten Ihre Frau bei sich, wenn es gar nicht wahr ist?«

»Oh –« In Pritchards Hirn arbeitete es, auch wenn er noch lächelte. »Wollte wohl nur einen Witz machen.«

»Wozu?«

»Zum Spaß.« Pritchard hob die Kamera und richtete sie auf Tom, wie um ihm seine Frechheit heimzuzahlen.

Toms Hand zuckte nach der Kamera, als wollte er sie zu Boden schlagen, doch er berührte sie nicht. »Lassen Sie das am besten gleich. Ich bin kamerascheu.«

»Noch schlimmer, Sie scheinen Kameras richtig zu hassen.« Aber Pritchard nahm den Apparat wieder herunter.

Wie gut könnte ich diesen Lumpen hier umbringen, dachte Tom, denn kein Mensch wußte, daß sie sich getroffen hatten, kein Mensch wußte, daß sie zusammen *hier* waren. Ihn erst niederschlagen, dann mit dem Messer so zurichten, daß er verbluten würde, und ihn schließlich in eine andere Nische schleifen (oder auch nicht) und abhauen.

»Eigentlich nicht«, sagte Tom. »Ich habe zu Hause selbst ein paar – und ich kann es nicht leiden, wenn Leute mein Haus fotografieren, als wenn sie etwas dokumentieren wollten – zum künftigen Gebrauch.«

David Pritchard, der jetzt die Kamera auf Taillenhöhe in beiden Händen hielt, lächelte wohlwollend. »Sie sind beunruhigt, Mr. Ripley.«

»Keineswegs.«

»Vielleicht machen Sie sich Sorgen wegen Cynthia Gradnor – und der Sache mit Murchison.«

»Keineswegs. Zum einen sind Sie Cynthia Gradnor nie begegnet. Warum haben Sie mir das vorgespielt? Nur zum Spaß? Was für ein Spaß soll das sein?«

»Das wissen Sie ganz gut.« Pritchard begann sich bei aller Vorsicht langsam für ihr kleines Gefecht zu erwärmen. Offensichtlich bevorzugte er dabei die Maske des kalten Zynikers. »Es macht Spaß, einen überheblichen Gauner wie Sie mit dem Bauch nach oben schwimmen zu sehen.«

»Petri Heil, Mr. Pritchard.« Tom stand mit leicht gespreizten Füßen vor ihm, beide Hände jetzt in den Hosentaschen, und hätte am liebsten schon zugeschlagen. Er machte sich klar, daß er nur noch auf den Tee wartete, der auch soeben kam.

Der junge Kellner stellte das Tablett kurzerhand auf den

Boden, schenkte aus einer Metallkanne zwei Gläser ein und wünschte den Herren, daß der Tee ihnen wohl bekommen möge.

Der Tee duftete herrlich, erfrischend, fast betörend, in allem das genaue Gegenteil von Pritchard. Ein Tellerchen mit ein paar Stengeln frischer Pfefferminze war auch dabei. Tom zückte seine Brieftasche und ließ es sich trotz Pritchards Protesten nicht nehmen zu bezahlen. Er gab dem Jungen auch ein Trinkgeld. »Kosten wir mal?« fragte er dann und bückte sich nach seinem Glas, wobei er darauf achtete, daß er Pritchard immer vor sich hatte. Pritchard sein Glas zu reichen wäre ihm nicht eingefallen. Die Gläser steckten in metallenen Haltern. Tom tauchte einen Stengel Pfefferminze in seinen Tee.

Pritchard bückte sich und hob sein Glas auf. »Autsch!«

Vielleicht hatte er ein paar Tropfen verschüttet und auf die Hand bekommen, Tom war's egal. Er fragte sich nur, ob Pritchard auf seine krankhafte Art diese Teestunde mit ihm womöglich genoß, selbst wenn nichts weiter passierte, als daß ihre Beziehung beiderseits immer widerwärtiger wurde? Je widerwärtiger, desto schöner für ihn? Wahrscheinlich. Tom mußte wieder an Murchison denken, aber jetzt anders: Komischerweise war Pritchard im Moment genau in Murchisons Situation, indem er sich so verhielt, als könnte er Tom und womöglich die Derwatt-Fälschungen entlarven, dazu das Geschäft mit dem Derwatt-Malereibedarf, das jetzt namentlich Jeff Constant und Ed Banbury gehörte. Würde Pritchard zu seinen Geschützen stehen, wie Murchison? Hatte Pritchard überhaupt Geschütze, oder waren es alles nur leere Drohungen?

Tom trank seinen Tee im Stehen. Die Gleichartigkeit der Situation bestand für ihn darin, daß er beide Männer quasi fragen mußte, ob sie ihre Nachforschungen einstellen oder sich lieber ermorden lassen wollten. Er hatte Murchison angefleht, die Finger von den Fälschungen zu lassen, sie alle in Ruhe zu lassen. Er hatte Murchison nicht gedroht. Aber als Murchison dann unnachgiebig geblieben war –

»Mr. Pritchard, ich möchte Sie um etwas bitten, was aus Ihrer Sicht vielleicht unmöglich ist. Gehen Sie aus meinem Leben, stellen Sie Ihre Schnüffeleien ein, und ziehen Sie am besten gleich von Villeperce weg. Was haben Sie denn dort schon zu tun, außer mir auf die Nerven zu gehen? Sie sind nicht mal am INSEAD.« Tom lachte wegwerfend, als wären die Märchen, die Pritchard über sich selbst erzählte, nichts weiter als kindisch.

»Mr. Ripley, ich habe das Recht zu leben, wo ich will. Genau wie Sie.«

»Stimmt, solange Sie sich benehmen wie alle anderen. Ich hätte gute Lust, Ihnen die Polizei auf den Hals zu hetzen, damit sie in Villeperce ein Auge auf Sie hat – wo ich seit einigen Jahren wohne.«

»*Sie* und die Polizei einschalten!« Pritchard tat, als müsse er lachen.

»Ich könnte der Polizei sagen, daß Sie mein Haus fotografiert haben. Dafür habe ich drei Zeugen, außer mir selbst, versteht sich.« Tom hätte als vierte Zeugin Janice Pritchard erwähnen können.

Er stellte seine Teetasse zu Boden. Pritchard hatte die seine auch wieder hingestellt, nachdem er sich daran verbrannt hatte, und sie nicht wieder aufgehoben.

Rechts hinter Pritchard sank die Sonne immer tiefer dem blauen Wasser entgegen. Pritchard versuchte zur Zeit den Gleichmütigen zu spielen. Tom erinnerte sich, daß Pritchard behauptet hatte, er könne Judo. Plötzlich war es aus mit Toms Beherrschung, er explodierte förmlich, holte mit dem rechten Bein aus, um Pritchard in den Bauch zu treten – vielleicht war das eher Jiu-Jitsu – aber der Tritt landete zu tief und erwischte Pritchard in der Leiste.

Während Pritchard vornüber klappte und sich um den Leib faßte, landete Tom eine saubere Rechte an sein Kinn. Pritchard plumpste wie ein Sack auf die Matte, die den Steinboden bedeckte, aber vielleicht war er doch nicht so schlapp und bewußtlos, wie sich das anhörte.

Tritt nie einen Mann, wenn er am Boden liegt, dachte Tom und versetzte Pritchard noch einen kräftigen Tritt in die Magengegend. Er war so wütend, daß er sein neues Messer hätte zücken und ein paarmal zustechen können, aber vielleicht war hier doch zuwenig Zeit. Wenigstens riß Tom ihn noch einmal am Hemd hoch und versetzte ihm noch eine Rechte ans Kinn.

In diesem Scharmützel war er eindeutig Sieger geblieben, fand Tom, während er sich seine Dschellaba über den Kopf zog. Kein Tee verschüttet. Kein Blut. Wenn ein Kellner hier hereinkäme, würde er meinen, daß Pritchard, der da so entspannt auf der linken Seite lag, den Rücken zur offenen Seite der Nische, nur eingeschlafen war.

Tom machte kehrt, stieg scheinbar mühelos die Steintreppe bis auf die Höhe der Küche hinauf, ging nach draußen und nickte dem jungen Mann zu, der dort in seinem zu weiten Hemd stand.

»*Un taxi? C'est possible?*« fragte Tom.

»*Si – peut-être cinque minutes?*« Er wackelte mit dem Kopf und machte ein Gesicht, als glaubte er selbst nicht an die fünf Minuten.

»*Merci. J'attendrai.*« Tom sah nirgends ein anderes Verkehrsmittel, etwa einen Bus. Kein Halteschild weit und breit. Während er eigentlich noch immer platzte vor Energie, ging er betont langsam am Straßenrand entlang – ein Trottoir gab es hier nicht – und genoß es, wie der Wind ihm um die feuchte Stirn wehte. *Klapp – klapp – klapp.* Tom schritt einher wie ein Philosoph beim Denken, sah auf die Uhr – 19.27 – machte kehrt und schlenderte zum La Haffa zurück.

Tom versuchte sich auszumalen, wie Pritchard zur Polizei von Tanger gehen und ihn wegen tätlichen Angriffs anzeigen würde. Das heißt, ausmalen konnte er sich das eigentlich nicht. Unsägliche Komplikationen. Pritchard würde das *nie* tun, dachte Tom.

Und wenn jetzt (wie es in England oder Frankreich geschehen könnte) ein Kellner herausgerannt käme und riefe: »M'sieur, Ihr Freund ist verletzt!«, würde Tom so tun, als wisse er nichts von diesem Mißgeschick. Aber da die Teestunde (wann war hier nicht Teestunde?) so gemächlich war und der Kellner sein Geld schon hatte, bezweifelte Tom, daß hier jeden Moment eine aufgeregte Gestalt aus dem steinernen Türbogen von La Haffa herausgestürzt käme, um nach ihm zu suchen.

Nach etwa zehn Minuten näherte sich ein Taxi aus Richtung Tanger, hielt an und entließ drei Männer. Tom lief hin, um es in Beschlag zu nehmen, wobei er noch Zeit fand, dem

Jungen an der Tür das Kleingeld in die Hand zu drücken, das er in der einen Tasche hatte.

»Hotel El Minzah, *s'il vous plaît*!« sagte Tom und machte es sich für die Fahrt bequem. Er holte sein etwas zerknautschtes Päckchen Gitanes hervor und zündete sich eine an.

Es gefiel ihm allmählich in Marokko. Die malerisch kleinen weißen Häuser um die Kasbah kamen näher, dann schien es Tom, als würde das Taxi von der Stadt verschluckt, bis es auf dem langen Boulevard gar nicht mehr wahrnehmbar war. Eine letzte Linkskurve, und da war sein Hotel. Tom zückte die Brieftasche.

Noch auf der Straße vor dem Hoteleingang faßte er seelenruhig den Saum seiner Dschellaba, um sie sich über den Kopf zu ziehen und wieder zusammenzufalten. Ein kleiner Kratzer am rechten Mittelfinger hatte ein paar Flecken auf der Dschellaba hinterlassen, das hatte Tom schon im Taxi bemerkt, aber er blutete jetzt kaum noch. Wirklich nicht der Rede wert, wenn man sich vorstellte, was sonst noch hätte passieren können, wenn er sich zum Beispiel an Pritchards Zähnen oder seiner Gürtelschnalle richtig verletzt hätte.

Tom betrat die hohe Hotelhalle. Es war kurz vor neun. Heloise war bestimmt schon mit Noëlle zurück.

»Der Schlüssel ist nicht hier, M'sieur«, sagte der Angestellte am Empfang.

Auch keine Nachricht. »Und Madame Hassler?« fragte Tom.

Auch ihr Schlüssel war nicht da, und Tom bat den Mann, in Madame Hasslers Zimmer anzurufen.

Noëlle meldete sich. »'allo, Tome! Wir unter'alten uns – und isch ziehe misch um.« Sie lachte. »Bin aber gleich fertig. Wie gefällt dir Tanger?« Noëlle redete aus irgendeinem Grund englisch, und wie es sich anhörte, war sie bester Dinge.

»Es ist hochinteressant!« sagte Tom. »Faszinierend! Ich könnte direkt ins Schwärmen geraten!« Er merkte selbst, wie aufgeregt er redete, vielleicht ein bißchen übertrieben, aber er mußte an Pritchard denken, der im La Haffa auf der Strohmatte lag und sehr wahrscheinlich noch gar nicht entdeckt worden war. Es würde Pritchard morgen nicht besonders gutgehen. Tom hörte Noëlle zu, die ihm jetzt erklärte, daß sie und Heloise in weniger als einer halben Stunde zu ihm nach unten kommen könnten, wenn es Tom recht sei. Dann reichte sie den Hörer Heloise.

»'allo, Tome. Wir unter'alten uns.«

»Ich weiß. Wir treffen uns hier unten – in zwanzig Minuten?«

»Ich komme jetzt in unser Zimmer. Ich will mich frisch machen.«

Das paßte ihm gar nicht, aber wie sollte er es verhindern? Außerdem hatte Heloise den Schlüssel.

Tom fuhr mit dem Lift nach oben und erreichte ihre Zimmertür Sekunden vor Heloise, die über die Treppe gekommen war.

»Noëlle scheint in Topform zu sein«, meinte Tom.

»O ja. Sie liebt doch Tanger! Morgen abend will sie uns in ein Restaurant am Meer einladen.«

Tom schloß die Tür auf. Heloise ging hinein.

»Sehl gutt«, versuchte er Heloise mit seiner Chinesen-

Nummer zu amüsieren, was ihm oft gelang. Er steckte einmal rasch seinen verletzten Finger in den Mund. »Dalf vielleicht zuelst benutzen Bad? Ganz kulz. *Chop-chop.*«

»Natürlich, geh nur, Tome. Aber wenn du duschen willst, gehe ich ans Waschbecken.« Heloise ging zur Klimaanlage unter dem breiten Fenster.

Tom ging ins Bad. Es hatte zwei Becken nebeneinander, wie in vielen Hotels, die ihren Gästen damit wohl entgegenkommen wollten, vermutete Tom, aber er stellte sich dabei unweigerlich vor, wie ein Ehepaar sich nebeneinander die Zähne putzte oder die Frau an ihren Augenbrauen herumzupfte, während der Mann sich den Bart schabte, und fand dieses Bild unästhetisch und bedrückend. Er holte aus der Toilettentasche die Plastiktüte mit Waschpulver, die er und Heloise auf Reisen immer bei sich hatten. Aber zuerst kaltes Wasser, ermahnte er sich. Es waren nur winzige Spuren Blut, aber die wollte er restlos entfernen. Er rieb an den Flecken herum, die jetzt schon viel heller waren, und ließ das Wasser ablaufen. Dann der zweite Waschgang mit warmem Wasser und dem Waschpulver, das keinen Schaum machte und trotzdem seinen Zweck erfüllte.

Er ging in das große Schlafzimmer – zwei Betten, kingsize, nichts minder, und ebenfalls aneinandergerückt – und holte sich von vorn aus der Garderobe einen Kleiderbügel aus Plastik.

»Was hast du heute nachmittag gemacht?« fragte Heloise. »Hast du was gekauft?«

»Nein, Chérie.« Tom lächelte. »Ich bin nur herumspaziert – und habe Tee getrunken.«

»Tee«, wiederholte Heloise. »Wo?«

»Ach – in einem kleinen Café – sah aus wie alle anderen. Ich wollte nur ein bißchen den Leuten zusehen, die da vorbeikamen.« Tom ging wieder ins Bad und hängte die Dschellaba hinter den Duschvorhang, damit sie in die Wanne abtropfen konnte. Dann zog er sich aus, warf seine Sachen achtlos über einen Handtuchhalter und duschte sich schnell einmal kalt ab. Heloise kam herein und ging ans Waschbecken. Tom zog sich einen Bademantel über und ging barfuß auf die Suche nach frischer Wäsche.

Heloise hatte sich inzwischen umgezogen und trug jetzt eine weiße Hose und eine grün-weiß gestreifte Bluse.

Tom zog sich eine schwarze Baumwollhose an. »Gefällt Noëlle ihr Zimmer?«

»Hast du deine Dschellaba schon gewaschen?« rief Heloise, die im Bad gerade Make-up auflegte.

»Verstaubt!« rief Tom zurück.

»Was sind das für Flecken? Fett?«

Hatte sie doch noch welche entdeckt, die ihm entgangen waren? In diesem Moment hörte Tom von irgendeinem Turm in der Nähe die hohe, heulende Stimme des Gebetsrufers. Man könnte sie glatt für eine Alarmsirene halten, dachte Tom, für eine Warnung vor Schlimmerem, das noch kommen würde, aber nur, wenn man unbedingt wollte, und er wollte nicht. Fett? Würde sie ihm das abnehmen?

»Das sieht ja aus wie Blut, Tome«, rief sie auf französisch.

Er ging zu ihr, während er sich das Hemd zuknöpfte. »Es kann nicht viel sein, Chérie. Ich habe mir nur den Finger ein bißchen aufgekratzt. Muß an irgend etwas gestoßen sein.« Was allerdings stimmte. Er streckte die rechte Hand aus, den Handrücken nach oben. »Kleinigkeit. Ich wollte nur nicht, daß die Flecken bleiben.«

»Man sieht sie ja kaum noch«, meinte sie ernst. »Aber wie hast du das angestellt?«

Tom hatte sich schon im Taxi überlegt, daß er Heloise wohl das eine oder andere erklären müßte, weil er nämlich vorschlagen wollte, daß sie sich bis morgen mittag ein anderes Hotel suchten. Schon daß sie diese eine Nacht noch hier verbringen sollten, war ihm nicht ganz geheuer. »Weißt du, Darling –« Er suchte nach den richtigen Worten.

»Bist du etwa diesem –?«

»Pritchard«, half Tom nach. »Ja, ich bin ihm über den Weg gelaufen. Wir haben uns ein bißchen geprügelt – gebalgt. Vor einem kleinen Café oder Teesalon. Er hat mich so geärgert, daß ich ihm eine verpaßt habe. Ich hab's ihm gegeben. Aber arg habe ich ihn nicht zugerichtet.« Heloise wartete, wie schon so oft in der Vergangenheit, ob noch mehr käme. Es kam selten vor, daß sie zusammen waren, wenn etwas passierte, so wie jetzt, und er war es gar nicht gewöhnt, sie einzuweihen – jedenfalls nicht mehr als nötig.

»Also, Tome – du hast ihn irgendwo gefunden?«

»Er wohnt nicht weit von hier in einem Hotel. Und seine Frau ist nicht bei ihm, obwohl er mir das erzählt hat, als ich ihm unten in der Bar begegnet bin. Wahrscheinlich ist sie in Villeperce geblieben. Und ich frage mich, was sie dort im Schilde führt.« Er dachte an Belle Ombre. Wenn dort eine Frau herumschlich, war das für sein Gefühl noch unheimlicher als bei einem Mann. Sie würde zum Beispiel nicht so schnell von anderen Leuten zur Rede gestellt.

»Aber was ist denn nur los mit diesen Pritchartes?«

»Ich habe dir ja schon mal gesagt, daß sie nicht richtig im Kopf sind, Darling. Verrückt – *fous*! Aber das soll dir den Urlaub nicht verderben. Du hast ja Noëlle. Dieser Widerling will *mich* ärgern, nicht dich, das weiß ich mit Bestimmtheit.« Tom leckte sich über die Lippen und setzte sich aufs Bett, um Socken und Schuhe anzuziehen. Er wollte zurück nach Belle Ombre, um dort nach dem Rechten zu sehen, und dann nach London. Er band sich rasch die Schuhe.

»Wo habt ihr euch geprügelt? Und warum?«

Er schüttelte wortlos den Kopf.

»Blutet dein Finger noch?«

Tom sah den Finger an. »Nein.«

Heloise ging ins Bad und kam mit einem Heftpflaster zurück, von dem sie die Schutzfolie abzog.

Im Handumdrehen hatte er das Pflaster auf dem Finger und fühlte sich gleich wohler, zumindest brauchte er nicht mehr zu fürchten, überall kleine rote Spuren zu hinterlassen.

»Was denkst du gerade?« fragte sie.

Tom sah auf die Uhr. »Wartet Noëlle nicht schon unten auf uns?«

»Hm – doch«, meinte Heloise gelassen.

Tom steckte seine Brieftasche ein. »Den heutigen Kampf habe ich gewonnen.« Tom stellte sich vor, daß Pritchard heute abend erst einmal »ruhen« würde, wenn er in sein Hotel zurückkam, aber was er morgen täte, konnte man nur ahnen. »Ich denke mir aber, daß Mr. Pritchard auf Revanche sinnt. Vielleicht morgen. Am besten solltest du und Noëlle in ein anderes Hotel ziehen. Ich möchte keine Unannehmlichkeiten hier für euch.«

Heloises Augenbrauen zitterten kaum merklich. »Wie wird er sich rächen wollen? Und du willst hierbleiben?«

»Das weiß ich eben noch nicht. Gehen wir erst mal hinunter, Darling.«

Sie hatten Noëlle fünf Minuten warten lassen, aber sie schien es mit Fassung zu tragen. Sie wirkte so, als wäre sie nach langer Abwesenheit an einen Ort zurückgekehrt, den sie liebte. Als sie zu ihr traten, plauderte sie gerade mit dem Barkellner.

»*Bonsoir*, Tome«, sagte Noëlle, und sie blieb dann bei Französisch. »Was kann ich euch zum Aperitif anbieten? Dieser Abend geht auf mich.« Noëlle warf den Kopf zurück, daß ihr glattes Haar schlenkerte wie ein Vorhang. Sie hatte große, schmale Goldringe an den Ohren und trug ein besticktes schwarzes Jackett und eine schwarze Hose. »Seid ihr beide auch warm genug angezogen für heute abend? – Ja«, stellte sie fest, nachdem sie sich wie eine Glucke vergewissert hatte, daß Heloise einen Pullover bei sich hatte.

Tom und Heloise waren schon gewarnt worden, daß die Abende in Tanger deutlich kühler seien als die Tage.

Zwei Bloody Mary, und für den Herrn einen Gin Tonic.

Heloise rückte jetzt damit heraus: »Tome meint, wir müßten morgen das Hotel wechseln. Erinnerst du dich an diesen Mann, der unser Haus fotografiert hat, Noëlle?«

Heloise hatte Pritchard also nicht erwähnt, solange sie mit Noëlle allein war, stellte Tom erfreut fest. Ja, Noëlle erinnerte sich.

»Ist er etwa hier?« rief sie ehrlich erstaunt.

»Und er macht immer noch Ärger. Zeig deine Hand, Tome!«

Tom lachte. *Hände vorzeigen!* »Nimm mein Wort für meine Wunde«, meinte er pathetisch, indem er das Pflaster präsentierte.

»Geprügelt!« sagte Heloise.

Noëlle sah Tom an. »Aber was hat er gegen dich?«

»Das ist die Frage. Er schleicht mir nach wie ein Dieb – nur daß er sich sogar noch ein Flugticket kauft, um mir nachschleichen zu können«, antwortete Tom auf französisch. »Schon komisch.«

Heloise erklärte Noëlle, daß Pritchard ohne seine Frau hier sei und in einem Hotel in der Nähe wohne, und für den Fall, daß Pritchard irgendwelche Gemeinheiten im Schilde führe, sollten sie besser alle drei aus dem El Minzah ausziehen, da Pritchard wisse, daß sie und Tom hier wohnten.

»Es gibt noch andere Hotels«, sagte Tom unnötigerweise, nur weil er sich ruhiger geben wollte, als ihm zumute war. Er war richtig froh, daß Noëlle und Heloise über seine Nöte – oder seinen momentanen Streß – Bescheid wußten, auch wenn Noëlle den Grund für Murchisons geheimnisvolles Verschwinden nicht kannte und von den Derwatt-Transaktionen nichts wußte. Transaktionen – ein zweideutiges Wort, dachte Tom, während er einen Schluck aus seinem Glas nahm: Geschäft einerseits, das es war, und Schwindel andererseits, der es jetzt mindestens zur Hälfte war. Tom konnte sich nur mit Mühe wieder den Damen zuwenden. Er stand noch, Heloise auch. Nur Noëlle saß auf einem Hocker.

Die Damen unterhielten sich gerade über Schmuck, den sie auf dem Grand Socco zu kaufen gedachten. Sie redeten beide ohne Pause und gleichzeitig und brachten es zweifellos dennoch fertig, einander vollkommen zu verstehen.

Ein Mann kam herein und bot rote Rosen feil, seiner Kleidung nach ein Straßenhändler. Noëlle winkte ab; sie war viel zu sehr in ihr Gespräch mit Heloise vertieft. Der Barkellner führte den Mann zur Tür.

Abendessen im Plage Nautilus. Noëlle hatte einen Tisch bestellt. Es war ein Terrassenlokal am Meer, ziemlich voll, aber recht vornehm: reichlich Platz zwischen den Tischen, und auf ihnen Kerzen, in deren Schein man die Speisekarte lesen konnte. Die Spezialität des Hauses war Fisch. Erst allmählich kamen sie wieder auf den morgigen Tag und das nächste Hotel zu sprechen. Noëlle meinte, sie könnten die mündlich gebuchten fünf Tage im El Minzah leicht wieder rückgängig machen. Sie kenne den Geschäftsführer. Das Minzah sei voll ausgebucht, und sie werde einfach sagen, es komme jemand, dem sie aus dem Weg gehen möchte.

»Und das stimmt doch sogar, oder?« fragte sie, indem sie Tom mit hochgezogenen Brauen lächelnd ansah.

»Vollkommen«, sagte Tom. Noëlle schien ihren verflossenen Liebhaber, der ihr solchen Verdruß bereitet hatte, schon vergessen zu haben.

9

Tom war am nächsten Morgen früh auf, und daß er Heloise noch vor acht Uhr versehentlich weckte, schien ihr nichts auszumachen.

»Ich gehe schon mal nach unten und trinke einen Kaffee, Darling. Was hat Noëlle gesagt, wann sie das Hotel verlassen will? Um zehn?«

»So gegen zehn«, sagte Heloise, ohne die Augen zu öffnen. »Das Packen kann ich besorgen, Tome. Wo gehst du hin?«

Sie wußte, daß er irgend etwas vorhatte. Aber Tom wußte selbst nicht so genau, wohin er wollte. »Auf Patrouille«, sagte er. »Soll ich dir ein kontinentales Frühstück bestellen? Mit Orangensaft?«

»Das mache ich schon – wenn mir danach ist.« Sie kuschelte sich ins Kissen.

Mit so einer – Gefährtin – konnte man leben, dachte Tom, während er die Tür öffnete und ihr noch eine Kußhand zuwarf. »Bin in etwa einer Stunde wieder da.«

»Warum nimmst du deine Dschellaba mit?«

Tom hatte sie bereits in der Hand, zusammengefaltet. »Weiß nicht. Vielleicht, um mir dazu einen passenden Hut zu kaufen?«

Unten sprach Tom noch einmal an der Rezeption vor und erinnerte daran, daß er und seine Frau heute vormittag abreisen würden. Noëlle hatte schon gestern gegen Mitternacht Bescheid gesagt, aber Tom fand es nur angebracht, es noch einmal zu erwähnen, da inzwischen das Personal gewechselt hatte. Dann ging er auf die Toilette, wo ein älterer Amerikaner – er sah zumindest amerikanisch aus – sich über dem Waschbecken rasierte. Tom faltete seine Dschellaba auseinander und zog sie sich über.

Der Amerikaner beobachtete ihn im Spiegel, seinen Batterierasierer in der Hand. »Sagen Sie mal, stolpert ihr nicht über diese Dinger?« Der Amerikaner lachte, wohl nicht ganz sicher, ob er verstanden worden war.

»Klar, immerzu«, antwortete Tom. »Und dann sagen wir: ›Schön langsam fallen, damit du mehr davon hast.‹«

»Haha!«

Tom hob freundlich die Hand und ging.

Wieder der sanft abschüssige Boulevard Pasteur, wo die Ladenbesitzer bereits ihre Waren auf die Trottoirs geräumt hatten oder gerade dabei waren. Was trugen die Männer hier auf dem Kopf? Die meisten nichts, wie Tom mit einem Rundblick feststellte. Einige hatten irgendwelche weißen Tücher um den Kopf, die mehr Ähnlichkeit mit den heißen Tüchern beim Barbier hatten als mit Turbanen. Tom kaufte sich schließlich für zwanzig Dirham einen gelblichen Strohhut mit breiter Krempe.

So ausstaffiert, begab er sich zu Pritchards Herberge, dem Hotel Villa de France. Unterwegs nahm er im Café de Paris einen Espresso und eine Art Croissant zu sich. Dann weiter.

Tom trieb sich zwei Minuten oder länger vor dem Eingang zum Grand Hotel Villa de France herum und hoffte, Pritchard würde herauskommen. Dann hätte er sich nur seinen Hut tiefer ins Gesicht gezogen und weiter beobachtet. Aber Pritchard kam nicht.

Tom betrat das Foyer, sah sich um und ging zur Rezeption. Er schob den Hut zurück wie ein Tourist, der aus der grellen Sonne kam, und sagte auf französisch: »Guten Morgen. Könnte ich bitte M'sieur David Pritchard sprechen?«

»Priet-schert –« Der Rezeptionist schlug in seinem Buch nach, dann ging er nach links an einen Schreibtisch und wählte eine Nummer.

Tom sah, wie er nickte und die Stirn runzelte. »*Je suis désolé, M'sieur*«, sagte er, als er wiederkam, »*mais M'sieur Pritecharte ne veut pas être dérangé.*«

»Sagen Sie ihm bitte, hier ist Tom Ripley«, sagte Tom in beschwörendem Ton. »Ich glaube bestimmt – es ist *sehr* wichtig.«

Der Angestellte versuchte es noch einmal. »*C'est un M'sieur Ri-plé, M'sieur. Il dit –*«

Offenbar wurde er von Pritchard unterbrochen, und eine Sekunde später kam er zurück und belehrte Tom, daß M'sieur Pritecharte für niemanden zu sprechen sei.

Erste und zweite Runde an Tom Ripley, dachte Tom, während er dem Angestellten dankte und fortging. Hatte Pritchard einen Kiefer gebrochen? Einen Zahn locker? Schade, daß es nicht noch viel schlimmer war.

Nun wieder zurück zum El Minzah. Er mußte für Heloise noch Geld wechseln, wenn sie hier bezahlten und sich abmeldeten. Richtig schade, daß er nicht doch noch mehr von Tanger gesehen hatte! Aber – und mit seiner Stimmung stieg Toms Selbstvertrauen – vielleicht konnte er ja eine

Maschine nach Paris bekommen, die erst am Spätnachmittag flog. Ich muß Madame Annette anrufen, dachte er. Zuerst aber den Flughafen. Möglichst Air France. Tom wollte Pritchard nach Villeperce zurücklocken.

Bei einem Straßenverkäufer erstand er einen eng gebundenen Strauß Jasmin, der interessant und authentisch duftete.

Er traf Heloise im Zimmer fertig angezogen und beim Kofferpacken an.

»Der Hut! – Ich will ihn auf deinem Kopf sehen.«

Tom hatte beim Betreten des Hotels ganz unbewußt den Hut abgenommen, jetzt setzte er ihn wieder auf. »Findest du nicht, daß er ein bißchen zu mexikanisch aussieht?«

»N-non, *Chéri*, schon gar nicht zusammen mit dem Umhang«, sagte Heloise, indem sie ihn völlig ernst betrachtete.

»Was hat Noëlle für Neuigkeiten?«

»Wir fahren zuerst zum Hotel Rembrandt und dann – Noëlle dachte an eine Taxifahrt zum Cap Spartel. Das müßten wir gesehen haben, meint sie. Dort vielleicht eine Kleinigkeit zum Lunch. Kein großes Mittagessen.«

Tom hatte Cap Spartel auf der Landkarte gesehen, eine Landzunge westlich von Tanger. »Wie lange braucht man dorthin?«

»Höchstens eine dreiviertel Stunde, meint Noëlle. *Kamele*, sagt sie. Und eine herrliche Aussicht. Tome –«
Plötzlich wurde ihr Blick ganz traurig.

Wahrscheinlich ahnte sie, daß er abreisen wollte, und zwar noch heute. »Ja«, sagte er, »ich – also, ich muß beim Flughafen anrufen, Darling. Mir geht Belle Ombre nicht aus dem Kopf!« fügte er hinzu wie ein Ritter, der in den Krieg zog. »Aber – ich will versuchen, eine Maschine am späten Nachmittag zu bekommen. Ich würde Cap Spartel nämlich auch gern sehen.«

»Hast du etwa –« Heloise ließ eine gefaltete Bluse in den Koffer fallen. »Hast du heute früh Pricheau gesehen?«

Tom lächelte. Heloise ließ sich immer neue Variationen des Namens einfallen. Es lag ihm schon auf der Zunge, zu sagen, daß der Unaussprechliche zwar in seinem Hotel gewesen sei, ihn aber nicht habe sehen wollen, doch schließlich sagte er: »Nein. Ich bin nur herumspaziert, habe mir den Hut gekauft und einen Kaffee getrunken.« Gewisse Dinge sagte er Heloise lieber nicht, unbedeutende kleine Dinge, die sie nur beunruhigen würden.

Um Viertel vor zwölf saßen Noëlle, Heloise und Tom in einem Taxi nach Cap Spartel und fuhren durch leeres, dürres Land nach Westen. Tom hatte im Hotel Rembrandt von der Rezeption aus den Flughafen angerufen und mit tatkräftiger Unterstützung des Hoteldirektors einen Platz in einer Air-France-Maschine bekommen, die um 17:15 Uhr von Tanger nach Roissy flog. Der Direktor hatte Tom versichert, daß die bestätigte Reservierung am Flughafen Tanger liegen werde, wenn er hinkäme, also glaubte Tom sich jetzt ganz der Szenerie widmen zu können. Er hatte keine Zeit mehr gehabt, Madame Annette anzurufen, aber seine unerwartete Rückkehr würde sie schon nicht zu Tode erschrecken, und er hatte den Hausschlüssel bei sich.

»Das war einmal *sehr* bedeutend 'ier – immer«, begann Noëlle ihren Vortrag über Cap Spartel, nachdem Tom gegen Noëlles energischen Einspruch das Taxi bezahlt hatte. »Die Römer waren 'ier – alle waren 'ier«, sagte sie auf englisch und breitete die Arme aus.

Sie hatte ihre lederne Handtasche über der Schulter hängen. Heute trug sie eine gelbe Baumwollhose und eine lose Jacke über dem Hemd. Der stetige Wind blies alle Kleider und Haare unbeirrt in eine Richtung, nach Westen, glaubte Tom. Er blähte die Hemden und Hosenbeine der Männer, und dennoch war er sanft und mild. Die einzigen menschlichen Bauwerke weit und breit waren zwei längliche Café-Bars. Das Cap thronte hoch über der Meerenge, und die Aussicht war die schönste, die Tom je gesehen hatte, denn der Atlantik erstreckte sich weit, weit nach Westen.

Feixende Kamele beäugten sie aus wenigen Metern Entfernung, zwei, nein, drei Kamele, die gemütlich im Sand lagen, die Beine unter sich geklappt. Ein Treiber mit Turban und weißem Gewand war bei ihnen, aber er sah nicht ein einziges Mal zu ihnen herüber. Er aß etwas aus der Hand, was nach Erdnüssen aussah.

»Reiten wir jetzt gleich oder erst nach dem Lunch?« fragte Noëlle auf französisch. »Seht mal! Das hätte ich fast vergessen. Da, seht ihr's?« Sie zeigte zur Küste, die nach Westen einen herrlichen Bogen beschrieb, auf dem Tom so etwas wie Ruinen aus gelben Lehmziegeln sah, Mauerreste von Zimmern und Korridoren. »Die Römer haben dort Fischöl fabriziert, um es nach Rom zu schicken. Das *alles* hier hat einmal den Römern gehört.«

Tom sah in diesem Moment zu einem Hang hinüber, wo gerade ein Mann vom Motorrad stieg und Gebetshaltung einnahm, Kopf nach unten, Gesäß nach oben und das Gesicht zweifellos gen Mekka gewandt.

Beide Café-Bars hatten Tische drinnen und draußen, das eine auch eine Terrasse auf der Küstenseite. Sie entschieden sich für dieses und setzten sich an einen weißlackierten Eisentisch.

»Ein wunderschöner Himmel!« sagte Tom. Es war wirklich sehr eindrucksvoll, unvergeßlich: ein riesiges Gewölbe von wolkenlosem Blau, kein Flugzeug darunter, nicht einmal ein Vogel darin, nur Stille und eine Ahnung von Zeitlosigkeit. Hatten denn die Kamele sich etwa verändert in den Tausenden von Jahren, dachte Tom, seit jener fernen Zeit, als ihre Reiter noch keine Kameras vor den Bäuchen trugen?

Sie nahmen zum Lunch nur ein paar Appetithäppchen zu sich, ganz wie Heloise es am liebsten mochte: Tomatensaft, Perrier, Oliven, Radieschen, gebackene Fischstückchen. Tom sah einmal verstohlen auf die Uhr. Kurz vor zwei.

Die Damen sprachen über einen Kamelritt. Noëlle hatte schon etwas Sonnenbräune in ihrem ovalen Gesicht mit der schmalen Nase. Oder war es eine Schutzcreme? Und wie lange würden Noëlle und Heloise noch in Tanger bleiben wollen?

»Drei Tage vielleicht?« meinte Noëlle und sah Heloise an. »Ich habe Freunde hier. Und im Golfklub kann man gut zu Mittag essen. Ich habe heute vormittag jemanden erreicht.«

»Wirst du dich mal melden, Tome?« fragte Heloise. »Du hast doch die Nummer des Rembrandt?«

»Natürlich, Darling.«

»Eine Schande ist das«, erklärte Noëlle heftig. »Daß so

ein Barbar wie dieser Pritecharte einem so den Urlaub verderben kann!«

»Nun ja –« Tom zuckte die Achseln. »Er hat ihn mir ja nicht verdorben. Und ich habe zu Hause sowieso noch ein paar Geschäfte zu erledigen. Und anderswo.« Tom hatte gar nicht das Gefühl, drumherum zu reden, aber er redete drumherum. Noëlle interessierte sich nicht im mindesten für die Details seiner Geschäfte oder überhaupt dafür, womit er es auf ein Einkommen brachte, das dem von Heloise entsprach, sofern sie selbst das wußte. Noëlle lebte vom Familienvermögen und bekam, wie Tom sich dunkel erinnerte, auch noch etwas von ihrem Exmann.

Nach dem Lunch gingen sie wieder zu den Kamelen. Zuerst mußten sie aber noch »Baby Donkey« streicheln, dessen Vorhandensein von einem Mann in Sandalen, der »Mama Donkey« am Zügel hielt, laut auf englisch verkündet wurde. Baby Donkey, mit zottigem Fell und Ohren, hielt sich sehr dicht neben seiner Mutter.

»*Picture – photo?*« rief sein Besitzer. »Baby Donkey!«

Noëlle hatte in ihrem geräumigen *réticule* oder Umhängebeutel eine Kamera, die sie nun herausholte, während sie dem Eselsbesitzer zehn Dirham gab. »Leg Baby Donkey die Hand auf den Kopf«, sagte sie zu Heloise. *Klick!* Heloise grinste. »Jetzt du, Tome.«

»Nein.« Oder vielleicht doch. Tom ging einen Schritt auf Mama und Baby Donkey und Heloise zu, dann schüttelte er den Kopf. »Nein, ich mache eins von euch beiden.«

Gesagt, getan.

Dann verließ er die Damen, die sich auf französisch mit dem Kameltreiber unterhielten. Tom mußte sich ein Taxi nach Tanger besorgen, um sein Gepäck abzuholen, das er auch gleich hätte mitbringen können, aber er wollte sowieso noch einmal ins Rembrandt, um zu sehen, ob Pritchard sie dort schon aufgespürt hatte. Im Minzah hatten sie gesagt, daß sie nach Casablanca wollten.

Tom mußte auf das Taxi warten. Er hatte vor ein paar Minuten den Barkellner im Café gebeten, ein Taxi für ihn zu rufen, was dieser auch getan hatte. Tom ging solange auf der Terrasse auf und ab und zwang sich zu betont langsamen Schritten.

Das Taxi – oder ein Taxi – kam und setzte ein paar Fahrgäste ab. Tom stieg ein und sagte: »Zum Hotel Rembrandt, Boulevard Pasteur, *s'il vous plaît*.«

Sie brausten davon.

Tom hatte nicht mehr zu den Kamelen zurückgeschaut, weil er nicht mit ansehen wollte, wie Heloise hin und her geschleudert wurde, wenn das Kamel auf die Beine kam. Er selbst durfte gar nicht daran denken, von einem Kamelrücken auf den fernen Sandboden hinuntersehen zu müssen, aber Heloise würde wahrscheinlich übers ganze Gesicht strahlen und beim Reiten stolz nach allen Seiten blicken. Und sie würde hinterher auch mit heilen Knochen wieder absteigen. Tom schloß das Fenster bis auf einen schmalen Spalt, da bei dem Tempo der Fahrtwind so hereinpeitschte.

Hatte er schon einmal auf einem Kamel gesessen? Tom wußte es gar nicht sicher, aber dieses unangenehme Gefühl, in große Höhe gehoben zu werden, war so real, so konkret in seiner Erinnerung, daß er sich einbildete, es wirklich erlebt zu haben. Es wäre furchtbar für ihn. So ähnlich müßte es sein, auf einem fünf oder sechs Meter hohen Sprungbrett über dem Wasser zu stehen und ins Schwimmbecken hinunterzusehen. *Spring!* Wozu? Hatte ihm schon einmal jemand zu springen befohlen? In einem Ferienlager? Tom war nicht sicher. Seine Phantasien waren manchmal so deutlich wie wirkliche Erinnerungen. Und andersherum verblaßte dann wohl auch manch wirkliche Erinnerung, wie die Morde an Dickie und Murchison, sogar an diese beiden wohlgenährten Mafiosi, denen er mit einer Schlinge die Hälse zugeschnürt hatte. Letztere – sogenannte Menschen, wie Doonesbury sagen würde – hatten ihm nichts bedeutet, außer daß die Mafia ihm nun einmal ganz besonders zuwider war. Hatte er die beiden wirklich im Zug erdrosselt? Versuchte sein Unterbewußtsein das Bewußtsein abzuschirmen, indem es ihm das Gefühl gab, sie vielleicht doch nicht umgebracht zu haben? Oder nicht ganz? Aber natürlich hatte er von den beiden Leichen in der Zeitung gelesen. Oder? Selbstverständlich hätte er diese Meldungen nie ausgeschnitten und zu Hause aufbewahrt! Ja, es gab wohl tatsächlich so etwas wie einen Schirm zwischen Wirklichkeit und Erinnerung, er hätte ihm nur keinen Namen geben können. Oder doch, dachte er ein paar Sekunden später, nämlich Selbsterhaltung.

Wieder nahmen jetzt die staubigen, belebten Straßen und mehrstöckigen Häuser von Tanger um ihn herum Gestalt an. Er sah den roten Ziegelturm der San Francisco, was ein wenig der Piazza San Marco in Venedig ähnlich sah, trotz der arabischen Formen in weißem Backstein. Tom saß vorn auf seiner Sitzkante. »Wir sind schon ganz in der Nähe«, sagte er auf französisch, denn der Fahrer fuhr sehr schnell.

Zuletzt noch ein Schwenk auf die linke Straßenseite, und Tom stieg aus und bezahlte den Fahrer.

Er hatte sein Gepäck bei der Rezeption gelassen. »Eine Nachricht für Ripley?« fragte er.

Keine.

Das freute Tom. Er hatte nur einen kleinen Koffer und eine Diplomatentasche. »Jetzt brauche ich bitte ein Taxi zum Flughafen«, sagte er.

»*Yes, Sir*«. Der Mann hob den Zeigefinger und rief einem Pagen etwas zu.

»Hat auch niemand hier nach mir gefragt, auch ohne eine Nachricht zu hinterlassen?« fragte Tom.

»*No, Sir.* Ich glaube nicht«, sagte der Rezeptionist mit ernster Miene.

Tom stieg in das vorgefahrene Taxi. »*L'aeroport, s'il vous plaît.*«

Sie fuhren nach Süden, und sowie sie aus der Stadt waren, lehnte Tom sich zurück und zündete sich eine Zigarette an. Wie lange würde Heloise in Marokko bleiben? Ob Noëlle sie überreden würde, mit ihr noch woandershin zu reisen – nach Ägypten? An Ägypten glaubte Tom nicht so recht, aber er konnte sich vorstellen, daß Noëlle noch möglichst lange in Marokko bleiben wollte. Es konnte Tom nur lieb sein, denn er witterte Gefahr, vielleicht Gewalt, um Belle Ombre. Er mußte versuchen, die verhaßten Pritchards von Villeperce wegzulotsen, dachte Tom, denn als Fremder – schlimmer noch, als Amerikaner – wollte er keine Unruhe in dieses stille Dörfchen tragen, keinen Aufruhr. In Wahrheit hatte er ja schon genug davon hineingetragen und es bisher nur verstanden, den Deckel darauf zu halten.

In der Air-France-Maschine ging es französisch zu, und da Tom in der ersten Klasse saß, ließ er sich ein Glas Champagner (nicht sein Lieblingsgetränk) kredenzen, während unten die Küste von Tanger und Afrika seinen Blicken entschwand. Wenn je eine Küstenformation die in den Reiseprospekten so oft mißbrauchte Bezeichnung »einzigartig« verdient hatte, dann war es diese zweizinkige Gabel des Hafens von Tanger. Eines Tages wollte Tom noch einmal zurückkommen. Er nahm gerade sein Abendessen in Angriff, als auch die spanische Landmasse verblaßte und dafür jene austergraue Langeweile vor dem Fenster erschien, die aller Luftreisenden Schicksal ist. Eine (ihm) neue Ausgabe von *Le Point* lag für ihn bereit, und Tom nahm sich vor, nach dem Essen einen Blick hineinzuwerfen und dann bis zur Landung ein bißchen zu schlafen.

Tom verspürte den dringenden Wunsch, Agnès Grais anzurufen und sie zu fragen, wie es zu Hause stehe, und er tat es gleich von Roissy aus, sowie er sein Gepäck abgeholt hatte. Agnès war zu Hause.

»Ich bin in Roissy«, beantwortete Tom ihre Frage. »Ich habe mich entschlossen, früher nach Hause zu kommen ... Ja, Heloise ist noch dort, mit ihrer Freundin Noëlle. Alles klar an der Heimatfront?« fragte er auf französisch und erfuhr von Agnès, daß ihres Wissens alles in Ordnung sei.

»Kommst du mit dem Zug? ... Ich kann dich doch in Fontainebleau abholen. Egal, wie spät es ist. ... Aber selbstverständlich, Tome!«

Agnès konsultierte einen Fahrplan. Kurz nach Mitternacht werde sie ihn abholen. Es sei ihr ein Vergnügen, versicherte sie Tom.

»Noch etwas, Agnès. Könntest du jetzt gleich einmal Madame Annette anrufen und ihr sagen, daß ich heute nacht zurückkomme, allein? Nur damit sie nicht erschrickt, wenn ich die Tür aufschließe.«

Agnès versprach es ihm.

Danach war Tom viel wohler. Er hatte den Grais und ihren Kindern auch schon solche Freundschaftsdienste erwiesen. Seinen Nachbarn zu helfen gehörte einfach zum Landleben und machte es so angenehm. Dem stand natürlich gegenüber, daß man nur mit erheblichem Aufwand von dort irgendwohin und wieder zurück kam, wie jetzt. Tom nahm ein Taxi zur Gare de Lyon, stieg in den Zug und löste seine Fahrkarte beim Schaffner, denn lieber wollte er dafür eine kleine Strafe bezahlen als sich am Bahnhof mit dem Automaten herumplagen. Er hätte sich auch gleich von einem Taxi nach Hause bringen lassen können, aber er scheute sich davor, einen Taxifahrer den ganzen Weg bis vor das Tor von Belle Ombre fahren zu lassen. Das wäre, wie einem potentiellen Feind seine Adresse zu verraten. Tom erkannte diese Angst in sich und mußte sich fragen, ob er wohl allmählich paranoid wurde. Aber wenn ein Taxifahrer sich wirklich als Feind entpuppte, war es für solch akademische Fragen eben zu spät.

Agnès wartete in Fontainebleau, lächelnd und gutgelaunt wie immer, und auf der Fahrt nach Villeperce beantwortete Tom alle ihre Fragen nach Tanger. Er erwähnte die Pritchards nicht, hoffte jedoch, Agnès würde von sich aus irgend etwas über Janice Pritchard sagen, die ja nur ein paar hundert Meter von ihr entfernt wohnte, aber Agnès sagte nichts.

»Madame Annette will aufbleiben, bis du da bist, Tome. Wirklich, Madame Annette –«

Agnès fand keine Worte für Madame Annettes Ergebenheit, und das war auch nicht nötig. Madame Annette hatte sogar schon das große Tor geöffnet.

»Dann weißt du also gar nicht genau, wann Heloise zurückkommt?« fragte Agnès, als sie auf den Hof von Belle Ombre fuhren.

»Nein. Das muß sie selbst wissen. Sie braucht mal ein bißchen Entspannung.« Tom nahm sein Gepäck aus dem Kofferraum und verabschiedete sich dankend von Agnès.

Madame Annette öffnete die Haustür. »*Soyez le bienvenu, M'sieur Tome!*«

»*Merci, Madame Annette!* Ich bin froh, wieder hier zu sein.« Er freute sich wirklich, wieder den vertrauten Duft nach Rosenblüten und Möbelpolitur zu atmen und Madame Annette fragen zu hören, ob er Hunger habe. Tom verneinte und versicherte ihr, daß er nur ins Bett möchte. Aber zuerst die Post.

»*Ici, M'sieur Tome. Comme toujours.*«

Die Post lag auf dem Dielentisch, und Tom sah, daß es nicht viel war.

»Und Madame Heloise geht es gut?« fragte Madame Annette besorgt.

»O ja. Mit ihrer Freundin, Madame Noëlle, die Sie ja kennen.«

»Diese tropischen Länder –« Madame Annette schüttelte kurz den Kopf. »Da muß man sich sehr vorsehen.«

Tom lachte. »Madame ist heute auf einem Kamel geritten.«

»*Oooh là!*«

Es war leider schon ziemlich spät für einen Anruf bei Jeff Constant oder Ed Banbury, wenn er nicht unhöflich sein wollte, aber er tat es trotzdem. Zuerst bei Ed. In London war schon fast Mitternacht.

Ed meldete sich einigermaßen verschlafen.

»Entschuldige den späten Anruf, Ed. Aber es geht um ein wichtiges –« Tom befeuchtete sich die Lippen. »Ich glaube, ich sollte mal nach London kommen.«

»Nanu, was gibt's denn?« Ed war jetzt aufgewacht.

»Sorgen«, seufzte Tom. »Es ist wahrscheinlich besser, ich rede einmal mit – ein paar Leuten dort, verstehst du? Kannst du mich unterbringen? Du oder Jeff? Für ein, zwei Nächte?«

»Das werden wir wohl beide können«, sagte Ed mit seiner aufmerksamen, klaren Stimme, die jetzt wieder ganz nach ihm klang. »Jeff hat ein Gästebett, und ich auch.«

»Wenigstens für die erste Nacht«, sagte Tom, »bis ich sehe, wie es läuft. Danke, Ed. Noch mal was von Cynthia gehört?«

»N-nein.«

»Keine Andeutungen, Gerüchte?«

»Nein, Tom. Bist du wieder in Frankreich? Ich dachte, du wärst –«

»Ob du's glaubst oder nicht, aber David Pritchard ist in Tanger aufgekreuzt. Er ist uns nachgereist.«

»*Wie* bitte?« Eds Stimme klang jetzt echt überrascht.

»Er hat was gegen uns, Ed, und er wird vor nichts zurückschrecken. Seine Frau ist zu Hause geblieben – hier in unserm Dorf. Ich spare mir die Einzelheiten für London auf und rufe dich morgen wieder an, sobald ich mein Ticket habe. Wann erreicht man dich am besten?«

»Bis halb elf, hiesige Zeit«, sagte Ed. »Morgen früh. Wo ist Pritchard jetzt?«

»In Tanger, soviel ich weiß. Im Moment noch. Ich rufe dich morgen früh wieder an, Ed.«

10

Tom schlief gut und war vor acht Uhr auf. Er ging hinunter, um sich den Garten anzusehen. Die Forsythie, um die er sich schon Sorgen gemacht hatte, war gegossen worden oder sah jedenfalls ganz gesund aus, und Henri war auch dagewesen, das sah Tom an den frisch abgeschnittenen welken Rosen neben dem Kompost beim Gewächshaus. In zwei Tagen konnte ja auch nichts allzu Schlimmes passiert sein, höchstens wenn es einen Hagelsturm gegeben hätte.

»M'sieur Tome! – *Bonjour*!« Madame Annette stand an einer der drei Terrassentüren. Gewiß war sein schwarzer Kaffee fertig. Tom trabte ins Haus zurück.

»Ich hatte nicht damit gerechnet, daß Sie so früh aufstehen würden, M'sieur«, sagte Madame Annette, nachdem sie ihm die erste Tasse eingeschenkt hatte.

Sein Tablett mit der Filterkanne stand im Wohnzimmer.

»Ich auch nicht.« Tom setzte sich aufs Sofa. »Jetzt müssen Sie mir aber alle Neuigkeiten erzählen. Setzen Sie sich doch, Madame.«

Das war eine nicht alltägliche Aufforderung. »Ich war aber noch kein Brot einkaufen, M'sieur Tome!«

»Kaufen Sie eines von dem Mann, der immer mit seinem Wagen hier vorbeikommt und hupt!« Tom lächelte. Ein Bäckerwagen kam regelmäßig vorbei und hupte, und die Frauen gingen in Morgenmänteln hinaus und kauften ihr Brot. Tom hatte das schon gesehen.

»Aber er hält nicht hier, weil –«

»Sie haben recht, Madame. Beim Bäcker gibt es aber auch später noch Brot, wenn Sie sich jetzt ein paar Minuten mit mir unterhalten.« Sie ging zum Brotkaufen lieber ins Dorf, denn beim Bäcker traf sie immer Bekannte, mit denen sie ein Schwätzchen halten konnte. »War alles ruhig hier?« Er wußte, daß solche Fragen Madame Annette dazu brachten, ihr Gehirn nach etwas Ungewöhnlichem zu durchforsten.

»M'sieur Henri war einmal hier. Nicht lange. Keine Stunde.«

»Und es hat niemand mehr Belle Ombre fotografiert?« fragte Tom lächelnd.

Madame Annette schüttelte den Kopf. Sie hatte die Hände über dem Bauch verschränkt. »*Non, M'sieur*. Aber – meine Freundin Yvonne hat mir erzählt, daß Madame – Piquard? – die Frau von diesem –«

»Piquard oder so ähnlich.«

»Daß sie weint – wenn sie einkaufen geht. Tränen! Ist das zu fassen?«

»Nein so was!« sagte Tom. »Tränen!«

»Und ihr Mann ist nicht hier zur Zeit. Fort.« Madame Annette sagte es so, als hätte Pritchard seine Frau verlassen.

»Vielleicht ist er geschäftlich unterwegs. – Hat Madame Piquard schon Freundinnen im Dorf?«

Längeres Zögern. »Ich glaube nicht. Sie sieht so traurig aus, M'sieur. – Soll ich Ihnen ein weiches Ei kochen, wenn ich beim Bäcker war?«

Tom fand die Idee gut. Er war hungrig, und es war aussichtslos, Madame Annette aus der *Boulangerie* fernhalten zu wollen.

Madame Annette drehte sich auf dem Weg zur Küche um. »Ach so, M'sieur Clegg hat angerufen. Gestern, glaube ich.«

»Danke. Sollen Sie mir etwas ausrichten?«

»Nein. Nur Grüße.«

So so. Madame Pritecharte weinte. Wieder mal ein großes Drama, vermutete Tom, und wahrscheinlich nur zu ihrem eigenen Zeitvertreib. Er stand auf und ging in die Küche. Als Madame Annette mit ihrer Handtasche hereinkam und die Einkaufstasche vom Haken nahm, sagte Tom: »Madame Annette, würden Sie bitte niemandem sagen, daß ich zu Hause bin – oder war. Ich glaube nämlich, daß ich heute wieder wegfahren werde... Ja, leider – kaufen Sie bitte keine Extras für mich. Näheres sage ich Ihnen später.«

Um neun rief Tom das Reisebüro in Fontainebleau an und buchte ein Ticket erster Klasse mit unbefristetem Rückflug nach London, Abflug heute kurz nach 13 Uhr in Roissy. Dann packte er das Übliche in einen Koffer, dazu ein paar bügelfreie Hemden.

Zu Madame Annette sagte er: »Erzählen Sie jedem, der anruft, ich sei noch mit Madame Heloise in Marokko. Und ich werde eher wieder hier sein, als Sie ahnen. Vielleicht morgen, vielleicht übermorgen... Nein, nein, ich rufe Sie an, Madame, spätestens morgen.«

Tom hatte Madame Annette gesagt, daß er nach London fliegen wolle, nicht aber, wo er wohnen werde. Er hinterließ auch keine Anweisungen für den Fall, daß Heloise anrief, einfach weil er hoffte, daß sie nicht anrufen würde, denn das marokkanische Telefonsystem ermunterte nicht gerade dazu.

Dann rief Tom von seinem Schlafzimmer aus Ed Banbury an. Madame Annette sprach zwar noch immer kein Englisch und schien, wie Tom oft bei sich dachte, für diese Sprache auch taub zu sein, aber manche Gespräche führte er doch lieber möglichst weit außerhalb ihrer Hörweite. Tom nannte Ed seine Landungszeit und sagte, er könne wahrscheinlich kurz nach drei Uhr bei ihm zu Hause eintreffen, wenn es ihm passe.

Ed sagte, er werde es schon so einrichten, daß es passe. Kein Problem.

Tom ließ sich noch einmal Eds Adresse in Covent Garden bestätigen, damit er auch ja die richtige hatte. »Wir müssen uns um Cynthia kümmern und herausbekommen, was sie unternimmt, *falls* sie etwas unternimmt«, sagte Tom. »Im Grunde müssen wir sie bespitzeln. Denk mal darüber nach. – Bis bald, Ed. Wünschst du dir irgend etwas aus dem Reich der Froschesser?«

»Hm – eine Flasche Pernod aus dem Dutyfree?«

»Schon erfüllt. *A bientôt.*«

Tom trug gerade seinen leichten Koffer nach unten, als das Telefon klingelte. Er hoffte, daß es Heloise wäre.

Es war Agnès Grais. »Tome – da du allein bist, wär's doch vielleicht ganz nett, wenn du heute abend zum Essen zu uns kämst. Nur die Kinder sind da, und die essen ja früher, wie du weißt.«

»*Merci, chère Agnès*«, antwortete er. »Es tut mir so leid, aber ich muß wieder weg... Ja, heute, von Roissy aus. Ich wollte mir gerade ein Taxi bestellen. Schade.«

»Ein Taxi, wohin? Ich will zum Einkaufen nach Fontainebleau. Würde dir das nützen?«

Genau das konnte Tom brauchen, und so ließ er sich ohne langes Zögern zur Mitfahrt nach Fontainebleau einladen. Fünf bis zehn Minuten später kam Agnès. Tom hatte gerade noch Zeit gehabt, sich von Madame Annette zu verabschieden, als ihr Kombi durchs Tor rollte, das er bereits geöffnet hatte. Und schon waren sie fort.

»Wohin soll's denn diesmal wieder gehen?« Agnès sah ihn lächelnd von der Seite an, als sei er in ihren Augen der größte Herumtreiber aller Zeiten.

»Nach London. Etwas Geschäftliches. Übrigens, Agnès –«

»Ja, Tome?«

»Ich wäre dir dankbar, wenn du niemandem sagen würdest, daß ich letzte Nacht hier war. Oder daß ich jetzt für ein, zwei Tage nach London fliege. Es ist nicht *unbedingt* wichtig – für niemanden – ich habe nur das Gefühl, daß ich jetzt eigentlich bei Heloise sein sollte, auch wenn sie mit ihrer Busenfreundin Noëlle zusammen ist. Hast du Noëlle Hassler eigentlich mal kennengelernt?«

»Ja. Ich glaube, ich bin ihr zweimal begegnet.«

»Sehr wahrscheinlich fliege ich in ein paar Tagen wieder hin – nach Casablanca.« Tom gab sich ganz ruhig. »Wußtest du übrigens schon, daß die wunderliche Madame Pritchard neuerdings die Heulsuse spielt? Ich hab's von meiner getreuen Spionin, Madame Annette.«

»Wieso heult sie?«

»Keine Ahnung!« Tom wollte nicht sagen, daß Monsieur Pritchard zur Zeit anscheinend nicht zu Hause war. Madame Janice Pritchard mußte ein sehr zurückgezogenes Leben führen, wenn Agnès die Abwesenheit ihres Mannes noch nicht bemerkt hatte. »Aber ein bißchen komisch ist es schon, wenn eine Frau in Tränen aufgelöst zum Bäcker geht, nicht wahr?«

»O ja! Und traurig.«

Agnès Grais setzte Tom an der Stelle ab, die er aus einer Augenblickslaune genannt hatte: vor dem Hotel L'Aigle Noir. Der Portier kam sogleich die Treppe herunter und über die Terrasse. Vielleicht kannte er Tom vom Sehen, vielleicht auch nicht, denn Tom hatte höchstens einmal das Restaurant oder die Bar besucht, aber der Portier erbot sich sogleich, ihm ein Taxi nach Roissy zu besorgen, und Tom gab ihm ein Trinkgeld dafür.

Es kam Tom nur kurze Zeit später vor, als er wieder in einem Taxi saß, das diesmal auf der linken Straßenseite und in Richtung London fuhr. Zu seinen Füßen stand eine Plastiktüte mit dem Pernod für Ed und einer Stange Gauloises. An seinem Fenster sah Tom die roten Ziegelmauern von Fabriken und Lagerhäusern vorbeiziehen, deren riesengroße Firmenschilder nichts von der ungezwungenen Verbundenheit verhießen, die Tom mit einem Besuch bei seinen Freunden in London verband. Er hatte in einem Umschlag mit der Aufschrift ENGLAND (eine kleine Schublade in seiner Kapitänskommode diente der Aufbewahrung von Resten ausländischer Währungen) noch gut zweihundert Pfund in bar sowie ein paar Reiseschecks in britischen Pfund gefunden.

»Und geben Sie bei Seven Dials gut acht, wenn Sie diesen Weg nehmen«, sagte Tom freundlich, aber eindringlich zu dem Taxifahrer. Ed Banbury hatte ihn gewarnt, daß Taxifahrer an dieser Stelle leicht falsch abbogen, und das sei katastrophal. Das Haus, in dem Ed wohnte – alt, aber renoviert, hatte Ed gesagt – stand in der Bedfordbury Street. Eine fast malerische Straße, fand Tom, als sie hineinfuhren. Er entließ den Fahrer.

Ed war da, wie er versprochen hatte, und kaum hatte er den Türöffner gedrückt, nachdem er sich über die Sprechanlage vergewissert hatte, daß es Tom war, da gab es einen Donnerschlag, der Tom zusammenfahren ließ. Und als Tom die zweite Tür aufdrückte, hörte er, wie hinter ihm der Himmel seine Schleusen öffnete.

»Du mußt die Treppe nehmen«, rief Ed ihm übers Geländer zu, bevor er ihm entgegenkam. »Erster Stock.«

»Hallo, Ed«, antwortete Tom fast mit Flüsterstimme. Er hatte eine Abneigung gegen lautes Sprechen, wenn auf jeder Etage in zwei Wohnungen jemand mithören konnte. Ed nahm ihm die Plastiktüte ab. Das Treppengeländer war aus schön poliertem Holz, die weißen Wände wirkten frisch gestrichen, der Treppenläufer war dunkelblau.

Eds Wohnung präsentierte sich ebenso neu und sauber wie das Treppenhaus. Ed machte Tee, weil er um diese Stunde immer Tee machte, wie er sagte, und weil draußen so ein Hundewetter sei.

»Hast du schon mit Jeff gesprochen?« fragte Tom.

»Ja, klar. Er will dich natürlich sehen. Vielleicht heute abend. Ich habe versprochen, ihn anzurufen, sobald du da bist und wir uns ein bißchen unterhalten haben.«

Sie tranken den Tee in dem Zimmer, das Toms Schlafzimmer werden sollte, eine Art Bibliothek neben dem Wohnzimmer, in der eine Couch stand, die offenbar einmal ein Einzelbett gewesen war, das einen Bezug und ein paar Kissen bekommen hatte. Tom setzte Ed kurz über David Pritchard ins Bild, seine Aktivitäten in Tanger und die rundum befriedigende Episode in La Haffa, der »Kleinen Bucht«, an deren Ende Pritchard bewußtlos auf dem steinernen Boden dieser beliebten Tee- und Hasch-Spelunke an der Küste von Tanger gelegen hatte.

»Seitdem habe ich ihn nicht mehr gesehen«, fuhr Tom fort. »Meine Frau ist noch da, mit einer Freundin namens Noëlle Hassler aus Paris. Ich denke, sie werden von dort nach Casablanca weiterreisen. Ich will nicht, daß dieser Pritchard meiner Frau etwas antut, aber ich glaube auch nicht, daß er's versuchen wird. Auf mich hat er's abgesehen. Ich *weiß* nicht, was der Kerl im Sinn hat.« Tom trank einen Schluck von dem köstlichen Earl Gray. »Gut, dieser Pritchard mag ja ein Irrer sein. Mich interessiert aber, was er aus Cynthia Gradnor herausbekommen könnte. Gibt's da was Neues? Etwas über den Mittelsmann zum Beispiel – den Bekannten von Cynthia, mit dem Pritchard auf dieser Fete gesprochen hat?«

»Ja. Wir wissen jetzt, wie er heißt. George Benton. Jeff hat es irgendwie herausgekriegt, und das war nicht leicht – hatte was mit Fotografieren auf der fraglichen Party zu tun. Jeff hat viel herumfragen müssen, und er selbst war ja nicht auf dieser Party.«

Tom hörte interessiert zu. »Aber den Namen wißt ihr genau? Und wohnt er in London?«

»Bei dem Namen sind wir uns ziemlich sicher.« Ed schlug die dünnen Beine wieder übereinander und runzelte die Stirn ein wenig. »Wir haben drei vielversprechende

Bentons im Telefonbuch gefunden. Da stehen so viele Bentons drin, auch mit G. als Vornamen – wir konnten sie unmöglich alle anrufen und fragen, ob sie Cynthia kennen –«

Das sah Tom ein. »Mir geht es ja nur darum, wie weit Cynthia eventuell gehen würde. Genauer gesagt, ob sie jetzt sogar mit Pritchard Kontakt hat. Cynthia haßt mich aus tiefster Seele.« Fast hätte es Tom bei diesen Worten selbst geschüttelt. »Sie würde mir zu gern einen Stoß versetzen. Aber wenn sie sich einfallen ließe, die Fälschungen zu entlarven, sogar das Datum zu verraten, wann Bernard Tufts damit angefangen hat –« hier sank Toms Stimme fast zu einem Flüstern – »würde sie damit auch ihre große Liebe Bernard bloßstellen. Ich setze darauf, daß sie nicht so weit geht. Aber das ist ein Glücksspiel.« Tom lehnte sich im Sessel zurück, entspannen konnte er sich jedoch noch immer nicht. »Da hilft nur Hoffen und Beten. Ich habe Cynthia jetzt ein paar Jahre nicht mehr gesehen, und sie könnte ihre Einstellung zu Bernard geändert haben – ein wenig. Vielleicht ist es ihr jetzt wichtiger, sich an mir zu rächen.« Tom verstummte und sah Ed beim Nachdenken zu.

»Warum sagst du, sich an *dir* zu rächen, wo du doch weißt, daß es uns alle betrifft, Tom? Jeff und mich – diese Artikel und Fotos von Derwatt und seinen Bildern – den alten«, fügte er lächelnd hinzu, »die haben doch *wir* unter die Leute gebracht, als wir schon wußten, daß Derwatt tot war.«

Tom wußte das. Er sah seinem alten Freund fest in die Augen. »Weil Cynthia weiß, daß es ursprünglich meine Idee war, Bernard die Bilder fälschen zu lassen. Deine Artikel kamen etwas später. Bernard hat es Cynthia erzählt, und das war der Anfang vom Ende zwischen Bernard und Cynthia.«

»Stimmt. Ich erinnere mich.«

Ed und Jeff und Bernard, vor allem Bernard, waren mit dem Maler Derwatt befreundet gewesen. Und als Derwatt in einer depressiven Phase nach Griechenland gereist war und sich vor irgendeiner Insel ertränkt hatte, waren die Freunde in London begreiflicherweise schockiert und bestürzt gewesen. Genaugenommen war Derwatt ja in Griechenland nur »vermißt«, denn man hatte seine Leiche nie gefunden. Derwatt war damals um die Vierzig gewesen, überlegte Tom, und fand gerade die erste Anerkennung als Maler der Spitzenklasse, der den Gipfel seines Schaffens wahrscheinlich noch vor sich hatte. Da war Tom auf die Idee gekommen, daß Bernard Tufts, ebenfalls Maler, doch einmal ein paar Derwatts zu fälschen versuchen könnte.

»Worüber lächelst du?« fragte Ed.

»Ich habe mir gerade vorgestellt, ich müßte das alles mal beichten. Der Beichtvater würde bestimmt fragen – ob ich ihm das nicht aufschreiben kann.«

Ed warf den Kopf zurück und lachte. »Nein – er würde denken, du hättest das alles nur erfunden!«

»Von wegen!« lachte Tom. »Er würde sagen –«

In einem anderen Zimmer klingelte das Telefon.

»Entschuldige, Tom, ich erwarte diesen Anruf«, sagte Ed im Hinausgehen.

Während Ed telefonierte, sah Tom sich in der »Bibliothek« um, die sein Schlafzimmer werden sollte. Viele, viele Bücher, gebundene und kartonierte; sie standen in zwei Regalen vom Boden bis zur Decke: Tom Sharpe und Muriel

Spark fast Seite an Seite. Ed hatte sich hübsche Möbel zugelegt, seit Tom ihn zuletzt besucht hatte. Woher stammte
Eds Familie? Aus Hove?

Und was machte in diesem Augenblick Heloise? Jetzt am
Nachmittag, kurz vor vier? Je eher sie Tanger verließ und
nach Casablanca weiterreiste, desto wohler würde ihm
sein.

»Alles klar«, sagte Ed, der soeben wieder hereinkam und
sich einen roten Sweater übers Hemd zog. »Ich konnte
etwas Unwichtiges absagen und habe jetzt den restlichen
Nachmittag frei.«

»Dann gehen wir doch mal in die Galerie.« Tom stand
auf. »Hat sie nicht bis halb sechs geöffnet? Oder bis sechs?«

»Bis sechs, soviel ich weiß. Ich stelle nur rasch die Milch
weg, alles andere können wir stehen lassen. Wenn du etwas
aufzuhängen hast, Tom – links in dem Schrank, da ist Platz
genug.«

»Ich habe meine Hose zum Wechseln schon dort über
den Stuhl gehängt. Gehen wir.«

Ed ging voraus, aber an der Tür drehte er sich noch einmal um. Er hatte einen Regenmantel an. »Du hast mir vorhin einen Grund genannt, warum du meinst, Cynthia wolle
sich vor allem an dir rächen. Das kann aber doch nicht alles
sein, oder?«

»Nein.« Tom knöpfte seinen Burberry zu. »Es gibt noch
einen anderen Grund. Cynthia weiß natürlich, daß die Leiche, die ich damals in Salzburg verbrannt habe, nicht Derwatts Leiche war, sondern Bernards. Dir brauche ich das ja
nicht zu erzählen. Sie sieht es gewissermaßen als eine zusätzliche Kränkung für Bernard an, daß ich seinen Namen –

sozusagen noch mehr beschmutzt habe, indem ich ihn vor der Polizei als jemand anderes ausgab.«

Ed, der die Hand schon auf der Klinke hatte, dachte darüber kurz nach. Dann ließ er nervös die Klinke wieder los und sah Tom an. »Aber du weißt doch, Tom, daß sie die ganzen Jahre nie etwas gesagt hat. Weder zu Jeff noch zu mir. Das einzige – sie ignoriert uns, was uns allerdings ganz recht ist.«

»Sie hatte eben nie die Gelegenheit, die David Pritchard ihr jetzt bietet«, versetzte Tom. »Er ist ein Irrer, ein Sadist, der in alles seine Nase stecken muß. Cynthia kann ihn einfach benutzen, begreifst du nicht? Und genau das tut sie.«

Mit dem Taxi in die Old Bond Street und bis vor das diskret erhellte, in Messing und dunkles Holz gefaßte Schaufenster der Galerie Buckmaster. Tom sah, daß die schöne alte Tür noch ihren polierten Messingknauf hatte. Im Schaufenster flankierten zwei Zimmerpalmen ein altes Gemälde und verdeckten den größten Teil des Raumes dahinter.

Nick Hall, der Geschäftsführer, den man Tom als etwa dreißigjährig beschrieben hatte, unterhielt sich gerade mit einem älteren Herrn. Nick hatte glattes schwarzes Haar und eine stämmige Figur, und außerdem hatte er offenbar die Angewohnheit, beim Stehen die Arme zu verschränken.

An der Wand sah Tom ein paar moderne Bilder, die er mittelmäßig fand – keine Gesamtausstellung eines Künstlers, sondern eine Auswahl von dreien oder vieren. Tom und Ed hielten sich im Hintergrund, bis Nick sein Gespräch mit dem älteren Herrn beendet hatte. Nick reichte dem Mann eine Karte, worauf dieser ging. Es war jetzt anscheinend niemand mehr in der Galerie.

»Mr. Banbury, guten Tag«, sagte Nick, indem er lächelnd vortrat und seine kurzen, ebenmäßigen Zähne zeigte, die Tom nicht gefielen. Nick schien aber wenigstens ehrlich zu sein. Und offenbar kannte er Ed, was darauf schließen ließ, daß sie sich regelmäßig sahen.

»Tag, Nick. Ich möchte Ihnen einen Freund vorstellen – Tom Ripley. Nick Hall.«

»Sehr erfreut, Sir«, sagte Nick, wieder lächelnd. Er gab Tom nicht die Hand, machte aber dafür eine kleine Verbeugung.

»Mr. Ripley ist nur für ein paar Tage hier und wollte mal kurz bei uns reinschauen, Sie kennenlernen und sich vielleicht das eine oder andere interessante Bild ansehen.«

Ed gab sich ganz leger, und Tom hielt es ebenso. Nick hatte Toms Namen offenbar noch nie gehört. Gut. Ganz anders (und viel ungefährlicher) als bei Toms letztem Besuch in der Galerie, als ein Schwuler namens Leonard an Nicks Stelle gewesen war und darüber Bescheid gewußt hatte, daß Tom hier gleich im Hinterzimmer dieser Galerie eine Pressekonferenz als Derwatt gab.

Tom und Ed gingen in den nächsten Ausstellungsraum (es gab nur zwei) und betrachteten die Landschaften an den Wänden, die ein wenig Corot nachempfunden waren. Hier in diesem zweiten Raum lehnten in einer Ecke noch ein paar Bilder an der Wand. Weitere befanden sich, wie Tom wußte, hinter dieser etwas verschmierten weißen Tür im Nebenzimmer, in dem damals diese

Pressekonferenz – eigentlich zwei – mit Tom als Derwatt stattgefunden hatte.

Außer Hörweite Nicks, der im vorderen Raum geblieben war, bat Tom jetzt Ed, Nick zu fragen, ob sich in letzter Zeit jemand für Derwatts interessiert habe. »Und dann würde ich gern mal einen Blick ins Gästebuch werfen – wer sich darin verewigt hat.« Es wäre David Pritchard zuzutrauen, da zu unterschreiben, dachte Tom. »Schließlich wissen ja die Buckmaster-Galeristen – also du und Jeff als Besitzer –, daß ich Derwatts liebe, *n'est-ce pas?*«

Ed ging sich erkundigen.

»Zur Zeit haben wir sechs Derwatts hier, Sir«, sagte Nick und richtete sich in seinem gutsitzenden grauen Anzug etwas auf, als stünde ein Geschäft in Aussicht. »Jetzt erinnere ich mich natürlich auch an Ihren Namen, Sir. Die Bilder sind hier.«

Nick zeigte ihm die Derwatts, indem er sie nacheinander auf einen Stuhl stellte. Es waren lauter Bernard Tufts – zwei kannte Tom, vier nicht. *Katze am Nachmittag* gefiel ihm am besten, eine fast abstrakte Komposition in Rotbraun, mit einer schlafenden rot-weißen Katze, die man nicht sofort sah. Dann *Station Nirgendwo*, ein wunderschönes Bild aus blauen, braunen und ockergelben Tupfern mit einem weißlichen, aber schmutzig wirkenden Gebäude im Hintergrund, dem Bahnhof wahrscheinlich. Dann – wieder Menschen – *Streitende Schwestern*, ein typischer Derwatt, für Tom allerdings aufgrund des Datums ein Bernard Tufts – ein Porträt zweier Frauen, die einander mit offenen Mündern gegenüberstanden. Die für Derwatt typischen mehrfachen Umrisse erzeugten den Eindruck von Bewegung und Stimmen, und die dünnen roten Striche – ein von Derwatt bevorzugtes Stilmittel, das Bernard Tufts nachgeahmt hatte – drückten Wut aus, vielleicht kratzende Fingernägel und ihre blutigen Spuren.

»Und was würde das kosten?«

»›Die Schwestern‹ – an die dreihunderttausend, Sir, soviel ich weiß. Ich kann es nachsehen. Und – immer wenn ein Verkauf in Aussicht steht, bin ich gehalten, noch ein paar andere Leute zu benachrichtigen. Das Bild ist sehr begehrt.« Nick lächelte wieder.

Tom hätte es nicht im Haus haben wollen, er hatte nur aus Neugier nach dem Preis gefragt. »Und ›Die Katze‹?«

»Etwas mehr. Es ist sehr beliebt. Wir kriegen das dafür.«

Tom wechselte einen Blick mit Ed.

»Sie kennen sich ja neuerdings mit den Preisen aus, Nick!« sagte Ed anerkennend. »Sehr gut.«

»Danke, Sir.«

»Bekommen Sie viele Anfragen nach Derwatts?« fragte Tom.

»Hm – nicht sehr viele, weil die Bilder so teuer sind. Derwatt ist die große Feder an unserm Hut, denke ich.«

»Oder unser Juwel in der Krone«, meinte Ed. »Tate und Sotheby's kommen sich sogar bei uns erkundigen, was auf dem Markt ist, Tom – was Leute uns vielleicht zum Wiederverkauf zurückgebracht haben. Diese Auktionshäuser – wir brauchen sie nicht.«

Nein, dachte Tom, denn die Galerie Buckmaster hatte ihr eigenes Auktionssystem, indem sie die potentiellen Käufer jeweils verständigte. Es freute ihn, daß Ed Banbury vor Nick Hall so offen redete, eben als ob Tom und Ed alte

Freunde wären: Kunsthändler und Kunde. Kunsthändler – es mochte merkwürdig klingen, aber Ed und Jeff trafen tatsächlich selbst die Auswahl, welche Bilder sie zum Verkauf hereinnahmen und welche jungen oder auch alten Künstler sie vertraten. Ihre Entscheidungen orientierten sich oft am Markt, an Moden, das war Tom klar, aber Ed und Jeff hatten bisher doch immer so gut gewählt, daß sie die hohe Miete in der Old Bond Street bezahlen konnten und sogar noch Gewinn machten.

»Ich vermute wohl«, sagte Tom zu Nick, »daß man jetzt keine neuen Derwatts mehr auf Dachböden und so weiter findet.«

»Dachböden! Du liebes... wohl kaum, Sir. Nein – im letzten Jahr nicht einmal mehr Skizzen.«

Tom nickte bedächtig. »›Die Katze‹ gefällt mir. Ob ich sie mir leisten kann oder nicht – ich werde mal darüber nachdenken.«

»Sie besitzen schon –« Nick schien nachzugrübeln.

»Zwei«, sagte Tom. »›Mann im Sessel‹ – mein Lieblingsbild – und ›Die roten Stühle‹.«

»Richtig, Sir. Das steht ja auch sicher in den Büchern.« Nick schien nicht zu wissen oder sich zu erinnern, daß ›Mann im Sessel‹ eine Fälschung war, das andere nicht.

»Ich glaube, wir müssen jetzt weiter«, sagte Tom zu Ed, als ob sie eine Verabredung hätten. Dann zu Nick Hall: »Haben Sie eigentlich ein Gästebuch?«

»Selbstverständlich, Sir. Dort auf dem Schreibtisch liegt es.« Nick ging zu dem Schreibtisch im vorderen Raum und schlug ein Buch an einer bestimmten Stelle auf. »Und hier ist ein Federhalter.«

Tom beugte sich über das Buch und nahm den Federhalter. Unleserliche Unterschriften, Shawcross oder so ähnlich, Forster, Hunter – manche mit Adresse, die meisten ohne. Ein Blick auf das vorherige Blatt sagte Tom, daß Pritchard sich zumindest im letzten Jahr hier nicht verewigt hatte. Tom unterschrieb, aber ohne Adresse, nur »Thomas M. Ripley«, mit Datum.

Wenig später waren sie wieder auf der Straße. Es nieselte.

»Ich kann dir nicht sagen, wie froh ich bin, daß dieser Steuerman hier nicht vertreten ist«, sagte Tom grinsend.

»Stimmt. Aber weißt du denn nicht mehr – wie du von Frankreich aus noch laut dagegen protestiert hast?«

»Und das mit Recht.« Sie hielten beide Ausschau nach einem Taxi. Ed oder Jeff – Tom hätte sich jetzt nicht darauf festlegen mögen, wer von beiden – hatte vor einigen Jahren einen Maler namens Steuerman entdeckt, dem sie zutrauten, passable Derwatts zu produzieren. *Passabel*? Tom sträubten sich jetzt noch die Haare unter dem Regenmantel. Mit diesem Steuerman wäre womöglich alles aufgeflogen, wenn die Galerie Buckmaster so dumm gewesen wäre, seine Erzeugnisse auf den Markt zu bringen. Toms Protest gegen Steuerman hatte sich auf Farbdias gestützt, die ihm, wenn er sich recht erinnerte, die Galerie zugeschickt hatte. Egal, jedenfalls hatte er irgendwo Dias gesehen, und die waren unmöglich.

Ed stand jetzt winkend auf der Straße. Um diese Zeit und bei diesem Wetter war es schwer, ein Taxi zu bekommen.

»Was hast du für heute abend mit Jeff verabredet?« rief Tom ihm zu.

»Er kommt gegen sieben zu mir. Sieh mal!«

Ein Taxi war aufgetaucht, auf dessen Dach das erlösende gelbe Licht leuchtete. Sie stiegen ein.

»Es war schön, diese Derwatts zu sehen«, sagte Tom, noch schwelgend in der frischen Erinnerung. »Oder die Tufts, müßte ich wohl sagen.« Er sprach den Namen sanft wie Watte. »Übrigens habe ich mir für das Problem namens Cynthia – das Ärgernis, oder wie man es nennen will – eine Lösung ausgedacht.«

»Und die wäre?«

»Ich rufe sie einfach an und frage sie. Zum Beispiel werde ich fragen, ob sie mit Mrs. Murchison in Verbindung steht. Und mit David Pritchard. Ich gebe mich als französische Polizei aus. Kann ich das von deiner Wohnung aus machen?«

»Oho – na klar!« sagte Ed, der auf Anhieb verstand.

»Hast du Cynthias Nummer? Gibt's damit Probleme?«

»Nein, sie steht im Telefonbuch. Nicht mehr in Bayswater, sondern – in Chelsea, glaube ich.«

11

In Eds Wohnung ging Tom erst einmal unter die Dusche, dann ließ er sich von Ed einen Gin Tonic einschenken und sammelte seine Gedanken. Ed hatte ihm Cynthia Gradnors Telefonnummer auf einen Zettel geschrieben.

Er probierte an Ed seinen französischen Akzent aus. »Es ist gleisch sieben. Wenn Jeffe kommt, du läst ihn 'erein, und alles wie iemer, *oui*?«

Ed nickte, daß es fast eine Verbeugung war. »Ja. *Oui*!«

»Isch rufe an aus die Poliseibüro in – hier sage ich wohl besser Paris als Melun. Also –« Tom war aufgestanden und ging in Eds großem Arbeitszimmer umher, wo das Telefon auf einem mit Papier überladenen Schreibtisch stand. »Hintergrundgeräusche. Biete klein wenig Tic-tic auf Schreibmaschine. Wir sind 'ier in eine Poliseirevier. A la Simenon. Wir gennen das alle.«

Ed nahm gehorsam Platz und spannte ein Blatt in die Maschine. Klickediklack.

»Etwas betulicher«, sagte Tom. »Muß nicht so schnell sein.« Er wählte und holte schon Luft, um sich zu vergewissern, daß er mit Cynthia Gradnor spreche, und als nächstes zu sagen, daß David Pritchard sich einige Male gemeldet habe und ob er ihr bitte ein paar Fragen »*concernant Monsieur Riplé*« stellen dürfe.

Das Telefon klingelte und klingelte.

»Sie ist nischt su 'ause«, sagte Tom. »Mist – äh, *merde*!«

Er sah auf die Uhr. Zehn nach sieben. Tom legte auf. »Vielleicht ist sie zum Essen ausgegangen. Oder überhaupt aus der Stadt.«

»Morgen ist auch noch ein Tag«, meinte Ed. »Oder versuch's später noch mal.«

Es klingelte an der Wohnungstür.

»Das ist Jeff«, sagte Ed und ging in den Flur.

Jeff trat ein, sein Schirm war noch feucht. Er war größer als Ed und, seit Tom ihn zuletzt gesehen hatte, etwas kahler geworden. »Hallo, Tom! Eine so unverhoffte wie erfreuliche Überraschung, wie immer!«

Sie tauschten einen herzhaften Händedruck und hätten sich fast umarmt.

»Zieh den nassen Regenmantel aus und irgend etwas Trockenes an – egal was«, sagte Ed. »Scotch?«

»Du hast es erraten. Danke, Ed.«

Sie nahmen alle in Eds Wohnzimmer Platz, in dem eine Couch und ein praktisches Tischchen standen. Tom erklärte Jeff, warum er hier war: Seit ihrem letzten Telefongespräch hätten die Dinge sich ein wenig zugespitzt. »Meine Frau ist noch in Tanger, in einem Hotel namens Rembrandt, mit einer Freundin aus Frankreich. Und ich bin hergekommen, um nach Möglichkeit in Erfahrung zu bringen, was Cynthia treibt oder vielleicht zu treiben gedenkt – in der Sache Murchison. Sie steht vielleicht in Kontakt mit –«

»Ja, das hat Ed mir schon erzählt«, sagte Jeff.

»– mit *Mrs.* Murchison in Amerika, die es natürlich brennend interessieren würde, auf welche Weise ihr Mann verschwunden ist. Das sollte ich wohl mal ausloten.« Tom stellte seinen Gin Tonic auf einen Untersatz. »Wenn es dahin kommt, daß irgendwo in meinen Jagdgründen nach Murchisons Leiche gesucht wird – die würden sie am Ende noch finden, die Polizei. Oder zumindest ein Skelett.«

»Hast du nicht mal gesagt, sie liegt nur ein paar Kilometer von dir zu Hause?« Jeff sprach mit einem Unterton von Furcht oder Ehrfurcht. »In einem Fluß?«

Tom zuckte die Achseln. »Ja. Oder in einem Kanal. Ich habe praktischerweise vergessen, wo *genau*, aber die Brücke, von der Bernard und ich ihn – damals in dieser Nacht – hinuntergeworfen haben, würde ich wiedererkennen. Aber –« Tom reckte sich, sein Gesicht hellte sich auf – »natürlich weiß niemand, warum und auf welche Weise Thomas Murchison verschwunden ist. Er könnte in Orly, wohin ich ihn ja gebracht habe – entführt worden sein.« Sein Lächeln wurde noch breiter. »Gebracht habe«, hatte er gesagt, als glaubte er es selbst. »Er hatte ›Die Uhr‹ bei sich, und das Bild ist in Orly verschwunden. Ein echter Tufts.« Jetzt lachte Tom. »Murchison könnte sich ja sogar *selbst* entschlossen haben, von der Bildfläche zu verschwinden. Irgendwer hat jedenfalls ›Die Uhr‹ geklaut, und seitdem haben wir nie wieder etwas davon gesehen und gehört, stimmt's?«

»Stimmt.« Jeffs hohe Stirn legte sich in nachdenkliche Falten. Er hielt sein Glas zwischen den Knien. »Wie lange wollen diese Leute eigentlich in deiner Nachbarschaft bleiben, diese Pritchards?«

»Könnte sein, daß sie das Haus für ein halbes Jahr gemietet haben. Ich hätte mich erkundigen können, hab's aber nicht getan.« Für Tom stand fest, daß er sich Pritchard in weniger als einem halben Jahr vom Hals schaffen würde.

Irgendwie. Er fühlte seine Wut immer stärker anschwellen, und um Dampf abzulassen, erzählte er Ed und Jeff jetzt von dem Haus, das die Pritchards gemietet hatten. Er beschrieb ihre pseudoantiken Möbel und den Teich im Garten, der Kringel an die Wohnzimmerdecke malte, wenn die Nachmittagssonne darauf schien. »Das Problem ist, daß ich sie nur zu gern darin ersaufen sähe, alle beide«, schloß Tom, und die andern lachten.

»Noch einen Drink, Tom?« fragte Ed.

»Nein danke, nichts mehr.« Tom sah auf die Uhr: kurz nach acht. »Ich möchte es noch mal bei Cynthia versuchen, bevor wir aufbrechen.«

Ed und Jeff machten mit. Ed lieferte wieder Schreibmaschinengeklapper im Hintergrund, während Tom sich an Jeff in seinen französischen Akzent einübte. »Lache nischt! Wir sind 'ier in eine Pariser Poliseirevier. Isch 'abe von Pritecharte ge'ört«, sagte er ernst, indem er wieder aufstand. »Und darum muß isch jetzt Madame Gradnoor ver'ören, weil sie vielleischt etwas von Monsieur oder Madame Murchisonne ge'ört 'at. *N'est-ce pas?*«

»*Oui*«, antwortete Jeff ebenso ernst, als leiste er einen Eid.

Tom hatte zum eventuellen Mitschreiben Papier und Stift bereit liegen, daneben den Zettel mit Cynthias Telefonnummer. Er wählte.

Beim fünften Klingeln meldete sich eine Frauenstimme.

»'allo, guten Abend, Madame. *C'est Madame Gradnoor?*«

»Ja.«

»'ier ist Commissaire Edouard Bilsault, Paris. Wir 'aben

Kontakt mit Monsieur Pritecharte wegen ein Monsieur Thomas Murchisonne – Sie kennen seinen Namen, ja?«

»Ja.«

So weit, so gut. Tom schraubte seine Stimme etwas höher als normal und sprach ganz konzentriert. Es hätte ja sein können, daß Cynthia sich an seinen normalen Tonfall erinnerte. »Monsieur Pritecharte ist momentan *en Afrique du Nord*, wie Ihnen vielleischt bekannt ist, Madame. Wir 'ätten gern die Adresse von Madame Murchisonne *en Amérique*, Amerika, falls Sie 'aben.«

»Zu welchem Zweck?« fragte Cynthia Gradnor, die unter gegebenen Umständen recht zugeknöpft sein konnte, schroff zurück.

»Weil – wir 'aben vielleischt – sehr bald – eine Information über ihren Mann. Monsieur Pritecharte 'at uns telefoniert, aus Tanger. Aber wir können ihn jetzt nischt erreischen.« Toms Stimme wurde immer beschwörender.

»Hm –«, kam es skeptisch zurück. »Mr. Pritchard hat, glaube ich, seine eigene Art des Vorgehens – in der Angelegenheit, von der Sie sprechen. Ich habe damit nichts zu tun. Sie warten am besten, bis er zurückkommt.«

»Aber wir können nischt warten, Madame – unmögliesch. Wir müssen Madame Murchisonne etwas fragen. Monsieur Pritecharte war nischt da, als wir 'aben telefoniert, und Telefon nach Tanger ist schlescht, sehr schlescht.« Tom räusperte sich unwillig, was ihm im Hals weh tat, und gab ein Zeichen, daß Hintergrundgeräusche erwünscht seien. Es schien Cynthia nicht zu überraschen, daß Pritchard in Tanger war.

Ed knallte ein Buch auf seine Schreibtischplatte und

hackte weiter auf die Schreibmaschine ein, während Jeff sich ein Stückchen abseits mit dem Gesicht zur Wand stellte, die hohle Hand vor den Mund hielt und eine Polizeisirene imitierte – Tom fand, daß es richtig nach Paris klang.

»Madame –« sprach er mit ernster Stimme weiter.

»Einen Moment.«

Sie holte die Adresse. Tom nahm den Stift, ohne seine Freunde dabei anzusehen.

Cynthia meldete sich zurück und las ihm eine Adresse vor: Manhattan, *East Seventies*.

»*Merci, Madame*«, sagte Tom höflich, aber eben nur so höflich, wie es eines Polizisten Pflicht war. »Und – *le numéro* – die Telefonnummer?« Tom schrieb auch diese auf. »*Merci infiniment, Madame. Et bonne soirée.*«

Uiiih – woeng-woeng, imitierte Jeff inzwischen kanalübergreifende Störgeräusche – durchaus glaubhaft, fand Tom, obwohl Cynthia sie vielleicht nicht mehr mitbekam.

»Hat geklappt«, meinte Tom zufrieden. »Nicht auszudenken: sie hatte Mrs. Murchisons Adresse!« Er sah seine Freunde an, die seinen Blick nur stumm erwiderten. Dann steckte er Mrs. Murchisons Adresse ein und sah auf die Uhr. »Darf ich noch mal anrufen, Ed?«

»Nur zu, Tom«, sagte Ed. »Möchtest du ungestört sein?«

»Nicht nötig. Nach Frankreich diesmal.«

Die beiden gingen aber doch in Eds Küche.

Tom wählte Belle Ombre, wo es jetzt halb zehn war.

»*'allo, Madame Annette*!« rief Tom. Madame Annettes Stimme rief ihm sofort die Diele und die ebenso vertraute Küchenanrichte neben der Kaffeemaschine vor Augen, auf der ebenfalls ein Telefon stand.

»Oh, M'sieur Tome! Ich wußte nicht, wo ich Sie erreichen konnte. Ich habe schlimme Nachrichten. Madame –«

»*Vraiment?*« unterbrach Tom sie stirnrunzelnd.

»Madame Heloise! Sie ist entführt worden!«

Tom schnappte nach Luft. »Das *kann* nicht wahr sein. Wer hat Ihnen das gesagt?«

»Ein Mann mit – *un accent américain!* Sein Anruf kam – heute nachmittag gegen vier. Ich wußte nicht, was ich machen sollte. Er hat sonst nichts gesagt und sofort wieder aufgelegt. Ich habe mit Madame Geneviève gesprochen. Sie meint: ›Was kann die *hiesige* Polizei denn tun?‹ Ich soll es der Polizei von Tanger sagen, meint sie, und Ihnen, M'sieur Tome. Aber ich wußte doch nicht, wie Sie zu erreichen waren!«

Tom hatte bei Madame Annettes Worten die Augen zugekniffen. Er überlegte: Diese Lüge konnte nur von Pritchard stammen, der gemerkt hatte, daß Tom Ripley nicht mehr in Tanger war, jedenfalls nicht mehr bei seiner Frau, und da war ihm der Gedanke gekommen, noch mehr Stunk zu machen. Tom atmete tief durch und bemühte sich, Madame Annette in zusammenhängenden Sätzen zu antworten.

»Hören Sie, Madame Annette, das ist nichts weiter als ein hundsgemeiner Streich. Sorgen Sie sich bitte nicht. Madame Heloise und ich haben das Hotel gewechselt, das habe ich Ihnen schon gesagt, glaube ich. Madame wohnt jetzt im Hotel Rembrandt. Aber das soll nicht *Ihre* Sorge sein. *Ich* rufe meine Frau noch heute abend dort an und – ich wette, sie ist noch dort.« Tom lachte, und er meinte es auch so. »Amerikanischer Akzent!« sagte er voll Verachtung. »Das war doch bestimmt kein Nordafrikaner, Madame, und kein Polizist aus Tanger, der Ihnen wahrheitsgemäß etwas mitzuteilen hatte, oder?«

Madame Annette mußte ihm recht geben.

»Wie ist denn drüben das Wetter? Hier regnet es.«

»Werden Sie mich anrufen, M'sieur Tome, wenn Sie wissen, wo Madame Heloise ist?«

»Heute abend noch? – J-a-a.« Dann fügte er gelassen hinzu: »Ich *hoffe* jedenfalls, sie heute abend noch zu erreichen. Aber dann rufe ich Sie an.«

»Egal wie spät es ist, M'sieur! Und ich habe hier alle Türen fest verschlossen, und das große Tor auch.«

»Recht so, Madame Annette.«

»Puuuh!« machte Tom, nachdem sie aufgelegt hatten. Er schob die Hände in die Taschen und ging zu seinen Freunden, die jetzt mit ihren Gläsern in der Bibliothek oder Bücherkoje waren. »Ich habe Neuigkeiten«, sagte er, froh, die Neuigkeit, so schlecht sie war, auf der Stelle anderen mitteilen zu können, statt sie für sich behalten zu müssen, wie es ihm mit schlechten Nachrichten sonst immer ging. »Meine Haushälterin behauptet, meine Frau sei entführt worden. In Tanger.«

Jeff runzelte die Stirn. »Entführt? Machst du Witze?«

»Ein Mann mit amerikanischem Akzent hat in Belle Ombre angerufen und es Madame Annette mitgeteilt – und gleich danach aufgelegt. Das ist garantiert eine Ente. Sieht Pritchard ähnlich – einem auf den Wecker zu gehen, wo er nur kann.«

»Was machst du jetzt?« meinte Ed. »In ihrem Hotel anrufen und fragen, ob sie dort ist?«

»Genau das.« Zuerst aber zündete Tom sich eine Gitane an und kostete ein paar Sekunden lang seine Verachtung für David Pritchard in vollen Zügen aus, haßte ihn mitsamt seiner runden Brille und der ordinären Armbanduhr. »Ja, ich rufe mal das Rembrandt in Tanger an. Meine Frau kommt meist zwischen sechs und sieben ins Hotel zurück, um sich für den Abend umzuziehen. Die werden mir zumindest sagen können, ob sie inzwischen da war.«

»Klar. Ruf sofort an, Tom«, sagte Ed.

Tom ging wieder zum Telefon und nahm das Notizbuch aus einer Innentasche seiner Jacke. Darin hatte er sich die Nummer des Rembrandt und die Vorwahl für Tanger notiert. Hatte ihm nicht irgendwer gesagt, in Tanger rufe man am besten um drei Uhr nachts an? Er versuchte es trotzdem jetzt und wählte besonders sorgfältig.

Stille. Dann ein Summen, drei kurze Töne, die Tätigkeit verhießen. Dann wieder Stille.

Tom versuchte es über die Vermittlung. Er bat die Dame, die Verbindung für ihn herzustellen, und nannte Eds Nummer. Sie sagte ihm, er solle auflegen. Dann rief sie nach einer Minute wieder an und teilte ihm mit, daß sie jetzt die Nummer in Tanger zu wählen versuche. Er hörte sie in unwirschem, schnippischem Ton mit jemandem in Tanger reden, dessen Stimme Tom kaum hörte, aber auch sie hatte kein Glück.

»Um diese Zeit ist es manchmal – ich empfehle Ihnen, es ganz spät nachts noch einmal zu versuchen, Sir.«

Tom bedankte sich. »Nein«, antwortete er auf ihre Frage, »ich muß jetzt weg. Später versuche ich es dann noch einmal selbst.«

Er ging in die Bücherkoje, wo Ed und Jeff schon sein Bett gemacht hatten. »Kein Glück«, sagte Tom. »Bin nicht durchgekommen. Das hat man mir schon mal gesagt, das mit dem Telefonieren nach Tanger. – Wir sollten jetzt essen gehen und eine Weile nicht mehr daran denken.«

»Teuflisch«, sagte Jeff und richtete sich auf. »Ich hab mitgehört, wie du gesagt hast, du willst es später noch mal versuchen.«

»Ja. – Übrigens vielen Dank, daß ihr schon mein Bett gemacht habt. Es lacht mich förmlich an.«

Ein paar Minuten später waren sie draußen im Nieselregen und machten sich zu dritt unter zwei Regenschirmen auf den Weg zu dem Pub, den Ed empfohlen hatte. Er war wirklich nicht weit und sehr gemütlich mit seinem braunen, sanft schimmernden Gebälk und den mit Holzblenden abgeteilten Nischen. Sie setzten sich an einen Tisch, was Tom lieber war, denn er konnte von einem Tisch aus besser die Gäste beobachten. Er bestellte im Gedenken an alte Zeiten Roastbeef und Yorkshire Pudding.

Tom fragte Jeff Constant nach seiner Arbeit aus. Jeff war freier Fotograf und mußte auch Brotaufträge übernehmen, die ihm weniger Spaß machten als »künstlerisch gestaltete Innenräume mit und ohne Menschen«, wie er es nannte. Er meinte schöne Wohnungseinrichtungen, vielleicht mit Pflanzen oder auch mit einer Katze. Bei den Brotaufträgen handelte es sich oft um industrielles Design, »Bügeleisen in Nahaufnahme«, sagte er.

»Oder Neubauten am Stadtrand«, fuhr er fort, »noch im Stadium des Rohbaus. Die soll ich dann fotografieren, manchmal bei solchem Wetter wie heute.«

»Seht ihr beide euch eigentlich oft?« fragte Tom.

Ed und Jeff sahen einander lächelnd an. Ed antwortete zuerst: »Kann man nicht unbedingt behaupten, nicht wahr, Jeff? Aber wenn einer den andern braucht – sind wir da.«

Tom mußte an die alten Zeiten denken, als Jeff diese herrlichen Fotos von (echten) Derwatts gemacht und Ed Banbury sie kommentiert und Artikel über Derwatt geschrieben und immer wieder behutsam irgend etwas eingestreut hatte, wovon sie sich erhofften, es werde den Stein des öffentlichen Interesses ins Rollen bringen, und der Stein war ins Rollen gekommen. Derwatt habe in Mexiko gelebt und lebe noch immer dort, aber, so die Legende, er führe das Leben eines Einsiedlers, der keine Interviews gebe und nicht einmal den Namen des Dorfes preisgeben wolle, in dem er lebe, doch man nehme an, daß es in der Nähe von Veracruz liege, denn von dort aus schicke er seine Bilder per Schiff nach London. Die früheren Buckmaster-Galeristen hatten Derwatt ohne besonderen Erfolg betreut, weil sie auch nie die Werbetrommel für ihn gerührt hatten. Jeff und Ed hatten es auch erst getan, nachdem Derwatt nach Griechenland gefahren und dort ins Wasser gegangen war. Sie hatten Derwatt alle gekannt (das heißt, alle außer Tom, was seltsam war, denn gerade Tom hatte oft das Gefühl, er *habe* ihn gekannt). Derwatt war vor seinem Tod ein guter und interessanter Maler gewesen und hatte in London stets am Rande der Armut gelebt, bewundert von Freunden wie Jeff, Ed, Cynthia und Bernard. Derwatt stammte aus einer tristen nordenglischen Industriestadt, Tom wußte nicht mehr, aus welcher. Ihm war

aber jetzt klar, daß erst dieses inszenierte Gemunkel Derwatt zum Durchbruch verholfen hatte. Merkwürdig.
Merkwürdig? Hatte denn nicht van Gogh gerade darunter
gelitten, daß eben niemand über ihn gemunkelt hatte? Wer
hatte für Vincent die Trommel gerührt? Keiner, höchstens
sein Bruder Theo.

Eds schmales Gesicht hatte sich verfinstert. »Ich frage
dich heute abend nur dieses eine Mal, Tom. Machst du dir
wirklich keine Sorgen um Heloise?«

»Nein, Ed. Ich war mit den Gedanken gerade ganz woanders. Ich kenne diesen Pritchard. Zwar nur flüchtig, aber es
reicht.« Tom lachte kurz auf. »Auch wenn ich noch niemandem begegnet bin, der genauso war wie er, aber ich
habe von solchen Typen schon gelesen. Er ist ein Sadist.
Finanziell unabhängig, behauptet seine Frau, aber ich traue
beiden zu, daß sie jedem ins Gesicht lügen.«

»Eine Frau hat er auch?« fragte Jeff überrascht.

»Habe ich dir das noch nicht gesagt? Amerikanerin.
Nach meinem Eindruck ein sadomasochistisches Paar. Sie
lieben und hassen sich, verstehst du?« fuhr Tom fort. »Pritchard erzählt, daß er Marketing am INSEAD studiert – das ist
so eine Wirtschaftsakademie in Fontainebleau. Eine glatte
Lüge. Seine Frau hat blaue Flecken an Hals und Armen. Er
ist zu dem einzigen Zweck in meine Nachbarschaft gezogen, mir das Leben zu vergällen, so gut er kann. Und nun hat
Cynthia seine Phantasie angeregt, indem sie Murchison erwähnte.« Während Tom sein Roastbeef in Angriff nahm,
sagte er sich, daß er eigentlich keine Lust hatte, Ed und Jeff
davon zu erzählen, wie Pritchard (oder seine Frau) versucht
hatte, sich am Telefon als Dickie Greenleaf auszugeben,

einmal im Gespräch mit Tom, einmal mit Heloise. Tom wollte nicht auch noch auf Dickie Greenleaf zurückkommen.

»Und dann ist er dir bis Tanger nachgereist?« fragte Jeff, ebenfalls schon mit Messer und Gabel in den Händen.

»Ohne Frau«, sagte Tom.

»Wie schafft man sich solches Ungeziefer vom Hals?« fragte Jeff.

»Eine hochinteressante Frage.« Tom lachte.

Sein Lachen schien die beiden anderen ein wenig zu überraschen, dann rangen auch sie sich zu einem Lächeln durch.

»Ich möchte nachher wieder mit zu Ed, wenn du es noch einmal in Tanger versuchen willst«, sagte Jeff. »Ich möchte gern wissen, was los ist.«

»Klar, Jeff – wie lange will Heloise denn dableiben, Tom?« fragte Ed. »In Tanger. Oder überhaupt in Marokko.«

»Zehn Tage vielleicht. Ich weiß es nicht. Ihre Freundin Noëlle war früher schon mal da. Sie wollen noch nach Casablanca.«

Der Kaffee kam. Jeff und Ed besprachen noch etwas Geschäftliches. Tom entnahm dem Gespräch, daß die beiden es verstanden, einander hin und wieder ein Geschäft zuzuschanzen. Jeff Constant war ein guter Porträtfotograf, und Ed Banbury hatte oft Leute für die Sonntagsbeilagen zu interviewen.

Tom ließ es sich nicht nehmen, das Essen zu bezahlen. »Es ist mir ein Vergnügen«, sagte er.

Der Regen hatte aufgehört, und als sie in die Nähe von Eds Wohnung kamen, schlug Tom noch einen Spaziergang ums Geviert vor. Tom liebte diese kleinen Läden, die Hauseingänge dazwischen, die Briefschlitze aus blitzendem Messing in den Türen, sogar den hell erleuchteten kleinen Lebensmittelladen, der um diese mitternächtliche Stunde noch geöffnet hatte und frisches Obst, Konserven, Brot und Frühstücksflocken feilbot.

»Das sind Araber oder Pakistani«, erklärte Ed. »Ein Segen jedenfalls, denn sie haben sogar sonn- und feiertags geöffnet.«

Sie kamen an Eds Haustür, und Ed schloß auf.

Tom dachte, er komme jetzt vielleicht eher nach Tanger durch, auch wenn es noch nicht drei war. Er wählte wieder sehr sorgfältig und hoffte, in der Telefonzentrale des Rembrandt jemanden zu erreichen, der seine Arbeit verstand und Französisch sprach.

Jeff und Ed kamen hinzu, um das Neueste mitzubekommen, Jeff mit einer Zigarette.

Tom winkte ab. »Es meldet sich noch immer keiner.« Er rief die Vermittlung an und gab sein Anliegen weiter. Man solle ihn zurückrufen, sobald die Verbindung mit dem Rembrandt hergestellt sei. »Hol's der Teufel!«

»Hast du Hoffnungen?« fragte Ed. »Du könntest ein Telegramm schicken, Tom!«

»Die Londoner Vermittlung ruft zurück. Ihr braucht nicht aufzubleiben und zu warten.« Tom sah seinen Gastgeber an. »Ist es dir recht, Ed, wenn ich gleich selbst an den Apparat gehe, falls Tanger sich heute nacht meldet?«

»Natürlich, Tom. Ich höre es sowieso nicht bis ins Schlafzimmer. Dort steht kein Telefon.« Er klopfte Tom auf die Schulter.

Es war, so lange Tom zurückdenken konnte, das erste Mal, daß Ed ihn körperlich berührte, abgesehen von einem Händedruck. »Ich gehe jetzt duschen. Sobald ich dann eingeseift bin, kommt das Gespräch garantiert durch.«

»Nur zu. Wir werden dich schon rufen«, meinte Ed.

Tom holte seinen Pyjama aus dem Koffer, zog sich aus und flitzte ins Bad, das zwischen seiner Koje und Eds Schlafzimmer lag. Gerade trocknete er sich ab, als Ed nach ihm rief. Tom rief zurück, aber er zwang sich zur Ruhe und zog zuerst den Pyjama an, bevor er in seinen Elchlederpantoffeln das Bad verließ. *Ist es Heloise oder die Hotelvermittlung?* hätte er Ed am liebsten gefragt, aber er fragte nicht und nahm nur den Hörer. »*'allo?*«

»*Bonsoir. Hôtel Rembrandt. Vous êtes –?*«

»*M'sieur Ripley*«, antwortete er auf französisch. »Ich möchte Madame Ripley sprechen, Zimmer dreihundertsiebzehn.«

»*Ah, oui. Vous êtes –?*«

»*Son mari*«, sagte Tom.

»*Un instant.*«

Son mari hatte das Eis gebrochen, fand Tom. Er sah seine gespannt lauschenden Freunde an. Jetzt meldete sich eine verschlafene Stimme: »*'allo?*«

»Heloise! – Ich habe mir solche Sorgen gemacht!«

Ed und Jeff atmeten sichtlich auf.

»Ja, weißt du – dieser widerliche *Pritecharte* – er hat bei Madame Annette angerufen und behauptet, du wärst *entführt* worden!«

»Entführt! Isch 'abe ihn 'eute nisscht einmal gese'en«, antwortete Heloise.

Tom lachte. »Da wird Madame Annette aber ein Stein vom Herzen fallen. Ich rufe sie heute nacht noch an. Und nun paß auf.« Tom wollte in Erfahrung bringen, was für Pläne Heloise und Noëlle hatten. Heute hatten sie eine Moschee und einen Markt besucht. Ja, und morgen wollten sie nach Casablanca fahren.

»Wie heißt euer Hotel?«

Heloise mußte erst nachdenken oder es irgendwo nachsehen. »Miramare.«

Höchst originell, dachte Tom, noch immer gutgelaunt. »Selbst wenn du diesen Widerling heute nicht gesehen hast, Heloise – er könnte doch noch in der Gegend herumschleichen und herauszufinden versuchen, wo du – oder wo wir beide abgestiegen sind. Ich bin froh, daß du morgen nach Casablanca fährst. – Und danach?«

»Danach?«

»Wohin soll es von da weitergehen?«

»Weiß ich noch nicht. Nach Marrakesch, denke ich.«

»Nimm mal einen Stift«, sagte Tom nachdrücklich. Dann diktierte er ihr Eds Telefonnummer und vergewisserte sich, daß Heloise sie richtig verstanden hatte.

»Wieso bist du in London?«

Tom lachte. »Wieso bist du in Tanger? Hör zu, Chérie, ich bin vielleicht nicht den ganzen Tag hier zu erreichen, aber ruf trotzdem an und hinterlaß eine Nachricht – ich glaube, Ed hat einen Anrufbeantworter –« Ed nickte. »Sag mir, wie euer *nächstes* Hotel heißt, wenn ihr von Casablanca weiterreist... ja, gut. Grüß Noëlle von mir... Ich liebe dich. Mach's gut, Darling.«

»Ein Glück!« sagte Jeff.

»Ja. Für mich. Sie sagt, daß sie Pritchard nicht einmal gesehen hat – was natürlich nicht viel bedeutet.«

»Pritecharte – liegt so hart«, reimte Jeff.

»Chartepritt – ist heut nicht fit«, ergänzte Ed trocken.

»Hört schon auf.« Tom grinste. »Was für Anrufe liegen heute nacht noch an? Madame Annette. Muß sein. Und inzwischen habe ich auch mal an Mrs. Murchison gedacht.«

»Nanu?« meinte Ed neugierig. Er stand mit dem Ellbogen auf eine Büchervitrine gestützt. »Du meinst, Cynthia hat Kontakt mit Mrs. Murchison? Die beiden sprechen sich ab?«

Schauriger Gedanke. Tom überlegte. »Vielleicht haben sie mal ihre Adressen ausgetauscht, aber was können sie einander schon erzählen? Und – vielleicht haben sie den Kontakt ja auch erst, seit David Pritchard auf den Plan getreten ist.«

Jeff, der sich noch nicht hingesetzt hatte, ging unruhig hin und her. »Was wolltest du vorhin über Mrs. Murchison sagen?«

»Daß –« Tom stockte. Er sprach nicht gern halbfertige Überlegungen aus; andererseits war er ja unter Freunden. »Ich würde sie gern mal in Amerika anrufen und fragen, was sich in bezug auf – was sich bei den Nachforschungen nach ihrem Mann so tut. Ich fürchte nur, sie haßt mich kaum weniger als Cynthia. Natürlich nicht ganz so sehr, aber immerhin war ich der letzte, von dem man weiß, daß er ihren Mann gesehen hat. Und wieso soll ausgerechnet *ich* sie anrufen?« Plötzlich brach es aus ihm heraus. »Zum Teufel aber auch, was kann Pritchard denn schon *tun*? Was weiß er denn, was nicht längst bekannt ist? Zum Teufel! Gar nichts weiß er!«

»Ganz recht«, sagte Ed.

»Und wenn – du bist doch so ein guter Imitator, Tom – wenn du Mrs. Murchison nun mit der Stimme dieses Inspektors anrufst – wie hieß er noch gleich – Webster?« fragte Jeff.

»Ja.« Tom erinnerte sich nicht gern an diesen englischen Inspektor Webster, obwohl Webster ja schließlich auch nicht bis zur Wahrheit vorgestoßen war. »Nein danke, das möchte ich doch lieber nicht riskieren.« Könnte es sein, daß Webster, der damals nach Belle Ombre gekommen und sogar nach Salzburg gereist war, noch immer »dran« war, wie das so schön hieß? Webster in Kontakt mit Cynthia und Mrs. Murchison? Tom kam nur immer wieder zu demselben Schluß: Es gab nichts Neues. Worüber sich also Sorgen machen?

»Ich sollte mich jetzt mal verziehen«, sagte Jeff. »Hab morgen zu arbeiten. Gibst du mir Bescheid, was du morgen machen willst, Tom? Ed hat meine Nummer. Du ja auch, fällt mir gerade ein.«

Man wünschte sich allseits gute Nacht und viel Glück.

»Jetzt ruf Madame Annette an, Tom«, sagte Ed. »Das ist wenigstens eine angenehme Aufgabe.«

»Wenigstens das«, bestätigte Tom. »Und dir sage ich gute Nacht, Ed, und danke für deine Gastfreundschaft. Ich schlafe gleich im Stehen ein.«

Dann wählte er die Nummer von Belle Ombre.

»*'al-looo?*« Madame Annettes Stimme klang schrill vor Angst.

»Hier Tom«, sagte Tom. Er sagte ihr, daß mit Madame Heloise alles in Ordnung sei und die Entführungsmeldung ein falsches Gerücht, sonst nichts. Den Namen David Pritchard erwähnte er nicht.

»Aber – wissen Sie denn, wer so eine gemeine Geschichte in die Welt setzt?« Madame Annette sagte *méchante* und sprach das Wort voll Galle aus.

»Keine Ahnung, Madame. Die Welt ist voll von bösartigen Menschen. Denen macht das komischerweise *Spaß*. Ist zu Hause alles in Ordnung?«

Madame Annette versicherte ihm, daß alles in Ordnung sei. Tom versprach, sie wieder anzurufen, sobald er wisse, wann er nach Hause komme. Über Madame Heloises Heimkehr könne er nichts Bestimmtes sagen, aber sie sei ja mit ihrer lieben Freundin Noëlle zusammen und amüsiere sich gut.

Danach fiel Tom ins Bett und schlief wie ein Stein.

12

Der nächste Morgen war so hell und klar, als hätte es gestern nie geregnet, nur daß sich Tom bei einem Blick auf die schmale Straße vor dem Fenster das Gefühl aufdrängte, da draußen sei alles frisch gewaschen. Sonnenstrahlen blinkten auf den Fensterscheiben, und der Himmel war von einem reinen Blau.

Ed hatte einen Hausschlüssel auf den Couchtisch gelegt und einen Zettel dazu geschrieben, Tom solle sich wie zu Hause fühlen und Ed werde erst nachmittags um vier Uhr wieder zurückkommen. Er hatte Tom schon gestern die Küche gezeigt. Tom rasierte sich, frühstückte und machte sein Bett. Um halb zehn war er draußen, und während er in Richtung Piccadilly spazierte, sog er die Straßenszenen in sich hinein und freute sich an den aufgeschnappten Gesprächsfetzen und den vielerlei Akzenten, die er von anderen Passanten hörte.

Tom schlenderte durch das Kaufhaus Simpson's und atmete die aktuellen Blumendüfte, wobei ihm einfiel, daß er für Madame Annette eine Dose Lavendelwachs kaufen könnte, wenn er schon einmal in London war. Zuerst ging er aber in die Herrenabteilung und kaufte für Ed Banbury einen leichten wollenen Morgenmantel, Black Watch, und für sich selbst einen Royal Stewart (soviel er wußte) in hellrotem Karo. Tom war sicher, daß Ed eine Nummer kleiner trug als er. Tom ließ sich beide Mäntel in eine große Plastiktasche packen, dann spazierte er weiter in Richtung Old Bond Street, wo die Galerie Buckmaster war. Es war inzwischen kurz vor elf.

Als Tom hinkam, unterhielt Nick Hall sich gerade mit einem dicklichen, dunkelhaarigen Mann und nickte, als er Tom sah, kurz zu ihm herüber.

Tom ging in den nächsten Raum, den mit den stimmungsvollen Corots, den nachempfundenen, dann wieder zurück in den vorderen Raum, wo er Nick sagen hörte: »– unter fünfzehntausend, ganz bestimmt, Sir. Wenn Sie wünschen, kann ich mich erkundigen.«

»Nein danke.«

»Alle Preise werden erst von den Galeriebesitzern endgültig festgesetzt, sie können steigen und fallen, aber meist nur wenig.« Nick hielt kurz inne. »Es hängt von der jeweiligen Marktlage ab, nicht von der Person des Interessenten.«

»Schön. Dann erkundigen Sie sich bitte. Ich gehe mal von dreizehntausend aus. Es – gefällt mir ganz gut. *Picknick*.«

»Ja, Sir. Ich werde morgen versuchen, Sie zu erreichen. Ihre Telefonnummer habe ich ja.«

Schön von Nick, daß er nicht »morgen wieder auf Sie zukommen« gesagt hatte, dachte Tom. Nick trug heute ein Paar hübsche schwarze Schuhe, andere als die von gestern.

»Tag, Nick – wenn ich Sie so nennen darf«, sagte Tom, als sie allein waren. »Wir haben uns gestern schon kennengelernt.«

»O ja, Sir, ich weiß.«

»Haben Sie Zeichnungen von Derwatt hier, Skizzen, die Sie mir zeigen könnten?«

Nick zögerte einen Moment. »J-aa, Sir. Sie sind im Hinterzimmer, alle in Mappen. Die meisten sind nicht verkäuflich. Soviel ich weiß, ist gar keine verkäuflich – offiziell.«

Gut, dachte Tom. Das geheiligte Archiv, die Skizzen zu Bildern, aus denen Klassiker geworden waren – oder geworden wären. »Aber – ginge es vielleicht –?«

»Selbstverständlich, Sir.« Nick warf einen Blick zur Eingangstür, dann ging er hin, vielleicht um sich zu vergewissern, daß sie abgeschlossen war, oder um den Riegel vorzuschieben. Er kam zu Tom zurück, und sie gingen durch den zweiten Raum in das kleine Hinterzimmer mit dem noch immer überladenen Schreibtisch, den fleckigen Wänden, den Bildern und Rahmen und Mappen, die an den einstmals weißen Wänden lehnten. War es hier gewesen, wo sich einmal zwanzig Journalisten, dazu noch ein paar Fotografen, Leonard als Mundschenk, und er selbst zusammengedrängt hatten? Ja. Tom erinnerte sich genau.

Nick ging in die Hocke. »Etwa zur Hälfte sind das Vorstudien zu Ölbildern«, sagte er, während er eine große graue Mappe mit beiden Händen hochhob.

Neben der Tür stand noch ein Tisch, und Nick legte ehrerbietig die Mappe darauf und löste die drei Schnüre, mit denen sie zusammengehalten wurde.

»Ich weiß, daß da in den Schubladen noch weitere Mappen sind«, sagte Nick mit einer Kopfbewegung zu dem weißen, etwa hüfthohen Kabinettschrank an der Wand, der von oben bis unten mindestens sechs flache Schubladen enthielt. Tom hatte dieses Inventarstück noch nie gesehen.

Die Skizzen steckten einzeln in durchsichtigen Plastikhüllen. Kohle, Bleistift und Rötel. Während Nick die Bilder nacheinander in ihren Klarsichthüllen hochhob, mußte

Tom feststellen, daß er die Derwatts nicht von den Bernard Tufts unterscheiden konnte, jedenfalls nicht mit absoluter Sicherheit. Die (drei) Skizzen zu *Die roten Stühle*, sie ja, weil er wußte, daß es eine Derwatt-Schöpfung war. Als Nick dann aber zu den Studien für *Mann im Sessel* kam, einer Tufts-Fälschung, schlug Toms Herz höher, denn das Bild gehörte ihm, und er liebte es und kannte es gut, und der getreue Bernard Tufts hatte seine Vorskizzen genauso liebevoll angefertigt, wie Derwatt es getan hätte. In diesen Skizzen, die nicht dazu gemacht waren, irgend jemanden zu beeindrucken, hatte Bernard sich moralisch gerüstet für die eigentliche Arbeit, die endgültige Komposition in Öl auf Leinwand.

»Verkaufen Sie die?« fragte Tom.

»Nein. Das heißt – Mr. Banbury und Mr. Constant möchten sie nicht verkaufen. Meines Wissens haben wir noch nie welche verkauft. Es wollen ja auch nicht viele Leute –« Nick unterbrach sich. »Sehen Sie, das Papier, das Derwatt benutzt hat – war nicht immer von bester Qualität. Es vergilbt und bröckelt an den Kanten.«

»Ich finde die Skizzen wunderbar«, sagte Tom. »Dann passen Sie nur weiter gut darauf auf. Nicht ins Licht legen und so weiter.«

»Und möglichst wenig anfassen«, ergänzte Nick mit seinem geübten Lächeln.

Es gab noch mehr zu sehen. *Schlafende Katze* gefiel Tom. Sie stammte (seines Wissens) von Bernard Tufts und war auf billiges, großflächiges Papier gestrichelt, die Farben mit Buntstift markiert: schwarz, braun, gelb, rot, sogar grün.

Tufts war so sehr mit Derwatt verschmolzen, dachte

Tom, daß man sie künstlerisch unmöglich auseinanderhalten konnte, jedenfalls auf den meisten dieser Skizzen. In mehr als einem Sinne war Bernard Tufts zu Derwatt geworden. Bernard war in geistiger Verwirrung und vor Scham gestorben, im Grunde *weil* er so erfolgreich zu Derwatt geworden war, Derwatt in seinem alten Lebensstil, in seiner Malerei bis hin zu den Vorstudien. In Bernards Bunt- und Bleistiftskizzen, zumindest diesen hier in der Galerie Buckmaster, war keine Spur von Zaghaftigkeit zu entdecken. Bernard war ganz und gar Herr der jeweiligen Komposition gewesen, er hatte über die Proportionen und Farben entschieden.

»Wären Sie denn daran interessiert, Mr. Ripley?« fragte Nick Hall, während er eine Schublade schloß. »Ich kann ja einmal mit Mr. Banbury reden.«

Jetzt lächelte Tom. »Ich bin mir nicht sicher. Die Versuchung ist groß. Und –« die Frage machte Tom einen Augenblick verlegen – »was würde die Galerie denn verlangen für – so eine Vorstudie zu einem Bild?«

Nick sah nachdenklich zu Boden. »Ich wüßte es nicht, Sir. Wirklich nicht. Ich glaube auch nicht, daß ich die Preisliste für Skizzen hier habe – falls es eine gibt.«

Tom mußte schlucken. Viele dieser Skizzen – die meisten – stammten aus dem bescheidenen kleinen Atelier irgendwo in London, in dem Bernard Tufts die letzten Jahre seines Lebens gewohnt und gearbeitet hatte. Komischerweise waren diese Skizzen die beste Echtheitsgarantie für Derwatts Bilder und Zeichnungen, dachte Tom, denn die Skizzen verrieten nicht den veränderten Farbgebrauch, an dem sich Murchison so festgebissen hatte.

»Danke, Nick. Mal sehen.« Tom verabschiedete sich und ging zur Tür.

Er ging durch die Burlington Arcade, wo ihn jetzt weder Seidenkrawatten noch die hübschen Schals und Gürtel in den Auslagen in Versuchung führten. Er dachte bei sich, wenn es je herauskäme, daß Derwatts Werk zum größten Teil gefälscht war, würde es doch eigentlich nichts ausmachen, denn Bernards Arbeiten waren ebenso gut, sie waren vollkommen gleich und folgerichtig und zeigten die gleiche Entwicklung, die der echte Derwatt vielleicht durchgemacht hätte, wenn er erst mit fünfzig oder fünfundfünfzig und nicht schon mit achtunddreißig Jahren gestorben wäre – oder wie alt war er gewesen, als er Selbstmord beging? Man konnte geradezu behaupten, daß Tufts sich von Derwatts frühen Arbeiten ausgehend gesteigert hatte. Warum wären die (nach Toms Schätzung) sechzig Prozent aller zur Zeit existierenden Derwatts weniger wert, wenn sie mit »B. Tufts« signiert wären?

Die Antwort war natürlich klar: Weil sie betrügerisch vermarktet worden waren; weil ihr immer noch steigender Preis sich auf Derwatts Namen gründete, der in Wahrheit kaum etwas wert gewesen war, als Derwatt starb, denn Derwatt war da noch nicht sehr bekannt gewesen. Aber vor dieser unlösbaren Frage hatte Tom schon öfter gestanden.

Er war froh, bei Fortnum & Mason endlich wieder zur Besinnung zu kommen, indem er sich dort nach der Haushaltswarenabteilung erkundigte. »Möbelpolitur und dergleichen«, erklärte er einem Herrn im Cut.

Da stand er jetzt und schnupperte an einer offenen Dose Lavendelwachs, die Augen geschlossen, und stellte sich vor, er sei wieder zu Hause in Belle Ombre. »Bitte drei davon«, sagte Tom zu der Verkäuferin.

Er steckte die Dosen mitsamt der Plastiktüte in die große Plastiktasche mit den Morgenmänteln.

Aber kaum war diese Kleinigkeit erledigt, kehrten Toms Gedanken wieder zu Derwatt, Cynthia, David Pritchard und seinen aktuellen Problemen zurück. Sollte er nicht versuchen, sich mit Cynthia zu treffen und von Angesicht zu Angesicht mit ihr zu reden statt am Telefon? Natürlich würde es schwierig sein, sich mit ihr zu verabreden, vielleicht würde sie einfach auflegen, wenn er sich am Telefon meldete, oder ihm die kalte Schulter zeigen, wenn er vor dem Haus, in dem sie wohnte, auf sie wartete. Aber hatte er etwas zu verlieren? Cynthia konnte Pritchard ja wirklich auf Murchisons Verschwinden gestoßen haben. Vielleicht hatte sie darauf besonders hingewiesen in Toms Lebenslauf, über den Pritchard sich offenbar in (Londoner?) Zeitungsarchiven kundig gemacht hatte. Vielleicht würde Tom erfahren, ob Cynthia noch mit Pritchard in Verbindung stand, entweder telefonisch oder hin und wieder sogar schriftlich. Und vielleicht würde er ihre Pläne aus ihr herausbekommen, falls sie mehr vorhatte, als ihn nur ein bißchen zu ärgern.

Tom aß in einem Pub unweit vom Piccadilly zu Mittag und fuhr dann mit einem Taxi zu Ed Banburys Wohnung. Er legte den Morgenmantel für Ed ganz unfeierlich mitsamt der Plastiktasche auf Eds Bett, ohne ein Kärtchen anzuheften, aber er fand die Simpson's-Tasche eigentlich ganz dekorativ. Dann ging er in seine Bücherkoje, warf den eigenen Morgenmantel über einen Stuhl und ging auf die Suche nach den Telefonbüchern, die er neben Eds Arbeitstisch fand. Er schlug unter »Gradnor, Cynthia B.« nach und fand sie auch.

Tom sah kurz auf die Uhr – Viertel vor zwei – und wählte. Nach dem dritten Klingeln meldete sich Cynthias Stimme auf einem Anrufbeantworter, und Tom schnappte sich einen Bleistift. Der Anrufer möge während der Geschäftsstunden eine bestimmte Nummer anrufen, sagte Cynthias Stimme.

Tom wählte die Nummer, unter der sich eine Frauenstimme mit »Vernon McAllister Agency« oder so ähnlich meldete, und fragte nach Miss Gradnor.

»Hallo?« meldete sich Miss Gradnor.

»Hallo, Cynthia. Hier Tom Ripley.« Tom gab seiner Stimme einen besonders tiefen und ernsten Klang. »Ich bin gerade ein paar Tage in London – eigentlich ja schon seit gestern – und hatte gehofft –«

»Wozu rufst du *mich* an?« fragte sie, sogleich kratzbürstig.

»Weil ich dich gern wieder einmal sehen möchte«, sagte Tom ruhig. »Ich habe eine Idee – es ist nur so ein Gedanke, aber er könnte für dich und uns alle interessant sein, glaube ich.«

»Für uns alle?«

»Ich glaube, du weißt schon –« Tom richtete sich höher auf. »Du weißt es *bestimmt*. Cynthia, ich möchte zehn Minuten mit dir reden. Egal wo – in einem Restaurant, einem Tearoom –«

»*Tearoom!*« Ihre Stimme wurde nicht gerade schrill; das wäre ja unbeherrscht gewesen.

Cynthia war nie unbeherrscht. Tom fuhr entschlossen fort. »Ja, Cynthia. Wo du willst. Wenn du mir sagst –«

»Aus welchem Anlaß?«

Tom lächelte. »Eine Idee, die etliche Probleme – etliche Ärgernisse aus der Welt schaffen könnte.«

»Ich lege keinen Wert darauf, Sie zu sehen, Mr. Ripley.« Sie legte auf.

Diese Abfuhr mußte Tom erst einmal ein paar Sekunden überdenken und verdauen, während er in Eds Arbeitszimmer auf und ab ging, dann zündete er sich eine Zigarette an.

Er rief noch einmal die notierte Nummer an, bekam wieder die Agentur und ließ sich den Namen bestätigen und die Adresse geben. »Bis wann haben Sie geöffnet?«

»Äh – bis gegen halb sechs.«

»Danke«, sagte Tom.

Am Nachmittag stand Tom um fünf Minuten nach fünf vor einem Hauseingang in der King's Road, wo sich die Büros der Vernon McCullen Agency befanden. Es war ein halbwegs neues, graues Gebäude, das ein rundes Dutzend Firmen beherbergte, wie Tom dem Verzeichnis an einer Wand in der Eingangshalle entnahm. Er hielt Ausschau nach einer großen, schlanken Frau mit hellbraunem glattem Haar, die bestimmt nicht damit rechnete, ihn hier auf sie warten zu sehen. Oder doch? Tom mußte lange warten. Um zwanzig vor sechs sah er vielleicht schon zum fünfzehnten Mal auf die Uhr, weil er es leid war, immer nur die Figuren und Gesichter anzustarren, männliche wie weibliche, von denen die meisten hinausgingen, manche mit müdem Blick, manche lachend und plaudernd, als wären sie froh, wieder einmal einen Tag überstanden zu haben.

Tom zündete sich eine Zigarette an, die erste seit Beginn seines Wachdienstes, und auch diese nur, weil eine Zigarette oft genau die Situation sehr rasch herbeiführte, in der sie bald wieder ausgemacht werden mußte – etwa weil der erwartete Bus kam. Er ging in die Vorhalle.

»Cynthia!«

In der Halle waren vier Aufzüge, und soeben war Cynthia Gradnor aus dem hinteren rechten getreten. Tom ließ die Zigarette fallen, trat darauf, hob sie auf und warf sie in einen der sandgefüllten Behälter.

»Cynthia!« wiederholte Tom, denn beim erstenmal hatte sie ihn sicher nicht gehört.

Sie blieb so abrupt stehen, daß ihr glattes Haar an den Seiten nach vorn flog. Ihre Lippen sahen schmaler und gerader aus, als Tom sie in Erinnerung hatte. »Ich habe dir schon gesagt, daß ich keinen Wert darauf lege, dich zu sehen, Tom. Wieso belästigst du mich?«

»Ich will dich nicht belästigen. Im Gegenteil. Aber ich möchte fünf Minuten –« Tom stockte. »Können wir uns irgendwo hinsetzen?« Tom hatte in der Nähe ein paar Pubs gesehen.

»Nein. Danke. Was gibt es denn so Wichtiges?« Sie warf ihm aus ihren grauen Augen noch einen feindseligen Blick zu und mied dann sein Gesicht.

»Es hat mit Bernard zu tun. Ich könnte mir vorstellen – nun, daß es dich eben interessiert.«

»Was soll mich interessieren?« fragte sie leise, fast flüsternd. »Was soll mit ihm sein? Du hast wohl wieder einmal eine deiner unerfreulichen Ideen ausgeheckt.«

»Nein, im Gegenteil«, sagte Tom kopfschüttelnd. Er

hatte eben an David Pritchard gedacht – was konnte unerfreulicher sein, als an Pritchard zu denken? Tom wäre
da im Moment nichts eingefallen. Er sah wieder auf Cynthias schwarze Slipper hinunter, die schwarzen Strümpfe
– italienisch, schick, aber streng. »Ich denke gerade an
David Pritchard, der Bernard ziemlich schaden könnte.«

»Was soll das heißen? Wie denn?« Ein Passant rem-
pelte Cynthia von hinten an.

Tom wollte sie mit ausgestrecktem Arm auffangen,
aber Cynthia zuckte vor ihm zurück. »Hier kann man
doch unmöglich reden«, sagte Tom. »Das soll heißen,
daß Pritchard allen schaden will, sowohl dir und Bernard
als auch –«

»Bernard ist tot«, sagte Cynthia, ehe Tom den Satz mit
»mir« beenden konnte. »Das Unheil ist schon angerich-
tet.« *Durch dich*, hätte sie hinzufügen können.

»Noch nicht ganz«, sagte Tom. »Ich muß dir das erklären – es kostet zwei Minuten. Aber können wir uns dazu
nicht irgendwo hinsetzen? Hier ist ein Pub um die Ecke.«
Tom bemühte sich nach Kräften, höflich und dabei unnachgiebig zu bleiben.

Cynthia gab seufzend nach, und sie gingen um die Straßenecke. Der Pub war nicht groß und darum auch nicht zu
laut, und sie fanden sogar ein rundes Tischchen für sich
allein. Tom dachte vorerst nicht daran, ihnen etwas zu trinken zu holen, und Cynthia war es erst recht egal.

»Was hat dieser Pritchard eigentlich im Sinn?« fragte
Tom. »Außer seine Nase und Finger in anderer Leute An-
gelegenheiten zu stecken und – mit seiner Frau sadistische
Spielchen zu treiben, fürchte ich.«

»Wenigstens ist er kein Mörder.«

»Nein? Freut mich zu hören. Korrespondierst du mit David Pritchard, rufst du ihn an?«

Cynthia holte einmal tief Luft und kniff die Augen zusammen. »Ich dachte, du wolltest mit mir über Bernard reden.«

Cynthia Gradnor hielt engen Kontakt zu Pritchard, dachte Tom, und war vielleicht zu klug, um davon etwas schriftlich festzuhalten. »Das will ich ja auch. Um zweierlei geht es. Ich – aber darf ich dich zuerst fragen, wieso du dich überhaupt mit einem Rüpel wie Pritchard abgibst? Der Kerl ist nicht richtig im Kopf!« Tom lachte, seiner Sache sicher.

Cynthia sagte langsam: »Ich habe keine Lust, über Pritchard zu reden – den ich im übrigen nie gesehen oder gesprochen habe.«

»Aber woher kennst du dann seinen Namen?« fragte Tom freundlich.

Wieder holte sie Luft. Sie sah auf die Tischplatte und dann wieder zu Tom. Ihr Gesicht wirkte auf einmal schmaler und älter. Sie mußte inzwischen schon vierzig sein, dachte Tom.

»Darauf möchte ich nicht antworten«, sagte Cynthia. »Könntest du jetzt zur Sache kommen? Du hast gesagt, es hätte mit Bernard zu tun.«

»Ja, mit seinem Werk. Ich habe nämlich Pritchard und Frau einmal besucht, nur weil wir Nachbarn sind – in Frankreich. Vielleicht weißt du das ja. Pritchard hat bei der Gelegenheit Murchison erwähnt – den Mann, der es so sehr mit seinem Fälschungsverdacht hatte.«

»Und der dann auf geheimnisvolle Weise verschwand«, sagte Cynthia, jetzt aufmerksam geworden.

»Ja. In Orly.«

Sie lächelte zynisch. »Da hat er wohl einfach ein anderes Flugzeug genommen, wie? Wohin denn nur? Und hat sich nie mehr bei seiner Frau gemeldet.« Sie hielt kurz inne. »Laß das, Tom. Ich weiß, daß du Murchison beseitigt hast. Du magst ja sein Gepäck nach Orly gebracht haben –«

Tom blieb ganz ruhig. »Frag doch meine Haushälterin, die uns an dem Tag hat wegfahren sehen – Murchison *und* mich. Nach Orly.«

Darauf konnte Cynthia wohl nicht gleich etwas erwidern, dachte Tom. Er stand auf. »Was kann ich dir holen?«

»Einen Dubonnet mit einer Scheibe Zitrone, bitte.«

Tom ging an die Theke, bestellte für Cynthia den Dubonnet und für sich einen Gin Tonic und konnte nach etwa drei Minuten bezahlen und die Getränke an den Tisch tragen.

»Um auf Orly zurückzukommen«, fuhr Tom fort, als er wieder saß, »ich weiß noch, daß ich Murchison dort nur abgesetzt habe. Ich bin nicht einmal auf den Parkplatz gefahren. Kein Abschiedstrunk, nichts dergleichen.«

»Ich glaube dir kein Wort.«

Aber Tom glaubte sich inzwischen selbst. Er würde weiterhin fest daran glauben, bevor ihm nicht ein unwiderleglicher Beweis unter die Nase gehalten würde. »Woher willst du denn wissen, wie er zu seiner Frau stand? Woher soll ich es wissen?«

»Hat Mrs. Murchison dich etwa nicht besucht?« fragte Cynthia zuckersüß.

»Doch. In Villeperce. Sie hat bei mir Tee getrunken.«

»Und hat sie dir dabei etwas von einem schlechten Verhältnis zwischen ihr und ihrem Mann erzählt?«

»Nein, aber wozu auch? Sie war bei mir, weil ich der letzte war, der ihren Mann gesehen hatte – soviel man wußte.«

»Eben«, sagte Cynthia selbstgefällig, als wisse sie etwas, was Tom nicht wußte.

Und wenn schon, was konnte es sein? Tom wartete, aber Cynthia sprach nicht weiter. Dafür fuhr er selbst fort: »Mrs. Murchison könnte – möglicherweise – die Sache mit den Fälschungen wieder aufrollen. Jederzeit. Dabei hat sie, als sie bei mir war, noch zugegeben, daß sie die Argumente oder die Theorie ihres Mannes, nach der die späteren Derwatts gefälscht sein sollten, nicht verstand.«

Cynthia nahm ein Päckchen Filterzigaretten aus ihrer Handtasche und zog mit spitzen Fingern eine heraus, als wären sie rationiert.

Tom gab ihr Feuer. »Hörst du gelegentlich von Mrs. Murchison? Sie wohnte, soviel ich weiß, auf Long Island.«

»Nein.« Cynthia schüttelte kurz den Kopf, noch immer ganz ruhig und scheinbar uninteressiert.

Allem Anschein nach brachte Cynthia ihn, Tom, nicht mit dem Anruf in Verbindung, mit dem sich angeblich die französische Polizei bei ihr nach Mrs. Murchisons Adresse erkundigen wollte. Oder war Cynthia nur so eine gute Schauspielerin?

»Ich frage deshalb«, fuhr Tom fort, »weil – oder falls dir nicht klar ist, daß Pritchard in der Sache Murchison Stunk zu machen versucht. Dabei hat er es vor allem auf mich abgesehen. Sehr komisch. Von Malerei versteht er nicht die Bohne, und um die Kunst geht es ihm schon gar nicht. Du müßtest mal die Möbel in seinem Haus sehen und das Zeug, das er an den *Wänden* hängen hat!« Tom mußte lachen. »Ich war einmal auf einen Drink bei ihm – keine angenehme Atmosphäre.«

Cynthia reagierte darauf, wie Tom erwartet hatte, mit einem kurzen, erfreuten Lächeln. »Wovor hast du eigentlich solche Angst?«

Toms Miene blieb freundlich. »Ich habe keine Angst, ich ärgere mich nur. Er hat mein Haus fotografiert, mehrmals, von außen, an einem Sonntagvormittag. Würdest du dir das von einem Fremden bieten lassen, ohne daß er dich um Erlaubnis fragt? Wozu braucht er Bilder von meinem Haus?«

Cynthia trank ihren Dubonnet und antwortete nicht.

»Ermunterst du Pritchard zu dieser Hexenjagd auf Tom Ripley?« fragte Tom.

An dem Tisch hinter ihm brach in diesem Moment lautes Lachen aus, das wie eine Explosion klang.

Cynthia hatte, im Gegensatz zu Tom, nicht einmal gezuckt, sondern war sich nur lässig mit der Hand durch die Frisur gefahren, in der Tom jetzt ein wenig Grau entdeckte. Er versuchte sich ihre Wohnung vorzustellen – modern, aber wahrscheinlich wohnlich gemacht durch ein paar alte Familienstücke – einen Bücherschrank, eine Tagesdecke. Sie war geschmackvoll und konventionell gekleidet. Tom wagte nicht zu fragen, ob sie glücklich sei. Sie hätte ihn entweder mit Hohn überschüttet oder ihm ihr Glas an den Kopf geworfen. Ob sie ein Bild von Bernard Tufts an der Wand hängen hatte?

»Hör mal, Tom – glaubst du etwa, ich wüßte nicht, daß du Murchison umgebracht und dann – irgendwie beseitigt hast? Daß es Bernard war, der in Salzburg – vom Felsen gesprungen ist und dessen Leiche oder Asche du als *Derwatts* Überreste ausgegeben hast?«

Tom konnte ob der Heftigkeit dieses Ausbruchs nur schweigen, zumindest vorerst.

»Bernard ist für dieses miese Gaunerspiel gestorben«, fuhr Cynthia fort. »Diese Fälschungen, das war *deine* Idee. Du hast sein Leben ruiniert – und um ein Haar auch meins. Aber was kümmerte dich das, solange nur weiter die Bilder kamen, auf denen ›Derwatt‹ stand?«

Tom zündete sich eine Zigarette an. An der Bar trat so ein Witzbold dauernd mit dem Absatz gegen die Messingleiste und lachte laut dazu, damit der Lärm noch größer wurde. »Ich habe Bernard nicht zum Malen gezwungen – zum Weitermachen«, sagte Tom leise, damit es an den anderen Tischen niemand hörte. »Das hätte weder in meiner noch überhaupt in irgend jemandes Macht gestanden, das weißt du auch. Ich kannte Bernard kaum, als ich das mit den Fälschungen vorschlug. Ich habe Ed und Jeff gefragt, ob sie jemanden kennen, der dazu in der Lage wäre.« Tom war nicht sicher, ob das stimmte, ob er nicht von vornherein an Bernard gedacht hatte, weil das, was Tom bis dahin von Bernards Malerei gesehen hatte, sich von Derwatts Stil nicht allzusehr unterschied, ihm schon gar nicht zuwiderlief. »Bernard war ja mehr ein Freund von Ed und Jeff«, fügte er hinzu.

»Aber du hast das Ganze angestiftet – *du* hast Beifall geklatscht.«

Tom wurde jetzt ärgerlich. Cynthia hatte nur teilweise recht. Er geriet hier auf das Terrain erboster Weiblichkeit, und davor hatte er eine Heidenangst. Wer wollte dagegen ankommen? »Bernard hätte jederzeit aufhören können, Derwatts zu malen. Er hat Derwatt geliebt, als Künstler. Vergiß die persönliche Seite der Geschichte nicht – die zwischen Bernard und Derwatt. Ich – bin ehrlich überzeugt, daß wir Bernards Tun am Ende nicht mehr unter Kontrolle hatten – sogar schon ziemlich bald, nämlich nachdem er angefangen hatte, sich Derwatts Stil zu eigen zu machen. Ich möchte wissen«, fuhr Tom im Brustton der Überzeugung fort, »wer ihn da noch hätte aufhalten können.« Cynthia jedenfalls nicht, dachte er, obwohl sie von Anfang an über Bernards Fälschereien Bescheid gewußt hatte, denn sie und Bernard hatten einander sehr nahegestanden, beide wohnten in London und hatten sogar heiraten wollen.

Cynthia zog schweigend an ihrer Zigarette. Ihre Wangen waren plötzlich ganz hohl geworden, wie bei einer Toten oder Schwerkranken.

Tom starrte in sein Glas. »Ich weiß, daß zwischen dir und mir nicht gerade die Liebe regiert, Cynthia, und es kann dir folglich egal sein, ob und wie sehr dieser Pritchard mir auf die Nerven geht. Aber wird er da auch *Bernard* hineinziehen.« Tom sprach wieder ganz leise. »Anscheinend nur, um mir eins auszuwischen! Das ist doch lächerlich!«

Cynthia sah ihn unverwandt an. »Bernard? Nein. Wer hat denn in diesem Zusammenhang überhaupt von Bernard gesprochen? Wer sollte ihn da hineinziehen? Kannte

Murchison überhaupt seinen Namen? Ich glaube nicht. Und wenn schon? Murchison ist tot. Hat Pritchard etwa Bernard erwähnt?«

»Mir gegenüber nicht«, sagte Tom. Er sah sie die letzten roten Tropfen aus ihrem Glas trinken, als wollte sie das Treffen damit für beendet erklären. »Möchtest du noch einen?« fragte er mit einem Blick auf ihr leeres Glas. »Wenn ja, dann trinke ich auch noch einen.«

»Nein danke.«

Tom versuchte sehr schnell nachzudenken. Pech, daß Cynthia wußte – oder so überzeugt war –, daß im Zusammenhang mit den Fälschungen nie der Name Bernard Tufts gefallen war. Tom erinnerte sich, daß er ihn vor Murchison erwähnt hatte, nämlich als er Murchison zu überreden versuchte, seine Nachforschungen einzustellen. Aber wie Cynthia ganz richtig gesagt hatte: Murchison war tot, denn Tom hatte ihn Sekunden nach dieser fruchtlosen Unterredung erschlagen. Tom konnte kaum an Cynthias Wunsch appellieren – er nahm doch an, daß sie diesen Wunsch hatte –, Bernards Namen sauber zu halten, wenn dieser Name nie in den Zeitungen erwähnt worden war. Er versuchte es dennoch: »Du kannst nicht wollen, daß Bernards Name da hineingezerrt wird – falls dieser übergeschnappte Pritchard weiter sein Unwesen treibt und ihn von irgendwem erfährt.«

»Von wem denn?« fragte Cynthia. »Von *dir*? Machst du Witze?«

»Nein!« Tom sah, daß sie seine Frage als Drohung aufgefaßt hatte. »Nein«, wiederholte er ernst. »Mir ist im Zusammenhang mit Bernards Namen und den Bildern vielmehr etwas viel Schöneres eingefallen – gerade in diesem Moment.« Tom biß sich auf die Unterlippe und starrte in den billigen Aschenbecher, der ihn an sein ebenso unerfreuliches Gespräch mit Janice Pritchard in Fontainebleau erinnerte, wo auch noch anderer Leute Kippen darin gelegen hatten.

»Und das wäre?« Cynthia nahm ihre Handtasche und setzte sich kerzengerade auf, wie im Aufstehen begriffen.

»Daß Bernard – er hat das so lange gemacht, sechs, oder sogar sieben Jahre? – daß er Derwatt gewissermaßen weiterentwickelt und verbessert hat – und in gewisser Weise selbst Derwatt geworden ist.«

»Hast du das nicht schon mal gesagt? Oder war es Jeff, der dich zitiert hat?« Cynthia war unbeeindruckt.

Tom ließ nicht locker. »Mehr noch – was wäre so schrecklich daran, wenn herauskäme, daß die zweite Hälfte von Derwatts Werk, oder mehr, von Bernard Tufts stammt? Wären die Bilder deswegen schlechter? Ich spreche nicht vom Marktwert guter Fälschungen – darüber wird gerade viel geschrieben, es ist schon eine regelrechte Mode, vielleicht ein neuer Wirtschaftszweig. Ich spreche von Bernard als Maler, der sich *von* Derwatt aus weiterentwickelt – sein Werk fortgeführt hat.«

Cynthia war schon fast aufgestanden. »Euch scheint einfach nicht klar zu sein – weder dir noch Ed und Jeff –, wie unglücklich Bernard über das war, was er da tat. Es hat uns auseinandergebracht. Ich –« Sie schüttelte den Kopf.

Hinter Tom explodierte wieder so ein wüstes Lachen. Wie konnte er Cynthia in einer halben Minute klarmachen, daß Bernard seine Arbeit auch geliebt und geachtet hatte, auch wenn er »fälschte«? Wogegen Cynthia aufbegehrt hatte, war das Betrügerische an Bernards Versuch, Derwatts Stil zu imitieren.

»Jeder Künstler hat seine Bestimmung«, sagte Tom. »Auch Bernard hatte seine. Ich habe getan, was ich konnte, um ihn – am Leben zu halten. Er war ja bei mir zu Hause, ich habe mit ihm geredet – bevor er nach Salzburg fuhr. Bernard war zuletzt geistig umnachtet und bildete sich ein, er habe Derwatt – irgendwie verraten.« Tom leckte sich über die Lippen und leerte rasch sein Glas. »Ich habe zu ihm gesagt: ›Gut, Bernard, dann hör mit der Fälscherei auf, aber befreie dich von dieser Depression.‹ Bis zuletzt habe ich gehofft, er würde noch einmal mit dir reden, und ihr beide würdet wieder –« Tom verstummte.

Cynthia sah ihn an, die schmalen Lippen halb geöffnet. »Tom, du bist der schlechteste Mensch, dem ich je begegnet bin – falls das für dich ein Kompliment ist, was ich annehme.«

»Nein.« Tom erhob sich, denn Cynthia stand soeben auf und warf sich den Riemen ihrer Handtasche über die Schulter.

Tom folgte ihr nach draußen. Er wußte, daß sie ihn nur noch so schnell wie möglich loswerden wollte. Anhand ihrer Adresse im Telefonbuch schätzte er, daß sie von hier aus zu Fuß nach Hause gehen konnte, falls sie nach Hause wollte, und er war sicher, daß sie nicht von ihm begleitet werden wollte. Er hatte den Eindruck, daß sie allein lebte.

»Leb wohl, Tom. Danke für den Drink«, sagte Cynthia, als sie auf der Straße waren.

»Nichts zu danken«, antwortete Tom.

Dann stand er plötzlich allein an der King's Road, und als er sich noch einmal umdrehte, sah er gerade noch Cynthias hochgewachsene Gestalt in ihrer beigen Strickjacke zwischen den anderen Passanten verschwinden. Warum hatte er ihr nicht noch mehr Fragen gestellt? Was versprach sie sich davon, Pritchard auf ihn zu hetzen? Warum hatte er sie nicht unumwunden gefragt, ob sie die Pritchards angerufen hatte? Weil Cynthia ihm nicht geantwortet hätte, dachte Tom. Oder ob Cynthia jemals Mrs. Murchison getroffen hatte?

13

Tom mußte sich ein paar Minuten bemühen, bis er ein Taxi bekam, dann gab er als allgemeine Richtung Covent Garden an und nannte dem Fahrer Eds Adresse. Nach seiner Uhr war es zweiundzwanzig nach sieben. Sein Blick irrte hin und her: Ladenschild, Dachfirst, eine Taube, ein Dackel, der an einer Leine die King's Road überquerte. Der Fahrer mußte wenden, um in die Gegenrichtung zu kommen. Tom überlegte, was Cynthia wohl geantwortet hätte, wenn er sie gefragt hätte, ob sie mit Pritchard ständig Verbindung habe. Vielleicht hätte sie ihr Katzenlächeln aufgesetzt und gesagt: »Ganz gewiß nicht. Wozu auch?«

Und das hätte heißen können, daß einer wie Pritchard, war er mal in Schwung gekommen, auch ohne zusätzliche Munition weitermachen würde, obwohl sie ihm einiges geliefert haben mußte, denn er hatte beschlossen, Tom Ripley zu hassen.

Tom war froh, in der Wohnung sowohl Jeff Constant als auch Ed Banbury anzutreffen.

»Wie war's?« fragte Ed. »Was hast du den ganzen Tag getrieben, außer mir diesen hübschen Morgenmantel zu kaufen? Ich habe ihn Jeff schon gezeigt.«

Sie standen in dem Zimmer, in dem Eds Schreibtisch, Schreibmaschine und Telefon zu Hause waren.

»Also – ich war heute vormittag kurz in der Galerie und habe mit Nick gesprochen, der mir immer besser gefällt.«

»Netter Kerl, nicht?« meinte Ed, fast automatisch, eben ganz Engländer.

»Erst mal, Ed – hat jemand für mich angerufen? Ich hatte Heloise ja deine Nummer gegeben.«

»Nein, ich habe das Band gleich abgehört, als ich um halb fünf nach Hause kam«, antwortete Ed. »Wenn du jetzt Heloise anrufen willst –«

Tom lächelte. »In Casablanca? Um diese Zeit?« Aber ein wenig besorgt war Tom schon, wenn er an Meknès dachte, oder als nächstes vielleicht Marrakesch, beides Städte im Inland, bei denen er im Geiste sofort Sand und ferne Horizonte und Kamele sah, die sich mühelos fortbewegten, wo Menschen in dem weichen Grund versanken, der in Toms Phantasie die bösen Kräfte von Treibsand besaß. Seine Lider zuckten. »Ich – äh – werde es vielleicht mal spät in der Nacht versuchen, wenn es dir recht ist, Ed.«

»Mein Haus ist dein Haus«, deklamierte Ed. »Wie wär's mit einem Gin Tonic?«

»Nachher, danke. – Ich habe heute Cynthia getroffen.« Tom sah, wie Jeff sofort aufmerkte.

»Wo? Und wie?« Jeff lachte bei der letzten Frage.

»Ich habe mich vor dem Bürohaus, in dem sie arbeitet, auf die Lauer gelegt. Ab fünf«, sagte Tom. »Dann konnte ich sie mit einiger Mühe überreden, auf ein Gläschen mit mir in den nächsten Pub zu gehen.«

»Nicht zu fassen!« Ed Banbury war sehr beeindruckt.

Tom nahm auf Eds Zeichen im einzigen Sessel Platz. Jeff schien sich auf Eds durchgesessenem Sofa wohl zu fühlen. »Sie hat sich nicht verändert. Ziemlich verbiestert. Aber –«

»Immer langsam, Tom«, sagte Ed. »Bin gleich wieder da.«

Er ging in die Küche und war wirklich im Nu mit einem Gin Tonic ohne Eis, aber mit einer Scheibe Zitrone, wieder da.

Jeff hatte inzwischen gefragt: »Ist sie verheiratet – was meinst du?« Jeff hatte die Frage zwar ernst gemeint, aber ihm war offensichtlich klar, daß Cynthia sie weder bejaht noch verneint haben würde, wenn Tom sie ihr gestellt hätte.

»Nach meinem Eindruck nicht. Aber das ist nur ein Eindruck. Danke, Ed«, sagte Tom und nahm das Glas. »Also – das Problem scheint mein Problem allein zu sein, nicht eures – nicht Derwatts oder das der Galerie Buckmaster.« Er hob sein Glas. »Zum Wohl.«

»Zum Wohl«, antworteten beide.

»Mit ›Problem‹ meine ich, daß Cynthia diesem Pritchard – den sie übrigens nie gesehen haben will – den Floh ins Ohr gesetzt hat, sich mit der Murchison-Geschichte zu befassen. Das meine ich mit ›*mein* Problem‹.« Tom schnitt eine Grimasse. »Pritchard ist noch bei mir in der Gegend. Im Augenblick zumindest seine Frau.«

»Was kann er – oder sie – denn anstellen?« fragte Jeff.

»Mich schikanieren«, sagte Tom. »Weiter Cynthia umschmeicheln. Murchisons Leiche finden. Ha! Aber – wenigstens scheint Miss Gradnor *nicht* die Absicht zu haben, die Fälschungen auffliegen zu lassen.« Tom trank.

»Weiß Pritchard von Bernard?« fragte Jeff.

»Ich würde sagen, nein«, antwortete Tom. »Cynthia hat gesagt: ›Wer hat denn in diesem Zusammenhang überhaupt von Bernard gesprochen?‹ Niemand, sollte das heißen. Sie glaubt sich offenbar schützend vor Bernard stellen zu müssen – Gott sei Dank, und zu unser aller Glück!« Tom ließ sich in den bequemen Sessel zurücksinken. »Genaugenom-

men – habe ich ja wieder mal das Unmögliche versucht.«
Wie bei Murchison, dachte Tom. Er hatte es versucht und
nicht geschafft. »Ich habe Cynthia in vollem Ernst gefragt,
ob Bernards Bilder nicht zuletzt genau so gut oder sogar
besser waren als alles, was Derwatt noch hervorgebracht
hätte. Und vollkommen in Derwatts Stil. Was wäre so
schrecklich daran, den Namen Derwatt einfach gegen Tufts
auszutauschen?«

»Uff«, machte Jeff und rieb sich die Stirn.

»Nichts«, sagte Ed, der mit verschränkten Armen neben
dem Sofa stand, auf dem Jeff saß. »Was den Wert der Bilder
betrifft, kann ich daran nichts Schreckliches sehen – aber die
Qualität –«

»– die zwar immer noch dieselbe sein müßte, aber nicht
ist«, ergänzte Jeff mit einem Seitenblick zu Ed und lachte
spöttisch.

»So ist es«, räumte Ed ein. »Und darüber hast du mit
Cynthia gesprochen?« fragte er ein wenig bestürzt.

»Nicht – sehr eingehend«, sagte Tom. »Es waren eher ein
paar rhetorische Fragen. Ich wollte ja nur aus ihren Attak-
ken ein bißchen die Luft herausnehmen, falls welche drin
war, aber da war keine. Sie sagt, ich hätte Bernards Leben
ruiniert und um ein Haar auch ihres. Stimmt wahrscheinlich.« Tom rieb sich die Stirn und stand auf. »Kann ich mir
mal die Hände waschen gehen?«

Tom ging in das Bad zwischen seiner Bücherkoje und
Eds Schlafzimmer. Er dachte an Heloise und was sie wohl
jetzt trieb. Ob Pritchard ihr und Noëlle nach Casablanca
nachgereist war?

»Hat Cynthia – mit sonst noch etwas gedroht?« fragte Ed

leise, als Tom wieder hereinkam. »Zumindest andeutungsweise?«

Eds Gesicht war bei diesen Worten fast zur Fratze geworden. Tom wußte, daß er mit Cynthia noch nie richtig hatte umgehen können. Manch einem war unbehaglich in Cynthias Gegenwart, weil sie so eine Art an sich hatte, als ob sie über alles, was andere dachten oder taten, erhaben sei. Sie hatte Tom und seine Buckmaster-Komplizen natürlich stets mit offener Verachtung behandelt. Blieb jedoch die Tatsache, daß Cynthia es nicht vermocht hatte, Bernard die Fälschungen auszureden, und sie hatte es bestimmt versucht.

»Direkt ausgesprochen hat sie nichts dergleichen, glaube ich«, sagte Tom schließlich. »Sie hat ihren Spaß daran, daß Pritchard mich schikaniert. Und sie wird ihm dabei helfen, wenn sie kann.«

»Redet sie mit ihm?« fragte Jeff.

»Vielleicht am Telefon – ich weiß es nicht«, sagte Tom. »Möglich. Cynthia steht ja im Telefonbuch, Pritchard kann sie also ohne weiteres anrufen, wenn er will.« Tom überlegte, welche wesentlichen Informationen Cynthia an Pritchard weitergeben konnte, ohne die Fälschungen zu verraten. »Vielleicht will Cynthia uns einfach damit ärgern – uns alle drei – daß sie jederzeit die Katze aus dem Sack lassen *könnte*, wenn sie wollte.«

»Aber sie hat nichts dergleichen angedeutet, sagst du?« fragte Jeff.

»Nein. Das täte Cynthia auch nicht«, antwortete Tom.

»Nein«, echote Ed. »Das gäbe ein Aufsehen«, fügte er leise hinzu, als dächte er nur laut, aber sein Ton war ernst.

Meinte Ed das unliebsame Aufsehen für Cynthia, oder für Bernard Tufts und die Galerie, oder für alle drei? Jedenfalls wäre es gräßlich, dachte Tom, und nicht zuletzt deshalb, weil nicht Material- und Stilanalysen zum Beweis herangezogen würden, sondern das Nichtvorhandensein von Ursprungszeugnissen, wobei das bereits nur halb erklärte Verschwinden Murchisons, Derwatts *und* Bernard Tufts' noch erschwerend hinzukäme.

Jeff hob sein vorstehendes Kinn. Tom hatte ihn schon lange nicht mehr so breit und unbekümmert grinsen sehen. »Es sei denn, wir könnten beweisen, daß wir von den Fälschungen nichts wußten.« Er sagte es lachend, als spräche er natürlich von etwas ganz und gar Unmöglichem.

»Eben. Wenn wir mit Bernard Tufts nicht befreundet gewesen wären und er nie in die Galerie gekommen wäre«, sagte Ed. »Tatsächlich ist er ja nie in die Galerie gekommen.«

»Wir schieben alle Schuld auf Bernard«, meinte Jeff jetzt ernster, obwohl er noch dabei lächelte.

»Das nimmt uns keiner ab«, sagte Tom, nachdem er über das Gehörte kurz nachgedacht hatte. Er trank sein Glas leer. »Und zweitens fürchte ich, daß Cynthia uns eigenhändig an die Gurgel geht, wenn wir Bernard zum Sündenbock machen. Mir graut bei der Vorstellung!« Er lachte laut.

»*Seeehr* wahr!« meinte Ed Banbury, dem es der schwarze Humor angetan hatte. »Andererseits – wie könnte sie uns die Lüge beweisen? Einmal angenommen, Bernard hätte uns die Sachen von seinem Londoner Atelier aus zugeschickt – und nicht aus Mexiko –?«

»Oder er hätte die Mühe nicht gescheut, sie uns aus Mexiko schicken zu lassen, damit wir auf die Poststempel hereinfielen«, setzte Jeff strahlend das Gedankenspiel fort.

»Bei den Preisen, die seine Bilder erzielten«, warf Tom ein, »hätte er es sich sogar leisten können, sie uns aus China schicken zu lassen! Erst recht mit Hilfe eines Komplizen.«

»*Komplize*!« Jeff stieß den Zeigefinger in die Luft. »Das ist es! Der Komplize ist der Bösewicht, und den Komplizen können weder wir noch Cynthia finden! Haha!«

Wieder schallendes Gelächter. Es war sehr befreiend.

»Unsinn«, sagte Tom, indem er die Beine von sich streckte. Konnte es sein, daß seine Freunde ihm nur eine Idee »zum Spielen« zuwarfen und hofften, sein Spiel werde sie alle drei und die Galerie Buckmaster ein für allemal von Cynthias versteckten Drohungen sowie allen Sünden der Vergangenheit erlösen? Wenn ja, dann taugte die Idee mit dem Komplizen nichts. Tom dachte aber jetzt eigentlich wieder an Heloise und spielte außerdem mit dem Gedanken, von London aus Mrs. Murchison anzurufen. Was könnte er Mrs. Murchison fragen? Was wäre eine logische, plausible Frage? Sollte er als Tom Ripley oder als französische Polizei anrufen, wie er es mit Erfolg bei Cynthia getan hatte? Ob Cynthia schon Mrs. Murchison angerufen und ihr gesagt hatte, die französische Polizei habe ihre Adresse wissen wollen? Tom glaubte es nicht. Obwohl Mrs. Murchison gewiß leichter zu täuschen wäre als Cynthia, war Vorsicht geboten. Hochmut kommt vor dem Fall. Tom wollte wissen, ob der naseweise Mr. Pritchard kürzlich oder überhaupt je mit Mrs. Murchison telefoniert hatte. Das war es, was er vor allem wissen wollte, aber er konnte als Grund für seinen Anruf ja auch vorschieben, es gehe um die Suche nach ihrem vermißten Mann und er wolle nur ihre Adresse und Telefonnummer prüfen. Aber nein. Irgend etwas würde er sie schon fragen müssen: Ob sie wisse, wo M'sieur Pritecharte sich ssur Sseit auf'alte, denn die Polissei 'abe ihn verloren, in Nordafrika, und M'sieur Pritecharte 'elfe ihr doch im Fall ihres Gatten.

»Tom«? Jeff kam zu Tom und reichte ihm ein Schälchen Pistazien.

»Danke. Davon nehme ich mir gleich vier auf einmal. Ich esse sie für mein Leben gern«, sagte Tom.

»Du darfst sogar sechs nehmen, Tom«, meinte Ed. »Hier ist ein Papierkorb, für die Schalen.«

»Mir ist gerade etwas ziemlich Naheliegendes eingefallen«, sagte Tom. »Zum Problem Cynthia.«

»Laß hören«, sagte Jeff.

»Cynthia kann nicht beides auf einmal haben. Sie kann nicht uns oder Pritchard immer weiter mit der Frage nach Murchison auf Trab halten, ohne zuzugeben, daß es Gründe gab, ihn zu beseitigen, nämlich um seinem Fälschungsgerede ein Ende zu machen. Wenn Cynthia so weitermacht, wird sie noch ungewollt verraten, daß die Fälschungen von Bernard stammen, und ich glaube nicht, daß sie Bernard mit *irgend etwas* ins Gerede bringen will. Nicht einmal damit, daß er ausgebeutet wurde.«

Die beiden anderen waren still.

»Cynthia weiß, daß Bernard ein komischer Kauz war. Und daß wir ihn und sein Talent ausgebeutet haben, kann man wohl sagen.« Tom schwieg, dann fragte er nachdenklich: »Ob sie ihn je geheiratet hätte?«

»Ja.« Ed nickte. »Ich glaube, ja. Sie ist in tiefster Seele ein mütterlicher Typ.«

»*Mütterlich*!« Jeff, der auf der Couch saß, mußte so lachen, daß es ihm die Füße vom Boden riß. »Cynthia?«

»Das sind doch alle Frauen, glaubst du nicht?« fragte Ed ernst. »Doch, ich glaube, sie hätten geheiratet. Ein Grund mehr für Cynthias Verbitterung.«

Tom schüttelte den Kopf, um wieder klar denken zu können, und steckte sich noch eine gesalzene Pistazie in den Mund.

»Habt ihr alle keinen Hunger?« fragte Jeff.

»Doch«, rief Ed. »Ich kenne ein gutes Lokal – halt, nein, das ist in Islington. Aber ich weiß auch ein gutes hier in der Nähe, ein anderes als gestern abend, Tom.«

»Ich würde gern mal bei Madame Murchisonne anrufen«, sagte Tom, während er aufstand. »New York. Jetzt wäre vielleicht eine gute Zeit, wenn sie zum Lunch zu Hause ist.«

»Nur keine Hemmungen«, sagte Ed. »Möchtest du ins Wohnzimmer gehen, oder nimmst du diesen Apparat hier?«

Tom wußte, daß er mit seiner nervös gerunzelten Stirn aussah, als wollte er lieber allein sein. »Wohnzimmer – gut.«

»Fühl dich wie zu Hause«, sagte Ed mit einer einladenden Geste und rückte seinen Stuhl ans Telefon, während Tom sein Notizbuch aus der Tasche nahm.

Tom blieb lieber stehen. Während er die Nummer in Manhattan wählte, probte er noch einmal stumm die Worte, mit denen der französische Polizist, Commissaire

Edouard Bilsault, sich melden würde – und Gott sei Dank hatte er sich mit einem Bleistift von Eds Schreibtisch diesen ausgefallenen Namen unter Mrs. Murchisons Adresse und Telefonnummer notiert, sonst wäre er ihm jetzt womöglich nicht mehr eingefallen. Er brauchte seinen Akzent diesmal vielleicht nicht so dick aufzutragen, mehr ein bißchen wie Maurice Chevalier.

Leider war Mrs. Murchison nicht zu Hause, aber sie werde jeden Moment erwartet, erklärte ihm eine weibliche Stimme, die für Tom nach Dienstmädchen oder Putzfrau klang, obwohl er da nicht ganz sicher war, weshalb er weiter seinen französischen Akzent pflegte.

»Sagen Sie ihr bitte, daß isch – Commissaire Bilsault – *non-non*, nischt nötig, ihn aufsuschreiben – sagen Sie ihr, daß isch noch einmal anrufen werde – 'eute abend – oder morgen ... *Merci beaucoup, Madame.*«

Unnötig zu erwähnen, daß es um Thomas Murchison ging, denn das würde Mrs. Murchison sich denken können. Tom beschloß, es am besten schon in ein paar Minuten noch einmal zu versuchen, da die Dame ja so bald zurückerwartet wurde.

Tom wußte eigentlich nicht recht, was er sie fragen sollte, wenn er sie an den Apparat bekam. Natürlich dies: Ob sie von David Pritchard gehört habe, den die französische Polizei momentan aus den Augen verloren hatte. Tom erwartete auf diese Frage ein klares »Nein«, aber irgend etwas mußte er fragen oder sagen, denn Mrs. Murchison und Cynthia telefonierten vielleicht doch miteinander, und sei es nur gelegentlich. Er kam gerade wieder in Eds Arbeitszimmer, als dort das Telefon klingelte.

Ed nahm ab. »Oh! – Ja! *Oui*! Kleinen Moment! Tom! – Heloise ist dran!«

»Oh!« sagte Tom und nahm den Hörer. »Hallo, Chérie!«

»'allo, Tome!«

»Wo steckst du?«

»Wir sind in Casablanca. Seeehr windig – schön! Und – was glaubst du wohl? Dieser Mister Pritcharte ist 'ier aufgekreuzt. Wir sind 'eute nachmittag 'ier angekommen – und er muß ganz wenig später gekommen sein. Er 'at unser 'otel gefunden, denn –«

»Ist er im *selben* Hotel? Miramare?« fragte Tom in ohnmächtiger Wut und hätte fast den Hörer zerquetscht.

»*Non*! Aber er – war *'ier*. Er 'at uns gese'en, Noëlle und misch. Aber disch 'at er nischt gese'en, wir 'aben gemerkt, wie er gesucht 'at. Weißt du, Tome –«

»Ja, Chérie?«

»Das ist jetzt schon sechs Stunden 'er. Wir – Noëlle und isch – 'aben uns umgese'en. Wir 'aben angerufen, in ein 'otel, zwei 'otels, er ist nischt da. Wir glauben, er ist wieder abgereist, weil du nischt 'ier bist.«

Toms Miene blieb finster. »Da wäre ich nicht so sicher. Woher willst du das wissen?«

Er hörte ein deutliches Klicken, als wäre die Verbindung von boshafter Hand getrennt worden. Tom holte Luft und verkniff sich einen Kraftausdruck.

Jetzt meldete sich zwischen ozeanischen Störgeräuschen wieder Heloises Stimme, ruhiger als vorhin. »... ist jetzt Abend, und wir 'aben ihn nirgendwo gese'en. Es ist natürlich ekel'aft, daß er uns verfolgt. *Le salaud*!«

Vielleicht war Pritchard ja inzwischen nach Villeperce

zurückgekehrt, überlegte Tom, weil er annahm, daß auch Tom wieder zu Hause war. »Nehmt euch trotzdem in acht«, sagte er. »Dieser Pritchard hat einige Tricks auf Lager. Ihr dürft nicht einmal einem Fremden trauen, der euch irgendwohin führen will. Und sei es nur zu einem Geschäft. Hast du verstanden?«

»*Oui, mon cher.* Aber – wir ge'en ja nur bei Tag 'inaus. Wir schauen uns um und kaufen kleine Sachen aus Leder und Messing. Du brauchst disch nischt zu sorgen, Tome. Im Gegenteil! Es ist 'ier sehr lustig. *Hey!* Noëlle will dir noch was sagen.«

Dieses »Hey!« ließ Tom oft richtig zusammenfahren, aber heute abend klang es ihm so schön in den Ohren, daß er lächeln mußte. »Hallo, Noëlle. Ihr laßt es euch ja offenbar recht gut gehen in Casablanca.«

»Ach ja, es ist so herrlich, Tome! Ich war vor drei Jahren zum letztenmal in Casablanca, glaube ich, aber ich erinnere mich so gut an den Hafen – viel schöner als der von Tanger, weißt du? Viel größer...«

Ein Rauschen wie von Meereswellen ertränkte ihre Stimme.

»Noëlle?«

»...ohne ein paar Stunden diesen *Unhold* zu sehen, ist eine wahre *Freude*«, fuhr Noëlle fort, als hätte sie die Störung gar nicht bemerkt.

»Du meinst Pritchard?« fragte Tom.

»*Pritecharte, oui! C'est atroce! Cette histoire de kidnapping!*«

»*Oui, il est atroce!*« sagte Tom, als wären die französischen Worte Brief und Siegel dafür, daß Pritchard geistesgestört und allen Menschen ein Greuel und am besten hinter Gittern aufgehoben war. Aber leider war Pritchard nicht hinter Gittern. »Hör mal, Noëlle, ich werde wohl bald wieder nach Villeperce zurückfahren, vielleicht morgen, denn es *könnte* sein, daß Pritchard wieder dort ist und – irgendwelchen Unfug treibt. Kann ich euch morgen anrufen?«

»Natürlich, Tome. Mittags? Da können wir hier sein«, sagte Noëlle.

»Aber macht euch keine Sorgen, wenn ihr nichts hört, denn das Telefonieren ist tagsüber schwierig.« Tom ließ sich von Noëlle noch einmal die Nummer des Miramare bestätigen – sie hatte sie, praktisch wie sie war, bereits zur Hand. »Und du kennst ja Heloise – manchmal ist sie *allzu* sorglos und merkt gar nicht, wann eine Situation gefährlich wird. Sie darf auf keinen Fall allein auf die Straße gehen, Noëlle, nicht einmal tagsüber, um sich eine Zeitung zu kaufen.«

»Verstanden, Tome«, sagte Noëlle, jetzt auf englisch. »Man kann sisch 'ier so leischt jemanden kaufen – für *alles*!«

Entsetzlich! Aber Tom sagte dankbar: »Ja! Auch wenn Pritchard vielleicht schon wieder in Frankreich ist!« Und dann fügte er in richtig derbem Französisch hinzu: »Wenn er doch nur schon seinen –« er mußte das Wort unausgesprochen lassen – »aus unserm Dorf entfernen würde.«

Noëlle lachte. »Bis morgen, Tome!«

Tom holte wieder sein Notizbuch mit Mrs. Murchisons Telefonnummer hervor. Er merkte, wie er innerlich kochte vor Wut auf Pritchard. Er nahm den Hörer ab und wählte.

Diesmal meldete sich – wie er annahm – Mrs. Murchison persönlich.

Tom stellte sich wieder als Commissaire Edouard Bilsault aus Paris vor. Madame Murchisonne am Apparat? Ja. Tom war darauf gefaßt, ihr auch noch das Revier und Arrondissement zu nennen – notfalls hätte er beides auf der Stelle erfunden. Und allzu gern hätte Tom – wenn er es nur auf elegante Weise aus ihr herausbringen könnte – auch gewußt, ob Cynthia heute abend schon versucht hatte, Mrs. Murchison anzurufen.

Tom räusperte sich und begann mit hoher Stimme: »Madame, es geht um ihren vermißten Gatten. Wir wissen im Moment nicht, wo M'sieur David Pritecharte ist. Wir 'aben neuerdings mit ihm Kontakt – aber M'sieur Pritecharte ist nach Tanger gereist. Wissen Sie das?«

»Aber ja«, antwortete Mrs. Murchison mit ihrer ruhigen, kultivierten Stimme, an die sich Tom erinnerte. »Er hat gesagt, daß er vielleicht dorthin reisen will, weil Mr. Ripley hinfährt – mit seiner Frau, soviel ich weiß.«

»*Oui, Madame, c'est vrai.* Und Sie 'aben nichts von M'sieur Pritecharte ge'ört, seit er nach Tanger gereist ist?«

»Nein.«

»Oder von Madame Cynthia Gradnoor? Sie 'at auch mit Ihnen Kontakt, glaube ich?«

»Ja, seit kurzem. Sie schreibt mir oder ruft mich an. Aber nicht wegen irgendwelcher Leute in Tanger. Da kann ich Ihnen auch nicht helfen.«

»*Compris. Merci, Madame.*«

»Ich – äh – weiß nicht, was Mr. Pritchard in Tanger macht. Haben Sie ihm zu dieser Reise geraten? Ich meine, war die Idee von der französischen Polizei?«

Die Idee war von einem Verrückten, dachte Tom – dem verrückten Mr. Pritchard, der Ripley nur nachreiste, um ihn zu ärgern, nicht einmal, um ihn zu ermorden. »*Non, Madame*. M'sieur Pritecharte ist M'sieur Riplé von sich aus nach – *Afrique du Nord* gefolgt, das war keine Idee von uns. Aber er 'ält meist besser mit uns Kontakt.«

»Aber – tut sich denn etwas in der Suche nach meinem Mann? Hat sich etwas Neues ergeben?«

Tom seufzte. Vor einem offenen Fenster in Mrs. Murchisons Nähe hupte der New Yorker Autoverkehr. »*Non, Madame*, leider nein. Aber wir bemü'en uns. Es ist eine 'eikle Situation, Madame, denn M'sieur Riplé ist in seinem Ort – *un homme respectable*, ein geachteter Mann, und wir 'aben *nichts* gegen M'sieur Riplé. Es ist M'sieur Pritecharte, der solche Idee 'at, und wir – nehmen sie natürlich zur Kenntnis, aber – Sie verste'en, Madame Murchisonne?« fuhr Tom freundlich fort, doch er drehte jetzt die Sprechmuschel langsam vom Mund weg, damit seine Stimme leiser wurde. Dann ein Schmatzen und Gurgeln, und er legte auf, als wären sie getrennt worden.

Puh! Aber es war nicht so schlimm gewesen, wie Tom gefürchtet hatte, kein bißchen gefährlich, fand er. Nur daß Cynthia eben doch mit ihr Verbindung hielt! Er hoffte sehr, Mrs. Murchison nicht noch einmal anrufen zu müssen.

Tom ging in Eds Arbeitszimmer zurück, wo Ed und Jeff offenbar nicht abgeneigt waren, jetzt essen zu gehen. Tom hatte beschlossen, Madame Annette heute abend nicht mehr anzurufen, dafür aber morgen vormittag nach ihrem Einkauf, den sie gewiß auch jetzt zur gewohnten Zeit erledigte. Madame Annette würde von ihrer getreuen Kundschafterin – das war doch Madame Geneviève, oder? – ganz bestimmt erfahren, ob M'sieur Pritecharte nach Villeperce zurückgekehrt war oder nicht.

»So«, meinte Tom grinsend. »Ich habe also mit Madame Murchisonne gesprochen und –«

»Wir haben lieber nicht zugehört, Tom.« Aber Jeffs Gesicht verriet Interesse.

»Immerhin meldet sich Pritchard oft genug bei Mrs. Murchison, daß sie über seine Reise nach Tanger Bescheid weiß. Man stelle sich vor! Dazu genügte wohl ein Anruf. Und dann hat sie mir noch gesagt, daß Cynthia ihr hin und wieder schreibt oder sie anruft. Ziemlich übel, findet ihr nicht auch?«

»Daß sie alle miteinander Kontakt haben?« meinte Ed. »Doch – ziemlich.«

»Wir sollten jetzt essen gehen«, sagte Tom.

»Tom – wir haben vorhin miteinander gesprochen, Ed und ich«, begann Jeff. »Er oder ich, oder wir alle beide, werden jederzeit nach Frankreich kommen, um dir gegen diesen –« Jeff suchte nach einem geeigneten Wort – »besessenen Idioten zu helfen.«

»Oder auch nach Tanger«, sagte Ed Banbury prompt. »Egal wohin du mußt, Tom. Oder wo wir dir nützen können. Wir stecken schließlich alle mit drin.«

Tom hörte das gern. Wirklich sehr tröstlich. »Danke. Ich werde darüber nachdenken, was ich – was wir tun müssen. Aber jetzt gehen wir erst mal essen, ja?«

14

Tom grübelte nicht allzusehr über seine gegenwärtigen Probleme nach, während er mit Jeff und Ed zu Abend aß. Sie waren schließlich mit einem Taxi nach Little Venice gefahren, wo Jeff ein ruhiges kleines Lokal kannte. Es war tatsächlich so ruhig und an diesem Abend dazu so schwach besucht, daß Tom selbst dann noch leise sprach, wenn es um so unverfängliche Themen wie Kochen ging.

Ed sagte, er habe seine vernachlässigten, soweit vorhandenen Kochkünste aufgefrischt und wolle es nächstes Mal riskieren, für sie beide zu kochen.

»Morgen abend? Morgen mittag?« fragte Jeff mit ungläubigem Lächeln.

»Ich habe mir so ein Büchlein zugelegt, ›Kochen mit Phantasie‹«, fuhr Ed fort. »Danach soll man alles mögliche miteinander kombinieren und –«

»Aha, Resteverwertung.« Jeff spießte einen buttertriefenden Spargel auf und führte ihn zum Mund.

»Macht euch nur lustig«, sagte Ed. »Aber das nächstemal, ich schwöre euch . . .«

»Morgen traust du dich aber noch nicht«, meinte Jeff.

»Weiß ich denn, ob Tom morgen abend noch hier ist? Weiß es Tom?«

»Nein«, sagte Tom. Er hatte ein paar (leere) Tische weiter eine sehr hübsche junge Frau mit glatten blonden Haaren erspäht, die sich mit einem jungen Mann ihr gegenüber

unterhielt. Sie trug ein ärmelloses schwarzes Kleid und goldene Ohrringe und hatte diese fröhlich-selbstsichere Art,
die Tom woanders als in England selten zu sehen bekam,
und ihre Schönheit zog immer wieder seinen Blick zu ihr
hin. Dabei war ihm nämlich eingefallen, daß er noch ein Ge-
schenk für Heloise besorgen könnte. Goldene Ohrringe?
Quatsch! Heloise besaß schon so viele. Einen Armreif? Heloise freute sich auch über kleine Überraschungen, wenn er
von einer Reise zurückkam. Und wann kam Heloise wieder
nach Hause?

Ed sah sich um, was Tom dort wohl so faszinierte.

»Ist sie nicht hübsch?« meinte Tom.

»Ist sie nicht hübsch!« bestätigte Ed. »Hör zu, Tom –
ich wäre ab Ende der Woche frei. Vielleicht sogar schon ab
Donnerstag – übermorgen – und könnte nach Frankreich
kommen – oder woandershin. Ich muß nur noch einen Artikel überarbeiten und ins reine tippen. Ich kann mich
damit beeilen, wenn es sein muß. Falls du in der Klemme
bist.«

Tom antwortete nicht sofort.

»Und Ed hat nicht mal einen Wordprocessor«, warf Jeff
dazwischen. »Ein altmodischer Mensch.«

»Ich *bin* ein Wordprocessor«, sagte Ed. »Und apropos –
wie steht's mit deinen alten Kameras? Einige *sind* ja wohl
alt.«

»Und sehr gut«, antwortete Jeff ruhig.

Tom sah, daß Ed sich eine Erwiderung darauf verkniff.
Er ließ sich köstliche Lammkoteletts und einen guten Rot-
wein schmecken. »Weißt du, Ed – alter Freund – ich bin dir
wirklich sehr dankbar«, sagte er leise, wobei er nach links

sah, wo jetzt am übernächsten Tisch drei Leute Platz genommen hatten. »Du könntest dabei nämlich zu Schaden kommen. Wohlgemerkt, ich weiß nicht, wie, denn ich habe Pritchard zum Beispiel noch nicht mit einem Schießeisen gesehen.« Tom senkte den Kopf, dann sagte er wie zu sich selbst: »Vielleicht muß ich das Miststück ja einfach zum Zweikampf stellen. Ihm den Rest geben. Ich weiß es nicht.«

Seine Worte hingen in der Luft.

»Ich bin ziemlich stark«, meinte Jeff vergnügt. »Vielleicht kannst du das ja mal brauchen, Tom.«

Wahrscheinlich war Jeff Constant stärker als Ed, überlegte Tom, denn er war größer und schwerer. Andererseits sah Ed so aus, als könnte er notfalls sehr flink sein. »Dann sollten wir uns alle drei gut in Form halten, *n'est-ce pas?* Wie wär's mit einem schön üppigen Dessert?«

Da Jeff das Essen bezahlen wollte, lud Tom sie zu einem Calvados ein.

»Wer weiß, wann wir noch einmal so zusammenkommen«, sagte Tom.

Die Wirtin teilte ihnen mit, der Calvados gehe auf Rechnung des Hauses.

Tom wurde von dem Regen geweckt, der an die Fensterscheiben trommelte, nicht laut, aber mit Entschiedenheit. Er zog sich den neuen Morgenmantel über, an dem noch das Preisschild hing, ging ins Bad und dann in Eds Küche. Ed schien noch nicht auf zu sein. Tom brachte Wasser zum Kochen und braute sich einen starken Filterkaffee. Dann ging er kurz duschen, rasierte sich und band sich gerade die Krawatte, als Ed auftauchte.

»Wunderschöner Tag! Guten Morgen!« sagte Ed lächelnd. »Wie du siehst, trage ich stolz meinen neuen Morgenmantel.«

»Schön.« Tom dachte an seinen Anruf bei Madame Annette. Es traf sich gut, daß es in Frankreich schon eine Stunde später war, da würde sie wohl in zwanzig Minuten wieder vom Einkaufen zurück sein. »Ich habe schon Kaffee gemacht, falls du auch welchen möchtest. Und was tue ich mit meinem Bett?«

»Du kannst es ja vorerst mal machen, dann sehen wir weiter.« Ed ging in die Küche.

Tom war froh, daß Ed ihn gut genug kannte, um zu wissen, daß er sein Bett entweder machen oder abziehen wollte, und indem er sagte, er solle sein Bett machen, lud er ihn zugleich ein, noch eine Nacht zu bleiben, wenn es sein mußte. Ed schob ein paar Croissants zum Aufbacken in den Ofen und stellte Orangensaft auf den Tisch. Tom trank den Orangensaft, aber zum Essen war er zu nervös.

»Ich soll gegen Mittag Heloise anrufen – oder es versuchen«, sagte Tom. »Habe ich dir das schon gesagt?«

»Mein Telefon steht dir wie immer zur Verfügung.«

Tom überlegte, daß er um die Mittagszeit vielleicht nicht hier sein werde. »Danke. Mal sehen.« Dann schrak er zusammen, als in Eds Wohnzimmer und Arbeitszimmer die Telefone klingelten.

Nach Eds ersten Worten wußte Tom, daß der Anruf geschäftlich war; es ging um eine Bildunterschrift.

»Ja, natürlich, ohne weiteres«, sagte Ed. »Ich habe den Durchschlag hier. ... Ich rufe bis elf zurück. Kein Problem.«

Tom sah auf die Uhr und stellte fest, daß der Minutenzeiger sich kaum weiterbewegt hatte, seit er zuletzt darauf gesehen hatte. Er überlegte, ob er sich von Ed einen Schirm leihen und vormittags noch ein bißchen spazierengehen sollte, vielleicht auch noch einmal in die Galerie Buckmaster gehen und sich eine Skizze aussuchen, die er eventuell kaufen würde. Eine Skizze von Bernard Tufts.

Ed kam zurück und griff wortlos nach der Kaffeekanne.

»Ich versuch's jetzt mal zu Hause«, sagte Tom und erhob sich.

Er ging ins Wohnzimmer, wählte die Nummer von Belle Ombre und ließ es achtmal, dann noch zweimal klingeln, bevor er aufgab.

»Sie ist noch beim Einkaufen«, sagte er zu Ed. »Und vielleicht hält sie auch noch ein Schwätzchen«, fügte er lächelnd hinzu. Aber ihm war auch schon aufgefallen, daß Madame Annette ein wenig schwerhörig wurde.

»Versuch's später noch mal, Tom. Ich gehe mich jetzt anziehen.« Ed ging.

Tom wartete ein paar Minuten, dann rief er wieder an, und diesmal meldete sich Madame Annette nach dem fünften Klingeln.

»Ah, M'sieur *Tome*! Wo sind Sie denn?«

»Noch immer in London, Madame. Und gestern habe ich mit Madame Heloise gesprochen. Alles in Ordnung. Sie ist in Casablanca.«

»Casablanca! Und wann kommt sie nach Hause?«

Tom lachte. »Woher soll ich das wissen? Aber ich rufe Sie an, weil ich wissen möchte, wie es um Belle Ombre steht.« Tom wußte, daß Madame Annette ihm sofort Bericht erstatten würde, wenn sich dort jemand herumgetrieben hätte, und Monsieur Pritchard würde sie sogar beim Namen nennen, wenn er schon wieder da wäre und herumgeschnüffelt hätte.

»Alles zum besten, M'sieur Tome. Henri war zwar nicht hier, aber trotzdem.«

»Und wissen Sie zufällig, ob M'sieur Pritecharte wieder in Villeperce ist?«

»Noch nicht, M'sieur. Er war ja weg, aber heute kommt er zurück. Geneviève hat es mir heute früh beim Bäcker erzählt, und sie weiß es von Madame Hubert, der Frau des Elektrikers, der heute früh erst bei Madame Pritecharte etwas reparieren mußte.«

»So so!« sagte Tom voll ehrlichem Respekt vor Madame Annettes Informationsdienst. »Er kommt also heute zurück.«

»Ja, das ist ganz sicher«, sagte Madame Annette ruhig, als spräche sie vom Sonnenaufgang oder -untergang.

»Ich rufe noch einmal an, bevor ich – na ja, bevor ich von hier abreise, Madame Annette. Und bleiben Sie gesund!« Er legte auf, dann tat er einen tiefen Seufzer.

Tom fand, er sollte doch besser schon heute wieder nach Hause fahren. Als nächstes also den Rückflug buchen. Er ging zu seinem Bett und begann es abzuziehen, als ihm einfiel, daß er ja möglicherweise wiederkommen würde, bevor Ed den nächsten Besuch bekam, also bezog er es wieder.

»Nanu, ich dachte, du hättest dein Bett schon gemacht«, sagte Ed, der soeben in die Bücherkoje kam.

Tom klärte ihn auf. »Meister Pritecharte kommt heute nach Villeperce zurück. Ich werde ihm also als nächstes wieder in Villeperce begegnen. Und nötigenfalls werde ich ihn nach London locken –« Tom grinste Ed kurz an, denn er phantasierte jetzt drauflos – »wo groß an Zahl die Gassen, und dunkel bei der Nacht, wo vormals Jack the Ripper sein hehres Werk vollbracht – *n'est-ce pas?* Was er –« Tom hielt inne.

»Was er –?« soufflierte Ed.

»Was Pritchard davon hat, mich fertig zu machen – ich weiß es nicht. Wahrscheinlich nur sadistische Befriedigung. Oder vom Aufdecken der Murchison-Geschichte. Vielleicht könnte er ja nicht einmal was beweisen, aber – verstehst du, Ed? – es sähe ziemlich schlecht für mich aus. Wenn er es schaffen sollte, mich umzubringen, könnte er noch Heloise als unglückliche Witwe sehen, wie sie vielleicht wieder nach Paris geht, denn daß sie allein in unserem Haus bleibt, kann ich mir nicht vorstellen – oder daß sie womöglich einen anderen heiratet und dableibt.«

»Stell deine Phantasie ab, Tom!«

Tom streckte die Arme von sich und versuchte zu entspannen. »Ich kenne mich mit Verrückten nicht aus.« Aber er hatte sich ganz gut mit Bernard Tufts ausgekannt, fiel ihm ein. Und bei Bernard hatte er das Spiel verloren, indem er Bernard nicht davon abhalten konnte, sich umzubringen. »Ich kümmere mich jetzt um meinen Flug, wenn ich darf, Ed.«

Tom rief bei der Air France an, bekam einen Flug um 13:40 Uhr ab Heathrow und teilte es Ed mit.

»Dann schnüre ich jetzt mein Bündel und ziehe los«, sagte Tom.

Ed hatte sich gerade an seine Schreibmaschine setzen

wollen und schon irgendeine Arbeit auf dem Schreibtisch ausgebreitet. »Ich hoffe dich bald wiederzusehen, Tom. War schön, dich hier zu haben. Ich werde an dich denken.«

»Stehen von diesen Derwatt-Skizzen welche zum Verkauf? – Wie ich höre, sind sie ja grundsätzlich nicht zu verkaufen.«

Ed Banbury lächelte. »Wir halten daran fest – aber in deinem Fall –«

»Wie viele gibt's davon? Und was kosten sie – ungefähr?«

»Rund fünfzig – und die Preise liegen zwischen zwei- und... etwa fünfzehntausend. Einige sind natürlich von Bernard Tufts. Wenn sie *gut* sind, steigt der Preis. Es richtet sich nicht immer nur nach der Größe.«

»Ich zahle natürlich den normalen Preis. Mit Vergnügen.«

Ed hätte fast gelacht. »Wenn dir eine der Skizzen gefällt, Tom, verdienst du sie geschenkt. Wer sackt denn schließlich den Profit ein? Wir alle drei!«

»Vielleicht bleibt mir heute noch Zeit für einen Besuch in der Galerie. Du hast keine hier?« fragte Tom, als ob das doch gar nicht sein könnte.

»Eine, im Schlafzimmer, wenn du sie dir mal ansehen willst.«

Sie gingen in Eds Schlafzimmer am Ende des kurzen Flurs. Ed hob eine gerahmte Skizze hoch, die umgedreht an einer Kommode gelehnt hatte. Die Rötel- und Kohlezeichnung bestand aus senkrechten und diagonalen Strichen, die vielleicht eine Staffelei darstellen sollten, dahinter war eine Figur angedeutet, nur wenig größer als die Staffelei. War das ein Tufts oder ein Derwatt?

»Schön.« Tom kniff die Augen zusammen, öffnete sie wieder und ging näher. »Wie heißt das?«

»›Staffelei im Atelier‹«, antwortete Ed. »Mir gefällt dieses warme Orangerot. Nur zwei Striche, um die Größe des Raums anzuzeigen. Typisch. Ich habe es nicht immer an der Wand hängen«, fuhr er fort. »Nur etwa sechs von zwölf Monaten. Dadurch ist es für mich immer wieder neu.«

Die Skizze war etwa fünfundsiebzig Zentimeter hoch und fünfzig breit und steckte in einem passenden neutralgrauen Rahmen.

»Von Bernard?« fragte Tom.

»Nein, das ist ein Derwatt. Ich hab das schon vor Jahren gekauft – zu einem lächerlichen Preis. Vierzig Pfund oder so. Weiß gar nicht mehr, wo ich es entdeckt habe. Er hat es noch in London gemacht. Sieh dir mal die Hand an.« Ed streckte in genau der gleichen Haltung die rechte Hand nach dem Bild aus.

Auf der Zeichnung war die rechte Hand ausgestreckt, zwischen den Fingern ein schlanker Pinsel angedeutet. Der Maler ging auf die Staffelei zu, seinen linken Fuß deutete ein dunkelgrauer Strich für die Schuhsohle an.

»Ein Mann geht ans Werk«, sagte Ed. »Dieses Bild gibt mir Mut.«

»Das verstehe ich.« Tom drehte sich in der Tür um. »Ich gehe mir jetzt die Skizzen ansehen – dann ein Taxi nach Heathrow. Danke für deine Gastfreundschaft, Ed.«

Tom holte seinen Regenmantel und den kleinen Koffer. Er hatte auf dem Nachttisch zwei Zwanzigpfundnoten für die Telefongespräche unter den Hausschlüssel gelegt. Ed würde sie wohl heute oder morgen finden.

»Sollen wir gleich ausmachen, wann ich komme?« fragte Ed. »Etwa morgen? Du brauchst es nur zu sagen, Tom.«

»Laß mich erst mal sehen, wie die Dinge stehen. Vielleicht rufe ich dich heute abend noch an. Und mach dir keine Sorgen, wenn ich nicht anrufe. Ich müßte heute – zwischen sieben und acht zu Hause sein – wenn alles gutgeht.«

Sie gaben sich an Eds Wohnungstür die Hand.

Tom ging zu Fuß bis zu einer taxigünstig aussehenden Straßenecke, und als eines hielt, bat er den Fahrer, ihn in die Old Bond Street zu bringen.

Nick war diesmal allein. Er saß an einem Schreibtisch und studierte einen Sotheby-Katalog, und als Tom eintrat, erhob er sich.

»Morgen, Nick«, sagte Tom freundlich. »Bin wieder da. Ich möchte noch mal einen Blick auf die Derwatt-Skizzen werfen. Ist das möglich?«

Nick lächelte, als fühlte er sich durch dieses Ansinnen geehrt. »Ja, Sir – bitte hier entlang, wie Sie wissen.«

Tom gefiel schon die erste Skizze, die Nick ihm zeigte: eine Taube auf dem Fenstersims, die sich dank den Derwatt-typischen Extra-Umrissen zu bewegen schien. Das Papier war gelblich, obwohl es ursprünglich einmal weiß und von guter Qualität gewesen war, und löste sich an den Rändern bereits auf, aber auch das gefiel Tom. Es war eine Kohle- und Rötelzeichnung, die jetzt in einer Klarsichthülle steckte.

»Und der Preis?«

»Hm – vielleicht zehntausend, Sir. Da müßte ich mich erkundigen.«

Tom besah sich eine andere Zeichnung in derselben

Mappe – belebtes Speiserestaurant, Innenansicht – die ihm nicht besonders gefiel, dann noch einen typisch Londoner Park mit zwei Bäumen und einer Bank. Nein, die Taube. »Wenn ich eine Anzahlung leiste – und Sie mit Mr. Banbury reden?«

Tom stellte einen Scheck über zweitausend Pfund aus und überreichte ihn Nick an seinem Schreibtisch. »Schade, daß nicht ›Derwatt‹ draufsteht. Einfach nicht signiert«, sagte Tom, nur neugierig, was Nick darauf antworten würde.

»Hm, j-aaa, Sir«, erwiderte Nick freundlich, fast auf den Absätzen wippend. »So war Derwatt eben, habe ich gehört. Machte aus dem Stegreif eine Skizze, dachte nicht sofort daran, sie zu signieren, vergaß es dann später und – ist nun nicht mehr unter uns.«

Tom nickte. »Wie wahr! – Wiedersehen, Nick. Mr. Banbury hat meine Adresse.«

»Selbstverständlich, Sir. Kein Problem.«

Dann Heathrow. Der Flughafen kam Tom jedesmal überfüllter vor, wenn er ihn sah. Die Putzfrauen mit ihren Besen und fahrbaren Abfalleimern wurden der weggeworfenen Papierservietten und Ticketumschläge offenbar nicht mehr Herr. Tom hatte noch Zeit, eine Schachtel mit sechs verschiedenen englischen Seifen für Heloise und eine Flasche Pernod für Belle Ombre zu kaufen.

Und wann würde er Heloise wiedersehen?

Tom besorgte sich eine Klatschzeitung, die er im Flugzeug sicher nicht bekommen würde. Nach einem Hummer-Lunch mit Weißwein hielt er auf seinem Erste-Klasse-Sitz ein Nickerchen und wachte erst wieder auf, als die Stewardeß kam und ihn bat, seinen Gurt anzulegen. Unter ihm breitete sich wie ein hübscher Flickenteppich das Hell- und Dunkelgrün und Braun der französischen Äcker aus. Das Flugzeug kippte zur Seite. Tom fühlte sich sehr gestärkt und zu allem bereit – fast allem. Heute vormittag war ihm in London die Idee gekommen, sich in ein Zeitungsarchiv zu begeben – wo das auch immer war – und sich über David Pritchard zu informieren, wie Pritchard sich wahrscheinlich in Amerika über Tom Ripley informiert hatte. Aber was würde da schon über David Pritchard stehen, falls Pritchard überhaupt sein richtiger Name war? Fehltritte eines verwöhnten Jugendlichen? Verkehrssünden? Drogenmißbrauch mit Achtzehn? So etwas lohnte sich selbst in Amerika kaum zu archivieren, und in England oder Frankreich interessierte es schon gar niemanden. Trotzdem ein reizvoller Gedanke, daß vielleicht doch irgendwo etwas über Pritchard festgehalten war – etwa daß er mit Fünfzehn einmal einen Hund zu Tode gequält hatte. Solch gruslige Goldkörnchen mochten durchaus den Weg bis nach London gefunden haben, zumal die Computer immer feiner mahlten und einfach alles speicherten. Tom gab sich einen Ruck, als das Flugzeug sauber landete und zu bremsen begann. Sein eigenes Register – hm, eine lange Liste interessanter Verdächtigungen. Aber keine Verurteilungen.

Nach der Paßkontrolle ging Tom in die nächstbeste Telefonzelle und rief zu Hause an.

Madame Annette meldete sich beim achten Klingelzeichen. »*Ah, M'sieur Tome! Où êtes-vous?*«

»Flughafen Roissy. Mit etwas Glück kann ich in zwei Stunden zu Hause sein. Ist immer noch alles in Ordnung?«

Tom erfuhr, daß alles in bester Ordnung und so wie immer sei.

Dann mit einem Taxi nach Hause. Er hatte es zu eilig, nach Hause zu kommen, um sich den Kopf darüber zu zerbrechen, ob ein Taxifahrer an seiner Adresse interessiert sein könnte. Der Tag war warm und sonnig. Tom öffnete auf beiden Seiten die Fenster einen Spaltbreit und hoffte, daß der Fahrer nicht anfangen würde, über den *courant d'air* zu jammern, wie es die Franzosen gern schon beim zartesten Lufthauch taten. Tom dachte an London zurück, an Nick, den jungen Mann in der Galerie, und an Jeff und Ed, die ihm so bereitwillig helfen wollten, wenn Not am Mann wäre. Und was trieb zur Zeit Janice Pritchard? Inwieweit half sie ihrem Mann und deckte ihn, und inwieweit hänselte sie ihn gerade mit so etwas? Erst ihn anstiften, dann ihn fallenlassen, wenn er sie brauchte? Janice war der Schwarze Peter in dem Spiel, dachte Tom und fand den Vergleich sofort unpassend für ein Elfchen wie Janice.

Madame Annettes Ohren waren immerhin noch gut genug, um die Räder des Taxis auf dem Kies zu hören, denn der Wagen stand noch nicht ganz, da hatte sie schon die Haustür geöffnet und war auf die Terrasse gekommen. Tom bezahlte die Fahrt, gab dem Fahrer noch ein Trinkgeld und trug seinen Koffer zur Tür.

»*Non, non*, ich trage ihn selbst«, sagte Tom. »Er ist doch so leicht.«

Madame Annette konnte schwer von ihren alten Gewohnheiten lassen, der Gewohnheit zum Beispiel, immer den schwersten Koffer tragen zu wollen, weil das einer Haushälterin anstand.

»Hat Madame Heloise angerufen?«

»*Non, M'sieur.*«

Tom sah darin ein gutes Zeichen. Er ging in die Diele und sog die Düfte ein, Rosenblüten oder so ähnlich, zur Zeit aber kein Lavendelwachs, wobei ihm einfiel, daß er ja welches im Koffer hatte.

»Ein Täßchen Tee, M'sieur Tome? Oder Kaffee? – Einen Gin mit Eis?« Sie hängte seinen Mantel fort.

Tom war unschlüssig. Er ging ins Wohnzimmer und sah durch die Terrassentüren auf den Rasen hinaus. »Ja, schön, eine Tasse Kaffee. Und einen Drink auch.« Es war kurz nach sieben. »Zuerst gehe ich aber mal rasch unter die Dusche.«

»*Oui, M'sieur.* Ah – Madame Berthelin hat angerufen. Gestern abend. Ich habe ihr gesagt, daß Sie und Madame verreist sind.«

»Danke«, sagte Tom. Jacqueline und Vincent Berthelin wohnten ein paar Kilometer entfernt in einem Nachbardorf. »Danke, ich rufe zurück«, sagte Tom, schon auf dem Weg zur Treppe. »Sonst noch Anrufe?«

»*N-non, je crois que non.*«

»Ich bin in zehn Minuten wieder unten. Ach so, zuerst noch –« Tom legte seinen Koffer auf den Boden, öffnete ihn und nahm die Dosen Lavendelwachs in ihrer Plastiktüte heraus. »Ein Mitbringsel fürs Haus, Madame.«

»*Ah, cirage de lavande! Toujours le bienvenu! Merci!*«

Tom war wirklich in zehn Minuten wieder unten, fertig umgezogen und in Turnschuhen. Er entschied sich zur Abwechslung für einen Calvados zum Kaffee. Madame Annette blieb noch im Wohnzimmer und wollte sicher gehen, daß sie zum Abendessen genau das Richtige vorbereitet habe, obwohl das doch immer so war. Ihre Schilderung ging Tom zum einen Ohr hinein, zum anderen hinaus, denn er überlegte gerade, ob er Janice Pritchard anrufen sollte, den Schwarzen Peter.

»Klingt alles sehr verlockend«, sagte er höflich. »Wenn Madame Heloise es nur mit mir genießen könnte!«

»Wann kommt Madame Heloise denn zurück?«

»Das weiß ich auch nicht«, sagte Tom. »Aber sie amüsiert sich gut – sie ist ja mit ihrer besten Freundin unterwegs.«

Dann war er endlich allein. Janice Pritchard. Tom stand auf und ging betont langsam zur Küche. Er fragte Madame Annette: »Und M'sieur Pritecharte? Wollte er nicht heute zurückkommen?« Tom fragte nur so nebenbei, wie man sich eben nach einem Nachbarn erkundigte, mit dem man nicht unbedingt befreundet war. Er ging sogar zum Kühlschrank, um sich ein Stück Käse zu nehmen – ganz als wäre er nur zu diesem Zweck in die Küche gekommen.

Madame Annette reichte ihm dazu ein Tellerchen und ein Messer. »Heute früh war er noch nicht da«, antwortete sie. »Vielleicht jetzt.«

»Seine Frau ist aber noch hier?«

»Ja. Man sieht sie manchmal beim Kaufmann.«

Tom ging mit dem Käse ins Wohnzimmer zurück und setzte sich vor seinen Drink. Auf dem Dielentisch lag der Notizblock, den Madame Annette nie anrührte, und bald hatte Tom die Nummer der Pritchards gefunden, die noch nicht im Telefonbuch stand.

Bevor er aber nach dem Hörer greifen konnte, sah er Madame Annette wieder nahen.

»M'sieur Tome, bevor ich es vergesse! Ich habe heute morgen erfahren, daß die Pritechartes ihr Haus in Villeperce gekauft haben.«

»Wirklich?« meinte Tom. »Interessant.« Aber er sagte es so, als interessiere es ihn überhaupt nicht. Madame Annette ging wieder. Und Tom stierte das Telefon an.

Wenn Pritchard selbst sich meldete, würde er ohne ein Wort wieder auflegen, überlegte er. Wenn Janice am Apparat war, wollte er's riskieren. Er würde sich nach Davids Kinn erkundigen – daß Pritchard seiner Frau von ihrer Rauferei in Tanger erzählt hatte, nahm er einfach an. Ob Janice auch wußte, daß Pritchard in amerikanisch gefärbtem Französisch Madame Annette mitgeteilt hatte, Heloise sei entführt worden? Tom beschloß, von sich aus nichts davon zu sagen. Wo endete die Höflichkeit und begann der Wahnsinn, oder umgekehrt? Tom erhob sich – denn Höflichkeit konnte nie schaden, fand er – und wählte.

Janice Pritchard meldete sich mit einem gedehnten amerikanischen »Hel-lo-o-o«.

»Hallo, Janice. Tom Ripley«, sagte Tom lächelnd.

»Oh, Mr. Ripley! Ich dachte, Sie wären in Nordafrika!«

»Da war ich auch, aber jetzt bin ich wieder hier. Ich habe dort Ihren Mann getroffen, wie Sie vermutlich wissen.« Und habe ihn bewußtlos geschlagen, dachte Tom und lächelte dabei so liebenswürdig, als könnte Janice ihn am Telefon sehen.

»J-aaa. Ich hab's gehört –« Janice verstummte. Ihr Ton war süß, oder jedenfalls sanft. »Ja, und es hat eine Prügelei –«

»Ach, das war nichts Besonderes«, sagte Tom bescheiden. Er hatte das Gefühl, daß David Pritchard noch nicht zu Hause war. »Ich hoffe, David geht es gut?«

»*Natürlich* geht es ihm gut. Ich *weiß* doch, daß er es auf so etwas geradezu *anlegt*«, sagte Janice vollkommen ernst. »Wer austeilt, muß auch einstecken, ist es nicht so? Wozu *war* er überhaupt in Tanger?«

Tom überlief es kalt. Die Frage ließ tiefer blicken, als Janice wahrscheinlich selbst wußte. »Erwarten Sie David bald zurück?«

»Ja, heute abend. Ich soll ihn in Fontainebleau abholen, sobald er anruft«, antwortete Janice auf ihre ruhige, ernste Art. »Er hat gesagt, daß es ein bißchen später wird, weil er in Paris noch irgendwelches Sportgerät kaufen will.«

»Ach! Golf?« fragte Tom.

»N-ein. Angelzeug, soviel ich weiß. Aber ich bin nicht sicher. Sie wissen ja, wie David so redet, immer um das Thema herum.«

Tom wußte es nicht. »Und wie kommen Sie zurecht, so ganz allein? Fühlen Sie sich nicht einsam, ist es Ihnen nicht langweilig?«

»O nein, nie! Ich höre mir meine französischen Sprachplatten an und versuche mich zu verbessern.« Ein kurzes Lachen. »Die Leute sind so nett hier.«

O ja. Tom dachte sofort an die Grais, die zwei Häuser weiter wohnten, aber er mochte nicht fragen, ob Janice schon ihre Bekanntschaft gemacht hatte.

»Also, bei David – könnte es nächste Woche auch Tennis sein«, sagte Janice.

»Wenn es ihn glücklich macht«, antwortete Tom mit leisem Lachen. »Vielleicht lenkt ihn das ja von mir und meinem Haus ab.« Er sagte es in nachsichtigem, belustigtem Ton, als ginge es um die Augenblickslaune eines Kindes.

»O nein, das glaube ich aber nicht. Er hat das Haus hier gekauft. Er findet Sie so *faszinierend*.«

Tom sah im Geiste wieder Janice Pritchard vor sich, wie sie mit sichtlichem Vergnügen ihren Mann im Auto vor Belle Ombre abgeholt hatte, nachdem er mit seiner Kamera knipsend ums Haus geschlichen war. »Aber mit manchem, was er tut, sind Sie doch gar nicht einverstanden«, fuhr Tom fort. »Sind Sie schon einmal auf die Idee gekommen, ihn davon abzubringen? Oder ihn zu verlassen?« fragte Tom aufs Geratewohl.

Nervöses Lachen. »Eine Frau verläßt ihren Mann nicht, oder? – Dann wäre ja *ich* an der Reihe!« Ganz schrill, dieses »Ich«, obwohl sie dabei lachte.

Tom lachte nicht, er lächelte nicht einmal. »Verstehe«, sagte er, weil ihm nichts anderes einfiel. »Sie sind eine treue Ehefrau. Viel Glück Ihnen beiden, Janice. Vielleicht sehen wir Sie bald einmal.«

»O ja, vielleicht. Danke für Ihren Anruf, Mr. Ripley.«

»Wiederhören.« Er legte auf.

Welch ein Irrenhaus! Sie bald einmal *sehen*! Er hatte »wir« gesagt, als ob Heloise schon wieder zu Hause wäre. Aber warum nicht? Vielleicht verleitete es Pritchard zu weiteren Abenteuern, machte ihn tollkühn. Tom merkte, wie ihn der Wunsch beschlich, Pritchard zu ermorden. Es war so ähnlich wie damals bei diesen Mafiosi, aber da war seine Mordlust unpersönlich gewesen: Er haßte die Mafia an sich, weil sie in seinen Augen eine brutale, gut organisierte Erpresserbande war. Egal welchen Mafioso er umbrachte – und zwei hatte er umgebracht –, es waren zwei weniger. Aber bei Pritchard war die Sache persönlich. Pritchard hatte sich zu weit aus dem Fenster gehängt und wollte es nicht anders haben. Ob Janice ihm behilflich sein könnte? Zähl nicht auf Janice, ermahnte sich Tom; sie würde ihn in letzter Minute im Stich lassen und ihren Mann retten, wohl um von seiner Hand noch mehr seelisches und körperliches Ungemach zu genießen. Warum hatte er Pritchard nicht schon in Tanger erledigt, gleich mit dem schönen neuen Messer, das er doch in der Tasche hatte?

Vielleicht mußte er sich ja auch beide Pritchards erst vom Hals schaffen, um Ruhe zu haben, dachte Tom jetzt, während er sich eine Zigarette anzündete. Sofern sie sich nicht doch noch entschlossen, hier wegzuziehen.

Calvados und Kaffee. Tom kippte die letzten Tropfen hinunter und trug das Glas und die Tasse wieder in die Küche. Er sah mit einem Blick, daß Madame Annette das Essen frühestens in fünf Minuten auftragen könnte, und sagte ihr, daß er noch einen Anruf erledigen wolle.

Er rief die Grais an, deren Nummer er auswendig kannte.

Agnès war am Apparat, und Tom schloß aus dem Geklapper im Hintergrund, daß er genau ins Abendessen geplatzt war.

»Ja, heute aus London zurück«, sagte Tom. »Aber ich glaube, ich störe gerade.«

»Nein, nein! Silvie und ich räumen schon ab. Ist Heloise wieder da?« fragte Agnès.

»Nein, sie ist noch in Nordafrika. Ich wollte nur rasch melden, daß *ich* wieder da bin. Keine Ahnung, wann Heloise sich zur Heimreise entschließen wird ... Wißt ihr übrigens schon, daß eure Nachbarn, die Pritchards, das Haus gekauft haben?«

»*Oui*!« antwortete Agnès prompt und erklärte Tom, sie habe es von Marie in der Bar-Tabac erfahren. »Und dieser *Lärm*, Tome«, fuhr sie mit einer gewissen Belustigung in der Stimme fort. »Ich glaube, Madame ist zur Zeit allein, aber den lieben langen Tag hört sie laute Rockmusik. Haha! Ob sie dazu tanzt – solo?«

Oder sich abartige Videos ansieht? Tom kniff die Augen zusammen. »Keine Ahnung«, antwortete er lächelnd. »Hört ihr das bis zu euch?«

»Wenn der Wind richtig steht. Zum Glück nicht jeden Abend, aber letzten Sonntag abend war Antoine ganz schön aufgebracht. Leider nicht aufgebracht genug, um hinzugehen und ihnen zu sagen, sie sollten mal still sein. Und ihre Telefonnummer konnte er nirgends finden.« Agnès lachte noch einmal.

Sie verabschiedeten sich freundlich und herzlich, eben wie gute Nachbarn. Tom setzte sich mit einer aufgeklappten Illustrierten vor sein einsames Mahl und grübelte bei einem exzellenten Schmorbraten über die unsäglichen Pritchards nach. Vielleicht kam in dieser Minute David Pritchard nach Hause – mit Angelzeug? Um nach Murchison zu angeln? Warum war Tom nicht eher darauf gekommen? Murchisons Leiche!

Tom hob den Blick von der Zeitschrift und tupfte sich mit der Serviette die Lippen ab. Angelzeug? Dafür würde er eher einen Schleppanker brauchen, ein starkes Seil und ein Boot dazu, aber nicht nur ein Ruderboot. Er würde sich nicht mit Rute und Schnur an ein Fluß- oder Kanalufer stellen, wie die Einheimischen es manchmal taten und mit Glück so ein weißliches Fischlein fingen, das vermutlich eßbar war. Da Pritchard – laut Janice – genug Geld hatte, kaufte er sich womöglich ein tolles Motorboot? Stellte sogar einen Helfer ein?

Aber vielleicht war das ja alles völlig abwegig, dachte Tom. Vielleicht war David Pritchard wirklich nur ein Angelfreund.

Tom beschloß den Tag damit, ein Kuvert an seine Filiale der Nat West Bank zu adressieren, denn er mußte unbedingt Geld von seinem Anlagekonto aufs Girokonto transferieren, damit der Scheck über zweitausend Pfund gedeckt war. Das adressierte Kuvert neben seiner Schreibmaschine würde ihn morgen früh daran erinnern.

15

Nach der ersten Tasse Kaffee am nächsten Morgen ging Tom auf die Terrasse und von dort in den Garten. Es hatte in der Nacht geregnet, und die Dahlien sahen gut aus; ein paar welke Blüten mußten abgezupft werden, und dann könnte er ein paar fürs Wohnzimmer pflücken. Madame Annette tat das selten, weil sie wußte, daß Tom die Farben für den Tag gern selbst auswählte.

Tom rief sich in Erinnerung, daß David Pritchard ja jetzt wieder da war, vermutlich gestern abend zurückgekommen, und heute würde er dann vielleicht mit seinem Angelzeug losziehen. War es nicht so?

Tom bezahlte ein paar Rechnungen, beschäftigte sich ein Stündchen im Garten und aß zu Mittag. Madame Annette hatte nichts davon gesagt, daß sie heute früh beim Bäcker etwas Neues über die Pritchards erfahren hätte. Tom inspizierte kurz die beiden Autos in der Garage und den weißen Kombi davor. Alle drei sprangen problemlos an. Tom putzte an allen dreien die Fenster.

Dann nahm er den roten Mercedes, den er selten fuhr, weil er ihn als Heloises Auto betrachtete, und fuhr damit in westlicher Richtung davon.

Die Straßen durch die flache Landschaft waren ihm halbwegs vertraut, aber es waren nicht die Straßen, auf denen er zum Beispiel nach Moret oder Fontainebleau zum Einkaufen fuhr. Tom hätte nicht einmal mehr genau sagen können, welchen Weg er in jener Nacht mit Bernard genommen hatte, um Murchisons Leiche fortzuschaffen. Tom hatte damals nur einen Kanal gesucht, irgendein weit genug entferntes Gewässer, in das sie die verschnürte Leiche einigermaßen bequem hineinwerfen konnten. Tom hatte noch ein paar große Steine mit in die Plane gepackt, in die er Murchison gehüllt hatte, damit die Leiche auf den Grund sank und dort blieb. Und unten geblieben war sie dann seines Wissens auch. Tom sah bei einem Blick ins Handschuhfach, daß dort eine zusammengefaltete Straßenkarte steckte, vielleicht von der näheren Umgebung, aber vorerst vertraute er lieber seinem Instinkt. Die Hauptflüsse in dieser Gegend – Loing, Yonne und Seine – hatten zahlreiche und zum Teil namenlose Kanäle und Zuläufe, und Tom wußte noch, daß er Murchison in einen davon geworfen hatte, und zwar über die Geländermauer einer Brücke, die er vielleicht wiedererkennen würde, wenn er hinkam.

Vielleicht ein hoffnungsloses Unterfangen, eine Lebensaufgabe oder noch mehr, wenn es jemandem einfallen sollte, in einem kleinen mexikanischen Dorf nach (dem ach schon so lange verstorbenen) Derwatt zu suchen, dachte Tom, denn Derwatt hatte nie in Mexiko gelebt, sondern immer nur in London, bevor er nach Griechenland gereist war, um sich umzubringen.

Tom sah auf die Benzinuhr: noch gut halb voll. Er wendete an der nächsten geeigneten Stelle und wandte sich nach Nordosten. Nur etwa alle drei Minuten sah er ein anderes Auto. Rechts und links erstreckten sich grüne Felder, dicht mit hohem Mais bewachsen, Mais für die Viehfütterung. Darüber kreisten krächzend schwarze Krähen.

Wenn Tom sich recht erinnerte, waren er und Bernard damals etwa sieben oder acht Kilometer weit von Villeperce weggefahren, und zwar nach Westen. Sollte er nach Hause fahren und auf der Landkarte einen Kreis schlagen, dessen Mittelpunkt etwas westlich von Villeperce lag? Tom nahm jetzt einen Weg, der ihn seines Wissens am Haus der Pritchards und dann an dem der Grais vorbeiführen würde.

Aus heiterem Himmel fiel ihm ein, daß er die Berthelins anrufen mußte. Jacqueline und Vincent.

Kannten die Pritchards den roten Mercedes? Tom glaubte es nicht. Als er sich ihrem weißen Haus näherte, wurde er langsamer und versuchte soviel wie möglich zu sehen, ohne den Blick von der Straße zu wenden. Auf der Zufahrt vor der Eingangstreppe fiel ihm ein kleiner weißer Transporter auf. Wurde Pritchard das Angelzeug gebracht? Ein klobiges graues Etwas lag auf der Ladefläche und ragte hinten darüber hinaus. Tom glaubte eine Männerstimme zu hören, vielleicht auch zwei Männerstimmen, da war er sich nicht sicher, und schon war er an dem Haus vorbei.

Konnte das ein kleines Boot gewesen sein, was da auf dem Transporter lag? Die graue Plane, die es verhüllte, erinnerte Tom an die etwas dunklere Plane, die einmal Thomas Murchison umhüllt hatte. *Hm*! Vielleicht hatte Pritchard sich einen Transporter *und* ein Boot zugelegt, vielleicht sogar noch einen Gehilfen? Ein Ruderboot mit Außenbordmotor? Wie wollte ein Mann allein so ein Boot nebst Außenbordmotor auf einen Kanal setzen (dessen Wasserstand sich mit dem Betrieb der Schleusen dauernd änderte) und sich dann selbst an einem Seil hinunterlassen? Die Kanalufer waren steil. Hatte Pritchard mit dem Lieferanten um den Preis gefeilscht oder mit jemandem verhandelt, den er als Gehilfen einstellen wollte?

Wenn David Pritchard wieder da war, konnte Tom seine unzuverlässige Verbündete Janice nicht mehr nach ihm ausquetschen, denn entweder würde David selbst ans Telefon gehen oder womöglich mithören und ihr den Hörer aus der mageren Hand reißen.

Aus dem Haus der Grais drang im Augenblick kein Lebenszeichen. Tom bog nach links in eine unbebaute Straße ab und nach einigen Metern wieder nach rechts und kam so auf die Straße zu Belle Ombre.

Voisy, dachte er plötzlich. Der Name war ihm ohne Anlaß eingefallen, als wäre plötzlich ein Licht angeknipst worden. So hieß das Dorf, in dessen Nähe der Fluß oder Kanal vorbeiführte, in den er Murchisons Leiche geworfen hatte. Voisy. Im Westen, dachte Tom. Er konnte es ja einmal auf der Karte suchen.

Das tat er dann auch, sowie er zu Hause war und eine detaillierte Karte von Fontainebleau und Umgebung gefunden hatte. Nicht weit nach Westen, in der Nähe von Sens. Voisy lag direkt an der Loing. Tom war erleichtert. Murchisons Leiche wäre nach Norden abgetrieben, überlegte er, zur Seine hin, falls überhaupt, was er bezweifelte. Er versuchte, starke Regenfälle und Strömungsumkehrungen in seine Spekulationen einzubeziehen. Gab es in Flüssen solche Strömungsumkehrungen? So weit im Landesinneren wohl nicht, sagte er sich. Und wie gut, daß es ein Fluß war, denn die Kanäle wurden von Zeit zu Zeit für Sanierungsarbeiten trockengelegt.

Er rief bei den Berthelins an, und Jacqueline meldete sich. Ja, sagte Tom, Heloise und er seien ein paar Tage in Tanger gewesen, und Heloise sei noch immer da.

»Und was machen Sohn und Schwiegertochter?« fragte er. Jean-Pierre, der Sohn, hatte jetzt sein Studium am Beaux Arts abgeschlossen, das er vor ein paar Jahren wegen des Mädchens unterbrochen hatte, mit dem er inzwischen verheiratet war. Tom erinnerte sich noch, wie Vater Vincent Berthelin seinerzeit dagegen gewütet hatte. »*Das ist dieses Mädchen nicht wert!*« hatte Vincent gebrüllt.

Jean-Pierre gehe es gut, und sie erwarteten im Dezember ein Baby! Jacquelines Stimme klang hocherfreut.

»Oh, gratuliere!« sagte Tom. »Dann sollte euer Haus aber jetzt schön warm werden für das Baby!«

Jacqueline ging lachend auf diesen wunden Punkt ein. Ja, räumte sie ein, sie und Vincent hätten jahrelang kein warmes Wasser gehabt, aber nun wollten sie neben dem Gästezimmer sogar ein zweites WC einbauen, plus Waschbecken.

»Gut!« sagte Tom und mußte lächeln, wenn er daran dachte, wie die Berthelins einmal aus unerfindlichen Gründen wild entschlossen gewesen waren, in ihrem Landhaus auf jeden Komfort zu verzichten. Sie hatten das Wasser zum Waschen auf dem Küchenherd gewärmt und die Toilette auf dem Hof gehabt.

Sie verabredeten, sich bald wieder einmal zu sehen, ein Versprechen, das nicht immer gehalten wurde, denn manche Leute hatten anscheinend immer zu tun, dachte Tom, aber ihm war dennoch wohler nach diesem Gespräch. Gutnachbarliche Beziehungen waren sehr wichtig.

Tom setzte sich mit der *Herald Tribune* gemütlich aufs

Sofa. Er nahm an, daß Madame Annette sich in ihre Räume zurückgezogen hatte. Er glaubte sogar, ihren Fernseher zu hören. Tom wußte, daß sie sich bestimmte Serienschnulzen nicht entgehen ließ, denn früher hatte sie ihm und Heloise oft davon erzählt, bis ihr klar wurde, daß die Ripleys keine Seifenopern mochten.

Um halb fünf nahm Tom den braunen Renault und fuhr in Richtung Voisy. Die Sonne stand noch immer hoch über dem Horizont. Welch ein Unterschied zwischen dieser sonnenbeschienenen Landschaft heute, dachte er, und jener Nacht mit Bernard, einer mondlosen Nacht, erinnerte er sich, und er hatte nicht genau gewußt, wohin sie fuhren. Bisher war Murchisons nasses Grab ein gutes Versteck gewesen, dachte er, und vielleicht blieb das ja auch so.

Tom sah das Ortsschild voisy, bevor er das Dorf sah, das hinter einer Linkskurve lag, hinter Bäumen versteckt. Tom sah rechts die Brücke mit ihrem mindestens dreißig Meter langen horizontalen Mittelteil sowie den Auffahrtsrampen an beiden Enden. Über diese Brücke mit ihrer hüfthohen Geländermauer hatten er und Bernard damals Murchison geschleppt.

Tom fuhr etwas langsamer, aber doch stetig weiter. An der Brücke lenkte er nach rechts und fuhr darüber, ohne zu wissen oder danach zu fragen, wohin die Straße dahinter führte. Soweit er sich erinnerte, hatten er und Bernard den Wagen abgestellt und das Bündel auf die Brücke geschleppt. Oder hatten sie es gewagt, ein Stückchen mit dem Auto auf die Brücke zu fahren?

An der nächsten geeigneten Stelle hielt Tom an und konsultierte seine Karte, sah eine Straßenkreuzung und fuhr weiter, weil er wußte, daß dort ein Wegweiser nach Nemours oder Sens zeigen würde, an dem er sich orientieren konnte. Tom dachte an den Fluß, den er gerade gesehen hatte: trübes, blaugrünes Wasser, das (heute zumindest) anderthalb Meter unterhalb der Oberkante des weichen, grasbewachsenen Ufers stand. Da kam niemand ans Wasser heran, ohne von dieser Böschung hineinzurutschen oder das Gleichgewicht zu verlieren und kopfüber hineinzustürzen.

Und wieso in Gottes oder drei Teufels Namen sollte David Pritchard auf die Idee kommen, nach *Voisy* zu fahren, wenn es viel näher bei Villeperce zwanzig bis dreißig Kilometer Fluß- oder Kanalläufe gab?

Tom fuhr nach Hause, zog Hemd und Jeans aus und hielt in seinem Schlafzimmer ein Nickerchen. Er fühlte sich sicherer, beruhigter. Er schlief eine köstliche Dreiviertelstunde lang und hatte danach das Gefühl, Tanger mit seinen Strapazen, London mit seinen Ängsten und dem Gespräch mit Cynthia, Pritchard und das Boot, das er sich möglicherweise zugelegt hatte, endlich von der Seele zu haben. Tom ging nach »hinten rechts«, wie er das Zimmer in Belle Ombre immer beschrieb, das er sich als Werkstatt oder Atelier eingerichtet hatte.

Der schöne alte Eichenboden sah noch immer gut aus, auch wenn er nicht so glänzend gebohnert war wie die übrigen Fußböden im Haus. Tom hatte ein paar alte Segeltuchplanen darauf ausgebreitet, die den Fußboden vor eventuellen Farbklecksen schützten, ihm als Lappen zum Säubern der Pinsel dienten und in seinen Augen zugleich dekorativ wirkten.

Die Taube. Wo sollte er die vergilbte Skizze nur aufhängen? Auf jeden Fall im Wohnzimmer, damit auch Freunde sich daran erfreuen konnten.

Tom blieb ein paar Sekunden vor einem Bild stehen, das er gemalt und an die Wand gelehnt hatte: Madame Annette mit Tasse und Untertasse, seinem Morgenkaffee. Er hatte zuerst ein paar Skizzen dafür gemacht, um Madame Annette nicht allzusehr zu strapazieren. Sie hatte ein purpurrotes Kleid an und eine weiße Schürze um. Auf einem anderen Bild sah Heloise aus dem Bogenfenster in der Ecke des Ateliers, die rechte Hand am Fensterrahmen, die andere in der Hüfte. Tom erinnerte sich, daß er auch hierfür zuerst ein paar Vorskizzen angefertigt hatte. Heloise mochte ihm nie länger als zehn Minuten am Stück Modell stehen.

Sollte er sich noch einmal an diese Landschaft vor dem Fenster wagen? Der letzte Versuch war schon drei Jahre her. Dieser dichte, dunkle Wald hinter seinem Grundstück, wo Murchisons Leiche einmal ihre erste Ruhestätte gefunden hatte – keine schöne Erinnerung. Tom zwang seine Gedanken zur Malerei zurück. Doch, er wollte es versuchen: morgen früh die ersten Skizzen, diese hübschen Dahlien links und rechts im Vordergrund, dahinter die rosa und roten Rosen. Aus diesem idyllischen Anblick ließe sich etwas schön Sentimentales machen, aber das war nicht, was Tom wollte. Vielleicht könnte er einmal nur mit dem Spachtel zu arbeiten versuchen.

Tom ging nach unten, nahm ein weißes Baumwolljackett aus dem Dielenschrank, damit er etwas hatte, in das er seine Brieftasche stecken konnte, und betrat die Küche, wo Madame Annette bereits am Werk war. »Schon fleißig? Es ist noch nicht einmal fünf, Madame.«

»Die Pilze, M'sieur. Ich bereite sie immer gern schon einmal vor.« Madame Annette sah ihn aus ihren blaßblauen Augen an und lächelte. Sie stand am Spülbecken.

»Ich bin mal für ein halbes Stündchen weg. Kann ich Ihnen etwas mitbringen?«

»*Oui, M'sieur – Le Parisien Libéré, s'il vous plaît?*«

»Mit Vergnügen, Madame.« Er ging.

Er besorgte als erstes die Zeitung in der Bar-Tabac, damit er sie nicht vergaß. Eigentlich hatten die Männer noch nicht Feierabend, aber das gewohnte Stimmengesumm hatte schon eingesetzt. Man hörte laute Rufe nach »*George, un petit rouge!*«, und Marie fand allmählich in ihren abendlichen Rhythmus. Sie begrüßte Tom nur von weitem mit einer Handbewegung, denn sie stand im Augenblick links hinter dem Tresen. Tom sah sich unwillkürlich nach David Pritchard um, ganz kurz nur, aber Pritchard war nicht da. Tom hätte ihn gewiß nicht übersehen: Pritchard war größer als die meisten hier und pflegte mit seiner auffallenden runden Brille nur vor sich hin zu glotzen, statt sich unters Volk zu mischen.

Tom stieg wieder in den roten Mercedes und fuhr zuerst in Richtung Fontainebleau, dann bog er ohne bestimmten Grund an der nächsten Ecke nach links ab. Er fuhr jetzt mehr oder weniger in südwestliche Richtung. Was machte zur Zeit Heloise? Waren sie und Noëlle in Casablanca gerade auf dem Rückweg zum Hotel Miramare, beide beladen mit Plastiktüten und frisch erworbenen Körben, in denen sie die Einkäufe des Nachmittags transportierten? Besprachen sie gerade, ob sie vor dem Abendessen noch duschen und ein Nickerchen machen wollten? Sollte er heute nacht um drei versuchen, Heloise anzurufen?

An einem Schild nach Villeperce schlug Tom den Weg nach Hause ein, nachdem er gesehen hatte, daß es bis dorthin acht Kilometer waren. Einmal mußte er für ein Bauernmädchen bremsen, das seine Gänse mit einem langen Stekken über die Straße dirigierte. Wie schön, dachte Tom; drei weiße Gänse, die unbeirrt ihren Weg gingen, ohne sich hetzen zu lassen.

Hinter der nächsten leichten Kurve mußte Tom wieder bremsen, diesmal wegen eines Lieferwagens, der sehr langsam fuhr, und Tom sah sofort das grau verhüllte Etwas, das hinten über die Ladefläche ragte. Sechzig bis achtzig Meter rechts von der Straße verlief ein Bach oder Kanal. Pritchard und Co.? Oder David Pritchard allein? Tom war nah genug heran, um durch das Rückfenster den Fahrer mit jemandem auf dem Beifahrersitz reden zu sehen. Tom stellte sich vor, wie sie beide nach rechts zum Wasser sahen und sich darüber unterhielten. Er fuhr noch langsamer. Es war eindeutig derselbe Lieferwagen, den er vor dem Haus der Pritchards gesehen hatte, auf ihrem Hof, oder wie sie das nannten.

Tom wollte schon an der nächsten Kreuzung abbiegen, dann beschloß er, einfach weiterzufahren, an ihnen vorbei.

Als er gerade Gas gab, kam von vorn ein großer grauer Peugeot entgegen, der den Eindruck machte, als gedächte er auf nichts und niemanden Rücksicht zu nehmen. Tom bremste und ließ den Peugeot vorbei, dann trat er wieder aufs Gas.

Die beiden Männer im Transporter waren noch immer in ihr Gespräch vertieft, und am Steuer saß nicht Pritchard, sondern ein Unbekannter mit welligem, hellbraunem Haar. Pritchard saß redend daneben und zeigte zum Wasser, als Tom sie überholte. Tom war einigermaßen sicher, daß sie ihn gar nicht beachtet hatten.

Er fuhr weiter in Richtung Villeperce, sah aber bis zum allerletzten Moment in den Rückspiegel, ob der Transporter vielleicht auf einen Acker fuhr, um näher ans Wasser zu kommen. Er tat es nicht, solange Tom hinsah.

16

Tom war nach dem Abendessen ganz unruhig und mochte sich auch weder mit Fernsehen ablenken noch die Cleggs oder Agnès Grais anrufen. Er überlegte hin und her, ob er Jeff Constant oder Ed Banbury anrufen sollte. Einer von beiden war ja vielleicht zu Hause. Und was wollte er sagen? Kommt auf dem schnellsten Weg hierher? Wenigstens könnte er doch einen von ihnen bitten, zu ihm zu kommen – um ihm notfalls handgreiflich beizustehen, wie Tom sich eingestand, und er hätte es auch ohne weiteres vor Ed und Jeff zugegeben. Es *konnte* ja auch ein kleiner Urlaub daraus werden, dachte Tom, vor allem, wenn gar nichts passierte. Wenn Pritchard fünf, sechs Tage lang die Flußbetten ohne Erfolg abgesucht hätte, würde er ja wohl aufgeben. Oder war er so von seiner Wahnidee besessen, daß er Wochen, ja Monate dranbleiben würde?

Ein beklemmender Gedanke, aber möglich, sagte sich Tom. Wer wußte, was ein Geisteskranker als nächstes tun würde? Die Psychologen, nun ja, aber ihre Prognosen beruhten auf Fällen der Vergangenheit, auf Ähnlichkeiten, Wahrscheinlichkeiten, jedenfalls nichts, was selbst die Ärzte als Gewißheit bezeichnet hätten.

Heloise. Sie war jetzt schon sechs Tage von Belle Ombre fort. Es war beruhigend zu wissen, daß sie dort zu zweit waren, Heloise und Noëlle, und noch beruhigender, daß Pritchard nicht mehr da war.

Tom sah zum Telefon und dachte zuerst an Ed, dann an Jeff. Gut, daß es in London jetzt noch eine Stunde früher war, falls es ihn später doch noch drängen sollte, einen von ihnen anzurufen.

21:12 Uhr. Madame Annette war in der Küche fertig und saß jetzt wohl gebannt vor ihrem Fernseher. Tom überlegte, ob er für seine *Landschaft-vor-dem-Fenster* doch jetzt schon ein paar Skizzen machen sollte.

Er ging gerade zur Treppe, als das Telefon klingelte.

Tom nahm in der Diele ab. »Hallo?«

»Hal-looo, Mr. Ripley«, sagte eine amerikanische Stimme, feixend und selbstbewußt. »Hier ist wieder Dikkie. Erinnerst du dich? Ich habe dich immer im Auge behalten – weiß genau, wo du überall warst.«

Es klang nach Pritchard, der seine Stimme etwas höher quetschte, damit sie »jung« klang. Tom stellte sich Pritchards Gesicht vor, das krampfhafte Grinsen, den verzerrten Mund, um die fast konsonantenlose New Yorker Aussprache hinzukriegen. Tom schwieg.

»Bekommst du's mit der Angst, Tom? Stimmen aus der Vergangenheit? Dem Reich der Toten?«

War es Einbildung, oder hörte Tom im Hintergrund Janice keifen? Ein albernes Kichern?

Der Anrufer räusperte sich. »Die Abrechnung naht, Tom. Jede Tat hat ihren Preis.«

Und was sollte das heißen? Nichts, dachte Tom.

»Bist du noch dran? Vielleicht sprachlos vor Angst, Tom?«

»Keineswegs. Das Gespräch wird übrigens aufgezeichnet, Pritchard.«

»Ohooo! *Dickie*! Jetzt fängst du an, mich ernst zu nehmen, nicht wahr, Tom?«

Tom schwieg weiter.

»Ich bin nicht – Pritchard«, fuhr die hohe Stimme fort. »Aber ich *kenne* Pritchard. Er arbeitet für mich.«

Ihr könntet euch demnächst wirklich kennenlernen, im Jenseits, dachte Tom und beschloß, kein Wort mehr zu sagen.

Pritchard fuhr fort: »Er arbeitet *gut*. Wir bringen was zuwege.« Pause. »Bist du noch da? – Wir...«

Tom machte dem Unfug ein Ende, indem er einfach auflegte. Sein Herz schlug schneller als normal, was ihn ärgerte, aber er sagte sich, daß es in seinem Leben schon Situationen gegeben hatte, in denen es noch schneller schlug. Um das Adrenalin abzubauen, rannte er, immer zwei Stufen auf einmal, die Treppe hinauf.

Im Atelier knipste er das Neonlicht an und nahm sich einen Bleistift und einen Block billiges Papier. Auf einem Tisch, an dem er bequem stehen konnte, zeichnete Tom zuerst die Szene vor seinem Fenster, wie er sie im Kopf hatte: senkrechte Bäume, die fast horizontale Linie, wo sein Garten an das verwilderte Stück Land stieß, das ihm nicht gehörte. Diese Linien nachzuzeichnen, an einer interessanten Bildgestaltung herumzuprobieren lenkte seine Gedanken von Pritchard ab, aber nur in gewissem Maße.

Tom warf den Stift hin und dachte: Was fällt diesem Schweinehund ein, hier zum zweitenmal als Dickie Greenleaf anzurufen! Zum drittenmal, wenn er den Anruf mitzählte, den Heloise angenommen hatte. Pritchard und Janice schienen da wirklich als Team zu arbeiten.

Tom liebte Heim und Herd und wollte auf keinen Fall zulassen, daß diese Pritchards sich darin einnisteten.

Er nahm ein neues Blatt und zeichnete ein primitives Porträt von Pritchard: schroffe Umrisse, dunkle runde Brille, dunkle Brauen, offener Mund, fast kreisrund beim Reden. Die Stirn war kaum gerunzelt, denn Pritchard war mit seinem Tun sehr zufrieden. Tom arbeitete mit Buntstiften, Rot für die Lippen, etwas Violett unter den Augen, auch Grün. Eine eindrucksvolle Karikatur. Aber Tom riß das Blatt ab, faltete es zusammen und riß es langsam in kleine Stückchen, die er in den Papierkorb fallen ließ. Er wollte nicht, daß einer das fand, falls er Pritchard eliminierte.

Dann ging Tom in sein Schlafzimmer, wo er das Telefon eingestöpselt hatte, das meist in Heloises Schlafzimmer stand. Er überlegte, ob er Jeff anrufen sollte. In London war es erst zehn.

Aber hatte Arschloch Pritchard ihn wirklich schon zermürbt mit seinen Schikanen? War Tom so eingeschüchtert, daß er um Hilfe winseln mußte? Hatte er Pritchard nicht schon einmal im Faustkampf besiegt, in dem sich Pritchard sehr viel entschiedener hätte wehren können, als er es getan hatte?

Tom erschrak, als das Telefon klingelte. Wohl wieder Pritchard? Tom stand noch. »Hallo?«

»Hallo, Tom, hier Jeff. Ich –«

»Jeff!«

»Ja, ich habe bei Ed angefragt, aber du hast ihn noch nicht angerufen, da habe ich gedacht, ich erkundige mich mal, was los ist.«

»Hm – es wird langsam spannend – ein bißchen. Glaube

ich. Pritchard ist wieder hier. Und ich glaube, er hat sich ein Boot gekauft. Genau weiß ich es nicht. Vielleicht ein kleines Boot mit Außenbordmotor. Ich reime mir das nur zusammen, weil es zugedeckt auf einem Transporter lag. Ich hab's gesehen, als ich an seinem Haus vorbeifuhr.«

»Wirklich? Hm – was will er damit?«

Tom hatte angenommen, das könne Jeff sich denken. »Ich vermute, er könnte damit – die Kanäle absuchen, die Flußbetten!« Tom lachte. »Mit einem Schleppanker vielleicht. Ich weiß es aber nicht. Und er hat viel Arbeit vor sich, wenn er etwas finden will, das kann ich garantieren.«

»Ach so, jetzt kapiere ich«, flüsterte Jeff. »Dieser Kerl ist doch bekloppt, oder?«

»Ist er«, antwortete Tom liebenswürdig. »Ich hab's aber noch nicht mit eigenen Augen gesehen, wohlgemerkt. Man sollte eben nur vorausdenken. Ich werde euch berichten.«

»Wir sind hier, Tom, wenn du uns brauchst.«

»Das bedeutet mir sehr viel. Ich danke dir, Jeff, und auch Ed. Vorerst hoffe ich, daß ein Lastkahn vorbeikommt und Pritchards Nußschale zerquetscht. Ha!«

Alles Gute noch, und sie legten auf.

Sehr beruhigend, Verstärkung in Aussicht zu haben, dachte Tom. Jeff Constant war zum Beispiel kräftiger und behender als seinerzeit Bernard Tufts, ganz gewiß. Er hatte Bernard jedes Wie und Warum genau erklären müssen, als sie Murchison mit möglichst wenig Lärm und Licht aus seinem Grab hinter Toms Garten holen wollten, und ihm jedes Wort eintrichtern, das er der Polizei sagen sollte, falls sie ermitteln käme, und sie war gekommen.

Unter den gegenwärtigen Umständen mußte es Toms

Ziel sein, dafür zu sorgen, daß Murchisons verwesender Leichnam, sofern unter der Plane noch etwas davon übrig war, unter Wasser blieb.

Was passierte eigentlich mit einer Leiche, die vier, fünf Jahre unter Wasser lag, oder auch nur drei? Die Plane würde verrotten, etwas mehr als die Hälfte davon würde verschwinden; die Steine wären darum wohl schon herausgefallen, so daß der Leichnam leichter wegtreiben, vielleicht sogar ein bißchen hochsteigen konnte, sofern noch etwas Fleisch an den Knochen war. Aber Leichen stiegen doch nur hoch, weil sie sich aufblähten. Tom fiel der Ausdruck »Mazeration« ein, dieses schichtweise Abblättern der Haut. Und dann? Hungrige Fische? Oder hatte die Strömung das Fleisch stückchenweise abgerissen, bis nur noch Knochen übrig waren? Die Aufblähungsphase mußte längst vorbei sein. Wo konnte er sich über Fälle wie Murchison informieren?

Am nächsten Morgen nach dem Frühstück sagte Tom zu Madame Annette, er wolle nach Fontainebleau und vielleicht nach Nemours, um sich eine Gartenschere zu besorgen. Ob sie etwas brauche?

»Nein danke«, sagte sie, allerdings mit einer Miene, der Tom inzwischen zu entnehmen wußte, daß ihr bis zu seiner Abfahrt schon noch etwas einfallen könnte.

Nachdem er bis kurz vor zehn nichts anderes von Madame Annette gehört hatte, machte Tom sich auf den Weg. Er wollte zuerst wegen der Gartenschere nach Nemours. Und da er ja reichlich Zeit hatte, fuhr er wieder unbekannte Routen; er brauchte ja nur auf den nächsten Wegweiser zu achten, der ihm die Richtung nach Nemours schon anzeigen würde. Tom hielt an einer Tankstelle und füllte seinen Tank. Er fuhr den braunen Renault.

Dann schlug er eine Straße nach Norden ein, um ihr ein paar Kilometer weit zu folgen und sich dann links zu halten, Richtung Nemours. Äcker zogen an seinem offenen Fenster vorbei, ein Traktor tuckerte langsam über gelbe Stoppeln, und der übrige Verkehr bestand zur Hälfte aus landwirtschaftlichen Fahrzeugen. Jetzt wieder ein Kanal, den eine schwarze Bogenbrücke überspannte, mit idyllischen Baumgruppen an beiden Enden. Toms Straße würde ihn über diese Brücke führen. Er fuhr langsam, denn er behinderte ja niemanden hinter sich.

Tom war gerade auf die schwarze Eisenbrücke gerollt, als er rechter Hand zwei Männer in einem Ruderboot erblickte; der eine saß und hantierte mit einer Art sehr breitem Rechen, der andere stand und hielt ein Seil in der hoch erhobenen rechten Hand. Tom blickte kurz noch einmal auf die Straße, dann wieder zu den beiden Männern, die ihn nicht beachteten.

Der Sitzende, der ein helles Hemd trug und dunkle Haare hatte, war niemand Geringerer als David Pritchard, den anderen kannte Tom nicht. Er war groß und blond und trug ein beiges Hemd zu einer beigen Hose. Sie hantierten mit einer Eisenstange, gut einen Meter lang, an der mindestens sechs kleine Haken befestigt waren. In einer größeren Ausgabe hätte Tom das Ganze für eine Art Schleppanker gehalten.

So so. Die beiden waren so in ihr Tun vertieft, daß sie gar nicht zu dem Auto heraufgesehen hatten, das David

Pritchard inzwischen bekannt sein mußte. Andererseits sagte sich Tom, daß es Pritchard nur geschmeichelt haben würde, wenn er den Wagen erkannt hätte: Tom Ripley war so sehr aus der Ruhe gebracht, daß er jetzt schon in der Gegend herumkutschierte, um Pritchards Treiben zu beobachten. Und was hatte Pritchard zu verlieren?

Tom hatte auch den Außenbordmotor an diesem Boot gesehen. Und vielleicht hatten sie gleich zwei von diesen hakenbewehrten Dingern bei sich.

Daß sie sich jedesmal ans Ufer quetschen mußten, wenn hier ein Lastkahn vorbeikam, oder sogar ganz von hier verschwinden, falls zwei Lastkähne aneinander vorbei wollten, war für Tom im Augenblick nur ein schwacher Trost. Pritchard und sein Gefährte machten auf ihn den Eindruck, als ob es ihnen ernst wäre mit ihrer Aufgabe und sie nicht so schnell das Handtuch werfen würden. Vielleicht bezahlte Pritchard seinen Gehilfen auch noch gut? Ob er bei den Pritchards wohnte? Und war er von hier oder aus Paris? Was mochte Pritchard ihm erzählt haben, wonach sie suchten? Vielleicht wußte Agnès Grais ja etwas über den blonden Fremden.

Welche Chance hatte Pritchard, Murchison zu finden? Im Moment war er noch etwa zwölf Kilometer von seiner Beute entfernt.

Von rechts kam eine Krähe angeflogen und ließ ihr häßliches, unverschämtes »Krah, krah, *krah*!« ertönen, das wie ein Lachen klang. Wen lachte sie aus, ihn oder Pritchard? Natürlich Pritchard, dachte Tom. Er spannte die Hände fester ums Lenkrad und lächelte. Pritchard sollte bekommen, was er verdiente, der Aasgeier.

17

Tom hatte seit Tagen nichts mehr von Heloise gehört und konnte nur vermuten, daß die beiden sich noch in Casablanca befanden und etliche Postkarten nach Villeperce unterwegs waren, die dann wahrscheinlich ein paar Tage später als Heloise hier eintreffen würden. Das war schon vorgekommen.

Tom fand keine Ruhe. Er rief die Cleggs an und konnte sich ein paar Minuten zwanglos und vergnügt mit beiden unterhalten, indem er ihnen von Tanger und Heloises weiteren Reiseplänen erzählte. Aber ihre Einladung zu einem Drink wimmelte er ab. Die Cleggs waren Engländer, hochwohlanständig und verläßlich – er war Anwalt gewesen und hatte sich hier zur Ruhe gesetzt – und natürlich wußten sie nichts von Toms Verquickung mit der Galerie Buckmaster, und sollte ihnen der Name Murchison je ein Begriff gewesen sein, so war er ihnen längst entfallen.

Toms Stimmung war umgeschlagen, und jetzt wollte er ein anderes Bild malen, ein Zimmer mit Durchgang zu einer Diele. Ihm schwebte etwas in dunkelroten und fast schwarzen Tönen vor, belebt durch einen einzigen hellen Gegenstand, wofür er sich eine Vase vorstellte, vielleicht leer, vielleicht mit einer einzelnen roten Blume, die er aber später noch hinzufügen konnte, wenn ihm danach war.

Madame Annette fand ihn »*un peu mélancolique*, weil Madame Heloise nicht geschrieben hat.«

»Stimmt genau«, sagte Tom lächelnd. »Aber Sie wissen ja – die Post ist dort entsetzlich schlecht –«

An einem Abend ging er gegen halb zehn in die Bar-Tabac, nur wegen des Tapetenwechsels. Um diese Zeit war das Publikum ein wenig anders als am frühen Abend, wenn die Männer von der Arbeit kamen. Jetzt wurde an ein paar Tischen Karten gespielt. Tom hatte einmal geglaubt, das sei vor allem ein Zeitvertreib für Junggesellen, aber er wußte es jetzt besser. Auch viele Ehemänner verbrachten ihre Abende lieber in der Kneipe als daheim beim Fernsehen – was sie im übrigen auch bei Marie und Georges hätten tun können.

»Ach was! Wer keine Ahnung hat, soll lieber den Mund halten!« kreischte Marie soeben in irgendeine größere oder kleinere Diskussion hinein, während sie *une bière pression* zapfte. Dabei grinste sie Tom mit roten Lippen an.

Tom fand noch ein Plätzchen an der Theke. Er trank hier immer lieber im Stehen.

»M'sieur Riplé«, sagte Georges, die dicken Hände auf dem Rand des Aluminiumbeckens am anderen Ende der Theke.

»Mmm – ein Kleines vom Faß«, sagte Tom, und Georges ging zum Zapfhahn.

»Er ist eben ein Trampel!« sagte ein Mann, der rechts neben Tom stand, worauf sein Gesprächspartner ihn anstieß und lachend etwas erwiderte, was herausfordernd und ulkig zugleich klang.

Tom rückte ein wenig nach links ab, denn die beiden waren beschwipst. Er fing Gesprächsfetzen auf: über Nordafrikaner, ein irgendwo geplantes Bauvorhaben und einen Bauunternehmer, der mindestens sechs weitere Maurer brauchen werde.

»*Pritecharte, non?*« Ein kurzes Lachen. »Beim *Fischen*!«

Tom versuchte zu lauschen, ohne den Kopf zu wenden. Die Worte waren von einem Tisch links hinter ihm gekommen, und er sah mit einem kurzen Blick zur Seite, daß dort Männer in Arbeitskleidung saßen, alle um die Vierzig. Einer mischte gerade die Karten.

»Fährt zum Fischen in –«

»Warum angelt er nicht vom Ufer aus?« fragte ein anderer. »*Une péniche arrive* –« eine Handbewegung, untermalt von einem knirschenden Geräusch – »und versenkt ist er mit seinem albernen Boot!«

»Wißt ihr, was er da überhaupt macht?« rief eine neue Stimme jetzt dazwischen. Ein jüngerer Mann war mit seinem Glas zu dem Tisch geschlendert. »Er angelt nicht, er fischt den Grund ab. Mit zwei so komischen Hakendingern!«

»*Ah, oui*, das hab ich auch gesehen«, meinte einer der Kartenspieler gelangweilt und wollte sich wieder dem Spiel zuwenden.

Karten wurden ausgegeben.

»*Gardons* fängt er damit nicht.«

»Höchstens alte Gummistiefel, Sardinenbüchsen, Fahrräder! Haha!«

»O ja, Fahrräder!« sagte der jüngere Mann, der weiter stehenblieb. »Kein Scherz, Messieurs! Ein Fahrrad hat er schon gefangen! Ich hab's gesehen!« Er brüllte vor Lachen. »Rostig und verbeult!«

»Worauf hat er es denn abgesehen?«

»Auf *Antiquitäten*! Bei Amerikanern muß man mit allem rechnen«, kam es jetzt von einem älteren Mann.

Gelächter ringsum. Irgend jemand hustete.

»Es stimmt, daß er einen Gehilfen hat«, fing einer von denen am Tisch an, aber genau in dem Moment spuckte der Spielautomat mit dem Motorradfahrer einen hohen Gewinn aus, und das Gejuchze, das aus dieser Richtung (bei der Tür) kam, ertränkte die Worte, die in den nächsten Sekunden gesprochen wurden.

»... auch Amerikaner. Ich hab sie reden hören.«

»Zum Fischen, das ist doch verrückt.«

»Amerikaner – wenn sie für solchen Unfug Geld haben...«

Tom trank sein Bier und zündete sich langsam eine Gitane an.

»Er gibt sich wirklich Mühe. Ich hab ihn bei *Moret* beobachtet!«

Ob der Blonde in Pritchards Sold stand? Durchaus denkbar, dachte Tom, wenn Pritchard das Geld hatte.

Tom stand mit dem Rücken zu dem Tisch und versuchte weiter zuzuhören, auch während er ein paar freundliche Worte mit Marie wechselte. Aber es kam jetzt nichts mehr zum Thema Pritchard. Die Kartenspieler lebten wieder in ihrer geschlossenen Welt. Tom kannte die beiden Fischarten, von denen die Männer gesprochen hatten: *gardon*, eine Art Plötze, und *chevesne*, ebenfalls ein Speisefisch aus der Karpfenfamilie. O nein, nach diesen silbrigen Geschöpfen angelte Pritchard ebensowenig wie nach alten Fahrrädern.

»*Et Madame Heloise? Encore en vacances?*« fragte Marie. Sie sah mit ihren dunklen Augen und Haaren wie immer ein bißchen wild aus, auch wenn sie nur mit einem feuchten Tuch mechanisch den hölzernen Tresen abwischte.

»Hm, ja«, antwortete Tom und griff in die Tasche, um zu bezahlen. »Der Zauber Marokkos, Sie verstehen.«

»*Maroc*! Wie herrlich! Ich habe mal Fotos gesehen!«

Dieselben Worte hatte Marie schon vor ein paar Tagen geäußert, Tom erinnerte sich genau, aber Marie war eben eine vielbeschäftigte Frau, die morgens, mittags und abends zu Hunderten von Gästen freundlich sein mußte. Tom kaufte, bevor er ging, noch ein Päckchen Marlboro, als könnten die Zigaretten ihm Heloise schneller zurückbringen.

Nach Hause zurückgekommen, legte Tom sich die Farbtuben zurecht, mit denen er morgen zu arbeiten gedachte, und stellte die Leinwand auf die Staffelei. Er dachte an seine Bildkomposition, die er sich dunkel und dicht vorstellte, konzentriert um eine noch dunklere Fläche im Hintergrund, die unbestimmt bleiben sollte, wie ein kleines Zimmer ohne Licht. Er hatte schon ein paar Skizzen gezeichnet. Morgen wollte er mit Bleistift auf der weißen Leinwand beginnen. Aber nicht mehr heute abend. Er war recht müde und fürchtete zu versagen, zu schmieren, einfach nichts Brauchbares zustande zu bringen.

Es wurde elf, und das Telefon hatte noch nicht geklingelt. In London war es jetzt zehn, und wahrscheinlich dachten seine Freunde, wenn sie nichts von ihm hörten, daß keine Nachricht gute Nachricht war. Und Cynthia? Sehr wahrscheinlich las sie heute abend ein gutes Buch und fühlte sich so recht geborgen in ihrer selbstgefälligen Überzeugung, daß Tom des Mordes an Murchison schuldig war – sicher kannte sie auch den fragwürdigen Weg, den Dickie Green-leaf aus diesem Leben genommen hatte – sowie in der Ge-wißheit, daß letzten Endes doch die Schicksalsmächte obsiegen und ihr Brandsiegel auf Toms Leben drücken würden – was das auch immer heißen sollte. Vielleicht ihn vernichten.

Bücher – Tom war froh, daß er heute abend Richard Ell-manns Oscar-Wilde-Biographie als Bettlektüre hatte. Er genoß jeden Absatz. Oscars Lebensbeschreibung hatte etwas Läuterndes, sie war des Menschen Schicksal in ge-drängter Form: ein Mann von gutem Willen und Talent, der den Menschen soviel Freude geschenkt hatte, ward nieder-gemacht von der Rachsucht des Pöbels, der ein sadistisches Vergnügen daran hatte, ihn ruiniert zu sehen. Seine Lebens-geschichte erinnerte Tom an Jesus, einen Menschen mit reichlich gutem Willen und der Vision, das Bewußtsein zu erweitern und die Freuden des Lebens zu mehren. Beide waren von ihren Zeitgenossen mißverstanden worden, beide hatten zu leiden gehabt unter einer Eifersucht, die tief eingegraben war im Busen derer, die ihren Tod wünschten und sie zu Lebzeiten verhöhnten. Kein Wunder, dachte Tom, daß Menschen jeden Typs und Alters immer wieder über Oscar lasen, ohne sich vielleicht darüber klar zu sein, was sie an ihm so faszinierte.

Tom drehte, während ihm diese Gedanken durch den Kopf gingen, die Seite um und las über Rennell Rodd, der seinem Freund Oscar ein Exemplar seines ersten Gedicht-bands geschenkt hatte. Rodd hatte mit eigener Hand eine Widmung in italienischer Sprache – seltsamerweise, wie es hieß – hineingeschrieben, die übersetzt lautete:

Es wird zu deiner Marter gierig sich versammeln
die grausame Masse, zu der du sprichst.
Alle werden sie kommen, dich am Kreuz zu sehen,
und nicht einer wird da sein, der Mitleid fühlt.

Welch prophetische Worte, dachte Tom. Hatte er diese
Zeilen etwa schon einmal irgendwo gelesen? Er glaubte es
aber nicht.

Während Tom weiterlas, malte er sich Oscars Aufregung
aus, als er erfuhr, daß er den Newdigate-Gedichtpreis bekommen hatte – nachdem er vor gar nicht langer Zeit erst
relegiert worden war. So bequem aber Tom in seinen Kissen
lag und sich bereits auf die nächsten Seiten freute, fiel ihm
jetzt doch wieder Pritchard und sein verdammtes Boot ein.
Und er dachte an Pritchards Gehilfen.

»O verdammt!« fluchte Tom leise und stieg aus dem Bett.
Sein Interesse galt den Wasserläufen in der näheren Umgebung, und obwohl er sich diese Gegend schon öfter als
einmal auf der Karte angesehen hatte, drängte es ihn, es jetzt
wieder zu tun.

Tom schlug seinen großen Times-Weltatlas auf. Es gab
hier um Fontainebleau und Moret herum und südlich von
Montereau und so weiter so viele Flüsse und Kanäle, daß die
Karte aussah wie die Darstellung des menschlichen Blut-
kreislaufs in *Gray's Anatomy*: Venen und Arterien, dicke
und dünne, kreuz und quer zusammenlaufend und sich tei-
lend, Flüsse und Kanäle. Aber wahrscheinlich war jeder
einzelne breit und tief genug für Pritchards Boot mitsamt
Außenbordmotor. Na schön, da hatte Pritchard einiges zu
tun.

Wie gern würde er noch einmal mit Janice Pritchard reden! Was hielt sie wohl von alledem? »Hast du was gefangen, Liebster? – Gibt's Fisch zum Abendessen? – Ach, wieder nur ein altes Fahrrad? Noch ein Stiefel?« Was hatte Pritchard ihr erzählt, wonach er suchte? Wahrscheinlich sogar die Wahrheit, dachte Tom: Murchison. Warum auch nicht? Ob Pritchard eine Karte führte, ein Protokoll? Wahrscheinlich.

Natürlich besaß Tom auch noch die Karte, auf die er zuerst geschaut hatte, die mit dem eingezeichneten Kreis. Der Kreis reichte bis Voisy und darüber hinaus. Im *Times-Weltatlas* waren die Kanäle und Flüsse deutlicher zu sehen und schienen zahlreicher. Wollte Pritchard in einem »großen Radius« von außen nach innen vorgehen oder sich von der unmittelbaren Umgebung aus immer weiter nach außen begeben? Tom vermutete letzteres. Wer eine Leiche zu beseitigen hatte, dem blieb vielleicht gar nicht die Zeit, noch zwanzig Kilometer weit damit zu fahren, überlegte Tom; er hatte sich eher mit zehn oder noch weniger begnügen müssen. Tom schätzte die Entfernung von Villeperce nach Voisy auf acht Kilometer.

Nach einer ungefähren Berechnung kam Tom in einem Kreis mit zehn Kilometern Radius auf etwa sechzig Kilometer Flüsse und Kanäle. Welch eine Aufgabe! Ob Pritchard sich ein zweites Boot zulegen und noch zwei Gehilfen einstellen würde?

Wie bald würde ein Mensch dieser Aufgabe überdrüssig werden? Aber Tom mußte sich sagen, daß Pritchard schließlich nicht normal war.

Wieviel konnte er jetzt in sieben Tagen – oder waren es

neun – schon abgesucht haben? Wenn er so einen Kanal mit zwei Kilometern pro Stunde einmal hinauffuhr, natürlich in der Mitte, kam er bei drei Stunden vormittags und noch einmal drei Stunden nachmittags auf zwölf Kilometer täglich, nicht aber wenn ihm jede halbe Stunde ein anderes Wasserfahrzeug in die Quere kam, oder wenn sie das Boot immer wieder zwischendurch auf den Transporter laden mußten, um es zu einem anderen Kanal zu bringen. Um einen Fluß in seiner ganzen Breite abzusuchen, würde er sogar einmal hinauf- und hinunterfahren müssen.

Das hieß, daß er bei insgesamt rund sechzig Kilometern, die es abzusuchen galt, Murchison in höchstens drei Wochen finden würde, sofern es noch etwas von ihm zu finden gab und auch ein bißchen Glück hinzukam.

Das war natürlich alles reine Spekulation, sagte sich Tom, nachdem es ihn innerlich schon ein bißchen geschüttelt hatte. Und Murchison konnte sogar nach Norden abgetrieben sein und sich gar nicht mehr in dem Bereich befinden, den Tom sich vorstellte.

Oder wenn nun Murchisons vermummte Leiche im Lauf der Monate in einen Kanal getrieben und entdeckt worden war, als man diesen zur Sanierung der Uferböschungen trockenlegte? Tom hatte schon manchen trockenen Kanal gesehen, dessen Wasser irgendwo an einer Schleuse zurückgehalten wurde. Dann hätte man Murchisons Überreste natürlich der Polizei übergeben, die sie aber vielleicht nicht identifizieren konnte. Tom hatte nichts dergleichen in den Zeitungen gelesen – nichts von einem Sack unidentifizierter Gebeine – aber er hatte nach solchen Berichten auch nicht gesucht, und hätte es denn auch unbedingt in den

Zeitungen gestanden? Doch, *o ja*, dachte Tom, denn so etwas las das französische Publikum – oder auch jedes andere Publikum – doch immer noch am liebsten: Sack mit unbekannten Gebeinen, entdeckt von – einem Sonntagsangler? Männlich, wahrscheinlich Opfer einer Gewalttat, kein Selbstmord. Aber irgendwie konnte Tom es einfach nicht glauben, daß die Polizei oder irgendwer sonst jemals Murchison gefunden hatte.

Eines Nachmittags hatte Tom, nachdem er mit seinem *Hinterzimmer*, wie er das Bild vorläufig nannte, gut vorangekommen war, plötzlich die Eingebung, Janice Pritchard anzurufen. Er konnte ja einfach wieder auflegen, wenn David Pritchard sich melden sollte, und wenn Janice am Apparat war, konnte er versuchen, etwas in Erfahrung zu bringen.

Tom legte einen Pinsel voll Ocker behutsam neben die Palette und ging zum Telefon in der Diele hinunter.

Madame Clusot, die Frau fürs »ernste Reinemachen«, wie Tom sie nannte, machte sich gerade im unteren WC zu schaffen, in dem sich außer einem Waschbecken die Tür zur Kellertreppe befand. Sie war nur vier Meter weit weg, aber soviel Tom wußte, verstand sie kein Englisch. Tom warf einen Blick auf den Zettel, auf den er die Nummer der Pritchards gekritzelt hatte, und wollte gerade den Hörer abnehmen, als das Telefon klingelte. Wie schön, wenn das Janice wäre, dachte Tom und nahm ab.

Nein. Ein Auslandsgespräch. Zwei Telefonistinnen tuschelten, die eine behielt die Oberhand und fragte: »*Vous êtes M'sieur Tome Riplé?*«

»*Qui, Madame.*« War Heloise etwas zugestoßen?

»*Un instant, s'il vous plaît.*«

»'allo, Tome!« Nein, Heloise klang putzmunter.

»Hallo, Chérie, wie geht's dir denn? Warum hast du mir keine –«

»Prima geht es uns! ... Marrakesch! Doch ... ich *habe* dir eine Karte geschickt – im Umschlag, aber du weißt doch –«

»Ist ja schon gut. Danke. Hauptsache – du bist doch wohlauf? Nicht etwa krank?«

»Aber nein, Chéri. Noëlle kennt doch die wunderbarsten Arzneien! Wir können hier alles kaufen, was wir brauchen.«

Immerhin ein Trost. Tom hatte schon von recht seltsamen afrikanischen Krankheiten gehört. Er schluckte. »Und wann kommst du zurück?«

»Oh-h-«

Tom hörte aus dem »Oh-h-« noch mindestens eine Woche heraus.

»Wir wollen noch –« Laute Störgeräusche, oder sie waren fast getrennt worden, dann meldete sich wieder Heloise, die Ruhe in Person: »*Meknès.* Wir fliegen hin – du, da ist irgendwas los. Ich muß mich verabschieden, Tome.«

»*Was* ist los?«

»... *okay.* Mach's gut, Tome.«

Ende.

Was war los, um Gottes willen? Wollte jemand anders das Telefon benutzen? Aus den Hintergrundgeräuschen zu schließen, hatte Heloise aus der Hotelhalle angerufen, was Tom auch logisch erschien. Es war schon ein bißchen zum Rasendwerden, aber immerhin wußte er, daß es Heloise im

Moment gut ging, und wenn sie jetzt nach Meknès flog, das weiter nördlich lag, in Richtung Tanger, würde sie gewiß von dort ein Flugzeug nach Hause nehmen. Schade, daß nicht mehr die Zeit gewesen war, mit Noëlle zu sprechen. Und jetzt kannte er nicht einmal den Namen ihres Hotels.

Im großen und ganzen aufgemuntert durch Heloises Anruf, nahm Tom jetzt wieder den Hörer ab, sah auf die Uhr – zehn nach drei – und wählte die Nummer der Pritchards. Es klingelte fünfmal, sechsmal, siebenmal. Dann meldete sich Janice mit amerikanisch hoher Stimme: »Hel-lo-o-o?«

»Tag, Janice. Hier Tom. Wie geht's?«

»Oh-h! Wie schön, von Ihnen zu hören! Uns geht es gut. Und Ihnen?«

Geradezu unheimlich, diese vergnügte Freundlichkeit, dachte Tom. »Ach, danke. – Genießen Sie auch das schöne Wetter? Wie ich?«

»Ja, richtig schön, nicht wahr? Ich war eben draußen und habe um die Rosen herum ein bißchen Unkraut gejätet. Beinahe hätte ich das Telefon nicht gehört.«

»Wie ich höre, ist David zum Angeln gegangen«, sagte Tom und zwang sich dabei zu einem Grinsen.

»Haha! Angeln!«

»Etwa nicht? Ich meine sogar, ich hätte ihn schon gesehen – ich kam hier in der Nähe gerade an einem Kanal vorbei. Was angelt er denn – Felchen?«

»O nein, nicht Felchen, Mr. Ripley – *Leichen*.« Sie lachte vergnügt, offenbar angetan vom ähnlichen Klang der Wörter. »Einfach albern! Was wird er denn schon finden? Nichts!« Neues Lachen. »Aber es bringt ihn an die frische Luft. Verschafft ihm Bewegung.«

»Leichen – was für Leichen?«

»Die Leiche eines gewissen Mr. Murchison. David behauptet, Sie hätten ihn gekannt – sogar umgebracht, meint er. Können Sie sich das vorstellen?«

»Nein!« sagte Tom lachend. Er gab sich belustigt. »Umgebracht? Wann denn?« Tom wartete. »Janice?«

»Entschuldigung, ich dachte gerade, sie kämen zurück, aber es war ein anderer Wagen. – Vor Jahren, glaube ich. Es ist ja so aberwitzig, Mr. Ripley!«

»Allerdings«, sagte Tom. »Aber wie Sie sagen, es bringt ihn an die frische Luft – Ausgleichssport –«

»Sport!« Ihre schrille Stimme und das Lachen dazu sagten Tom, daß ihr die sportliche Betätigung ihres Mannes ungemeinen Spaß machte. »Einen Haken durchs Wasser –«

»Und der Mann bei ihm – ist das ein alter Freund?«

»Nein! Ein amerikanischer Musikstudent, den David in Paris aufgelesen hat! Zum Glück ein netter Junge, kein Dieb –« Janice kicherte. »Er schläft nämlich auch bei uns, darum sage ich das. Teddy heißt er.«

»Teddy«, echote Tom in der Hoffnung, auch den Nachnamen zu erfahren, aber der kam nicht. »Wie lange soll denn das so gehen, was meinen Sie?«

»Nun ja, bis er eben etwas findet. David ist sehr ausdauernd, das muß man ihm lassen. Aber wenn ich zwischen Benzinkaufen, Fingerverbinden und Kochen für die beiden Männer – mein Tag ist recht ausgefüllt – irgendwann Zeit habe, könnten Sie doch eigentlich mal auf eine Tasse Kaffee herkommen, oder auf einen Drink?«

Tom war wie vor den Kopf geschlagen. »Ich, äh – vielen Dank. Im Augenblick –«

»Ihre Frau ist noch fort, habe ich gehört?«

»Ja, wahrscheinlich noch ein paar Wochen.«

»Wo ist sie denn?«

»Sie will als nächstes nach Griechenland, glaube ich. Kleiner Urlaub mit einer Freundin. Und ich versuche den Garten wieder in Schuß zu bringen.« Er lächelte, denn soeben zwängte Madame Clusot sich rückwärts mit Eimer und Schrubber aus dem unteren WC. Nein, Tom würde nicht sagen, Janice Pritchard könne ja auch auf einen Kaffee oder Drink zu *ihm* kommen, denn Janice wäre womöglich naiv oder boshaft genug, es David weiterzuerzählen, und dann sähe es doch so aus, als interessierte Tom sich mächtig für Davids Tun und Lassen, was wieder nur heißen konnte, daß er Angst hatte. David wußte ja sicher auch, wie unberechenbar seine Frau war; es gehörte gewiß zu ihren sadistischen Späßen. »Also, grüßen Sie Ihren Mann recht schön, Janice – von Haus zu Haus –« Tom schwieg, und Janice wartete. Er wußte, daß David ihr von den Prügeln erzählt hatte, die Tom ihm in Tanger verpaßt hatte, aber Recht oder Unrecht, Höflichkeit oder Unhöflichkeit schienen in ihrer Welt entweder nicht zu zählen oder erst gar nicht im Gedächtnis zu bleiben. Im Grunde war das noch viel komischer als jedes Spiel, denn in einem Spiel galten wenigstens Regeln.

»Auf Wiederhören, Mr. Ripley, und danke für Ihren Anruf«, sagte Janice freundlich wie eh und je.

Tom blickte hinaus in seinen Garten und machte sich seine Gedanken über die wunderlichen Pritchards. Was hatte er nun erfahren? Daß David womöglich *ad infinitum* weitermachen würde. Nein, das ging nicht. Noch ein Monat, und David hätte sämtliche Fluß- und Kanalbetten in einem Umkreis von vierzig Kilometern abgesucht. Völlig irre! Und Teddy würde es auch bald leid sein, sofern er nicht horrend gut bezahlt wurde. Natürlich konnte Pritchard dann immer noch einen anderen anheuern, solange er Geld hatte.

Wo waren Pritchard und Teddy wohl jetzt? Welche Energie das erforderte, mehrmals täglich dieses Boot ab- und wieder aufzuladen! Grasten sie vielleicht in diesem Moment die Loing bei Voisy ab? Tom hätte große Lust gehabt, auf der Stelle hinzufahren – zur Abwechslung vielleicht in dem weißen Kombi – jetzt gleich, um halb vier, nur um seine Neugier zu befriedigen. Aber er mußte gestehen, daß er sich davor fürchtete, ein zweites Mal in der Nähe des Tatorts herumzukutschieren. Es konnte ja sein, daß irgend jemand ihn an dem Tag, an dem er nach Voisy und über die Brücke gefahren war, beobachtet und sich sein Gesicht gemerkt hatte. Oder womöglich rannte er geradewegs David und Teddy in die Arme, die dort ihren Rechen durchs Wasser zogen.

Es würde Tom noch im Schlaf verfolgen, selbst wenn sie dort nicht fanden, was sie suchten. Nein, das wollte er lieber bleiben lassen!

Tom betrachtete halbwegs zufrieden sein fertiges Gemälde, sogar mehr als halbwegs. Er hatte links noch einen senkrechten bläulich-roten Strich hinzugefügt, der ein Vorhang im Zimmer sein sollte. Die blauen, violetten und schwarzen Töne wurden von den Rändern aus bis hin zu dem unscharf umrissenen schwarzen Rechteck, das sich nicht genau in der Mitte befand und die Tür zu einem Hinterzimmer darstellen sollte, immer intensiver. Das Bild war im Hochformat.

Es wurde wieder Dienstag, und Tom dachte an Monsieur Lepetit, den Musiklehrer, der meist dienstags kam. Tom und Heloise hatten ihren Unterricht vorübergehend abgesagt: Sie hatten ja nicht gewußt, wie lange sie in Nordafrika bleiben würden, und Tom hatte Monsieur Lepetit seit seiner Rückkehr auch nicht angerufen, obwohl er geübt hatte. Die Grais luden Tom an einem Wochenende zum Abendessen ein, aber er lehnte dankend ab. Dafür rief Tom an einem Wochentag bei Agnès Grais an und lud sich für drei Uhr nachmittags bei ihr ein.

Es war ein hochwillkommener Szenenwechsel. Sie saßen in der funktionalen, aufgeräumten Küche an einem Marmortisch, an dem sechs Leute Platz hatten, und genehmigten sich ein Schlückchen Calvados zum Espresso. Ja, sagte Tom, Heloise habe ihn zwei- oder dreimal angerufen – und mindestens einmal seien sie mitten im Gespräch getrennt worden. Er lachte. Eine vor Ewigkeiten abgeschickte Karte – nämlich drei Tage nach Toms eigener Abreise – sei gestern angekommen. Seines Wissens sei alles in bester Ordnung.

»Und euer Nachbar geht immer noch angeln«, meinte Tom lächelnd. »Wie man so hört.«

»Angeln.« Agnès Grais zog einen Moment die braunen Augenbrauen zusammen. »Er sucht etwas, sagt aber nicht, was. Er zieht nämlich so ein Ding mit lauter kleinen Haken durchs Wasser, verstehst du? Sein Begleiter ebenso. Ich hab's zwar nicht selbst gesehen, aber beim Fleischer wird darüber geredet.«

Beim Bäcker oder Fleischer wurde immer geredet, und

da Bäcker und Fleischer sich daran beteiligten, wurde entsprechend langsam bedient, doch je länger man da herumstand, desto mehr erfuhr man.

Tom sagte schließlich: »In diesen Kanälen – oder Flüssen – kann man sicher die interessantesten Sachen auffischen. Du würdest staunen, was ich schon alles hier auf der *décharge publique* gefunden habe, bevor die verdammten Behörden das Ding geschlossen haben. Die reinste Kunstausstellung war das! Antike Möbel! Manches mußte ein bißchen geflickt werden, klar, aber – die Bronzekrüge bei uns neben dem Kamin – absolut wasserdicht, spätes neunzehntes Jahrhundert – die sind von der *décharge publique*.« Tom lachte. Die *décharge publique* war ein Platz an einer Ausfallstraße von Villeperce, wohin man seine kaputten Möbel und alten Kühlschränke bringen durfte, überhaupt alle alten Sachen, zum Beispiel auch Bücher, von denen Tom schon einige gerettet hatte. Jetzt war der Müllplatz eingezäunt und verriegelt. Moderner Fortschritt.

»Die Leute sagen aber, daß er nichts einsammelt«, meinte Agnès, wie wenn es sie nicht sonderlich interessierte. »Allen Metallschrott, den er findet, wirft er zurück, hat irgendwer erzählt. Nicht sehr nett von ihm. Er sollte das Zeug doch wenigstens ans Ufer werfen, damit die Müllabfuhr es abholen kann. Damit täte er etwas für die Allgemeinheit.« Sie lächelte. »Noch einen Calvados, Tome?«

»Nein danke, Agnès. Ich muß wieder nach Hause.«

»Und wieso *mußt* du nach Hause? – In ein leeres Haus? – Zum Arbeiten? Ja doch, ich weiß, daß du dich beschäftigen kannst, Tome, mit Malen – und deinem Spinett –«

»*Unserm* Spinett«, verbesserte Tom. »Es gehört Heloise und mir.«

»Richtig.« Agnès warf den Kopf zurück und sah ihn an. »Aber du kommst mir so nervös vor. Du möchtest gar nicht nach Hause, du zwingst dich nur dazu. Na schön. Hoffentlich ruft Heloise dich an.«

Tom war schon aufgestanden. »Wer weiß?« Er lächelte.

»Und du weißt, daß du hier immer gern gesehen bist, zum Essen oder einfach so.«

»Wie du weißt, rufe ich immer gern vorher an.« Tom sprach im gleichen liebenswürdigen Ton. Heute war ein Wochentag; Antoine würde erst am Freitagabend oder Samstagnachmittag kommen. Und jeden Moment wurden jetzt die Kinder aus der Schule zurückerwartet. »Mach's gut, Agnès. Danke für den Kaffee und so weiter.«

Sie begleitete ihn zur Küchentür. »Du kommst mir so traurig vor. Vergiß nicht, wo deine Freunde wohnen.« Sie gab ihm noch einen Klaps auf den Arm, bevor er zum Auto ging.

Tom winkte aus dem Autofenster, und als er die Einfahrt verließ, kam aus der Gegenrichtung gerade der Schulbus und hielt an, um Edouard und Silvie Grais aussteigen zu lassen.

Er dachte jetzt an Madame Annette und ihren fälligen Urlaub. Es war Anfang September. Madame Annette nahm ihren Urlaub nicht gern im August, dem traditionellen französischen Urlaubsmonat, denn da seien die Straßen so verstopft, wenn sie irgendwohin wolle, sagte sie – und im

August hatten die Haushälterinnen von Villeperce ja auch mehr freie Zeit als sonst, weil ihre Herrschaften verreist waren, und konnten einander öfter besuchen. Sollte er Madame Annette vorschlagen, jetzt ihren Urlaub zu nehmen, wenn sie wollte?

Sollte er es aus Sicherheitsgründen tun? Madame Annette mußte nicht unbedingt alles mitbekommen, was es im Dorf demnächst vielleicht zu hören und zu sehen gab.

Ja, Tom mußte zugeben, daß er Angst hatte. Und diese Erkenntnis machte ihn noch schwächer. Er mußte etwas dagegen tun, und zwar je eher, desto besser.

Tom beschloß, Jeff oder Ed anzurufen – beide waren für ihn jetzt gleich wertvoll. Er brauchte die Nähe eines Freundes, auch eine helfende Hand, wenn Not am Mann war. Pritchard hatte schließlich auch eine, nämlich Teddy.

Und was würde Teddy sagen, wenn Pritchard fand, was er suchte? Was hatte Pritchard ihm überhaupt darüber gesagt?

Während Tom langsam im Wohnzimmer auf und ab ging, mußte er auf einmal derart lachen, daß er fast hingefallen wäre. Wenn Teddy – war er nicht Musikstudent? – womöglich eine Leiche fand!

In dem Moment kam Madame Annette ins Zimmer. »Ah, M'sieur Tome – es freut mich, daß Sie so vergnügt sind!«

Tom war sich bewußt, daß er vor lauter Lachen ganz rot angelaufen war. »Mir ist nur gerade ein guter Witz eingefallen! ... Nein, nein, Madame, *hélas*, er läßt sich nicht gut ins Französische übersetzen!«

18

Tom schlug wenige Minuten nach diesen Worten Ed Banburys Londoner Telefonnummer nach und wählte. Eds Tonbandstimme forderte den Anrufer auf, Namen und Telefonnummer zu nennen, was Tom auch gerade tun wollte, als Ed sich zu seiner Erleichterung doch noch meldete.

»Hallo, *Tom*! ... Ja, ich bin gerade hereingekommen. Was gibt's Neues?«

Tom holte Luft. »Das Neueste ist immer noch dasselbe. Pritchard fischt die Gegend ab, fährt in einem Ruderboot herum und zieht seinen Rechen durchs Wasser.« Tom sprach betont ruhig.

»Du machst Witze! Und wie lange schon – zehn Tage – also jedenfalls schon über eine Woche.«

Ed hatte offenbar die Tage nicht gezählt, Tom auch nicht, aber Tom wußte, daß Pritchard eher schon zwei Wochen am Werk war. »Etwa zehn Tage«, sagte er. »Ehrlich gesagt, Ed, wenn er so weitermacht – und es sieht ganz so aus – findet er am Ende noch – du weißt schon was.«

»Ja. Nicht zu fassen. Ich glaube, du brauchst Hilfe.«

Tom hörte heraus, daß Ed verstand. »Ja. schon möglich. Pritchard hat einen Gehilfen. Das habe ich Jeff schon gesagt, glaube ich. Teddy heißt er. Sie sitzen zusammen in diesem unermüdlichen Outboarder und ziehen ihre zwei Rechen – eigentlich ja nur Reihen von Haken – durchs Wasser. Sie machen das schon so lange –«

»Ich komme rüber, um dir zu helfen, so gut ich kann, Tom. Ich habe den Eindruck, je eher, desto besser.«

Tom zögerte. »Ich muß gestehen, daß mir wohler wäre.«

»Ich werde sehen, was sich machen läßt. Bis Freitag mittag muß ich eine Arbeit abliefern, aber ich will versuchen, schon bis morgen nachmittag damit fertig zu sein. Hast du mit Jeff gesprochen?«

»Nein. Ich hatte daran gedacht, aber – wenn du kommen kannst, lasse ich es. Freitag nachmittag? Abend?«

»Mal sehen, wie die Arbeit läuft, dann schaffe ich es vielleicht auch schon früher, Freitag mittag oder so. Ich rufe dich wieder an – und nenne dir die Ankunftszeit, Tom.«

Tom war danach viel wohler, und er ging sofort auf die Suche nach Madame Annette, um ihr mitzuteilen, daß sie zum Wochenende wahrscheinlich Besuch bekommen würden, einen Herrn aus London. Madame Annettes Zimmertür war zu. Alles still. Schlief sie? Das kam nicht oft vor.

Er warf einen Blick aus dem Küchenfenster, und da sah er sie rechts über ein Büschel wilde Veilchen gebeugt stehen. Die Veilchen waren blaßviolett und, wie es Tom schien, unempfindlich gegen Dürre, Kälte und Schädlinge. Er ging nach draußen. »Madame Annette?«

Sie richtete sich auf. »M'sieur Tome – ich bewundere gerade die Veilchen aus der Nähe. Sind sie nicht – *mignonnes*?«

Tom fand das auch. Sie bildeten einen hübschen Farbfleck neben der Lorbeer- und Buchsbaumhecke. Tom verkündete seine frohe Botschaft. Es kam Besuch, jemand, den sie bekochen, für den sie das Gästezimmer herrichten konnte.

»Ein guter Freund! Das wird Sie aufmuntern, M'sieur. War er schon einmal in Belle Ombre?«

Sie gingen zurück zum Seiteneingang, dem Dienstboteneingang, der zur Küche führte.

»Ich weiß es nicht genau. Aber ich glaube nicht. Merkwürdig.« Wirklich merkwürdig, wo er Ed doch schon so lange kannte. Vielleicht hatte Ed sich wegen der Derwatt-Fälschungen unbewußt von Tom und seinem Haus ferngehalten. Und natürlich auch, weil Bernard Tufts' Besuch so ein Fischer gewesen war.

»Und was meinen Sie, was er gern ißt?« fragte Madame Annette, kaum wieder in ihrem Küchenreich.

Tom lachte und überlegte. »Wohl etwas Französisches. Bei diesem Wetter –« Es war warm, aber nicht heiß.

»Hummer – kalt? Ratatouille? Natürlich! Kalt. – *Escalopes de veau avec sauce madère*?« Ihre blaßblauen Augen begannen zu strahlen.

»Mmm – Ja.« Wenn man Madame Annette zuhörte, bekam man richtig Appetit. »Lauter gute Ideen. Wahrscheinlich kommt er am Freitag.«

»Und seine Frau?«

»Er ist nicht verheiratet. M'sieur Edouard kommt allein.«

Dann fuhr Tom zur Post, um Briefmarken zu kaufen und zu sehen, ob mit der zweiten Lieferung, die nicht zugestellt wurde, etwas von Heloise gekommen war. Es war ein Umschlag mit Heloises Handschrift dabei, der sein Herz hüpfen ließ. Abgestempelt in Marrakesch, das Datum völlig unleserlich wegen der schwachen Stempelfarbe. In dem Umschlag steckte eine Postkarte, und darauf stand:

Cher Tom,

uns geht es gut, in dieser Stadt ist etwas los. Einfach herrlich! Blutroter Sand im Abendlicht. Wir sind nicht krank
und essen fast jeden Mittag Couscous. Als nächstes Meknès. Per Flugzeug. Noëlle läßt dich lieb grüßen, ich *sehr*
lieb. H.

Nett, ja, dachte Tom, aber daß sie von Marrakesch nach
Meknès wollten, wußte er schon seit Tagen.

Danach ging Tom mit neuem Schwung in den Garten
und begradigte mit kräftigen Spatenstichen die Beetkanten,
die Henri übersehen hatte. Henri hatte seine eigenen Vorstellungen von der Arbeit. Er war ja durchaus praktisch ver-
anlagt und hatte sogar einen grünen Daumen, dann aber ließ
er sich ablenken und beschäftigte sich hingebungsvoll mit
irgend etwas völlig Unwichtigem. Dafür war er weder teuer
noch unehrlich, und Tom sah ein, daß er keinen Grund
hatte, sich zu beklagen.

Nach getaner Arbeit ging Tom unter die Dusche und las
dann weiter in der Oscar-Wilde-Biographie. Wie Madame
Annette prophezeit hatte, munterte der anstehende Besuch
ihn auf. Er sah sogar in *Télé 7-Jours* nach, was es heute
abend im Fernsehen gab.

Er fand nichts, was sein Interesse geweckt hätte, wollte
aber trotzdem um zehn Uhr eine Sendung anschauen,
sofern ihm nichts Besseres einfiel. Er schaltete dann auch
um zehn ein, nach fünf Minuten aber wieder ab und ging,
mit einer Taschenlampe bewaffnet, auf einen Kaffee zu
Georges und Marie in die Bar-Tabac.

Die Kartenspieler waren wieder am Werk, und die Spielautomaten klickten und klackten. Aber Tom konnte nichts mehr über den seltsamen Fischer David Pritchard aufschnappen. Pritchard war abends wohl zu müde, um auf ein spätes Bierchen – oder was er sonst wohl trank – noch einmal in die Bar-Tabac zu kommen. Trotzdem hielt Tom nach ihm Ausschau, sooft die Tür aufging. Er hatte schon bezahlt und wollte gerade gehen, als er noch einmal zur Tür sah – die gerade wieder aufgegangen war – und in dem Eintretenden Pritchards Gehilfen Teddy erkannte.

Teddy schien allein zu sein und sah frisch gewaschen aus in seinem beigen Hemd und der Drillichhose, aber er wirkte auch ein wenig mürrisch – oder vielleicht nur müde.

»*Encore un petit noir, Georges, s'il vous plaît*«, sagte Tom.

»*Et bien sûr, M'sieur Riplé*«, antwortete Georges, ohne auch nur aufzusehen, und wandte seine rundliche Gestalt der Kaffeemaschine zu.

Der junge Mann namens Teddy schien Tom nicht bemerkt zu haben, sofern er überhaupt wußte, wie Tom aussah. Er stellte sich an das türseitige Ende der Theke. Marie brachte ihm ein Bier und begrüßte ihn so, als hätte sie ihn schon einmal gesehen, fand Tom, obwohl er nicht hören konnte, was sie sagte.

Tom beschloß, es darauf ankommen zu lassen und öfter zu Teddy hinzusehen, als ein Fremder es täte, nur um zu sehen, ob bei Teddy etwas dämmerte. Es war nicht der Fall.

Teddy starrte nur finster in sein Bier. Er wechselte ein paar Worte mit dem Mann links neben ihm, aber nur kurz und ohne ein Lächeln.

Dachte Teddy vielleicht daran, aus Pritchards Diensten

auszuscheiden? Vermißte er eine Freundin in Paris? Hatte er die Nase voll von der merkwürdigen Beziehung zwischen David und Janice und der Atmosphäre im Hause Pritchard? Hörte Teddy, wie Pritchard im Schlafzimmer seine Frau verprügelte, weil er wieder einmal nicht gefunden hatte, was er suchte? Aber wahrscheinlich wollte Teddy einfach ein bißchen frische Luft schnappen. Teddy war ein Kraftmensch, nach seinen Händen zu urteilen, kein Kopfmensch. Musikstudent? Tom wußte, daß an amerikanischen Hochschulen manchmal Kurse angeboten wurden wie Schreibmaschinenkurse an Handelsschulen. Um »Musikstudent« zu sein, brauchte man nichts von Musik zu verstehen oder die Musik zu lieben; es zählte einzig das Diplom. Teddy war etwa einsfünfundachtzig groß, und je eher er von hier verschwand, desto wohler wäre Tom.

Tom bezahlte seinen zweiten Kaffee und ging zur Tür. Als er an dem Motorradspiel vorbeikam, prallte der Fahrer gerade auf ein Hindernis, angezeigt durch einen blinkenden Stern, der zuletzt stillhielt. Ende des Spiels. INSERT COINS INSERT COINS INSERT COINS. Das leise Aufstöhnen der Zuschauer wurde von Lachen abgelöst.

Der junge Mann namens Teddy hatte ihn keines Blickes gewürdigt. Tom schloß daraus, daß Pritchard ihm wohl nicht gesagt hatte, wonach sie suchten, nämlich Murchisons Leiche. Vielleicht hatte Pritchard ihm erzählt, sie suchten Schmuck von einer gesunkenen Jacht? Einen Koffer voll Juwelen? Wie Tom es sah, hatte Pritchard jedenfalls nicht erwähnt, daß es etwas mit einem Nachbarn aus dem Dorf zu tun hatte.

Als Tom noch einmal von der Tür zurückblickte, stand

Teddy noch immer über sein Bier gebeugt und redete mit niemandem.

Da es warm war und Madame Annette von dem vorgesehenen Hummer auf dem Speiseplan so begeistert schien, erbot sich Tom, sie nach Fontainebleau zu fahren, um ihr beim Einkaufen zu helfen und mit ihr ins beste Fischgeschäft zu gehen. Er konnte sie ohne allzu große Schwierigkeiten dazu überreden – normalerweise wollte Madame Annette zu solchen Ausflügen zweimal eingeladen werden.

Trotz langer Einkaufsliste und obwohl sie erst noch die Einkaufstaschen sowie ein paar von Toms Sachen zusammensuchen mußten, die in die Reinigung sollten, verließen sie um halb zehn das Haus. Es war wieder ein wunderschöner Sonnentag, und Madame Annette hatte im Radio gehört, daß auch für Samstag und Sonntag schönes Wetter angesagt war. Madame Annette erkundigte sich nach Monsieur Edouards Beruf.

»Journalist ist er«, antwortete Tom. »Wie gut sein Französisch ist, habe ich noch nie ausprobiert, aber ein bißchen kann er bestimmt.« Tom lachte bei der Vorstellung, was da wohl auf sie zukam.

Nachdem die Taschen und Körbe gefüllt und die Hummer sicher in der großen weißen Plastiktasche untergebracht waren, die laut den Beteuerungen des Fischhändlers doppelwandig war, fütterte Tom erneut die Parkuhr und lud Madame Annette (zweimal) in ein nahes Café ein, um den Tag mit *un petit extra* zu feiern. Freudestrahlend ließ sie sich herab.

Madame Annette wählte für sich eine große Kugel Schokoladeneis mit einer üppigen Portion Schlagsahne und zwei Löffelbiskuits, die wie Karnickelohren darin steckten. Dabei musterte sie diskret die Damen an den umstehenden Tischen, die sich eifrig über nichts unterhielten. Über nichts? Da konnte man nie sicher sein, dachte Tom, und wenn sie sich mit noch so breitem Lächeln über ihre Torten hermachten. Tom bestellte für sich einen Espresso. Madame Annette genoß die Einladung und sagte das auch zu Tom, der sich darüber freute.

Und wenn an diesem Wochenende nun gar nichts passierte? überlegte Tom, als sie zum Auto zurückgingen. Wie lange würde Ed Banbury bleiben können? Bis Dienstag? Und würde Tom dann vielleicht Jeff Constant rufen müssen? Die Frage war doch wohl, wie lange Pritchard noch durchhielt.

»Sie werden bestimmt wieder fröhlicher sein, wenn Madame Heloise zurückkommt, M'sieur Tome«, sagte Madame Annette auf der Heimfahrt nach Villeperce. »Was hat Madame Ihnen denn Neues geschrieben?«

»Neues! Ich wollte, es wäre was Neues! Diese Post – sie scheint noch schlechter zu funktionieren als das Telefon. Aber ich denke, Madame Heloise kommt jetzt in spätestens einer Woche wieder nach Hause.«

Als sie nach Villeperce kamen, sah Tom gerade Pritchards weißen Transporter von rechts die Hauptstraße überqueren. Tom hätte nicht unbedingt bremsen müssen, tat es aber. Das Boot, jetzt ohne den Außenbordmotor, ragte mit dem Heck nach hinten über die Ladefläche hinaus. Nahmen sie zur Mittagspause immer das Boot vom Wasser? Vermutlich ja, weil es weder vor Dieben noch vor schwerfälligen Lastkähnen sicher gewesen wäre, wenn sie es nur am Ufer festgemacht hätten. Die dunkle Plane lag jetzt neben dem Boot auf der Ladefläche. Tom nahm an, daß sie nach dem Lunch wieder ausfahren würden.

»M'sieur Pritecharte«, bemerkte Madame Annette.

»Ja«, sagte Tom. »Der Amerikaner.«

»Er sucht etwas in den Kanälen«, fuhr Madame Annette fort. »Alle reden darüber. Aber er sagt nicht, was er sucht. Es kostet ihn soviel Zeit und Geld –!«

»Man erzählt sich da so allerlei Geschichten –.« Tom vermochte zu lächeln, während er sprach. »Von versunkenen Schätzen, verstehen Sie, Madame? Goldmünzen, Schmuckkästen –«

»Aber er holt nur lauter tote Katzen und Hunde heraus, M'sieur Tome. Und die schmeißt er einfach ans Ufer und läßt sie da liegen – er oder sein Freund. Das ist so ärgerlich für die Leute, die da wohnen, die da spazierengehen . . .«

Tom wollte das nicht wissen, aber er hörte trotzdem zu. Soeben bogen sie nach rechts in das offene Tor zu Belle Ombre ein.

»Er kann hier nicht glücklich sein. Er ist überhaupt kein glücklicher Mensch«, sagte Tom mit einem Seitenblick zu Madame Annette. »Ich kann mir auch nicht vorstellen, daß er lange hier in der Gegend bleiben wird.« Tom sprach mit sanfter Stimme, aber sein Puls ging ein wenig schneller. Er haßte Pritchard aus tiefster Seele, aber das war ja nichts Neues, sagte er sich. Es war nur leider so, daß er Pritchard in Madame Annettes Gegenwart nicht laut verwünschen konnte, nicht einmal leise.

Sie räumten in der Küche die Butter fort, die schönen

Brokkoli, den Kopfsalat, drei Sorten Käse, einen besonders guten Kaffee, ein schönes Stück Rinderbraten und natürlich die beiden lebenden Hummer, mit denen Madame Annette sich später abgeben konnte, denn Tom wollte damit nichts zu tun haben. Er wußte, daß die Hummer für Madame Annette nicht mehr bedeuteten als grüne Bohnen, die sie in siedendes Wasser warf. Tom hingegen bildete sich ein, sie brüllen zu hören, schreien zumindest, wenn sie bei lebendigem Leib gekocht wurden. Ähnlich Bedrückendes hatte Tom über das Kochen – oder vermutlich Backen – von Hummern im Mikrowellenherd gelesen. Es hieß, man habe nach dem Einschalten etwa fünfzehn Sekunden Zeit, aus der Küche zu rennen, wenn man nicht mit anhören oder womöglich ansehen wollte, wie sie mit den Beinen an die Glasscheibe trommelten, bevor sie starben. Es sollte ja Leute geben, die seelenruhig weiter ihre Kartoffeln schälen konnten, während die Hummer – in wieviel Sekunden? – zu Tode brutzelten. Tom versuchte zu glauben, daß Madame Annette nicht so eine war. Jedenfalls hatten sie noch keinen Mikrowellenherd. Weder Madame Annette noch Heloise hatten sich bisher am Erwerb eines solchen Gerätes interessiert gezeigt, und sollte eine von ihnen je auf die Idee kommen, hätte Tom seine Einwände parat: Er hatte irgendwo gelesen, daß Kartoffeln aus dem Mikrowellenherd mehr gekocht als gebacken herauskämen, und das war für Heloise, Madame Annette und ihn ein ernstzunehmender Gesichtspunkt. Außerdem hatte Madame Annette es beim Kochen nie eilig.

»M'sieur Tome!«

Tom hörte Madame Annette von der hinteren Terrasse

nach ihm rufen. Er befand sich im Gewächshaus und hatte die Tür gerade für diesen Fall offen gelassen. »Ja?«

»*Téléphone!*«

Tom setzte sich in Trab. Er hoffte, daß es Ed war, und dachte, es könnte auch Heloise sein. Mit zwei Sätzen war er auf der Terrasse.

Es war Ed Banbury. »Morgen gegen Mittag könnte es klappen, Tom. Genauer gesagt – hast du was zum Mitschreiben?«

»Aber ja.« Tom notierte: Ankunft 11:25 Uhr in Roissy, BA-Flugnummer 212. »Ich werde da sein, Ed.«

»Schön – wenn es dir keine Umstände macht.«

»Nein, nein. Schöne Fahrt – wird mir guttun. Gibt's was Neues von – äh – Cynthia? Oder von irgendwem sonst?«

»Nichts. Und wie sieht's bei dir aus?«

»Er geht noch immer fischen. Du wirst ja sehen. – Ach so, Ed, noch eins. Was kostet diese Skizze? ›Die Taube‹?«

»Zehntausend für dich. Nicht fünfzehn.« Ed lachte.

Sie legten fröhlich wieder auf.

Tom überlegte, was für einen Rahmen er für *Die Taube* nehmen könnte: hellbraunes Holz, entweder sehr schmal oder ziemlich breit, auf jeden Fall warm im Ton, passend zu dem gelblichen Papier der Zeichnung. Er ging in die Küche, um Madame Annette die gute Nachricht zu überbringen: Ihr Gast werde schon morgen zum Lunch hier sein. Nichts zu Schweres zum Lunch, in Anbetracht der warmen Temperaturen.

Dann ging er wieder hinaus, brachte seine Arbeit im Gewächshaus zu Ende und fegte es gleich ein bißchen aus. Er fuhr sogar einmal mit einem weichen Besen, den er aus dem

Haus holte, von innen über die schrägen Fenster. Für einen alten Freund wie Ed sollte sein Haus sich von der allerbesten Seite zeigen.

Am Abend sah Tom sich *Manche mögen's heiß* auf Videokassette an. Genau das brauchte er jetzt: seichte Entspannung, selbst dieses dümmlich-kommerzielle Grinsen des Männerensembles.

Bevor er sich schlafen legte, ging Tom noch einmal nach oben in sein Atelier und zeichnete an dem Stehtisch ein paar Skizzen. Mit kräftigen schwarzen Strichen brachte er aus dem Gedächtnis Ed Banburys Gesicht zu Papier. Vielleicht konnte er Ed bitten, ihm fünf bis zehn Minuten Modell zu sitzen, nur für ein paar Vorstudien. Eine interessante Aufgabe, Eds helles, sehr englisches Gesicht zu porträtieren, die hohe Stirn, das schüttere hellbraune Haar, die freundlichen, aber auch spöttischen Augen und die schmalen, stets zu einem Lächeln bereiten Lippen, die sich aber auch von einer Sekunde auf die andere trotzig schließen konnten.

19

Tom war ungewöhnlich früh auf, wie immer wenn er eine Verabredung hatte. Um halb sieben war er schon rasiert und angezogen und ging in Hemd und Jeans so leise wie möglich durchs Wohnzimmer in die Küche, um Wasser zu kochen. Madame Annette stand meist erst zwischen Viertel nach sieben und halb acht auf. Tom stellte die Filterkanne und eine Tasse mit Untertasse auf ein Tablett und trug es ins Wohnzimmer. Da der Kaffee noch nicht ganz durchgelaufen war, ging er zuerst noch zur Haustür, um sie zu öffnen und frische Morgenluft hereinzulassen sowie einen Blick zur Garage zu werfen und zu entscheiden, ob er mit dem Mercedes oder dem Renault nach Roissy fahren wollte.

Tom wich erschrocken vor einem langen grauen Bündel zu seinen Füßen zurück. Es lag quer vor der Tür, und Tom wußte sofort und voll Grausen, was das war.

Pritchard hatte es in eine sozusagen »neue« Plane eingeschlagen, dieselbe offenbar, mit der das Boot jeweils zugedeckt gewesen war, jetzt nur mit einem Strick umwickelt. Außerdem hatte Pritchard die Plane mit Messer oder Schere an mehreren Stellen aufgeschlitzt – warum? Zum Tragen? Er hatte das Ding ja hierher transportieren müssen, vielleicht allein. Tom bückte sich und klappte aus Neugier ein Stück der neuen Plane zurück, und augenblicklich sah er darunter die alte Plane, verschlissen und verrottet, sowie den grauweißen Schimmer von Gebeinen.

Das große Eisentor von Belle Ombre war geschlossen und von innen mit einem Vorhängeschloß gesichert. Pritchard mußte mit dem Wagen ein Stück in den Weg hineingefahren sein, der an Toms Garten vorbeiführte, und das Bündel dann über den Rasen und die etwa zehn Meter Kies bis vor seine Haustür geschleift haben. Natürlich hätte der Kies dabei geknirscht, aber sowohl Madame Annettes als auch Toms Zimmer lagen beide nach hinten.

Tom glaubte einen unangenehmen Geruch wahrzunehmen, aber das konnte die modrige Feuchtigkeit sein – oder Einbildung.

Fürs erste bot sich der Kombi an, und zum Glück war Madame Annette noch nicht wach. Tom ging in die Diele zurück, nahm seinen Schlüsselbund vom Tisch, rannte nach draußen und öffnete die Heckklappe. Dann packte er das Bündel fest mit beiden Händen an zwei der Schnüre und riß es mit einem Ruck hoch, denn er hatte mit viel mehr Gewicht gerechnet.

Das blöde Ding wog aber, wie er merkte, höchstens fünfzehn Kilo. Das meiste war Wasser. Das Bündel tropfte immer noch ein wenig, als Tom damit auf den weißen Kombi zuging. Er hatte im nachhinein das Gefühl, er habe ein paar Sekunden lang wie gelähmt vor Überraschung auf der Schwelle gestanden. Das durfte ihm nicht noch einmal passieren! Als er das Bündel auf den Wagenboden wuchtete, merkte er, daß er gar nicht unterscheiden konnte, wo Kopf und Füße waren. Tom stieg an der Fahrertür ein, packte den einen Strick und rückte das Bündel weiter nach vorn, damit die Heckklappe zuging.

Kein Blut. Blödsinn, sagte er sich sofort. Die Steine, die er zusammen mit Bernard Tufts hineingepackt hatte, mußten auch schon lange hinausgekullert sein. Tom nahm an, daß die Gebeine deshalb unter Wasser geblieben waren, weil kein Fleisch mehr daran war.

Tom verschloß die Heckklappe, dann die Seitentür. Der Wagen stand vor der Doppelgarage. Was jetzt? Zurück zu seinem Kaffee und Madame Annette »*bonjour*« sagen. Und derweil nachdenken. Oder planen.

Er ging wieder zur Haustür, wo er zu seinem Unmut ein paar Tropfen auf Schwelle und Fußmatte sah, aber die Sonne würde sich ihrer angenommen haben, bevor Madame Annette wie immer um halb zehn zum Einkaufen ging. Sie ging meist sowieso durch die Küchentür aus dem Haus oder zum Haus hinein. Kaum wieder drinnen, ging Tom als erstes in das untere WC und wusch sich die Hände. Er bemerkte einen sandigen nassen Fleck an seinem rechten Hosenbein und bürstete ihn über dem Waschbecken ab, so gut es ging.

Wann hatte Pritchard seinen Schatz gehoben? Wahrscheinlich gestern am Spätnachmittag, vielleicht aber auch schon vormittags. Dann hatte er ihn wohl unter seinem Boot versteckt gehalten. Hatte er es Janice erzählt? Klar, warum nicht? Für Janice schien es kein Recht oder Unrecht zu geben, kein Für und Wider, kein Urteil, schon gar nicht über ihren Mann, sonst wäre sie längst nicht mehr mit ihm zusammen. Halt, nein, korrigierte sich Tom: Janice war ja ebenso verrückt wie David.

Tom trat mit fröhlicher Miene ins Wohnzimmer, wo Madame Annette soeben sein Frühstück um Toast, Butter und

Marmelade ergänzte. »Lieb von Ihnen! Danke«, sagte Tom und fügte »*Bonjour, Madame*« hinzu.

»*Bonjour, M'sieur Tome.* Sie sind aber schon früh auf.«

»Wie immer, wenn Besuch kommt, stimmt's?« Tom nahm ein Stück Toast und biß hinein.

Er überlegte, daß er das Bündel vielleicht mit alten Zeitungen oder irgend etwas anderem zudecken sollte, damit es für jemanden, der einen Blick in das Auto warf, nicht gleich nach dem aussah, was es war.

Hatte Pritchard inzwischen schon Teddy entlassen? Oder hatte Teddy sich selbst entlassen, um nicht zum Komplizen in einer Sache zu werden, mit der er nichts zu tun hatte?

Was sollte er nach Pritchards Vorstellungen jetzt mit diesem Sack voll Knochen tun? Würde Pritchard jeden Moment mit der Polizei ankommen und rufen: »Seht, da ist er, der vermißte Murchison!«

Bei diesem Gedanken erhob Tom sich stirnrunzelnd, die Kaffeetasse in der Hand. Die Leiche konnte ja auch geradewegs wieder in einen Kanal zurückfliegen, dachte er, und dann sollte Pritchard sich zum Teufel scheren. Natürlich würde Teddy bezeugen können, daß er und Pritchard ein Gerippe gefunden hatten, *irgendein* Gerippe, aber wo blieb der Beweis, daß es Murchison war?

Tom sah auf die Uhr. Sieben Minuten vor acht. Spätestens um zehn vor zehn müßte er das Haus verlassen, um Ed Banbury abzuholen. Tom befeuchtete sich die Lippen, dann zündete er sich eine Zigarette an. Er ging langsam im Wohnzimmer umher, war aber jederzeit zum Stehenbleiben bereit, wenn Madame Annette wieder hereinkäme.

Jetzt erinnerte er sich, daß er damals die beiden Ringe an Murchisons Fingern gelassen hatte. Gebiß? Zahnärztliche Unterlagen? War Pritchard in Amerika so weit gegangen, sich die Polizeiakten fotokopieren zu lassen, vielleicht über Mrs. Murchison? Tom sagte sich, daß er sich mit diesen Fragen nur selbst folterte, denn solange Madame Annette in der Küche war, die ein Fenster hatte, konnte er ja doch nicht hinausgehen und sich das Ding in seinem Kombi näher ansehen. Der Wagen stand parallel zum Küchenfenster, und wenn Madame Annette genau hinsähe, könnte sie vielleicht sogar ein Stück von dem Segeltuchbündel sehen, aber warum sollte sie? Um halb zehn kam auch der Postbote.

Gut, er würde den Kombi eben in die Garage fahren und dort nachsehen, und zwar sofort. Zuerst rauchte Tom aber noch in Ruhe seine Zigarette zu Ende, dann holte er sein Schweizer Taschenmesser vom Dielentisch, steckte es in die Tasche und schnappte sich aus dem Korb neben dem Kamin eine Handvoll zusammengefaltete alte Zeitungen.

Tom fuhr den roten Mercedes, mit dem er Ed Banbury abholen wollte, rückwärts aus der Garage und stellte den weißen Kombi an seinen Platz. Manchmal arbeitete Tom mit einem kleinen Staubsauger in der Garage, die eine Steckdose hatte; Madame Annette konnte von seinem jetzigen Tun also halten, was sie wollte. Die Garagentüren standen quer zum Küchenfenster. Tom schloß trotzdem die Tür auf der Seite, wo jetzt der Kombi stand, und ließ die andere, wo der braune Renault stand, offen. Dann knipste er die Lampe an der rechten Wand an.

Wieder stieg er in den flachen Gepäckraum des Kombiwagens und versuchte mit einiger Überwindung festzustellen, wo an dem vermummten Objekt eigentlich Kopf und Füße waren. Das war gar nicht leicht, und als Tom gerade feststellte, daß die Leiche für Murchison ziemlich kurz war, wurde ihm klar, daß sie keinen Kopf hatte. Der Kopf mußte sich gelöst haben und abgefallen sein. Tom zwang sich, nach den Füßen zu tasten, den Schultern.

Kein Kopf.

Das war beruhigend, denn es bedeutete: kein Gebiß, kein charakteristisches Nasenbein, nichts dergleichen. Tom stieg aus und öffnete auf der Fahrer- und Beifahrerseite die Fenster. Von dem Bündel ging ein seltsam modriger Geruch aus, nicht nach Tod, nur nach großer Nässe. Tom wußte, daß er auf jeden Fall die Hände freilegen und nach den Ringen sehen mußte. *Kein Kopf.* Wo *war* der Kopf? Mit der Strömung irgendwohin fortgerollt, vielleicht auch wieder zurück? Bestimmt nicht in einem Fluß.

Tom versuchte sich rasch auf einen Werkzeugkasten zu setzen, aber der war zu niedrig, und so stand er schließlich mit tief gesenktem Kopf an die Motorhaube gelehnt. Er war einer Ohnmacht nahe. Konnte er es riskieren zu warten, bis Ed hier war und ihn moralisch unterstützte? Er mußte einsehen, daß er jetzt nicht imstande war, die Leiche weiter zu untersuchen. Er würde also sagen –

Tom richtete sich auf und zwang sich zum Nachdenken. Falls Pritchard mit der Polizei käme, würde er sagen, daß er diesen widerlichen Knochensack – o ja, Tom hatte Knochen gesehen und vor allem gefühlt – natürlich schon aus Rücksicht auf seine Haushälterin außer Sicht schaffen mußte, und dabei sei ihm so schlecht geworden, daß er noch nicht selbst die Polizei gerufen habe.

Höchst unangenehm wäre es allerdings, wenn die Polizei (von Pritchard alarmiert) käme, nachdem er weggefahren war, um Ed Banbury vom Flughafen Roissy abzuholen. Dann würde Madame Annette sich mit ihnen auseinandersetzen müssen, und die Polizei würde bestimmt nach der Leiche suchen, von der ihr Pritchard berichtet hatte, und nach Toms Schätzung würde sie keine halbe Stunde brauchen, um sie zu finden. Er ging zu dem Wasserhahn an der Außenwand des Hauses, dort wo der Weg vorbeiführte, und benetzte sein Gesicht.

Jetzt war ihm zwar besser, aber um so sehnlicher erwartete er Eds Verstärkung.

Und wenn es nun gar nicht Murchisons Leiche war, sondern eine ganz andere? Auf was für komische Gedanken man kam. Tom hielt sich vor Augen, daß er die braune Plane sehr genau als die erkannt hatte, die er und Bernard damals benutzt hatten.

Und wenn nun Pritchard dort, wo er die Gebeine gefunden hatte, weiter nach dem Kopf suchte? Was erzählten sich die Bewohner von Voisy? Hatten sie etwas gesehen? Tom rechnete zu fünfzig Prozent damit. Nicht selten gingen Leute dort an den Flußufern spazieren, und von der Brücke aus hatte man gar noch bessere Sicht. Leider sah das geborgene Objekt allzusehr nach einer menschlichen Form aus. Und offenbar hatten die zwei (oder drei?) Stricke gehalten, mit denen Bernard und er es zusammengeschnürt hatten, sonst wäre die Plane nicht mehr da.

Tom dachte daran, eine halbe Stunde im Garten zu arbeiten, um seine Nerven zu beruhigen, aber dann war ihm doch nicht danach. Madame Annette schickte sich gerade an, einkaufen zu gehen. Ihm selbst blieb nur noch etwa eine halbe Stunde, bis er aufbrechen mußte, um Ed abzuholen.

Er ging rasch nach oben, um zu duschen, obwohl er das schon am Morgen getan hatte, und zog sich etwas anderes an.

Im Haus war es still, als er wieder herunterkam. Wenn jetzt das Telefon klingelte, wollte er nicht abnehmen, obwohl es Heloise sein konnte. Daß er fast zwei Stunden fort sein würde, war ihm gar nicht recht. Nach seiner Uhr war es fünf vor zehn. Tom ging zur Hausbar, nahm das kleinste (gestielte) Glas, das er fand, und schenkte sich einen winzigen Rémy Martin ein, ließ ihn über die Zunge rollen und schnupperte am Glas. Dann wusch er in der Küche das Glas ab, trocknete es und stellte es wieder weg. Brieftasche, Schlüssel. Fertig.

Tom ging hinaus und schloß die Haustür ab. Madame Annette hatte netterweise schon das Tor für ihn geöffnet. Tom ließ es weit offen stehen und wandte sich nach Norden. Er fuhr mit normaler, mittlerer Geschwindigkeit. Eigentlich hatte er reichlich Zeit, aber man wußte nie, wie es auf der *Périphérique* aussehen würde.

Ausfahrt Pont la Chapelle, dann nach Norden auf den riesigen, tristen Flughafen zu, den Tom noch immer nicht leiden konnte. Heathrow hatte ähnliche Dimensionen, war aber so weitverzweigt, daß man sich von seiner Größe gar keinen Begriff machen konnte, sofern man nicht kilometerweit mit Gepäck darauf herumlaufen mußte. Dagegen war Roissy in seiner arroganten Ungemütlichkeit leicht zu überblicken: Ringstraße, kreisrundes Hauptgebäude und ein Wust von Zu- und Abfahrten, alle natürlich beschildert, aber wenn man das erste Schild übersehen hatte, war es zum Umkehren zu spät.

Da Tom mindestens eine Viertelstunde zu früh war, stellte er den Wagen auf einem ungedeckten Parkplatz ab.

Und da kam Ed, sommerlich angezogen in einem weißen Sporthemd, eine Art Rucksack über der Schulter. In der Hand trug er einen Diplomatenkoffer.

»*Ed!*« Ed hatte ihn nicht gesehen. Tom winkte.

»Hallo, Tom!«

Sie gaben sich die Hand, hätten sich beinah umarmt, taten es aber doch nicht.

»Es ist nicht weit zu meinem Wagen«, sagte Tom. Ed hatte wenig Gepäck und einen Regenmantel über der Schulter. »Komm, wir nehmen diese *navette!* – Und wie geht's so in London?«

»Alles bestens«, sagte Ed, und sein Kommen habe auch keine Schwierigkeiten bereitet, niemand sei deswegen böse. Er könne ohne weiteres bis Montag bleiben, nötigenfalls länger. »Und hier bei dir? Gibt's was Neues?«

Sie standen in dem kleinen gelben Bus und hielten sich an den Griffen fest. Tom verzog das Gesicht und rümpfte die Nase. »Ja – ein bißchen. Ich erzähl's dir später. Nicht gerade hier.«

Nachdem sie in Toms Wagen saßen, fragte Ed, wie es Heloise in Marokko gehe. Ob Ed schon einmal bei ihm in Villeperce gewesen sei, fragte Tom, und Ed verneinte.

»Komisch!« sagte Tom. »Eigentlich kaum zu glauben!«

»Aber es ging doch ganz gut so«, erwiderte Ed mit liebenswürdigem Lächeln. »Reine Geschäftsfreundschaft, nicht?«

Ed lachte, als fände er diese Feststellung selbst ein bißchen abwegig, denn ihre Beziehung war in gewissem Sinne so tief wie eine Freundschaft, nur von anderer Art. Hätte einer den anderen verraten, hätte dies Schande für beide bedeutet, einen Prozeß, vielleicht Gefängnis. »Ja«, bestätigte Tom. »Apropos, was macht Jeff dieses Wochenende?«

»Hm – weiß ich nicht so genau.« Ed schien die Sommerluft zu genießen, die durch sein Fenster hereinwehte. »Ich habe ihn gestern abend angerufen und ihm gesagt, daß ich zu dir fahre. Und daß er vielleicht auch noch gebraucht wird. Konnte doch nicht schaden, oder?«

»Nein«, sagte Tom. »Schaden nicht.«

»Meinst du, wir werden ihn noch brauchen?«

Tom betrachtete stirnrunzelnd das Gewimmel auf der *Périphérique*. Natürlich, die Leute fuhren schon ins Wochenende, und weiter nach Süden würde noch mehr Verkehr sein. Tom überlegte hin und her, ob er Ed schon vor oder erst nach dem Lunch von der Leiche erzählen sollte. »Das weiß ich jetzt noch nicht.«

»Herrlich, diese Felder hier«, meinte Ed auf der Fahrt von Fontainebleau nach Osten. »Das sieht alles soviel *offener* aus als in England.«

Tom sagte nichts, aber er war sehr angetan. Manche Leute gaben nie einen Kommentar, als ob sie blind wären oder zum Fenster hinaus tagträumten. Aber Ed fand auch lobende Worte über Belle Ombre, bewunderte das imposante Tor, obwohl es leider nicht kugelsicher sei, wie Tom ihn lachend belehrte, und fand das Haus, von vorn gesehen, so harmonisch.

»Ja –« Tom hatte den Mercedes nicht weit von der Haustür abgestellt, das Heck zum Haus. »Und jetzt – muß ich dir leider etwas sehr Unerquickliches erzählen, wovon ich aber bis heute morgen, kurz vor acht, selbst noch nichts wußte, Ed – ich schwöre es.«

»Ich glaub's dir doch«, sagte Ed stirnrunzelnd. Er hatte sein Gepäck in der Hand. »Worum geht's denn?«

»Da in der Garage –« Tom senkte die Stimme und ging näher auf Ed zu. »Pritchard hat mir heute früh die Leiche vor die Tür gelegt. Murchisons Leiche.«

Ed runzelte die Stirn noch mehr. »Die – das ist nicht dein *Ernst*!«

»Einen Sack mit Knochen«, fuhr Tom fast flüsternd fort. »Meine Haushälterin weiß nichts davon, und so soll es auch bleiben. Das Ding liegt da in dem Kombi. – Wiegt nicht mal viel. Aber wir müssen etwas damit machen.«

»Klar.« Ed sprach ebenfalls leise. »Du meinst, irgendwohin in den Wald bringen?«

»Ich weiß nicht. Darüber muß ich noch nachdenken. – Ich dachte nur – ich sag's dir lieber gleich.«

»Hier vor diese Tür?«

»Genau hier.« Tom deutete mit dem Kopf nach der Stelle. »Es war natürlich noch dunkel. In meinem Schlafzimmer habe ich nichts gehört. Madame Annette hat auch nicht gesagt, daß sie etwas gehört hätte. Gegen sieben habe ich's entdeckt. Er muß da von der Seite gekommen sein, vielleicht zusammen mit seinem Gehilfen Teddy, aber er hätte das Ding ohne große Mühe auch allein tragen können. Dort von dem Weg aus. Man sieht ihn jetzt kaum, aber mit dem Auto kann man leicht ein Stück hineinfahren, anhalten und hier hereinkommen.« Bei näherem Hinsehen glaubte Tom jetzt das Gras an einer Stelle etwas niedergedrückt zu sehen, eine Spur wie von einem Menschen, der da durchgegangen war, denn die Gebeine waren ja nicht so schwer, daß man sie hätte schleifen müssen.

»Teddy«, sagte Ed nachdenklich und wandte sich zur Haustür.

»Ja. Ich habe den Namen von Pritchards Frau. Das habe ich dir schon gesagt, glaube ich. Jetzt frage ich mich nur, ob Teddy noch immer für Pritchard arbeitet oder ob Pritchard seine Aufgabe als erledigt betrachtet. Na gut – gehen wir jetzt mal hinein, nehmen einen Drink zu uns und führen uns einen guten Lunch zu Gemüte.«

Tom hatte seinen Schlüsselbund noch in der Hand und schloß selbst auf. Madame Annette war in der Küche beschäftigt und hatte sie vielleicht kommen sehen, aber eben auch gesehen, daß sie noch eine Minute miteinander reden wollten.

»Wie schön!« sagte Ed. »Wirklich, Tom. Ein wunderschönes Wohnzimmer.«

»Willst du deinen Mantel hier unten lassen?«

Madame Annette kam herein, und Tom machte sie miteinander bekannt. Natürlich wollte sie Eds Gepäck nach oben tragen. Ed protestierte lächelnd.

»Das ist ein Ritual, Ed«, sagte Tom leise. »Komm, ich zeige dir dein Zimmer.«

Gesagt, getan. Madame Annette hatte eine pfirsichfarbene Rose gepflückt und auf die Kommode gestellt. Sie machte sich in der schlanken Vase sehr wirkungsvoll. Ed fand das Zimmer herrlich. Tom zeigte ihm das Bad daneben und bat ihn, sich wie zu Hause zu fühlen und bald auf einen Aperitif herunterzukommen.

Es war kurz nach eins.

»Hat inzwischen jemand angerufen, Madame?« fragte Tom.

»Nein, M'sieur, und ich bin seit Viertel nach zehn wieder im Haus.«

»Gut«, sagte Tom ruhig und fand es *sehr* gut. Pritchard hatte doch gewiß schon seiner Angetrauten von dem Fund berichtet. Seinem Erfolg. Wie mochte sie darauf reagiert haben, außer mit albernem Lachen?

Tom ging zu seiner CD-Sammlung, schwankte kurz zwischen einer Streicherkomposition von Skrjabin – schön, aber sehr verträumt – und Brahms' Opus 39, und entschied sich für letzteres, einen virtuosen Walzerzyklus für Klavier. Das war jetzt genau das richtige für ihn, und er konnte nur hoffen, daß es auch Ed gefiel. Er stellte die Musik nicht zu laut.

Er hatte sich gerade einen Gin Tonic eingeschenkt und eine Zitronenscheibe hineingetan, als Ed kam.

Ed wollte das gleiche.

Tom machte ihm den Drink und ging in die Küche, um Madame Annette zu bitten, mit dem Auftragen noch fünf Minuten zu warten.

Tom und Ed hoben die Gläser und sahen sich an. Es war still, bis auf Brahms. Tom spürte sofort den Alkohol, aber er fühlte auch, wie die Musik seinen Puls beschleunigte. Da jagte ein aufregender musikalischer Einfall den anderen, als hätte der große Komponist einmal zeigen wollen, was in ihm steckte. Und warum nicht, bei dem Talent?

Ed schlenderte zu den Terrassentüren. »Ein schönes Spinett, Tom – ah, und dieser Ausblick hier! Gehört das alles dir?«

»Nein, nur bis zu diesen Büschen. Dahinter beginnt der Wald, und der gehört wohl allen.«

»Und – mir gefällt auch deine Musik.«

Tom lächelte. »Schön.«

Ed kam in die Zimmermitte zurück. Er hatte ein frisches blaues Hemd angezogen. »Wie weit wohnt dieser Pritchard von hier entfernt?« fragte er leise.

»Vielleicht anderthalb Kilometer – in dieser Richtung.« Tom zeigte über seine linke Schulter. »Übrigens versteht meine Haushälterin kein Englisch – bilde ich mir zumindest ein«, fügte er grinsend hinzu, »oder möchte ich lieber glauben.«

»Das kommt mir irgendwoher bekannt vor. Sehr praktisch.«

»Ja. Manchmal.«

Es gab zum Lunch kalten Schinken, Quark mit Petersilie, Madame Annettes hausgemachten Kartoffelsalat mit schwarzen Oliven dazu und ein schönes Fläschchen kühlen Graves. Zum Abschluß ein Sorbet. Sie waren äußerlich vergnügter Stimmung, aber Tom war mit den Gedanken bei dem, was sie als nächstes tun mußten, und er sah, daß auch Ed daran dachte. Sie wollten beide keinen Kaffee.

»Ich gehe mir jetzt meine Jeans anziehen«, sagte Tom. »Bist du passend angezogen? Wir müssen uns vielleicht – auf dem Wagenboden hinknien.«

Ed war schon in Bluejeans.

Tom lief rasch nach oben und zog sich um. Als er herunterkam, nahm er wieder sein Schweizer Taschenmesser vom Dielentisch und nickte Ed zu. Sie gingen nach vorn hinaus. Tom vermied es bewußt, zum Küchenfenster zuzusehen, um Madame Annette nicht auf sie aufmerksam zu machen.

Sie gingen an der offenen Seite in die Garage, wo der braune Renault stand. Zwischen den beiden Abstellplätzen war keine Wand.

»Es ist halb so schlimm«, sagte Tom so munter, wie es eben ging. »Der Kopf fehlt. Was ich jetzt suche –«

»Fehlt?«

»Er wird sich gelöst haben und weggerollt sein, meinst du nicht? Nach drei, vier Jahren? Wenn sich der Knorpel auflöst –«

»Weggerollt – wohin?«

»Ed, das Ding war unter Wasser. In der Loing. Ich glaube nicht, daß es dort Strömungsumkehrungen gibt, wie in einem Kanal, aber – eine Strömung herrscht eben doch. Ich will nur nach den Ringen sehen. Er hatte zwei an den Fingern, das weiß ich noch, und – ich hab sie drangelassen. Also los, fühlst du dich stark?«

Ed nickte, und Tom sah ihm an, wie er dabei den Starken mimte. Tom schloß die Seitentür auf, und vor ihnen lag das graue Paket, an dem Tom zwei Stricke sah, einen etwa in Höhe der Hüften, den anderen in der Nähe der Knie. Das Schulterende, oder was Tom dafür hielt, zeigte nach vorn. Tom deutete darauf. »Das sind die Schultern, glaube ich«, sagte er zu Ed. »Laß mich mal vorbei.« Tom stieg zuerst ein und kroch auf die andere Seite der Leiche, um Platz für Ed zu machen, dann zog er sein Messer heraus. »Ich sehe mir

jetzt die Hände an.« Tom begann an dem Strick herumzu-
säbeln, was Zeit kostete.

Ed schob eine Hand unter das Fußende des Bündels und
versuchte es anzuheben. »Das ist ja ganz leicht.«

»Wie ich schon sagte.«

Tom kniete auf dem Wagenboden und ging den Strick
jetzt mit dem Sägeblatt des Messers von unten an. Es war ein
neuer Strick, von Pritchard. Endlich war er durch. Tom
nahm ihn ab und wappnete sich, denn er war am Mittelteil
des Gerippes, wo einmal die Bauchhöhle gewesen war. Es
roch auch jetzt nur schal und feucht, nicht so, daß einem
schlecht wurde, sofern man nur nicht daran dachte. Tom
konnte jetzt die Wirbelsäule sehen, an der noch ein paar
Fleischfetzen hingen, bleich und schwammig. Die Bauchhöhle war natürlich nur noch ein leeres Loch. *Die Hände*,
ermahnte sich Tom.

Ed, der ihm aufmerksam zusah, murmelte etwas vor sich
hin, vielleicht seine Lieblingsverwünschung.

»Hände«, sagte Tom. »Du siehst jetzt, warum das Ding
so leicht ist.«

»So was hab ich noch *nie* gesehen!«

»Brauchst du auch hoffentlich nie mehr.« Tom schlug
Pritchards Plane auseinander, dann die verschlissene
braune Plane darunter, die aussah, als wollte sie jeden
Moment auseinanderfallen, wie die Wickel einer Mumie.

Die Handwurzelknochen hätten sich fast von den beiden
Unterarmknochen gelöst, glaubte Tom, aber sie blieben
dran. Es war die rechte Hand (Murchison lag zufällig auf
dem Rücken), und Tom sah sofort den schweren Goldring
mit dem violetten Stein, an den er sich dunkel erinnerte –

wahrscheinlich ein Examensring, hatte er damals gedacht. Tom streifte ihn vorsichtig vom kleinen Finger. Er ging ganz leicht ab, aber Tom wollte auf keinen Fall die dünnen Fingerknochen mit abreißen. Er säuberte den Ring, indem er mit dem Daumen einmal darin herumfuhr, und steckte ihn in die Hosentasche.

»Hast du nicht von zwei Ringen gesprochen?«

»Soweit ich mich erinnere.« Tom mußte ein Stück wegrücken, denn der linke Arm war nicht gebeugt, sondern lag ausgestreckt an der Seite. Tom schlug die Plane weiter zurück, drehte sich um und öffnete das Seitenfenster hinter sich. »Hältst du's noch aus, Ed?«

»Klar.« Aber Ed war ein bißchen grün im Gesicht.

»Es geht ganz schnell.« Tom fand die Hand, doch es war kein Ring daran. Er suchte unter dem Skelett, ob er vielleicht abgefallen war, womöglich in Pritchards Plane gerutscht. »Der Ehering, soviel ich weiß«, sagte Tom zu Ed. »Er ist nicht da. Vielleicht abgefallen.«

»Natürlich kann er abgefallen sein, ist doch logisch«, antwortete Ed und räusperte sich.

Tom sah, wie Ed mit sich kämpfte und lieber nicht hingesehen hätte. Er suchte weiter, unter dem Oberschenkel, den Beckenknochen. Er fühlte weiche und weniger weiche Krümel, aber nichts, was ein Ring hätte sein können. Er richtete sich ein wenig auf. Sollte er beide Planen ganz abnehmen? Ja. »Ich muß – weitersuchen – hier. Hör zu, Ed, wenn Madame Annette nach uns ruft, weil jemand am Telefon ist oder so, gehst du kurz raus und sagst ihr, wir sind in der Garage, und ich komme gleich. Sie weiß vielleicht nicht, daß wir hier sind. Und wenn sie fragen sollte – sie fragt bestimmt nicht – was wir hier tun, sage ich, wir müssen irgendwas saubermachen.«

Tom machte sich mit Überwindung an die Arbeit, zerschnitt den anderen Strick auf die gleiche Weise (er hatte einen harten Knoten) und wünschte, er hätte die Baumsäge aus dem Gewächshaus hier. Er hob Fußknöchel und Schienbeine hoch und suchte und tastete bis ganz ans untere Ende. Umsonst. Er sah, daß am linken Fuß der kleine Zeh fehlte. Ein paar Fingerglieder hatten auch schon gefehlt. Aber der Examensring bewies ihm schon, daß es Murchison war.

»Nicht zu finden«, sagte Tom. »Jetzt –« Tom zögerte. Sollte er ein paar Steine zusammensuchen, wie damals mit Bernard Tufts, und das Gerippe damit beschweren? Was sollte er überhaupt damit machen? »Ich denke, wir packen ihn wieder ein. Sieht doch fast aus wie ein Paar Skier, oder?«

»Wird dieser verdammte Pritchard nicht die Polizei verständigen, Tom? Sie hierher schicken?«

Tom schnappte nach Luft. »Ja, sollte man meinen! Aber wir haben es mit einem Irren zu tun, Ed! Da kann man sich auf nichts verlassen.«

»Wenn die Polizei aber doch kommt?«

»Dann –« Tom fühlte seinen Blutdruck steigen – »sage ich, daß ich das Gerippe in meinen Wagen gelegt habe, um meinem Gast den Anblick zu ersparen, und daß ich es zur Polizei bringen wollte, sobald ich mich von meinem Schock über den Fund erholt hätte. Und – wer hat außerdem die Polizei benachrichtigt? *Das* ist doch der Sündenbock!«

»Meinst du, Pritchard weiß von dem Ring? Als Erkennungsmerkmal?«

»Glaube ich kaum. Er wird gar nicht nach einem Ring gesucht haben.« Tom begann den unteren Teil des Skeletts wieder einzupacken.

»Ich fange schon mal oben an«, sagte Ed und griff nach dem Strick, den Tom zur Seite gelegt hatte.

Tom war ihm dankbar. »Der Strick reicht wohl nur zweimal herum, nicht dreimal, wegen dieses Knotens.« Pritchard hatte den neuen Strick dreimal um das Bündel gewickelt.

»Aber – was *machen* wir letzten Endes damit?« fragte Ed.

Am besten wieder irgendwo in einen Kanal werfen, dachte Tom bei sich, und dazu müßten sie – oder er – die Stricke wieder aufmachen und ein paar Steine hineinlegen, diesmal in Pritchards Plane. Oder einfach in Pritchards Teich mit dem verdammten Ding! Tom mußte plötzlich lachen. »Ich habe gerade gedacht, wir könnten es Pritchard ja zurückerstatten. Er hat einen Teich im Garten.«

Ed gab ein ungläubiges Lachen von sich. Sie zogen soeben beide die letzten Knoten fest.

»Gott sei Dank habe ich noch so ein paar Stricke im Keller«, sagte Tom. »Hervorragend, Ed. Wir wissen jetzt also, was wir hier haben, nicht? Einen kopflosen Knochenmann, der schwer zu identifizieren sein dürfte, nachdem die Fingerabdrücke längst mit der Haut verschwunden sind und der Kopf fehlt.«

Ed lachte gezwungen, und es hörte sich an, als ob ihm schlecht wäre.

»Nichts wie raus hier«, sagte Tom sofort.

Ed stieg aus dem Wagen. Tom ihm nach. Er spähte zum Tor und versuchte die Straße vor Belle Ombre zu überblikken, so weit er sie einsehen konnte. Er mochte nicht glauben, daß Pritchard nicht neugierig genug wäre zu spionieren, und rechnete halb damit, ihn jeden Moment hier aufkreuzen zu sehen. Aber davon wollte er Ed nichts sagen.

»Ich danke dir, Ed. Ohne dich hätte ich das nicht geschafft.« Er gab ihm einen Klaps auf den Arm.

»Machst du Witze?« Ed versuchte zu grinsen.

»Nein. Heute früh habe ich darüber schlappgemacht, wie ich dir schon sagte.« Tom wollte weitere Stricke suchen gehen und sie in der Garage bereitlegen, aber er sah, daß die Blässe nicht aus Eds Gesicht ging. »Sollen wir mal eine Runde durch den Garten drehen? In der Sonne?«

Tom knipste die Garagenlampe aus. Sie gingen ums Haus, an der Küchenseite vorbei – Madame Annette war dort inzwischen wahrscheinlich fertig und schon in ihr Zimmer gegangen – und kamen in den Garten. Die Sonne schien ihnen hell und warm ins Gesicht. Tom redete von seinen Dahlien. Er wolle jetzt ein paar davon abschneiden, sagte er, weil er gerade sein Messer bei sich habe. Da sie aber in der Nähe des Gewächshauses waren, ging Tom hinein und holte seine zweite Gartenschere heraus, die sich dort immer befand.

»Schließt du hier nachts nie ab?« fragte Ed.

»Gewöhnlich nicht. Ich weiß, daß ich es tun sollte«, antwortete Tom. »Die meisten Leute hier in der Gegend täten es auch.« Unwillkürlich sah Tom immer wieder zu dem Feldweg neben dem Haus, ob dort vielleicht ein Auto auftauchte, oder Pritchard. Schließlich war Pritchard mit seinem Paket von dort gekommen. Tom schnitt drei blaue Dahlien.

Sie gingen über die Terrasse ins Wohnzimmer.

»Wie wär's mit einem kleinen Kognak?« fragte Tom.

»Ehrlich gesagt, ich würde mich lieber ein paar Minuten hinlegen.«

»Nichts leichter als das.« Tom schenkte einen ganz kleinen Rémy Martin ein und reichte ihn Ed in einem Schwenker. »Ich bestehe darauf. Zur moralischen Stärkung. Schadet dir bestimmt nicht.«

Ed lächelte und trank aus. »Hmm. Danke.«

Tom ging mit Ed nach oben, holte ein Handtuch aus dem Gästebad und tränkte es in kaltem Wasser. Er empfahl Ed, sich mit dem Tuch über der Stirn hinzulegen, und wenn er ein Weilchen schlafen wolle, sei das auch recht.

Dann ging Tom wieder nach unten, suchte in der Küche eine passende Vase für die Dahlien und stellte sie auf den Couchtisch. Auf diesem Tischchen lag auch Heloises kostbares Dunhill-Feuerzeug aus Jade – wie klug von ihr, es hierzulassen, dachte Tom. Wann würde sie es das nächste Mal wieder in die Hand nehmen?

Tom öffnete die Tür zu dem kleinen Verschlag, den er das untere Klo nannte, öffnete die kleinere Tür dahinter und knipste das Licht an. Die Treppe führte in den Weinkeller, wo unbenutzte Bilderrahmen an der Wand lehnten und ein altes Bücherregal jetzt als Stellage für ihre Vorräte an Mineralwasser, Milch, Erfrischungsgetränken, Kartoffeln und Zwiebeln diente. Ein Strick. Tom sah in die Ecken, hob Plastiksäcke hoch und fand endlich, was er suchte. Er rollte den Strick einmal auf und wieder zusammen. Er war etwa fünf Meter lang, und soviel brauchte er auch, wenn er das Bündel an drei Stellen zubinden und noch Steine hineintun wollte.

Tom ging wieder nach oben, machte alle Türen hinter sich zu und ging zur Haustür hinaus.

War das Pritchards Auto – weiß – das da von links ganz langsam auf Belle Ombre zugeschlichen kam? Tom ging zur Garage und warf den Strick in die linke hintere Ecke, neben das linke Vorderrad des Renault.

Es war Pritchard. Er hatte seinen Wagen rechts vom Tor abgestellt, von Tom aus gesehen, stand jetzt vor dem Tor und hielt sich eine Kamera vors Auge.

Tom kam näher. »Was ist so faszinierend an meinem Haus, Pritchard?«

»Oh, vieles! War die Polizei schon hier?«

»Nein. Wieso?« Tom blieb stehen, die Hände in den Hüften.

»Stellen Sie nicht so dumme Fragen, Mr. Ripley.« Pritchard machte kehrt und ging zu seinem Wagen zurück. Einmal blieb er stehen und sah sich mit dümmlichem Grinsen um.

Tom wartete hier, bis Pritchards Wagen wieder weg war. Auf dem Foto war jetzt vielleicht auch er zu sehen, überlegte er, aber wenn schon? Tom spuckte auf den Boden, hinter Pritchard her, drehte sich um und ging zum Haus zurück.

Ob Pritchard etwa Murchisons Kopf zurückbehalten hatte? Um seinen Sieg zu garantieren?

20

Madame Annette war im Wohnzimmer, als Tom ins Haus trat.

»Ah, M'sieur Tome, ich wußte nicht, wo Sie vorhin waren. Die Polizei hat angerufen, ungefähr vor einer Stunde. Das *Commissariat* Nemour. Ich dachte, Sie wären mit dem anderen Herrn spazierengegangen.«

»Was wollten sie?«

»Sie wollten wissen, ob wir in der letzten Nacht gestört worden sind. Ich habe gesagt, nein, nicht daß ich –«

»Wie gestört?« fragte Tom stirnrunzelnd.

»Lärm – irgendwelcher. Ein Auto. Sie haben mich sogar direkt gefragt, aber ich habe gesagt: ›*Non, M'sieur, absolument pas de bruit.*‹«

»Ich kann nur dasselbe sagen. – Gut, Madame. Die haben nicht gesagt, was für Lärm?«

»Doch, ein großes Paket soll hier abgeliefert worden sein, irgend jemand hätte das gemeldet – jemand mit amerikanischem Akzent – ein Paket, das für die Polizei interessant sein soll.«

Tom lachte. »Paket! Das kann doch nur ein Scherz sein.« Er suchte nach seinen Zigaretten, nahm schließlich eine aus dem Kästchen auf dem Couchtisch und zündete sie mit Heloises Feuerzeug an. »Ruft die Polizei noch mal an?«

Madame Annette, die soeben den glänzenden Eßtisch abwischte, hielt inne. »Ich weiß es nicht, M'sieur.«

»Und sie haben nicht gesagt, wer der Amerikaner war?«

»Nein, M'sieur.«

»Vielleicht sollte ich mal anrufen«, sagte Tom wie zu sich selbst und nahm sich im stillen vor, dies auf jeden Fall zu tun, um einem eventuellen Polizeibesuch vorzubeugen. Er war sich aber auch darüber im klaren, daß er Kopf und Kragen riskierte, wenn er rundheraus log, er wisse nichts von einem Paket, solange sich dieser Sack mit Gebeinen noch auf seinem Grundstück befand.

Tom schlug im Telefonbuch die Nummer des Kommissariats Nemours nach. Er wählte und nannte seinen Namen und Adresse. »Aus Ihrem Kommissariat ist heute bei mir angerufen worden, sagt meine Haushälterin. Ja, aus *Ihrem* Kommissariat.« Tom wurde an jemand anderen weitervermittelt und mußte warten.

Als dieser andere sich meldete, wiederholte Tom noch einmal, was er gesagt hatte.

»*Ah, oui, M'sieur Riplé. Oui.*« Die Männerstimme fuhr auf französisch fort: »Ein Mann mit amerikanischem Akzent hat uns gesagt, Sie hätten ein Paket erhalten, das für die Polizei von Interesse sei. Darum haben wir bei Ihnen angerufen. Es müßte heute nachmittag gegen fünfzehn Uhr gewesen sein.«

»Ich habe heute kein Paket bekommen«, sagte Tom. »Ein paar Briefe, ja, aber kein Paket.«

»Ein großes Paket, sagt dieser Amerikaner.«

»Gar kein Paket, M'sieur, ich versichere es Ihnen. – Ich verstehe nicht, wieso jemand – hat dieser Mann seinen Namen genannt?« Tom sprach in leichtem, völlig unbekümmertem Ton.

»Nein, M'sieur, wir haben gefragt, aber er hat ihn uns nicht genannt. Wir kennen Ihr Haus. Sie haben da so ein schönes Tor –«

»Danke. Der Postbote kann natürlich klingeln, wenn er ein Paket bringt. Ansonsten hängt draußen ein Briefkasten.«

»Ja – ganz normal.«

»Ich danke Ihnen jedenfalls für Ihren Anruf«, sagte Tom. »Aber zufällig bin ich vor ein paar Minuten erst um mein Haus gegangen, und da liegt auch nirgendwo ein Paket, kein großes und kein kleines.«

Sie verabschiedeten sich liebenswürdig.

Tom war froh, daß der Beamte zwischen dem Anrufer mit amerikanischem Akzent und Pritchard, dem Amerikaner, der jetzt in Villeperce lebte, keine Verbindung gezogen hatte. Aber das konnte noch kommen, später, falls es ein Später gab, und das wollte er nicht hoffen. Und wahrscheinlich war der Beamte, mit dem er soeben gesprochen hatte, auch nicht derselbe, der im Zusammenhang mit Murchisons Verschwinden einmal in Belle Ombre gewesen war. Aber dieser Besuch konnte natürlich in den Polizeiakten festgehalten sein. War der Polizist von damals nicht aus Melun gekommen, einer größeren Stadt als Nemours?

Madame Annette war unaufdringlich in der Nähe geblieben.

Tom erklärte es auch ihr. Es war kein Paket gekommen, er und Monsieur Banbury waren ums Haus gegangen, und niemand war zum Tor hereingekommen, nicht einmal der Briefträger heute morgen (schon wieder nichts von Heloise), und Tom hatte dankend darauf verzichtet, daß die Polizei aus Nemours herkommen und bei ihnen nach fremden Paketen suchen sollte.

»Sehr gut, M'sieur Tome, da bin ich aber froh. Ein Paket –« Sie schüttelte den Kopf, um zu zeigen, wie wenig sie für Witzbolde und Lügner übrig hatte.

Tom war froh, daß Madame Annette ebenfalls nicht Pritchard im Verdacht hatte. Sie hätte es bestimmt nicht für sich behalten, wenn sie so etwas vermutete. Tom sah auf die Uhr. Viertel nach vier. Es freute ihn, daß Ed nach den Strapazen des Tages offenbar gut schlief. Eine Tasse Tee vielleicht? Und sollte er die Grais zu einem Aperitif einladen? Warum nicht?

Er ging in die Küche und fragte: »Könnten Sie ein Kännchen Tee machen, Madame? Unser Gast wird sicher jeden Moment aufwachen. Tee für zwei ... nein, Kuchen oder Sandwichs müssen nicht sein ... o ja, Earl Gray ist gerade richtig.«

Tom ging ins Wohnzimmer zurück. Er hatte beide Hände in den Taschen seiner Jeans, und in der rechten steckte zudem Murchisons dicker Ring. Am besten in einen Fluß damit, dachte er, vielleicht von einer Brücke in Moret, und zwar recht bald. Oder, wenn es besonders eilig wäre, einfach in der Küche in den Müllsack. Der Müllsack steckte hinter der Tür unter dem Spülbecken, und man legte die vollen Säcke an den Straßenrand, wo sie mittwochs und samstags abgeholt wurden. Zum Beispiel morgen vormittag.

Tom ging nach oben und wollte gerade an Eds Tür klopfen, als Ed sie schon lächelnd öffnete.

349

»Hallo, Tom! Ich habe wunderbar geschlafen! Hoffentlich hat dich das nicht gestört. Es ist so herrlich ruhig hier!«

»Gestört bestimmt nicht. Wie wär's mit einem Täßchen Tee? Komm mit nach unten.«

Sie tranken ihren Tee und sahen den beiden Sprinklern zu, die Tom im Garten aufgestellt hatte. Er hatte sich vorgenommen, Ed nichts von dem Anruf der Polizei zu sagen. Wozu wäre das gut gewesen? Und es hätte Ed womöglich noch nervöser und unsicherer gemacht.

»Ich habe eben daran gedacht«, begann Tom, »ein benachbartes Ehepaar – sozusagen zur Entspannung der Atmosphäre dieses Nachmittags – auf einen Drink vor dem Abendessen einzuladen. Agnès und Antoine Grais.«

»Schön«, meinte Ed.

»Dann rufe ich dort gleich an. Sie wohnen nur ein paar Minuten von hier – sehr nette Leute. Er ist Architekt.« Tom ging zum Telefon, und während er wählte, erwartete – nein hoffte – er im stillen, eine Flut von Neuigkeiten über Pritchard zu hören, sowie er nur seinen Namen genannt hatte. Aber nein. »Ich rufe an, um zu fragen, ob du und Antoine – falls er da ist, was ich hoffe – gegen sieben auf ein Gläschen herkommen möchtet? Ich habe übers Wochenende einen alten Freund aus England hier.«

»Oh, das ist lieb von dir, Tome! Ja, Antoine ist hier. Aber warum kommt ihr nicht beide zu uns? Ein Szenenwechsel für deinen Freund. Wie heißt er?«

»Edward Banbury. Ed«, antwortete Tom. »Ja, gut, liebe Agnès. Wir freuen uns. Um welche Zeit?«

»H-mm – halb sieben, oder ist das zu früh? Die Kinder wollen nach dem Essen was im Fernsehen angucken.«

Tom sagte, die Zeit sei recht.

»Wir gehen zu ihnen«, sagte er lächelnd zu Ed. »Sie wohnen in einem runden Haus, rund wie ein Turm. Von lauter Kletterrosen überwachsen. Nur zwei Häuser entfernt von diesen verwünschten – Pritchards.« Tom flüsterte das letzte Wort mit einem Blick in Richtung Küche, und richtig kam soeben Madame Annette herein und fragte, ob die Herren vielleicht noch mehr Tee wünschten. »Ich glaube nein, Madame. Danke. Oder du, Ed?«

»Nein danke, wirklich nicht.«

»Ach – Madame Annette – wir gehen um halb sieben zu den Grais. Ich denke, daß wir so gegen halb bis Viertel vor acht wieder hier sind. Abendessen also vielleicht gegen Viertel nach acht?«

»Gern, M'sieur Tome.«

»Und einen guten Weißwein zum Hummer. Vielleicht einen Montrachet?«

Madame Annette wollte gern zu Diensten sein.

»Soll ich ein Jackett mit Krawatte anziehen?« fragte Ed.

»Ich würde mir keine Umstände machen. Antoine läuft wahrscheinlich schon in Jeans herum, vielleicht sogar in Shorts. Er ist heute aus Paris gekommen.«

Ed stand auf und trank seinen Tee aus, und Tom beobachtete, wie er kurz zum Fenster hinaus in Richtung Garage sah. Er warf Tom einen Blick zu und schaute wieder weg. Tom wußte, was ihm auf der Seele lag: Was sollten sie damit machen? Er war froh, daß Ed ihn jetzt nicht fragte, denn Tom hatte auch keine Antwort parat.

Tom ging nach oben, Ed ebenfalls. Tom zog eine schwarze Baumwollhose und ein gelbes Hemd an. Er steckte den Ring in die rechte Tasche der schwarzen Hose. Es erschien ihm einfach sicherer, wenn er den Ring bei sich hatte. Dann zur Garage, wo Tom zuerst den braunen Renault und dann den roten Mercedes auf dem Hof betrachtete, als überlegte er, welchen er nehmen sollte – das Ganze nur für Madame Annette, falls sie aus dem Küchenfenster sah. Er ging in den geschlossenen Teil der Garage und vergewisserte sich, daß der Knochensack noch im Kombi lag.

Wenn in ihrer Abwesenheit die Polizei käme, wollte Tom behaupten, dieses Bündel sei hier im Laufe des Abends ohne sein Wissen deponiert worden. Ob David Pritchard aufkreuzen und die neuen Stricke und so weiter bemerken würde? Tom glaubte es nicht. Er wollte aber Ed von alledem nichts sagen, um ihn nicht noch nervöser zu machen. Tom mußte einfach hoffen, daß Ed entweder gar nicht erst dabei war oder seine Lüge mitmachte, falls die Polizei mit ihnen beiden zugleich sprach.

Ed war schon unten, und sie fuhren los, denn es war Zeit.

Die Grais waren zuvorkommend und an ihrem neuen Gast, dem Journalisten Edward Banbury aus London, sehr interessiert. Die Teenager gafften ein bißchen, vielleicht weil Eds Akzent sie amüsierte. Antoine war in Shorts, wie Tom vorausgesagt hatte, und seine gebräunten Beine mit den quellenden Waden wirkten absolut unermüdlich, als könnte er damit einmal nonstop rund um Frankreich laufen. Heute abend setzte er diese Beine allerdings nur zwischen Wohnzimmer und Küche ein.

»Arbeiten Sie bei einer Zeitung, Mr. Banbury?« fragte Agnès auf englisch.

»Nein, ich bin selbständig. Freierufler«, antwortete Ed.

»Es ist kaum zu glauben«, sagte Tom, »aber in all den Jahren, die ich Ed jetzt schon kenne – ich muß allerdings einräumen, daß wir nicht sehr eng befreundet waren – ist er noch nie in Belle Ombre gewesen! Zu meiner Freude kann ich sagen, daß er –«

»Belle Ombre ist sehr schön«, sagte Ed.

»Ach ja, Tome. Seit gestern gibt es Neuigkeiten«, sagte Agnès. »Pritechartes Gehilfe, oder wie man ihn nennt, ist weggefahren. Gestern nachmittag.«

»Oh«, machte Tom, als ob es ihn wenig oder gar nicht interessierte. »Der Bootsmann.« Er trank an seinem Gin Tonic.

»Setzen wir uns doch«, sagte Agnès. »Will denn keiner Platz nehmen? Ich ja.«

Sie standen noch, weil Antoine die Gäste als erstes ein bißchen durchs Haus geführt hatte, jedenfalls einmal nach oben in den »Beobachtungsturm«, wie Antoine ihn nannte. Da oben befanden sich sein Arbeitszimmer und auf der gegenüberliegenden Seite, oder Kurve, zwei Schlafzimmer. Noch weiter oben waren das Zimmer ihres Sohnes Edouard und eine Mansarde.

Alle nahmen Platz.

»Also, dieser Teddy«, erzählte Agnès weiter. »Ich habe ihn gestern gegen vier Uhr zufällig vorbeifahren sehen, da saß er allein in diesem Kleintransporter und fuhr weg vom Haus der Pritechartes. Ich habe noch gedacht, die machen aber heute schon früh Schluß – weiß dein Freund, daß die beiden hier die Wasserläufe abgesucht haben?«

Tom sah zu Ed und sagte auf englisch: »Wir sprechen von Teddy, dem Gehilfen Pritchards. Ich hab dir doch von diesen zwei komischen Typen erzählt, die hier in den Flüssen Schätze suchen.« Tom lachte. »Das sind mir zwei Pärchen – einmal Pritchard und seine Frau, dann Pritchard und sein Assistent.« Er fragte Agnès auf französisch: »Wonach haben sie eigentlich gesucht?«

»Weiß der Himmel!« sagten Agnès und Antoine im Chor, worüber sie nun wieder lachen mußten.

»Nein, im Ernst, heute früh beim Bäcker –«

»Beim Bäcker!« stöhnte Antoine, um seine Geringschätzung für das Klatschzentrum der örtlichen Weiblichkeit kundzutun und danach aufmerksam zu lauschen.

»Ja, beim Bäcker, da hat mir Simone Clément also erzählt, was sie von Marie und Georges gehört hat. Teddy war gestern in der Bar-Tabac, hat ein paar Gläser getrunken und dann zu Georges gesagt, daß er mit Pritecharte fertig ist, und ganz mürrisch war er, hat aber nicht sagen wollen, warum. Es hat anscheinend Krach gegeben. Ich *weiß* es aber nicht. Es hörte sich bloß so an«, endete Agnès lächelnd. »Jedenfalls ist Teddy heute nicht mehr da, und sein kleiner Lastwagen auch nicht.«

»Seltsame Menschen, diese Amerikaner – manchmal«, fügte Antoine rasch hinzu, als könnte Tom sich durch das »seltsam« vielleicht beleidigt fühlen. »Und was hört man Neues von Heloise, Tome?«

Agnès reichte noch einmal die Kanapees und die grünen Oliven herum.

Tom stopfte Antoines Wissenslücke und überlegte dabei, wie günstig es doch war, daß Teddy gegangen war, und zwar im Unfrieden. Hatte Teddy endlich gemerkt, wonach Pritchard suchte, und es besser gefunden, sich da herauszuhalten? War Abhauen da nicht eine ganz normale Reaktion? Und vielleicht hatte Teddy – trotz guter Bezahlung – ja auch die Nase voll gehabt von Pritchard und Frau, diesen Irren. Normale Menschen fühlten sich in Gegenwart ernstlich Gestörter ja immer unwohl, dachte Tom. Und während es in seinem Kopf fieberhaft arbeitete, konnte Tom doch ohne weiteres von anderen Dingen reden.

Fünf Minuten später – inzwischen war Edouard noch einmal hereingekommen und hatte sich die Erlaubnis geholt, irgendwas im Garten zu machen – kam Tom ein neuer Gedanke: Teddy würde den Skelettfund vielleicht der Pariser Polizei melden, nicht einmal unbedingt heute, aber morgen. Teddy könnte sich ehrlichen Herzens darauf berufen, daß Pritchard ihm erzählt habe, er suche nach einem Schatz, einem versunkenen Koffer, irgendwas, nur nicht nach einer Leiche, und er (Teddy) sei der Meinung, das mit der Leiche gehe die Polizei etwas an. Es wäre für Teddy auch eine hervorragende Möglichkeit, sich zu rächen, falls ihm der Sinn nach Rache stand.

Damit ließ sich soweit leben. Tom fühlte, wie sein Gesicht sich entspannte. Er nahm noch ein Häppchen, aber sein Glas ließ er nicht noch einmal nachfüllen. Er sah, daß Ed Banbury im Gespräch mit Antoine recht gut auf französisch mithielt. Agnès Grais sah in ihrer bestickten weißen Bauernbluse mit den kurzen Puffärmeln besonders hübsch aus. Tom machte ihr ein Kompliment.

»Es wird wirklich höchste Zeit, daß Heloise dich wieder einmal anruft, Tome«, meinte Agnès, als er und Ed sich verabschiedeten. »Ich habe so ein Gefühl, daß sie heute abend noch anruft.«

»So so«, meinte Tom lächelnd. »Ich würde darauf nicht allzu hoch wetten.«

Es war ja doch noch ein recht netter Tag geworden, fand Tom. Bisher.

21

Und um sein Glück für heute noch etwas vollkommener zu machen, blieb es Tom erspart, mit ansehen zu müssen, wie zwei Hummer lebendig gekocht wurden, und ihre Schreie mit anzuhören oder es sich vorzustellen. Während er gerade wieder einen saftigen, in zerlassener Butter mit Zitrone gewendeten Bissen zum Mund führte, fiel ihm auch ein, daß die Polizei nicht hier gewesen war, während er mit Ed bei den Grais war. Madame Annette hätte es ihm sonst sofort gesagt.

»Köstlich, Tom«, sagte Ed. »Dinierst du jeden Abend in diesem Stil?«

Tom lächelte. »Nein. Nur dir zu Ehren. Freut mich, daß es dir schmeckt.« Er nahm eine Gabel Rucolasalat.

Kaum waren sie fertig mit Salat und Käse, klingelte das Telefon. War das die Polizei, oder erfüllte sich Agnès Grais' Prophezeiung, und es war Heloise?

»Hallo?«

»'allo, Tome!« Es war Heloise. Sie sei jetzt mit Noëlle in Roissy, und ob Tom sie später in Fontainebleau abholen könne?

Tom mußte einmal tief Luft holen. »Heloise, Darling, ich freue mich ja so, daß du wieder da bist, aber – ausgerechnet heute abend – könntest du vielleicht eine Nacht bei Noëlle bleiben?« Tom wußte, daß Noëlle ein Gästezimmer hatte. »Ich habe heute abend einen Gast aus England hier –«

»Wer ist es?«

»Ed Banbury«, sagte Tom widerstrebend, denn er wußte, daß Heloise diesen Namen mit unbestimmbarer Gefahr verband, hatte er doch irgendwie mit der Galerie Buckmaster zu tun. »Heute – haben wir noch etwas zu erledigen, aber morgen – wie geht es denn Noëlle? ... Schön. Grüß sie von mir, ja? Und dir geht's auch gut? ... Macht es dir auch wirklich nichts aus, Darling, heute nacht in Paris zu bleiben? ... Ruf mich morgen vormittag an, wann es dir paßt.«

»Gut, Chéri. ... Es ist so schön, wieder zu 'ause zu sein«, erklärte Heloise auf englisch.

Sie legten auf.

»Verdammt und zugenäht!« sagte Tom, als er an den Tisch zurückkam.

»Heloise«, sagte Ed.

»Sie wollte schon heute abend herkommen, aber jetzt bleibt sie noch bei ihrer Freundin Noëlle Hassler. Gott sei Dank.« Auch wenn die Leiche in der Garage nur noch ein Gerippe und vielleicht unidentifizierbar war, dachte Tom, so war es eben doch ein Gerippe, und rein instinktiv wollte er Heloise nicht in seiner Nähe wissen. Er mußte schlucken und nippte rasch an seinem Montrachet. »Ed –«

In diesem Moment kam Madame Annette herein. Es war auch wirklich Zeit, das Geschirr abzuräumen und das Dessert zu servieren. Nachdem Madame Annette ihre leichte hausgemachte Himbeermousse aufgetragen hatte, fuhr Tom fort. Ed lächelte matt, aber sein Blick war hellwach.

»Ich habe vor, unser Problem noch heute abend in Angriff zu nehmen«, sagte Tom.

»Dachte ich mir schon... irgendein Fluß? Untergehen würde das Zeug sofort.« Ed sprach fest, aber leise. »Nichts mehr dran, was schwimmt.«

Auch ohne Steine, sollte das heißen. »Nein«, sagte Tom. »Ich habe eine andere Idee. Zurück an den Absender. Wir schmeißen das Zeug, *platsch*, einfach in Pritchards Teich.«

Ed lächelte, dann begann er leise zu lachen, und ein wenig Rosa kehrte in seine Wangen zurück. »*Platsch*«, wiederholte er, als läse er in einem Horror-Comic, und tauchte seinen Löffel ins Dessert.

»Wenn möglich«, sagte Tom ruhig und begann zu essen. »Weißt du auch, daß die Mousse aus unseren eigenen Himbeeren gemacht ist?«

Kaffee im Wohnzimmer. Kognak wollte keiner. Tom ging zur Haustür, trat hinaus und sah in den Himmel. Es war fast elf. Die Sterne strahlten nicht in voller Sommerpracht, weil Wolken davor waren, und wie stand es mit dem Mond? Aber wer fragte nach Mondschein, wenn sie die Sache schnell erledigten, dachte Tom. Zur Zeit sah er keinen Mond.

Er ging wieder ins Wohnzimmer. »Fühlst du dich stark, heute nacht mitzukommen? Ich rechne ja nicht damit, daß wir Pritchard zu *sehen* bekommen.«

»Ja, Tom.«

»Bin gleich zurück.« Tom lief nach oben, zog wieder seine Jeans an und transferierte den dicken Ring von der schwarzen Hose in die Bluejeans. Wurde dieses Umziehen bei ihm allmählich zur Manie? Glaubte er, es helfe irgendwie, könne ihm neue Kräfte geben? Im Atelier holte er auch noch einen weichen Bleistift und einen Skizzenblock und

ging wieder nach unten. Seine Stimmung war mit einem-
mal viel besser.

Ed saß noch wie zuvor auf dem gelben Sofa, jetzt mit
einer Zigarette in der Hand.

»Kannst du's ertragen, wenn ich schnell mal eine Skizze
mache?«

»Von *mir*?« Aber Ed fügte sich.

Tom zeichnete. Er deutete das Sofa und das Kissen als
Hintergrund nur an. Er skizzierte den Ausdruck fragender
Konzentration, mit dem Ed ihn ansah, die hellen Wimpern,
die schmalen englischen Lippen und die Umrisse des salopp
geöffneten Hemdkragens. Dann schob Tom seinen Stuhl
einen Meter nach rechts und nahm ein neues Blatt. Dasselbe
noch einmal. Es störte nicht, daß Ed sich bewegte und seinen Kaffee trank. Tom arbeitete etwa zwanzig Minuten
lang, dann dankte er Ed für seine Mitarbeit.

»Mitarbeit!« Ed lachte. »Ich hab nur vor mich hin ge-
träumt.«

Madame Annette hatte inzwischen neuen Kaffee gebracht und sich dann zurückgezogen.

»Ich denke mir das so«, begann Tom. »Wir nähern uns
dem Grundstück der Pritchards von der anderen Seite –
nicht von den Grais her – steigen aus und bringen das Ding
zu Fuß in den Garten. Und dann hinein damit. Es wiegt
ja nichts. Also –«

»Keine dreißig Pfund, schätze ich«, meinte Ed.

»So ungefähr«, sagte Tom leise. »Also – es könnte sein,
daß sie was hören, Pritchard und Frau, falls sie zu Hause
sind. Das Wohnzimmer hat nach dieser Seite ein Fenster,
ich glaube sogar mehrere. Na ja, und dann gehen wir einfach

weg. Soll er sich doch beschweren!« fuhr Tom unbekümmert fort. »Soll er die Polizei anrufen und ihr erzählen, was er will.«

Ein paar Sekunden herrschte Schweigen.

»Meinst du, er tut das?«

Tom zuckte die Achseln. »Weißt du, was ein *Irrer* tut?« fragte er resigniert zurück.

Ed stand auf. »Gehen wir?«

Tom klappte seinen Skizzenblock zu, legte ihn auf den Couchtisch und den Bleistift darauf. Er nahm eine Jacke von der Garderobe und seine Brieftasche aus der Schublade des Dielentisches – für den Fall einer Polizeikontrolle, dachte er belustigt: Er fuhr natürlich nie ohne seinen Führerschein. Womöglich geriet er ja heute nacht in eine Führerscheinkontrolle, aber für das Bündel im Gepäckraum des Wagens, das auf den ersten Blick einem zusammengerollten Teppich ähnelte, würde die Polizei sich nicht interessieren.

Ed kam soeben in einem dunklen Jackett und Turnschuhen von oben herunter. »Fertig, Tom.«

Tom knipste ein paar Lichter aus, und sie gingen zur Vordertür hinaus, die Tom hinter ihnen abschloß. Sie öffneten zusammen das große Tor, dann das Metalltor der Garage. Vielleicht brannte hinten in Madame Annettes Zimmer noch Licht, aber Tom wußte es nicht, und es war ihm egal. Es war nichts Ungewöhnliches daran, daß er mit einem Gast noch eine kleine Nachtfahrt unternahm, vielleicht nach Fontainebleau, wo noch ein Bistro geöffnet hatte. Sie stiegen ein und kurbelten beide ihre Fenster ein wenig herunter, obwohl Tom jetzt keine Spur von Modergeruch mehr wahrnahm. Sie fuhren zum Tor hinaus und wandten sich nach links.

Tom fuhr durch den Südteil von Villeperce und nahm die nächste Straße nach Norden, wie immer ohne danach zu fragen, welche Straße, solange nur die allgemeine Richtung stimmte.

»Du kennst die Straßen hier alle«, sagte Ed. Es war nur halb eine Frage.

»Ha! Vielleicht neunzig Prozent. Bei Nacht kann man leicht die Nebenstraßen verpassen, wenn kein Wegweiser daran steht.« Tom bog nach rechts ab, fuhr einen Kilometer weit und kam an einen Wegweiser, der nach rechts unter anderem nach Villeperce zeigte. Diese Straße nahm er.

Jetzt kam er auf einen Weg, den er kannte. Er würde sie zuerst zum Haus der Pritchards führen, dann an dem leeren Haus vorbei und schließlich zu den Grais.

»Ich glaube, das ist ihre Straße«, sagte Tom. »Und jetzt stelle ich mir das so vor –« Er fuhr langsamer, um ein anderes Auto überholen zu lassen. »Wir gehen das letzte Stück zu Fuß – dreißig Meter vielleicht, damit sie den Wagen nicht hören.« Die Uhr am Armaturenbrett zeigte kurz nach halb eins. Sie schlichen mit abgeblendeten Lichtern dahin.

»Ist es das?« fragte Ed. »Das weiße Haus, rechts?«

»Ja.« Tom sah mehrere erhellte Fenster unten und eines oben. »Hoffentlich feiern sie gerade eine Party!« meinte Tom lächelnd. »Glaub ich aber nicht. Wir parken da hinten bei den Bäumen, und dann hoffen wir das Beste.« Er setzte zurück und löschte das Licht. Sie standen in der Einmündung eines unbefestigten Wegs nach rechts, wie er hauptsächlich von Bauern benutzt wurde. Ein anderes Auto konnte natürlich immer noch vorbei, obwohl Tom nicht ganz an den Rand gefahren war, um nicht in einen Graben zu rutschen, auch wenn der nur flach war. »Versuchen wir's mal hier.« Tom nahm die Taschenlampe, die er zwischen sie auf die Sitzbank gelegt hatte.

Sie öffneten die Heckklappe. Tom zwängte seine Finger unter den Strick um Murchisons Beine und zog. Es ging ganz leicht. Ed wollte schon den anderen Strick packen, als Tom sagte: »Halt.«

Sie hielten inne und lauschten.

»Ich dachte, ich hätte was gehört, hab mich aber wohl geirrt«, sagte Tom.

Sie hatten das Bündel draußen. Tom schloß die Klappe – nicht ganz, um keinen Lärm zu machen. Dann gab er mit einer Kopfbewegung das Zeichen zum Aufbruch. Sie gingen am rechten Straßenrand, Tom voran, die Taschenlampe in der linken Hand, aber nicht angeknipst. Hin und wieder leuchtete er ganz kurz die Straße an, denn es war doch recht dunkel.

»Halt mal«, flüsterte Ed. »Ich hab's nicht richtig.« Er schob die Finger besser unter den Strick, und sie gingen weiter.

Tom blieb wieder stehen und flüsterte: »Noch zehn Meter – siehst du – da vorn können wir auf den Rasen. Ich glaube, da ist nicht mal ein Graben.«

Sie sahen jetzt deutlich die Ecken der erhellten Wohnzimmerfenster. Bildete Tom es sich ein, oder hörte er wirklich Musik? Rechts von ihnen war eine Art Graben, aber kein Zaun. Andererseits waren es nur noch vier Meter bis zur Einfahrt, und es war keiner von den Pritchards zu sehen. Tom gab wieder stumm das Zeichen zum Weitergehen. Sie gingen durch die Einfahrt und wandten sich nach rechts auf den Teich zu, der von hier aus wie ein dunkles Oval aussah, obwohl er fast rund war. Ihre Schritte waren auf dem Rasen nicht zu hören. Tom hörte nun deutlich Musik aus dem Haus, klassische, und heute abend nicht zu laut.

»Ich zähle bis drei«, sagte Tom und begann das Bündel zu schwingen. »Eins –« Rückschwung. »Zwei – und bei drei hinein damit.«

Platsch! Aus dem Teich kam ein Stöhnen oder Gurgeln.

Es spritzte und gluckerte, Luftblasen stiegen hoch, und Tom und Ed entfernten sich langsam. Tom ging wieder voran, wandte sich an der Straße nach links und leuchtete mit der Taschenlampe einmal kurz über den Boden, damit sie sahen, wohin sie traten.

Nach etwa zwanzig Metern blieb Tom stehen, Ed ebenfalls. Sie spähten durch die Dunkelheit zurück zum Haus der Pritchards.

»...waa...haaa...?« Die verstümmelte Frage war von einer Frau gekommen.

»Das war Janice, seine Frau«, flüsterte Tom. Er sah nach rechts, wo man schemenhaft die weiße Form des Kombiwagens durch das dunkle Laub schimmern sah. Tom blickte fasziniert zum Haus der Pritchards zurück. Anscheinend hatten sie das Platschen gehört.

»...uu...waa...örrr!« Diesmal tiefer. Tom glaubte Pritchards Stimme zu erkennen.

Auf der Veranda ging ein Licht an, und Tom sah Pritchard in hellem Hemd und dunkler Hose aus dem Haus treten. Pritchard blickte nach rechts und links und leuchtete mit einer Taschenlampe nach allen Richtungen über den Rasen, spähte zur Straße und kam jetzt die Verandastufen herunter. Er ging geradewegs zum Teich, sah hinein und drehte sich zum Haus um.

»...*Teich*...« Dieses eine Wort von Pritchard war deutlich zu hören, gefolgt von einem rauhen Ton, vielleicht einem Fluch. »...mir...aus dem *Garten*, Jan!«

Janice erschien im hellen Hosenanzug auf der Veranda. »...taa...ock...?« fragte Janice.

»N-n-e-i-n... mit dem *Haken*!« Ein günstiger Wind mußte diese Worte geradewegs zu Tom und Ed getragen haben.

Tom faßte Eds Arm und fühlte, daß er starr vor Spannung war. »Ich glaube, er will es rausfischen!« flüsterte Tom und mußte einen nervösen Lachanfall unterdrücken.

»Sollten wir nicht abhauen, Tom?«

In dem Moment sahen sie Janice, die kurz verschwunden war, mit einer Stange um die Hausecke gerannt kommen. Tom spähte in geduckter Haltung durch die wilden Büsche, die am Rand von Pritchards Rasen wuchsen, und konnte gerade erkennen, daß es nicht der breite Schlepprechen war, sondern eine Art dreizinkige Harke, wie sie von Gärtnern zum Laubrechen oder Unkrautjäten an schwer zugänglichen Stellen benutzt wird. Tom besaß auch so ein Ding, keine zwei Meter lang. Aber das hier sah noch kürzer aus.

Pritchard, der ständig vor sich hin brabbelte und nach etwas verlangte, der Taschenlampe vielleicht (die er ins Gras gelegt hatte), packte den Harkenstiel und stieß ihn offenbar in den Teich.

»Soll er's doch rausholen«, meinte Tom leise zu Ed und ging langsam weiter in Richtung Auto.

Ed folgte.

Jetzt streckte Tom die linke Hand aus, und sie blieben wieder stehen. Durch die Büsche sahen sie, wie Pritchard mit weit nach vorn gebeugtem Rumpf nach irgend etwas griff, was Janice ihm reichte, und auf einmal war Pritchards weißes Hemd verschwunden.

Sie hörten einen Schrei, dann ein schweres Platschen.

»*David!*« Janice rannte einmal halb um den Teich herum. »*David!*«

»Herrgott, er ist da reingefallen«, sagte Tom.

»Maa-waaah...!« Pritchard war aufgetaucht, dann: »...tief!« Man hörte ihn spucken. Dann ein Klatschen, wie wenn ein Arm aufs Wasser schlug.

»Wo ist dieser *Haken*?« schrie Janice schrill. »Gib...«

Den mußte Pritchard verloren haben, dachte Tom.

»Janice!... Gib...!...schlammig hier...unten! Deine *Hand*!«

»Besser... *Besen*... ein Seil, damit...« Janice lief auf die helle Veranda zu, wirbelte plötzlich wie eine Irre herum und kam zum Teich zurück. »Die *Stange*... ich *finde* sie nicht!«

»...deine *Hand*... diese...« David Pritchards Worte wurden von einem neuen Platschen verschluckt.

Janice Pritchards fahle Gestalt flatterte um den Teich herum wie ein Irrlicht. »Davy, wo *bist* du? – Ah!« Jetzt hatte sie wohl endlich etwas erspäht und bückte sich danach.

Das Wasser kochte und schäumte so laut, daß Tom und Ed es hören konnten.

»... meine *Hand*, David!... Pack den *Rand*!«

Sekundenlange Stille, dann ein Schrei von Janice, und wieder folgte ein lautes Platschen.

»Mein Gott, jetzt sind sie *beide* drin!« sagte Tom mit hysterischer Freude. Er hatte nur flüstern wollen, aber fast normal gesprochen.

»Wie tief ist dieser Teich?«

»Keine Ahnung. Anderthalb bis zwei Meter, würde ich mal sagen.«

Janice rief etwas und bekam Wasser in den Mund.

»Sollten wir nicht –« Ed sah Tom besorgt an.

Tom konnte Eds Nervosität fühlen. Er selbst trat von einem Fuß auf den anderen, als schwanke er zwischen Ja und Nein. Daß Ed dabei war, machte alles anders. Diese Leute da im Teich waren Toms Feinde. Wäre er allein gewesen, hätte er keine Sekunde gezögert und wäre weggegangen.

Das Geplatsche hörte auf.

»*Ich* hab sie doch da nicht hineingestoßen«, sagte Tom rauh, gerade als vom Teich her noch ein leises Geräusch kam – als hätte eine Hand die Wasseroberfläche aufgerührt. »Verduften wir, solange es noch geht.«

Sie mußten nur noch etwa fünfzehn Schritte durch die Dunkelheit gehen. Welch ein Glück, dachte Tom, daß in den fünf bis sechs Minuten, die das Ganze gedauert hatte, niemand hier vorbeigekommen war. Sie stiegen ins Auto, und Tom setzte ein Stück in den Weg zurück, um nach links in die Straße einbiegen und denselben Umweg zurückfahren zu können, den sie gekommen waren. Sie fuhren mit voll aufgeblendeten Scheinwerfern.

»Glück gehabt!« sagte Tom lächelnd. Er mußte daran denken, wie euphorisch er damals gewesen war, nachdem er zusammen mit dem teilnahmslosen Bernard Tufts die – ja, dieselben Gebeine, Murchisons Gebeine – bei Voisy in die Loing geworfen hatte. Da hätte er am liebsten gesungen. Jetzt war er nur erleichtert und guter Dinge, wußte aber, daß Ed Banbury nicht ebenso empfand, nicht so empfinden konnte. Er fuhr darum vorsichtig und sagte nichts mehr.

»Glück gehabt?«

»Hm – ja.« Die Dunkelheit, durch die sie fuhren, war so dicht, daß Tom nicht hätte sagen können, wo und wann sie an die nächste Kreuzung, den nächsten Wegweiser kommen würden. Er glaubte aber, daß ihr Weg sie wieder durch den Südteil von Villeperce und quer an der Hauptstraße vorbeiführen würde. Die Bar-Tabac war sicher schon zu, aber Tom wollte sich nicht einmal in der Nähe der Hauptstraße blicken lassen. »Glück gehabt, daß in diesen Minuten niemand dort vorbeigekommen ist. Nicht daß es mich sehr gestört hätte. Was habe ich mit den Pritchards oder dem Skelett in ihrem Teich zu tun – die man vermutlich morgen finden wird?« Tom stellte sich flüchtig zwei Leichen vor, die unmittelbar unter der Wasseroberfläche trieben. Er mußte laut auflachen und sah Ed von der Seite an.

Ed rauchte eine Zigarette und erwiderte Toms Blick, dann senkte er plötzlich den Kopf ganz tief hinunter und griff sich mit der Hand an die Stirn. »Tom, ich kann nicht –«

»Ist dir schlecht?« fragte Tom besorgt und nahm den Fuß vom Gas. »Wir können ja mal anhalten –«

»Nein – aber wir hauen hier einfach ab, während die da hinten ertrinken.«

Ertrunken sind, dachte Tom. Er mußte daran denken, wie David Pritchard seiner Frau zugerufen hatte: »Deine Hand!« – als hätte er sie absichtlich mit hineinziehen wollen, sozusagen ein letzter sadistischer Akt, aber Pritchard hatte nur keinen Boden mehr unter den Füßen gehabt und wollte leben. Tom mußte sich mit einer gewissen Verbitterung sagen, daß Ed Banbury die Sache nicht so sehen konnte wie er. »Es sind doch Stänker, Ed.« Tom konzentrierte sich wieder auf die Fahrbahn, den rötlichgelben Streifen, der unter dem Wagen hindurchglitt. »Vergiß bitte nicht, daß sich das alles um *Murchison* gedreht hat heute nacht. Das soll heißen –«

Ed drückte seine Zigarette im Aschenbecher aus. Er rieb sich noch immer die Stirn.

Mir hat das Zusehen auch keinen Spaß gemacht, hätte Tom am liebsten gesagt, aber wer hätte ihm das geglaubt, nachdem er gerade erst gelacht hatte? Er holte tief Luft. »Die beiden hätten mit Wonne die Fälschungen entlarvt – die Galerie Buckmaster ruiniert, überhaupt uns *alle* – wahrscheinlich über Mrs. Murchison«, fuhr Tom fort. »Pritchard hatte es auf mich abgesehen, aber dabei wären die Fälschungen aufgeflogen. – Die beiden haben sich das selbst eingebrockt. Sie wollten nichts als Stunk machen.« Tom betonte jedes Wort.

Sie waren jetzt fast zu Hause. Links von ihnen blinkte die ländlich-spärliche Straßenbeleuchtung von Villeperce. Sie waren auf der Straße zu Belle Ombre. Und nun sah Tom den großen Baum gegenüber dem Tor, der sich so schützend, wie er immer fand, seinem Haus zuneigte. Das große Tor stand noch offen. Aus dem Wohnzimmerfenster links von der Haustür fiel ein schwacher Lichtschimmer. Tom fuhr den Kombi in die freie Garagenhälfte.

»Ich nehme die Taschenlampe«, sagte Tom und nahm sie schon. Er wischte mit einem groben Lappen, den er in einer Garagenecke fand, ein paar Sandkörner aus dem Laderaum des Kombi – ein paar graue Krümel Erde. Erde? Tom fiel ein, daß diese Krümel auch Überreste von Murchison sein konnten, sein mußten, nicht (mit eigenen Worten) zu beschreibende Überbleibsel eines Menschen. Es waren ganz wenige Krümel, und Tom stieß sie mit dem Fuß vom Betonboden der Garage nach draußen. In ihrer Winzigkeit verschwanden sie zwischen dem Kies, unsichtbar zumindest für das bloße Auge.

Tom leuchtete mit der Taschenlampe, als sie zur Haustür gingen. Ed hatte einen ausgefüllten Tag hinter sich, sagte sich Tom, und dazu noch einen echten kleinen Beigeschmack von seinem – Toms – eigenen Leben und dem, was er zu tun hatte, was er hin und wieder einfach tun mußte, um sie alle miteinander zu schützen. Aber Tom war jetzt gar nicht in der Stimmung, Ed einen Vortrag darüber zu halten, nicht einmal einen kurzen. Hatte er nicht eben erst im Auto so etwas Ähnliches gesagt?

»Nach dir, Ed«, sagte Tom an der Haustür und ließ Ed den Vortritt.

Tom knipste im Wohnzimmer eine zweite Lampe an. Madame Annette hatte schon vor Stunden die Vorhänge zugezogen. Ed war ins untere WC verschwunden, und Tom hoffte nur, daß Ed sich nicht übergeben mußte. Er selbst ging sich in der Küche die Hände waschen. Was sollte er Ed anbieten? Tee? Einen kräftigen Scotch? Trank Ed nicht lieber Gin? Oder eine heiße Schokolade und ab ins Bett? Jetzt kam Ed wieder ins Wohnzimmer.

Ed gab sich erkennbare Mühe, ein ganz normales, sogar freundliches Gesicht zu machen, doch Tom glaubte noch immer eine gewisse Ratlosigkeit oder Unruhe darin zu sehen.

»Was möchtest du, Ed?« fragte Tom. »Ich werde mir einen Pink Gin genehmigen, ohne Eis. Sag, was du möchtest. Tee?«

»Das gleiche. Das gleiche wie du«, sagte Ed.

»Setz dich.« Tom ging zur Hausbar und schüttelte die Flasche Angostura. Dann nahm er die beiden Gläser und brachte sie an den Tisch.

Nachdem sie sich zugeprostet und getrunken hatten, sagte Tom: »Ich danke dir sehr, Ed, daß du heute nacht bei mir warst. Es hat mir sehr geholfen, daß du mitgegangen bist.«

Ed Banbury versuchte zu lächeln, schaffte es aber nicht. »Wenn ich mal fragen darf – wie geht das jetzt weiter? Was kommt als nächstes?«

Tom zögerte. »Für uns? Was sollte da noch kommen?«

Ed trank noch einmal und hatte anscheinend schwer zu schlucken. »Bei diesem Haus –«

»– der Pritchards!« sagte Tom leise und mußte lächeln. Er stand noch. Die Frage amüsierte ihn. »Also – ich stelle mir das morgen etwa so vor. Gegen neun Uhr kommt – wahrscheinlich der Briefträger. Vielleicht sieht er diese Harke oder zumindest den Holzstiel aus dem Wasser ragen und geht neugierig hin. Oder auch nicht. Dann sieht er die Verandatür offen stehen, falls der Wind sie nicht zugeschlagen hat, er sieht vielleicht das Licht brennen – das Licht über der Veranda.« Der Briefträger konnte aber auch von der Einfahrt direkt zur Haustür gehen. Und der Harkenstiel, der nur gut anderthalb Meter lang war, ragte vielleicht nicht aus dem Wasser, weil er im schlammigen Grund steckte. Es könnte einen Tag oder noch länger dauern, bis man die Pritchards entdeckte, dachte Tom.

»Und dann?«

»Höchstwahrscheinlich wird man sie in spätestens zwei Tagen finden. Na und? Murchisons Spur läßt sich nicht verfolgen, und ich gehe jede Wette ein, daß ihn niemand identifizieren kann, nicht einmal seine Frau!« Tom dachte kurz an Murchisons Examensring. Den würde er heute nacht irgendwo im Haus verstecken müssen, falls das höchst Unwahrscheinliche geschah und morgen die Polizei hier erschien. Bei den Pritchards brannte noch das Licht, fiel ihm ein, aber ihr Lebensstil war so ausgefallen, daß bestimmt kein Nachbar bei ihnen anklopfen würde, weil ihr Licht die ganze Nacht brannte. »Ed, das war die einfachste Sache, die ich je zu erledigen hatte – glaube ich«, sagte Tom. »Ist dir klar, daß wir keinen Finger gerührt haben?«

Ed sah Tom an. Er saß zusammengesunken auf einem der gelben Stühle, die Ellbogen auf den Knien. »Doch – so kann man es ausdrücken.«

»Eben«, sagte Tom mit Nachdruck und genehmigte sich zur Bekräftigung noch einen Schluck Pink Gin. »Wir wissen überhaupt nichts von diesem Teich. Wir waren auch nie in der Nähe dieses Hauses«, sagte Tom leise und ging einen Schritt näher auf Ed zu. »Wer weiß denn, daß dieses – Bündel – je hier war? Wer wird *uns* überhaupt fragen? Niemand. Du und ich, wir sind nach Fontainebleau gefahren, hatten dann – vielleicht doch keine Lust mehr, in eine Bar zu gehen, und sind wieder nach Hause gekommen. Wir waren – keine dreiviertel Stunde fort. Das stimmt sogar ungefähr.«

Ed nickte, sah wieder zu Tom auf und sagte: »Stimmt.«

Tom zündete sich eine Zigarette an und setzte sich ebenfalls auf einen Stuhl. »Ich weiß, daß einem so was an die Nieren geht – hab selbst schon viel Schlimmeres machen müssen. Viel, viel Schlimmeres«, sagte er und lachte kurz auf. »So, und wann möchtest du morgen früh deinen Kaffee ans Bett bekommen? Oder Tee? Du solltest schlafen, so lange du magst, Ed.«

»Tee, glaube ich. Das nenne ich vornehm – Tee vor – bevor es unten was anderes gibt.« Ed versuchte zu lächeln. »Sagen wir um neun Uhr, oder Viertel vor?«

»Abgemacht. Madame Annette verwöhnt doch so gern ihre Gäste. Ich lege ihr einen Zettel hin. Aber wahrscheinlich bin ich selbst schon vor neun auf. Madame Annette steht in der Regel kurz nach sieben auf«, sagte Tom vergnügt. »Dann geht sie sehr wahrscheinlich zum Bäcker und holt frische Croissants.«

Zum Bäcker, dachte Tom, ins Informationszentrum. Was würde Madame Annette morgen um acht für Neuigkeiten mit nach Hause bringen?

22

Tom erwachte kurz nach acht. Vögel sangen vor seinem halboffenen Fenster, und es sah aus, als würde es wieder ein sonniger Tag. Tom ging – er empfand es selbst schon als zwanghaft, neurotisch – zu seiner Admiralskommode, zog die unterste Schublade auf, in der die Socken waren, und fühlte in einem bestimmten schwarzen Wollsocken nach dem Klumpen, der Murchisons Examensring war. Der Ring war noch da. Tom schob die messingbeschlagene Schublade wieder zu. Er hatte den Ring dort letzte Nacht versteckt, weil er sonst mit dem Wissen, daß dieser Ring schlicht und ergreifend in seiner Hosentasche steckte, nicht hätte schlafen können. Man hänge so eine Hose zum Beispiel nur einmal gedankenlos über einen Stuhl, und der Ring läge vor aller Augen auf dem Teppich.

Nachdem Tom geduscht und sich rasiert hatte, zog er ein frisches Hemd und dieselbe Jeans wie gestern an und ging leise nach unten. Eds Tür war zu, und Tom hoffte, daß er noch schlief.

»*Bonjour, Madame!*« sagte Tom, noch fröhlicher als sonst, wie er selbst merkte.

Madame Annette bedankte sich mit einem Lächeln und machte eine Bemerkung über das Wetter, wieder so ein schöner Tag. »Und jetzt Ihr Kaffee, M'sieur«, sagte sie und ging in die Küche.

Schreckensmeldungen hätte Madame Annette jetzt

schon berichtet, wenn es welche gäbe, dachte Tom. Auch wenn sie noch nicht beim Bäcker gewesen sein sollte, hätte eine ihrer Freundinnen sie wohl angerufen. Nur Geduld, sagte sich Tom. Die Nachricht würde ihn um so überraschender ereilen, und schließlich mußte man ihm die Überraschung ja ansehen, unbedingt.

Nach der ersten Tasse Kaffee ging Tom nach draußen und schnitt zwei frische Dahlien und drei interessante Rosen ab, für die er mit Madame Annettes Hilfe gleich Vasen aus der Küche besorgte.

Dann nahm er einen Besen und ging in die Garage. Als erstes fegte er rasch den Garagenboden und ließ das bißchen Laub und Schmutz, das er da zusammenfegte, einfach im Kies vor der Garagentür verschwinden. Dann öffnete er die Heckklappe des Kombi und fegte die letzten weißgrauen Krümel von der Ladefläche – so wenige, daß er sie nicht zählte – ebenfalls in den Kies.

Moret – das wäre für heute vormittag vielleicht das Richtige, dachte Tom. Eine kleine Spazierfahrt für Ed, und bei der Gelegenheit konnte er dort gleich diesen Ring in den Fluß werfen. Und vielleicht würde inzwischen auch Heloise angerufen haben – Tom hoffte es sehr – um zu sagen, wann ihr Zug ankam. Vielleicht konnten sie das alles sogar kombinieren, den Umweg über Moret, dann Fontainebleau und die Heimfahrt mit dem Kombi, der ja wohl groß genug war für die Extrakoffer, die Heloise sich gewiß zugelegt hatte.

In der Post, die kurz nach halb zehn kam, war eine Karte von Heloise, aufgegeben vor zehn Tagen in Marrakesch. Typisch. Wie hätte er sich in der Wüstenei der letzten

Woche, einer Woche ohne Post, darüber gefreut! Das Foto zeigte Frauen in gestreiften Kopftüchern auf dem Markt.

Lieber Tom,
noch mal Kamele, aber viel mehr Spaß. Wir haben zwei Herren aus *Lille* kennengelernt! Amüsant und nett zum Diner. Sie machen beide Urlaub von ihren Frauen. Liebe Grüße von Noëlle. Je t'embrace! H.

Urlaub von *ihren* Frauen, aber offenbar nicht von Frauen an sich. Nett zum Diner – das klang, als hätten Heloise und Noëlle sie verspeist.

»Morgen, Tom.« Ed kam lächelnd die Treppe herunter, die Wangen ohne erkennbaren Grund gerötet, was Tom bei ihm schon öfter beobachtet hatte und deshalb für eine englische Eigenart hielt.

»Morgen, Ed«, antwortete Tom. »Wieder mal ein schöner Tag. Wir haben Glück.« Tom wies zu dem Tisch in der Eßnische, der am einen Ende für zwei gedeckt war und noch reichlich Platz hatte. »Stört dich die Sonne? Ich kann den Vorhang auch zuziehen.«

»Ich hab's gern so«, sagte Ed.

Madame Annette kam mit Orangensaft, warmen Croissants und frischem Kaffee.

»Möchtest du ein weichgekochtes Ei, Ed?« fragte Tom. »Oder ein ›verwöhntes‹ oder verlorenes Ei? Ich denke, wir können in diesem Haus alles bieten.«

Ed lächelte. »Danke, keine Eier. Ich weiß auch, warum du so gut gelaunt bist. Heloise ist in Paris und kommt wahrscheinlich heute nach Hause.«

Toms Lächeln wurde breiter. »Ich hoffe es. Ich rechne damit. Falls in Paris nichts – sehr Verführerisches auf dem Plan steht. Ich wüßte aber nichts. Nicht einmal ein gutes Kabarett – das sie ja sehr liebt, und Noëlle auch. Ich nehme an, Heloise ruft jetzt jeden Moment an. Ach ja! Heute morgen kam eine Postkarte von ihr. Zehn Tage von Marrakesch bis hier. Kannst du dir das vorstellen?« Tom lachte. »Probier mal die Marmelade. Die hat Madame Annette gemacht.«

»Danke. Die Post – kommt der Briefträger zuerst hierher, bevor er – zu diesem Haus geht?« Eds Worte waren kaum hörbar.

»Das weiß ich nicht so genau. Ich denke, er kommt zuerst hierher. Von der Mitte nach außen. Aber sicher bin ich nicht.« Tom sah die Sorge in Eds Gesicht. »Ich habe mir heute früh überlegt, daß wir – sobald wir von Heloise gehört haben – einen Ausflug in Richtung Moret-sur-Loing machen könnten. Nettes Städtchen.« Tom dachte kurz nach und war drauf und dran zu erwähnen, daß er gern den Ring dort in den Fluß werfen würde, doch er überlegte es sich anders. Je weniger Ängste Ed Banbury mit sich herumschleppte, desto besser.

Tom und Ed spazierten ein wenig vor den Terrassenfenstern durch den Garten. Amseln pickten auf dem Rasen herum und ließen sich von ihnen nicht stören, und ein Rotkehlchen sah ihnen keck in die Augen. Eine Krähe flog mit häßlichem Krächzen über sie hinweg, eine kakophone Musik, die Tom zusammenzucken ließ.

»Krah – krah – *kraaah*!« äffte er sie nach. »Manchmal krächzt sie nur zweimal, das ist noch schlimmer. Dann warte ich auf das dritte Krächzen wie auf das Plumpsen des zweiten Stiefels über mir. Wobei mir einfällt –«

Das Telefon läutete. Sie hörten es hier draußen nur ganz leise.

»Das wird Heloise sein. Entschuldige mich«, sagte Tom und trabte los. »Schon gut, Madame Annette«, sagte er im Haus, »ich gehe selbst ran.«

»Hallo, Tom! Hier Jeff. Ich dachte mir, ich rufe mal an und frage, wie es bei dir aussieht.«

»Nett von dir, Jeff! Hier ist es – hm –« Tom sah Ed durch die Terrassentür leise ins Wohnzimmer kommen – »soweit ganz ruhig.« Er zwinkerte Ed vielsagend zu und verzog keine Miene. »Nichts Aufregendes zu berichten. Möchtest du mal mit Ed reden?«

»Ja, wenn er greifbar ist. Aber bevor du aus der Leitung gehst – denk daran, daß ich *jederzeit* bereit bin rüberzukommen. Ich verlasse mich darauf, daß du dich meldest – ohne zu zögern.«

»Danke, Jeff. Das bedeutet mir sehr viel. – So, jetzt ist Ed hier.« Tom legte den Hörer auf den Dielentisch. »Wir waren die ganze Zeit im Haus – es ist nichts passiert«, flüsterte er Ed zu, als sie aneinander vorbeigingen. »Es ist besser so«, fügte er noch hinzu, als Ed den Hörer nahm.

Tom schlenderte an dem gelben Sofa vorbei und stellte sich, scheinbar außer Hörweite, an eines der hohen Fenster. Er hörte Ed sagen, es herrsche Ruhe an der Ripley-Front und das Haus sei schön und das Wetter auch.

Tom besprach mit Madame Annette das Mittagessen. Wie es aussehe, werde Madame Heloise zu Mittag noch nicht da sein, also Essen nur für Monsieur Banbury und ihn.

Er sagte zu Madame Annette, er werde jetzt gleich Madame Heloise bei Madame Hassler in Paris anrufen und sich erkundigen, was Madame Heloise vorhabe.

In diesem Augenblick klingelte das Telefon.

»Das muß Madame Heloise sein!« sagte Tom zu Madame Annette und ging zum Telefon. »Hallo?«

»'allo, Tome!« Es war Agnès Grais' vertraute Stimme. »Hast du schon das *Neueste* gehört?«

»Nein, was denn?« fragte Tom, der sah, wie Ed die Ohren spitzte.

»*Les Pritechartes.* Man hat sie heute morgen tot in ihrem Teich gefunden!«

»Tot?«

»Ertrunken, wie es aussieht. Es war – doch, es war schon ein aufregender Samstagvormittag für uns. Du kennst doch den Sohn der Leferres – Robert?«

»Leider nein.«

»Er geht in dieselbe Schule wie Edouard. Also, Robert kam heute morgen hier vorbei, um Lose für eine Tombola zu verkaufen – mit einem Freund zusammen, einem anderen Jungen, ich weiß nicht, wie er heißt, spielt aber auch keine Rolle, und natürlich haben wir zehn Lose gekauft, um den Jungen eine Freude zu machen, worauf sie weitergezogen sind. Das war vor einer guten Stunde. Das nächste Haus steht leer, wie du ja weißt, und anscheinend sind sie gleich weiter zum Haus der Pritechartes gegangen, das ... *Alors,* kamen sie wieder zu *uns* gerannt, halb *tot* vor Schreck! Das Haus stehe offen, riefen sie – die Türen – auf ihr Klingeln habe niemand reagiert und eine Lampe sei an gewesen – und da sind sie – bestimmt nur aus Neugier –

379

mal zu dem Teich neben dem Haus gegangen, du kennst ihn doch?«

»Ja, ich habe ihn mal gesehen«, sagte Tom.

»Und da haben sie – weil das Wasser nämlich anscheinend ziemlich klar ist – zwei *Leichen* gesehen, die lagen da drin. Es ist so *entsetzlich*, Tome!«

»*Mon Dieu, oui!* – Ob das Selbstmord war? Glaubt die Polizei –«

»Ach so, ja, die Polizei – die ist natürlich noch beim Haus, einer war sogar schon hier, um mit uns zu reden. Wir haben gesagt –« Agnès seufzte schwer. »*Alors*, was konnten wir schon sagen, Tome? Daß sie ein sonderbares Leben führten und laute Musik hörten. Sie sind neu in der Gegend, waren nie bei uns, oder wir bei ihnen. Das Schlimmste ist – *nom de Dieu*, Tome – wie Schwarze Magie! Abscheulich!«

»Was?« fragte Tom, der es längst wußte.

»Unter ihnen hat die Polizei – im Wasser – Knochen gefunden! Ja –«

»Knochen?« wiederholte Tom.

»Die Überreste von – *menschlichen* Gebeinen. Eingepackt, wie ein Nachbar uns erzählt hat, denn die Leute sind ja neugierig hingelaufen.«

»Die Leute von Villeperce?«

»*Ja!* Bis die Polizei dort abgesperrt hat. *Wir* waren nicht da, *so* neugierig bin ich auch wieder nicht!« Agnès Grais lachte laut auf, wie um Druck abzulassen. »Wer kann denn dazu schon was sagen? Ob sie verrückt waren – Selbstmord begangen haben? Hat Pritecharte die Knochen aufgefischt? – Wir wissen noch gar nichts. Wer weiß denn, was in diesen Köpfen vorgegangen ist?«

»Ganz recht.« Wessen Knochen das denn sein könnten, wollte Tom schon fragen, aber das konnte Agnès ja nicht wissen, und warum sollte er so neugierig scheinen? Tom war also nur schockiert, genau wie Agnès. »Danke, daß du mir Bescheid gegeben hast, Agnès. Es ist ja – unfaßbar.«

»Eine schöne Einführung in Villeperce für deinen englischen Freund!« sagte Agnès, wieder mit einem befreienden Lachen.

»Ja, allerdings«, meinte Tom lächelnd. Während der letzten Sekunden war ihm ein unerfreulicher Gedanke gekommen.

»Tome – wir sind hier, Antoine noch bis Montag früh. Wir versuchen zu vergessen, was sich hier in unserer nächsten Nachbarschaft abgespielt hat. Da tut es gut, mal mit Freunden zu reden. Und was hörst du von Heloise?«

»Sie ist in Paris! Gestern abend hat sie angerufen. Ich rechne heute mit ihr. Sie ist noch über Nacht bei ihrer Freundin Noëlle geblieben, die ja eine Wohnung in Paris hat.«

»Ich weiß. Bestell Heloise liebe Grüße von uns, ja?«

»Mach' ich.«

»Wenn ich mehr erfahre, rufe ich dich heute noch mal an. Wir sind – leider – näher dran als ihr.«

»Ha! Ich weiß. Vielen, vielen Dank, *chère Agnès*, und Grüße an Antoine – und die Kinder.« Tom legte auf. »Puh!«

Ed stand beim Sofa, ein paar Meter entfernt. »War das Agnès – wo wir gestern abend auf einen Drink waren?«

»Ja.« Tom erklärte ihm, wie zwei kleine Jungen, die mit Losen für eine Tombola unterwegs waren, in den Teich gesehen und die beiden Leichen gefunden hatten.

Obwohl Ed Bescheid wußte, schnitt er eine Grimasse.

Tom berichtete über den Vorfall, als ob er ihm tatsächlich neu wäre. »Schrecklich für die Jungen, so was entdecken zu müssen! – So um die zwölf Jahre sind sie, glaube ich. Und das Wasser in dem Teich ist *wirklich* klar, ich erinnere mich. Trotz des schlammigen Bodens. Und diese komische Einfassung –«

»Welche Einfassung?«

»Am Teichrand. Betoniert, wie mir mal jemand erzählt hat – wahrscheinlich nicht sehr hoch. Man sieht den Beton vom Rasen aus nicht, so weit ragt er jedenfalls nicht heraus, und deshalb kann man wahrscheinlich leicht darauf ausrutschen und ins Wasser fallen – besonders wenn man etwas trägt. Ach ja, Agnès hat erwähnt, die Polizei hätte auf dem Grund des Teichs einen Sack mit Knochen gefunden.«

Ed sah Tom nur an und schwieg.

»Wie ich höre, ist die Polizei noch dort. Läßt sich ja denken.« Tom holte tief Luft. »Ich glaube, ich gehe jetzt mal zu Madame Annette und rede mit ihr.«

Die große quadratische Küche war leer, das sah er mit einem Blick, und Tom hatte sich gerade nach rechts gewandt, um an Madame Annettes Zimmertür zu klopfen, als sie ihm schon über den kurzen Flur entgegenkam.

»Ah, M'sieur Tome! – So etwas! *Une catastrophe – chez les Pritechartes!*« Sie schickte sich an, alles zu erzählen. Madame Annette hatte einen eigenen Telefonanschluß in ihrem Zimmer.

»Ja, ja, Madame. Ich hab's eben von Madame Grais gehört. Wahrhaftig ein Schock! Zwei Tote – und so nah bei uns! Ich wollte es Ihnen gerade erzählen kommen.«

Sie gingen zusammen in die Küche.

»Madame Marie-Louise hat es mir eben erzählt. Sie hat es von Madame Geneviève. Das *ganze Dorf* weiß es schon! Zwei Menschen – *ertrunken*!«

»Meinen die Leute – daß es ein Unfall war?«

»Die Leute sagen, sie haben sich gestritten – dann ist vielleicht einer hineingefallen. Die haben sich ja immerzu gestritten, wußten Sie das, M'sieur Tome?«

Tom zögerte. »Ich – glaube, das habe ich schon gehört.«

»Aber diese Knochen im Teich!« Sie verfiel unwillkürlich ins Flüstern. »Sonderbar, M'sieur Tome – *sehr* sonderbar. Sonderbare *Leute*.« Es klang aus Madame Annettes Mund, als stammten die Pritchards von einem anderen Stern, jenseits normalen Begreifens.

»Kann man wohl sagen«, meinte Tom. »*Exzentrisch* – sagen alle. Madame – ich muß jetzt Madame Heloise anrufen.«

Schon wieder klingelte das Telefon, als Tom gerade den Hörer abnehmen und wählen wollte, und diesmal fluchte er leise vor Wut. Die Polizei etwa? »Hallo?«

»'allo, Tome! C'est Noëlle! Bonne nouvelle pour toi – Heloise arrive . . .«

Heloise werde in einer Viertelstunde da sein. Sie werde von einem jungen Mann gebracht, einem Freund von Noëlle namens Yves, der ein neues Auto habe und es einfahren wolle. Außerdem habe der Wagen Platz genug für Heloises Gepäck und sei bequemer als die Eisenbahn.

»Eine Viertelstunde! Danke, Noëlle. Geht's dir gut? . . . Und Heloise?«

»Wir haben doch beide die Konstitution verwegenster Abenteurer!«

»Ich hoffe dich bald mal wieder zu sehen, Noëlle.«

Sie legten auf.

»Heloise wird gebracht – jeden Moment«, sagte Tom lächelnd zu Ed. Dann ging er zu Madame Annette, um auch ihr die Neuigkeit zu berichten. Sie strahlte sogleich. Heloise wieder im Haus zu haben, das war gewiß erfreulicher, als an die toten Pritchards in ihrem Teich zu denken.

»Aufschnitt zum Lunch, M'sieur Tome! Ich habe heute morgen sehr gute Hühnerleberpastete mitgebracht...«

Das klinge köstlich, versicherte ihr Tom.

»Und heute abend – Tournedos – sie reichen für drei. Ich hatte ja für heute abend fest mit Madame gerechnet.«

»Und dazu gebackene Kartoffeln. Läßt sich das machen? Gut durch. Halt! – Das kann ja *ich* machen, draußen auf dem Grill!« Schließlich war das die vergnüglichste und schmackhafteste Art, Kartoffeln zu backen und Tournedos zu grillen. »Und eine schöne Sauce béarnaise?«

»*Bien sûr, M'sieur. Et...*«

Sie wolle heute nachmittag noch frische grüne Bohnen und anderes kaufen, vielleicht auch noch einen Käse, den Madame Heloise besonders mochte. Madame Annette war im siebten Himmel.

Tom ging ins Wohnzimmer zurück, wo Ed in der *Herald Tribune* vom Morgen blätterte. »Alles klar«, sagte Tom. »Gehst du ein Stückchen mit mir spazieren?« Tom wäre am liebsten querfeldein gerannt und über Zäune gesprungen.

»Gute Idee. Ein bißchen die Füße vertreten.« Ed war bereit.

»Und vielleicht begegnen wir Heloise in dem schnellen Wagen. Oder im Wagen des schnellen Yves. Sie müßten jetzt jedenfalls kommen.« Tom ging noch einmal in die Küche, wo Madame Annette ruhig vor sich hin arbeitete. »Madame – M'sieur Ed und ich gehen ein bißchen spazieren. Wir sind in einer Viertelstunde wieder hier.«

Er ging wieder zu Ed in die Diele. Dieser bedrückende Gedanke von heute morgen ging ihm jetzt erneut durch den Kopf, und er hielt plötzlich inne, die Hand schon auf der Klinke.

»Was gibt's?«

»Eigentlich nichts Bestimmtes. Da ich dich – schon so ins Vertrauen gezogen habe –« Tom fuhr sich mit den Fingern durch das braune Haar. »Weißt du, mir ist heute morgen der Gedanke gekommen, daß dieser Pritchard womöglich Tagebuch geführt hat – oder *sie*, was noch eher anzunehmen wäre. Darin könnte stehen«, fuhr Tom leise und mit einem Blick zu der breiten Wohnzimmertür fort, »daß sie dieses Skelett gefunden und mir vor die Tür gelegt haben – gestern.« Tom öffnete jetzt doch die Tür, denn er brauchte Sonne und frische Luft. »Und daß sie den Kopf irgendwo auf ihrem Anwesen versteckt haben.«

Sie traten beide auf den Hof hinaus.

»Die Polizei würde dieses Tagebuch finden«, fuhr Tom fort, »und sehr bald herausbekommen, daß Pritchard sich die Zeit unter anderem damit vertrieb, mich zu schikanieren.« Tom sprach nicht gern über seine Ängste, die ja auch meist nur flüchtig waren. Aber er sagte sich, daß er Ed schließlich vertrauen konnte.

»Die waren aber doch beide so verrückt!« Ed sah Tom

stirnrunzelnd an, und sein Flüstern war kaum lauter als ihre Schritte auf dem Kies. »Egal was sie geschrieben haben – das kann doch reine Phantasterei sein und muß nicht unbedingt stimmen. Und überhaupt – ihr Wort gegen *deines*?«

»Wenn sie irgendwo geschrieben haben, sie hätten hier ein Skelett abgeliefert, werde ich es einfach abstreiten«, sagte Tom jetzt mit ruhiger, fester Stimme, als wäre die Sache damit erledigt. »Ich glaube ja nicht, daß es dazu kommt.«

»Recht so, Tom.«

Sie gingen weiter, als müßten sie ihre nervöse Energie loswerden. Da hier nur wenige oder gar keine Autos vorbeikamen, konnten sie gut nebeneinander gehen. Wie mochte Yves Wagen aussehen, überlegte Tom, und mußten neue Autos heutzutage überhaupt eingefahren werden? Er stellte sich den Wagen gelb vor und *très sportif*.

»Meinst du, Jeff hätte Lust, hierher zu kommen, Ed? Nur so?« fragte Tom. »Er sagt, er kann sich jetzt jederzeit frei machen. Übrigens hoffe ich, daß du noch mindestens zwei Tage bleibst, Ed. Kannst du?«

»Ich kann.« Ed sah Tom von der Seite an. Das Englisch-Rosa war wieder in seinen Wangen. »Ruf Jeff doch an und frag. Ich finde die Idee gut.«

»In meinem Atelier steht eine Couch. Ganz bequem.« Tom wünschte sich so sehr, mit seinen alten Freunden wenigstens zwei Tage Urlaub in Belle Ombre zu genießen; zugleich fragte er sich unentwegt, ob in diesem Augenblick, um zehn nach zwölf, womöglich sein Telefon klingelte und die Polizei ihn wegen irgend etwas sprechen wollte. »Da! Sieh mal!« Tom machte einen Luftsprung und zeigte nach vorn. »Dieser gelbe Wagen! Ich möchte wetten!«

Der Wagen kam ihnen mit heruntergeklapptem Verdeck entgegen, und vom Beifahrersitz winkte Heloise. Sie richtete sich so weit auf, wie der Sicherheitsgurt es ihr gestattete, und ließ ihr blondes Haar flattern.

»Tome!«

Tom und Ed gingen auf derselben Straßenseite wie der Wagen.

»*Hi! Hello!*« Tom winkte mit beiden Armen. Heloise war braungebrannt.

Der Fahrer bremste, fuhr aber dennoch an Tom und Ed vorbei, die sich in Trab setzten und zurückliefen.

»Hallo, Darling!« Tom küßte Heloise auf die Wange.

»Das ist Yves!« sagte Heloise, und der dunkelhaarige junge Mann sagte lächelnd: »*Enchanté, M'sieur Ripley!*« Der Wagen war ein Alfa Romeo. »Möchten Sie einsteigen?« fragte er auf englisch.

»Das ist Ed«, sagte Tom mit einer entsprechenden Handbewegung. »Nein danke, wir kommen zu Fuß nach«, antwortete er auf französisch. »Wir treffen uns vor dem Haus.«

Der Rücksitz war vollgeladen mit lauter kleinen Koffern, von denen Tom mindestens einen nicht kannte, und nicht mal ein kleiner Hund hätte noch reingepaßt, wie Tom feststellte. Er und Ed machten sich auf den Weg, lachend und schließlich sogar im Laufschritt, und als der Alfa nach rechts durch das Tor von Belle Ombre einbog, waren sie keine fünf Meter dahinter.

Madame Annette erschien. Wortreiche Begrüßung und allgemeines Vorstellen. Zuletzt halfen alle, das Gepäck ins Haus zu bringen, denn im Kofferraum befanden sich noch unzählige Kleinigkeiten und Plastiktüten. Madame Annette erhielt ausnahmsweise die Erlaubnis, die kleineren Sachen nach oben zu tragen. Heloise beaufsichtigte das Ganze und wies auf bestimmte Tüten hin, die »*Pâtisserie et bonbons de Maroc*« enthielten und nicht gequetscht werden dürften.

»Ich werde schon nicht quetschen«, sagte Tom, »ich trage sie nur in die Küche.« Er tat es und kam wieder zurück. »Kann ich Ihnen irgend etwas anbieten, Yves? Und Sie sind auch herzlich eingeladen, zum Lunch zu bleiben.«

Yves lehnte beides dankend ab und sagte, er sei in Fontainebleau verabredet und schon ein bißchen spät dran. Heloise bedankte sich bei ihm, und man verabschiedete sich.

Dann servierte Madame Annette auf Toms Bitte zwei Bloody Marys für ihn und Ed und einen Orangensaft für Heloise, den sie sich gewünscht hatte. Tom konnte den Blick nicht von ihr wenden. Sie hatte weder zugenommen noch abgenommen, fand er, und ihre wohlgeformten Schenkel unter der hellblauen Hose erschienen ihm wie Kunstwerke. Und während sie halb auf französisch, halb auf englisch von Marokko erzählte, klang ihre Stimme für ihn wie Musik, herrlicher noch als Scarlatti.

Einmal sah er zu Ed, der mit dem tomatenroten Getränk in der Hand dastand und ebenso fasziniert Heloise anstarrte, während sie zum Fenster hinausblickte. Heloise erkundigte sich nach Henri und wann es zuletzt geregnet habe. Sie hatte noch zwei Plastiktüten in der Diele, die sie jetzt hereinholte. In der einen war eine Messingschale, schlicht und schnörkellos, wie sie mit Genugtuung betonte. Wieder etwas zum Polieren für Madame Annette, dachte Tom.

»Und das hier! Sieh mal, Tome! So hübsch, und gar nicht teuer! Eine Aktentasche für deinen Schreibtisch.« Sie brachte ein Rechteck aus weichem braunen Leder zum Vorschein, geprägt, aber nicht allzu gekünstelt, und nur an den Kanten.

Für welchen Schreibtisch? dachte Tom. Er hatte in seinem Arbeitszimmer einen Tisch, an dem er schrieb, aber –

Heloise klappte die Mappe auf und zeigte Tom die vier Fächer darin, zwei auf jeder Seite, ebenfalls aus Leder.

Tom zog es immer noch vor, Heloise anzusehen, die jetzt so dicht vor ihm stand, daß er die Sonne auf ihrer Haut zu riechen glaubte. »Wunderschön, Darling. Wenn das für mich sein soll –«

»Natürlich ist es für *dich*!« lachte Heloise und strich sich mit einem Seitenblick zu Ed das blonde Haar zurück.

Ihre Haut war wieder einmal etwas dunkler als ihr Haar. Das hatte Tom schon ein paarmal gesehen. »Eigentlich ist das ja mehr eine Mappe, Darling – nicht? Keine Tasche, meine ich – denn eine Tasche hat normalerweise einen Griff zum Tragen.«

»Ach, Tome, du nimmst es immer so genau!« Sie stupste ihn spielerisch gegen die Stirn.

Ed lachte.

»Wie würdest du das nennen, Ed? Tasche oder Mappe?«

»Unsere Sprache –« begann Ed, beendete den Satz aber

nicht. »Jedenfalls ist es keine *Akten*mappe. Eine *Brief*-mappe, würde ich sagen.«

Tom war einverstanden. »Und auf jeden Fall ist sie *schön*, Darling, ich danke dir.« Er ergriff ihre rechte Hand und drückte rasch einen Kuß darauf. »Ich werde sie lieben und in Ehren halten – und gut pflegen.«

Aber Tom war mit den Gedanken mehr als halb woanders. Wo und wann könnte er Heloise von dem Unglück der Pritchards berichten? Madame Annette würde es in den nächsten zwei Stunden nicht erwähnen, da sie mit dem Lunch beschäftigt war. Aber jeden Moment konnte irgend jemand anrufen und das Neueste berichten wollen, vielleicht die Grais, aber auch die Cleggs, wenn die Kunde schon die fünfzehn oder zwanzig Kilometer weit bis zu ihnen gedrungen war. Tom beschloß jedoch, zuerst auf jeden Fall noch das Mittagessen zu genießen und die Berichte über Marrakesch und die beiden Herren aus Lille anzuhören, André und Patrick, die so nett zum Diner waren. Es gab viel zu lachen.

Heloise sagte zu Ed: »Wir freuen uns, Sie bei uns zu Gast zu haben! Hoffentlich fühlen Sie sich wohl.«

»Danke, Heloise«, antwortete Ed. »Es ist so ein schönes Haus – und *sehr* gemütlich.« Er warf einen Blick zu Tom.

Tom war im Moment wieder mit den Gedanken woanders und nagte an seiner Unterlippe. Vielleicht wußte Ed, woran er dachte: daß er Heloise bald über die Pritchards Bescheid sagen mußte. Wenn Heloise während des Essens nach ihnen gefragt hätte, wäre Tom auf jeden Fall ausgewichen. Er war froh, daß sie nicht darauf zu sprechen kam.

23

Niemand wollte Kaffee nach dem Lunch. Ed sagte, er möchte einen längeren Spaziergang »durchs ganze Dorf« machen.

»Willst du wirklich noch – Jeff anrufen?« fragte Ed.

Tom erklärte es Heloise, die bei Tisch noch eine Zigarette rauchte. Er und Ed seien der Meinung, ihr alter Freund Jeff Constant, ein Fotograf, möchte vielleicht gern für ein paar Tage hierher zu Besuch kommen. »Und wir wissen auch, daß er sich gerade frei machen kann«, sagte Tom. »Er arbeitet freiberuflich, wie Ed.«

»*Mais oui, Tome!* Warum nicht? – Wo soll er schlafen? In deinem Atelier?«

»Daran hatte ich schon gedacht. Oder ich ziehe für ein paar Tage zu dir, und er bekommt mein Zimmer.« Tom lächelte. »Aber ganz wie du wünschst, Darling.« Sie hatten das schon ein paarmal so gemacht, wie Tom sich erinnerte. *Chez Heloise* zu schlafen war für ihn einfacher, als wenn sie ihre Siebensachen in sein Zimmer umräumte. In beiden Zimmern standen Doppelbetten.

»Aber natürlich, Tome«, sagte Heloise auf französisch. Sie erhob sich, Tom und Ed daraufhin auch.

»Entschuldigt mich mal einen Moment«, sagte Tom, vor allem an Ed gewandt, und ging zur Küche.

Madame Annette räumte gerade das Geschirr in die Spülmaschine, wie an anderen Tagen auch.

»Der Lunch war ausgezeichnet, Madame – vielen Dank. Und nun zwei Dinge.« Tom ließ die Stimme sinken und sagte leise: »Ich werde Madame Heloise jetzt das mit den Pritchards sagen, damit sie es nicht von Fremden zu hören bekommt – es ist dann vielleicht nicht so ein Schock für sie.«

»*Oui, M'sieur Tome*. Recht haben Sie.«

»Das zweite ist – ich will noch einen Freund aus England einladen, für morgen. Ich weiß noch nicht sicher, ob er kommen kann, aber ich sage Ihnen dann Bescheid. Wenn ja, bekommt er mein Zimmer. Ich rufe jetzt in London an und sage es Ihnen anschließend.«

»Gut, M'sieur. Aber das Essen – *le menu*?«

Tom lächelte. »Wenn es da Schwierigkeiten gibt, essen wir morgen abend irgendwo auswärts.« Tom wußte, daß morgen Sonntag war, aber der Metzger im Dorf hatte vormittags geöffnet.

Dann eilte er nach oben, immer in dem Bewußtsein, daß jeden Augenblick das Telefon klingeln konnte – zum Beispiel wußten die Grais, daß Heloise jetzt zu Hause sein mußte – und irgend jemand womöglich von den Pritchards zu reden anfing. Das obere Telefon stand jetzt in Toms Zimmer, nicht wie sonst bei Heloise, aber wahrscheinlich würde sie darangehen, wenn es in seinem Zimmer klingelte.

Heloise war beim Auspacken. Tom sah ein paar Baumwollblusen, die er noch nicht kannte.

»Gefällt dir das, Tome?« Heloise hielt sich einen längsgestreiften Rock an die Taille. Die Streifen waren violett, grün und rot.

»*Sehr* speziell«, sagte Tom.

»Eben! Darum habe ich ihn ja gekauft. Und dieser Gürtel? Ich habe auch noch etwas für Madame Annette! Laß mich mal –«

»Darling«, unterbrach Tom sie, »ich muß dir etwas – ziemlich Unangenehmes sagen.« Jetzt hatte er ihre Aufmerksamkeit. »Du erinnerst dich doch an die Pritchards –«

»*Oh, les Pritechartes*«, wiederholte sie, als sei von den langweiligsten, uninteressantesten Menschen der Welt die Rede. »*Alors?*«

»Sie –« Er brachte die Worte nur mühsam heraus, obwohl er doch wußte, daß Heloise die Pritchards auch nicht leiden konnte. »Sie hatten einen Unfall – oder haben Selbstmord begangen. Ich weiß nicht, welches von beidem, aber die Polizei wird das wohl sagen können.«

»Sind sie *tot*?« Heloise blieb der Mund offen stehen.

»Agnès Grais hat es mir heute morgen erzählt. Sie hat angerufen. Man hat sie im Teich bei ihrem Haus gefunden. Erinnerst du dich daran? Dieser Teich, den wir auch mal gesehen haben, als wir das Haus besichtigen gingen –«

»O ja, ich erinnere mich.« Sie stand mit dem braunen Gürtel in der Hand da.

»Ob sie ausgerutscht sind – sich gegenseitig hineingezogen haben – ich weiß es nicht. Und auf dem Grund ist Schlamm – *de la boue* – da kommt man vielleicht nicht so leicht wieder raus.« Tom verzog beim Erzählen das Gesicht, als hätte er Mitleid mit den Pritchards, dabei war es das schiere Grauen bei der Vorstellung, so zu ertrinken, nichts als Schlamm und Morast unter den Füßen zu haben, Morast in den Schuhen. Ertrinken war für Tom etwas Schreckliches. Er erzählte Heloise auch von den zwei kleinen Losverkäufern, die später zu den Grais gerannt waren, zu Tode erschrocken, und die Nachricht gebracht hatten, daß in dem Teich zwei Menschen lagen.

»*Sacrebleu!*« sagte Heloise leise und setzte sich auf die Bettkante. »Und Agnès hat dann die Polizei gerufen?«

»Ganz sicher. Und dann – ich weiß nicht, wie sie es erfahren hat, oder ich hab's vergessen – aber *unter* den Pritchards hat die Polizei einen Sack mit menschlichen Gebeinen gefunden.«

»*Quoi?*« Heloise schnappte nach Luft. »Knochen?«

»Es waren komische Leute, diese Pritchards – eigenartig.« Tom setzte sich jetzt. »Das war alles erst vor ein paar Stunden, Darling. Wir werden wohl später mehr darüber hören, denke ich. Ich wollte es dir nur schon einmal sagen, bevor Agnès oder sonst jemand es dir erzählt.«

»Ich sollte Agnès mal anrufen. Es ist so *nah* bei ihnen. Du – dieser Sack voll Knochen! Was wollten sie denn *damit*?«

Tom schüttelte den Kopf und stand wieder auf. »Und was wird man sonst noch in dem Haus finden? Folterinstrumente? Ketten? – Die beiden gehören in den Krafft-Ebing. – Vielleicht findet die Polizei *noch* mehr Skelette.«

»Entsetzlich! – Leute, die sie *umgebracht* haben?«

»Wer weiß?« Und Tom wußte es ja wirklich nicht und hielt es durchaus für möglich, daß unter Pritchards Schätzen auch Menschenknochen waren, die er vielleicht irgendwo ausgegraben hatte oder die auch ebensogut von jemandem sein konnten, den er um die Ecke gebracht hatte; Pritchard war ein guter Lügner. »Vergiß nicht, daß es David Pritchard Spaß machte, seine Frau zu verprügeln. Vielleicht hatte er schon andere Frauen, die er auch geschlagen hat.«

»Tome!« Heloise schlug die Hände vors Gesicht.

Tom zog sie an sich und legte ihr die Arme um die Taille. »Das hätte ich nicht sagen sollen. – Aber es ist nun mal möglich.«

Sie schmiegte sich fest an ihn. »Und ich hatte gedacht, dieser Nachmittag – würde uns gehören. Aber mit dieser schrecklichen Geschichte – nein!«

»Wir haben ja noch die Nacht – und später jede Menge Zeit! – Ich weiß, Darling, du möchtest jetzt Agnès anrufen. Und danach rufe ich Jeff an.« Tom ließ sie los. »Hast du Jeff nicht schon einmal kennengelernt, in London? Ein bißchen größer und schwerer als Ed. Aber auch blond.« Tom wollte sie nicht ausgerechnet jetzt daran erinnern, daß Jeff und Ed zu den einstigen Gründern der Galerie Buckmaster gehörten, genau wie er, denn dann wäre ihr auch Bernard Tufts eingefallen, mit dem Heloise nie zurechtgekommen war, denn Bernard war sichtlich gestört und recht absonderlich gewesen.

»An den Namen erinnere ich mich. – Aber du solltest ihn zuerst anrufen. Wenn ich noch etwas warte, wird Agnès mir mehr zu erzählen haben.«

»Richtig!« Tom mußte lachen. »Übrigens hat Madame Annette die Sache mit dem Teich natürlich auch schon erfahren, gleich heute früh, von ihrer Freundin Marie-Louise, glaube ich.« Tom lächelte. »Bei ihrem Informationsnetz weiß Madame Annette wahrscheinlich mehr als Agnès.«

Tom fand sein Adreßbuch nicht bei sich im Zimmer, demnach lag es wohl noch unten auf dem Dielentisch. Er ging nach unten, schlug Jeff Constants Nummer nach und wählte. Beim siebten Klingeln hatte er Glück.

»Jeff, hier Tom. Du – hier ist es im Augenblick ruhig. Eigentlich könntest du doch herkommen und mit Ed und mir einen kleinen Urlaub hier verbringen – oder auch einen größeren, wenn du kannst. Wie wär's mit morgen?« Tom stellte fest, daß er so vorsichtig sprach, als könnte die Leitung abgehört werden, obwohl das bisher noch nie passiert war. »Ed ist gerade ein Stückchen spazierengegangen.«

»Morgen – hm. Doch, morgen könnte ich. Gern, wenn ich einen Flug bekomme. Hast du auch wirklich Platz für mich?«

»Bestimmt, Jeff.«

»Danke, Tom. Ich kümmere mich um die Flugpläne und rufe zurück – spätestens in einer Stunde, hoffe ich. Okay?«

Natürlich war es recht. Und Tom versicherte Jeff, daß es ihm eine Freude sei, ihn in Roissy abzuholen.

Tom sagte zu Heloise, das Telefon sei jetzt frei und es sehe so aus, als ob Jeff Constant morgen kommen und ein paar Tage bleiben werde.

»Schön, Tom. Dann rufe ich also jetzt Agnès an.«

Tom zog sich zurück und ging nach unten. Er wollte sich den Holzkohlengrill mal ansehen und alles für heute abend vorbereiten. Während er die wasserdichte Hülle abnahm und den Grill an eine geeignete Stelle rollte, überlegte er, wie es wäre, wenn Pritchard seinen Fund an Mrs. Murchison weitergemeldet und ihr gesagt hätte, er sei ganz sicher, daß es sich um die Gebeine ihres Mannes handle, nämlich aufgrund des Examensrings am kleinen Finger der rechten Hand?

Wieso hatte die Polizei noch nicht bei ihm angerufen?

Seine Probleme waren vielleicht noch alles andere als ausgestanden. Pritchard hätte, *falls* er Mrs. Murchison – und womöglich Cynthia Gradnor, großer Gott! – informiert hatte, noch dazusagen können, daß er Tom Ripley die Gebeine vor die Tür geworfen habe oder zu werfen gedenke. Vor Mrs. Murchison würde er gewiß nicht von »Werfen« gesprochen haben, sondern von »Legen« oder »Deponieren«, dachte Tom.

Andererseits - und Tom mußte über seine eigene Phantasie lächeln – hatte Pritchard im Gespräch mit Mrs. Murchison vielleicht auch gar nichts davon gesagt, daß er die Gebeine irgendwo zu deponieren gedachte, weil das pietätlos gewesen wäre. Korrekt wäre gewesen, die Gebeine mit zu sich nach Hause zu nehmen – was Pritchard getan hatte – und die Polizei zu rufen. Da die Gebeine noch in Toms alter Plane lagen, hatte Pritchard vielleicht gar nicht nach Ringen gesucht.

Und noch eine Möglichkeit gab es. Nachdem Pritchard die alte Plane an einigen Stellen aufgeschlitzt hatte, konnte er den Ehering selbst an sich genommen und irgendwo in seinem Haus deponiert haben, wo die Polizei ihn vielleicht finden würde. Wenn Mrs. Murchison von Pritchard über den Skelettfund informiert worden war, hatte sie vielleicht die beiden Ringe erwähnt, die ihr Mann immer trug, und war vielleicht in der Lage, den Ehering zu identifizieren – falls die Polizei ihn fand.

Toms Überlegungen wurden immer verschwommener, vager – ein Zeichen dafür, daß er an letztere Möglichkeit selbst nicht recht glaubte, denn angenommen, Pritchard hätte den Ehering an einem Ort versteckt, den nur er kannte (immer vorausgesetzt, der Ring war nicht schon in der

Loing vom Finger gefallen), dann wäre dieser Ort mit Sicherheit so unwahrscheinlich, daß niemand ihn je finden würde, höchstens wenn man das Haus vollständig abbrannte und die Asche durchsiebte. Ob Teddy vielleicht –

»Tom?«

Tom fuhr erschrocken herum. »Ed! Du bist es!«

Ed war ums Haus gekommen und stand hinter Tom. »Ich wollte dich nicht erschrecken!« Ed hatte seinen Pullover ausgezogen und ihn sich mit den Ärmeln um den Hals gebunden.

Tom mußte lachen. Er war zusammengezuckt, als hätte man auf ihn geschossen. »Ich war ganz in Gedanken – übrigens habe ich Jeff erreicht, und wahrscheinlich kann er morgen kommen. Ist das nicht prima?«

»Doch – finde ich auch. Und was ist das Neueste?« fragte er leiser. »Gibt's wieder was?«

Tom trug den Sack Holzkohle in eine Ecke der Terrasse. »Ich glaube, die Damen tauschen gerade ihre Informationen aus.« Er hörte von fern, wie Heloise und Madame Annette irgendwo in der Nähe der Diele lebhaft miteinander plauderten. Obwohl beide gleichzeitig redeten, wußte Tom, daß sie einander ganz genau verstanden, auch wenn sie manches wiederholen mußten. »Gehen wir uns mal erkundigen.«

Sie gingen durch die Terrassentür ins Wohnzimmer.

»Tome, die Polizei 'at – 'allo M'sieur Ed.«

»Nur Ed, bitte«, sagte Ed Banbury.

»Die Polizei 'at das 'aus durchsucht, Tome«, fuhr Heloise fort, und obwohl sie Englisch sprach, schien Madame Annette zuzuhören. »Die Polizei war bis 'eute nachmittag um drei da, sagt Agnès. Sie waren sogar noch einmal bei den Grais.«

»Damit war zu rechnen«, erwiderte Tom. »Meinen sie, daß es ein Unfall war?«

»Man 'at keinen Abschiedsbrief gefunden«, antwortete Heloise. »Die Polizei – sie 'ält es vielleicht für einen Unfall, sagt Agnès, als sie versucht 'aben, diese – diese –«

Tom warf einen Blick zu Madame Annette. »Gebeine«, sagte er leise.

»– die Gebeine – in den Teich zu werfen. Uuuh!« Heloise schüttelte sich angewidert.

Madame Annette entfernte sich mit der Miene der Pflichtbewußten, ganz als ob sie »Gebeine« nicht verstanden hätte, was sie wahrscheinlich auch nicht hatte.

»Hat die Polizei noch nicht herausbekommen, wessen Gebeine das sind?« fragte Tom.

»Die Polizei weiß es nicht – oder sagt es nicht«, antwortete Heloise.

Tom runzelte die Stirn. »Haben Agnès und Antoine den Sack mit den Gebeinen *gesehen*?«

»*Non* – aber die Kinder haben ihn gesehen – im Gras liegen – bevor die Polizei sie weggeschickt hat. Ich glaube, das Grundstück ist jetzt abgesperrt, und ein Polizeiauto steht da – zur Bewachung. Ach so, und – Agnès hat noch gesagt, daß die Gebeine alt sind. Das hat dieser Polizist gesagt. Schon ein paar Jahre alt – und daß sie im Wasser gelegen haben.«

Tom warf einen Blick zu Ed, der mit bewundernswertem Interesse zuhörte, fand Tom. »Vielleicht sind die beiden ja in den Teich gefallen bei dem Versuch – die Gebeine da *herauszuholen*.«

»*Ah, oui!* Agnès sagt, die Polizei vermutet das auch, weil im Wasser auch noch so ein *Gerät* lag – etwas für den Garten, mit *Haken* dran.«

Ed meinte: »Sie werden die Knochen wohl zur Identifizierung nach Paris bringen – oder sonstwohin. – Wem hat dieses Haus denn vorher gehört?«

»Weiß ich nicht«, sagte Tom, »aber so was läßt sich ja leicht feststellen. *Das* weiß die Polizei inzwischen bestimmt.«

»Das Wasser war so klar«, sagte Heloise. »Ich erinnere mich noch, wie ich es mal gesehen habe. Ich habe noch gedacht, da könnten sogar Zierfische drin leben.«

»Aber der Grund ist schlammig, Heloise. Da kann etwas einsinken – was für ein Thema!« sagte Tom. »Wo das Leben hier sonst so ruhig ist.«

Sie standen beim Sofa, aber keiner setzte sich.

»Und denk mal, Tome, sogar Noëlle weiß es schon. Sie hat es in den Einuhrnachrichten gehört, im Radio, nicht *télé*.« Heloise strich ihr Haar zurück. »Tome, mir wäre jetzt nach einer Tasse Tee. M'sieur Ed vielleicht auch? Kannst du Madame Annette Bescheid sagen, Tome? Ich möchte jetzt ein bißchen in den Garten gehen – allein.«

Tom war das sehr recht. Ein paar Sekunden Alleinsein würde ihr guttun. »Tu das, Chérie. Ich bitte inzwischen Madame Annette, uns einen Tee zu kochen.«

Heloise sprang die Terrassenstufen hinunter auf den Rasen. Sie hatte eine weiße Hose und Tennisschuhe an.

Tom ging Madame Annette suchen und hatte sie gerade gebeten, für alle eine Tasse Tee zu kochen, als das Telefon klingelte.

»Das wird unser Freund aus London sein«, sagte Tom zu Madame Annette und ging durchs Wohnzimmer zurück zum Telefon.

Ed war momentan nicht in Sicht.

Es war Jeff, der seine Ankunftszeit melden wollte: morgen vormittag um 11:25 Uhr, BA-Flugnummer 826. »Rückflug offen«, sagte Jeff, »für alle Fälle.«

»Danke, Jeff. Wir freuen uns auf dich. Hier ist wunderbares Wetter, aber pack doch besser einen Pullover ein.«

»Kann ich dir etwas mitbringen, Tom?«

»Nur dich selbst.« Tom lachte. »Halt, doch! Ein Pfund Cheddar, wenn's keine Mühe macht. Er schmeckt mir aus London immer besser.«

Tee. Sie nahmen ihn alle drei im Wohnzimmer ein. Heloise setzte sich mit ihrer Tasse in eine Sofaecke und sprach kaum. Tom hatte nichts dagegen. Er dachte an die Fernsehnachrichten um sechs Uhr, also in zwanzig Minuten, da sah er Henris Hünengestalt an einer Ecke des Gewächshauses stehen.

»Nanu, Henri«, sagte Tom und stellte seine Tasse hin. »Ich gehe mal fragen, was er will – *falls* er was will. Entschuldigt mich.«

»Warst du mit ihm verabredet, Tome?«

»Nein, Chérie.« Tom erklärte es Ed: »Henri ist so was wie mein Gärtner. Unser freundlicher Riese.«

Tom ging hinaus. Wie er vermutet hatte, war Henri um diese samstagnachmittägliche Zeit nicht etwa zum Arbeiten gekommen, sondern um über *les événements à la maison Pritecharte* zu sprechen. Nicht einmal ein doppelter Selbstmord, wie Henri es nannte, konnte den Riesen äußerlich erschüttern oder wenigstens ein bißchen nervös machen.

»Ja, ich habe davon gehört«, sagte Tom. »Madame Grais hat heute vormittag angerufen. Wirklich erschütternd!«

Henri trat von einer dicken Stiefelsohle auf die andere. Seine großen Hände drehten einen Kleestengel hin und her, an dessen Ende eine runde blaßlila Blüte wippte. »Und die Knochen darunter«, sagte Henri bedrohlich leise, als sei damit das Urteil über die Pritchards gesprochen. »Knochen, M'sieur!« Die Kleeblüte wippte. »Merkwürdige Leute – und das *hier*! Vor unseren Nasen!«

Tom hatte Henri noch nie aufgebracht gesehen. »Meinen Sie –« Tom blickte auf den Rasen, dann wieder zu Henri – »die haben wirklich beschlossen, sich beide umzubringen?«

»Wer weiß?« sagte Henri, die buschigen Brauen hochgezogen. »Vielleicht war das ja irgend so ein komisches Spiel. Was Neues ausprobiert – aber was nur?«

Nicht sehr erhellend, dachte Tom, aber wahrscheinlich gaben Henris Spekulationen genau das wieder, was man im Dorf dachte. »Wird mich mal interessieren, was die Polizei dazu sagt.«

»*Bien sûr!*«

»Und weiß man schon, *wessen* Gebeine das sind?«

»*Non, M'sieur.* Ziemlich alte Knochen! – Als wenn – *alors* – es wissen ja alle – dieser Pritecharte hat doch hier überall in den Flüssen und Kanälen herumgesucht. Wonach? Nur zum Spaß? – Ein paar Leute sagen schon, Pritecharte hat die Knochen aus einem Kanal gefischt, und er und seine Frau – haben sich darum *geprügelt*.« Henri sah

Tom mit einem Blick an, als hätte er ihm gerade ein anstö-
ßiges Geheimnis um dieses Paar enthüllt.

»Geprügelt –«, wiederholte Tom, wie es hier üblich
war.

»Seltsam, M'sieur.« Henri schüttelte den Kopf.

»*Oui, ah oui*«, sagte Tom mit einem ergebenen Seufzer,
als brächte doch jeder Tag neue Rätsel, mit denen man
eben leben müsse. »Vielleicht kommt ja heute abend im
Fernsehen etwas darüber – sofern ein kleines Dorf wie Villeperce denen überhaupt wichtig ist, eh? Nun gut, Henri,
ich muß jetzt wieder zu meiner Frau, denn wir haben
Besuch aus London und erwarten morgen noch jemanden.
– Sie wollen jetzt doch sicher nicht hier arbeiten, oder?«

Nein, das wollte Henri nicht, aber gegen ein Gläschen
Wein im Gewächshaus hatte er auch nichts einzuwenden.
Tom hatte dort immer eine Flasche für Henri – oft genug
gewechselt, damit sie nicht schal wurde – sowie zwei Gläser, die nicht besonders sauber waren, aber sie prosteten
einander zu und tranken.

»Gut, daß diese beiden weg sind aus dem Dorf – und
die Knochen auch«, sagte Henri leise. »Das waren doch
Verrückte.«

Tom nickte ernst.

»*Salutation à votre femme, M'sieur*«, sagte Henri und
schlenderte quer über den Rasen zu dem Weg an der Seite.

Tom ging zurück ins Wohnzimmer und zu seinem Tee.

Ed und Heloise unterhielten sich – ausgerechnet über
Brighton!

Tom schaltete den Fernseher ein. Es war gleich soweit.
»Bin mal gespannt, ob Villeperce jetzt in die Weltnach-

richten rückt«, meinte er, vor allem zu Heloise. »Oder wenigstens in die Landesnachrichten.«

»Ah, ja!« Heloise setzte sich auf.

Tom hatte den Apparat weiter ins Zimmer gerollt. Die erste Meldung betraf eine Konferenz in Genf, dann kam irgendein Motorbootrennen. Ihr Interesse ließ nach, und Ed und Heloise unterhielten sich wieder, auf englisch.

»Da, guckt mal«, sagte Tom, nicht sehr aufgeregt.

»Das Haus!« sagte Heloise.

Sie sahen jetzt alle hin. Das weiße Haus der Pritchards gab den Hintergrund zur Stimme des Kommentators ab. Der Fotograf war anscheinend nicht näher als bis zur Straße herangekommen und auch das vielleicht nur für die eine Aufnahme, dachte Tom. Der Sprecher sagte:

»... wurde heute vormittag in Villeperce, einem Dorf bei Moret, ein merkwürdiger Unfall entdeckt. Man fand die Leichen zweier Erwachsener, des amerikanischen Ehepaars David und Janice Pritcharte, beide Mitte Dreißig, in einem zwei Meter tiefen Teich auf ihrem Grundstück. Die Toten waren bekleidet und hatten Schuhe an den Füßen. Ein Unfall wird vermutet. ... Monsieur und Madame Pritcharte hatten das Haus in Villeperce erst vor kurzem...«

Kein Wort über die Knochen, dachte Tom, als der Sprecher die Meldung über die Pritchards abschloß. Tom sah Ed an, der anscheinend das gleiche dachte, denn er hatte die Augenbrauen leicht hochgezogen.

»Die haben ja gar nichts von – diesem Skelett gemeldet«, sagte Heloise. Sie sah bekümmert zu Tom. Jede Erwähnung der Knochen schien Heloise peinlich zu berühren.

Tom sammelte sich. »Ich denke mir – daß sie die Knochen irgendwohin bringen – wo sie zum Beispiel feststellen, wie alt sie sind. Wahrscheinlich wollte die Polizei deswegen nicht, daß sie erwähnt wurden.«

»Interessant«, meinte Ed, »wie sie das ganze Haus abgeriegelt haben, oder? Nicht einmal ein Foto von dem Teich, nur das Haus im Hintergrund. Die Polizei trifft Vorsorge.«

Die Ermittlungen sind noch nicht abgeschlossen, hieß das wohl.

Das Telefon klingelte, und Tom nahm ab. Wie er ganz richtig geraten hatte, war es Agnès Grais, die auch soeben die Abendnachrichten gesehen hatte.

»Antoine hat gesagt: ›Weg mit Schaden‹«, berichtete sie Tom. »Er meint, die Leute waren nicht richtig im Kopf, und da haben sie nun durch Zufall irgendwelche Knochen aus dem Wasser gefischt und sind darüber so – in Ekstase geraten, daß sie selbst hineingefallen sind.« Agnès schien dem Lachen nah.

»Möchtest du Heloise sprechen?«

Genau das wollte sie.

Heloise kam ans Telefon, und Tom ging zu Ed zurück, blieb aber stehen.

»Ein Unfall«, flüsterte Tom nachdenklich. »Was es in Wirklichkeit ja auch war.«

»Stimmt«, antwortete Ed.

Sie versuchten beide nicht zuzuhören, was Heloise und Agnès Grais sich so munter zu erzählen hatten.

Tom dachte mindestens schon zum zweitenmal, welch ein Glück es war, daß Murchison keinen Gürtel, sondern Hosenträger angehabt hatte. Vielleicht wäre ein Ledergürtel erhalten geblieben, so daß Pritchard ihn womöglich ebenfalls als Trophäe an sich genommen hätte, und sicher wäre er in diesem Haus leichter zu finden gewesen als ein Ehering. Hatte Murchison *doch* einen Hosengürtel gehabt? Tom hatte es völlig vergessen. Er nahm den letzten Schokoladenkeks von dem Teller, der auf dem Tisch stand. Ed hatte darauf verzichtet.

»Ich gehe mich ein bißchen oben hinlegen, und danach kümmere ich mich um den Grill – so um Viertel vor acht«, sagte Tom. »Auf der Terrasse.« Er lächelte. »Wir werden uns einen schönen Abend machen.«

24

Tom war gerade in einem frischen Hemd und Pullover wieder heruntergekommen, da klingelte das Telefon. Er nahm in der Diele ab.

Eine Männerstimme stellte sich als *Commissaire de Police Divisionnaire* oder so ähnlich vor, Etienne Lomard aus Nemours, und fragte, ob er gleich einmal herüberkommen und kurz mit Monsieur Ripley sprechen könne.

»Ich glaube, wir können es ganz kurz machen, M'sieur«, sagte der Polizist, »aber es ist einigermaßen wichtig.«

»Selbstverständlich«, antwortete Tom. »Jetzt sofort? ... Meinetwegen, M'sieur.«

Tom schloß daraus, daß der Polizeibeamte den Weg kannte. Heloise hatte ihm nach ihrem Gespräch mit Agnès Grais gesagt, daß die Polizei noch immer im Haus der Pritchards sei und inzwischen mehrere Polizeiautos auf der Straße ständen. Tom wollte im ersten Moment schon nach oben gehen, um Ed zu warnen, überlegte es sich aber anders. Ed wußte ja, was Tom erzählen würde, und es bestand keine Notwendigkeit für Eds Gegenwart, wenn die Polizei hier war. Statt dessen ging Tom in die Küche, wo Madame Annette gerade Salat wusch, und sagte ihr, daß gleich ein Polizist hierherkommen werde, in fünf Minuten etwa.

»*Officier de police*«, wiederholte sie, nur mäßig erstaunt, denn das fiel nicht in ihren Bereich. »Ist gut, M'sieur.«

»Ich mache ihm selbst auf. Er wird nicht lange bleiben.«

Tom nahm dann seine Lieblingsschürze von einem Haken hinter der Küchentür und band sie sich um den Hals und die Taille. OUT TO LUNCH stand vorn in schwarzen Lettern auf einer roten Tasche.

Als Tom ins Wohnzimmer ging, kam Ed soeben die Treppe herunter. »Hier taucht gleich ein Polizist auf«, sagte Tom. »Da wird wohl irgendwer gesagt haben, daß wir – Heloise und ich – die Pritchards gekannt haben.« Tom zuckte die Achseln. »Und weil wir Englisch sprechen. Das ist hier in der Gegend ja nicht so häufig.«

Tom hörte den Türklopfer. Sie hatten einen Klopfer und eine Klingel an der Haustür, aber Tom teilte die Leute nicht danach ein, wer was benutzte.

»Soll ich verschwinden?« fragte Ed.

»Mach dir einen Drink und tu, wozu du Lust hast. Du bist schließlich mein Gast«, sagte Tom.

Ed ging an die Hausbar.

Tom ging die Haustür öffnen und begrüßte die Polizisten – zwei – die er seines Wissens noch nie gesehen hatte. Sie stellten sich vor und tippten an ihre Mützen, und Tom bat sie herein.

Beide wollten sich lieber auf einen der geraden Stühle als auf das Sofa setzen.

Ed erschien, und Tom, der noch stand, stellte ihn als Edward Banbury aus London vor, einen alten Freund, der übers Wochenende bei ihm zu Gast sei. Dann ging Ed mit seinem Drink auf die Terrasse.

Die beiden Polizisten waren etwa gleichaltrig und mochten den gleichen Rang haben. Sie sprachen jedenfalls beide, und es ging darum, daß eine Mrs. Thomas Murchison aus New York im Haus der Pritchards angerufen habe, offenbar in der Erwartung, mit David Pritchard oder seiner Frau zu sprechen, und die Polizei habe Mrs. Murchison geantwortet – ob Monsieur Riplé mit ihr bekannt sei?

»Ich glaube –« sagte Tom ernst, »sie war einmal in diesem Haus, etwa eine Stunde lang – das ist ein paar Jahre her – nach dem Verschwinden ihres Mannes.«

»*Exactement!* Das hat sie uns auch gesagt, M'sieur Riplé! *Alors* –«, fuhr der Polizist gewichtig und zuversichtlich auf französisch fort, »Madame Murchisonne hat uns informiert, sie habe gestern, Freitag, von Pritecharte gehört –«

»Donnerstag«, verbesserte ihn der andere.

»Kann sein – der erste Anruf, ja. David Pritecharte hat ihr mitgeteilt, daß er die – ja, die Gebeine ihres Gatten gefunden habe. Und daß er, Pritecharte, mit Ihnen darüber sprechen wollte. Sie Ihnen *zeigen*.«

Tom runzelte die Stirn. »Mir zeigen? – Ich verstehe nicht recht.«

»Hier abliefern«, verbesserte der andere Polizist seinen Kollegen.

»Ach ja, er wollte sie bei Ihnen *abliefern*.«

Tom holte Luft. »Davon hat Mr. Pritchard zu mir nichts gesagt, das versichere ich Ihnen. – Hat Mrs. Murchison gesagt, er hätte mich *angerufen*? Das stimmt nicht.«

»Er *wollte* die Gebeine hier abliefern, *n'est-ce pas*, Philippe?« fragte der andere Polizist.

»Ja, aber am Freitag, sagt Madame Murchisonne. Gestern morgen«, antwortete sein Kollege.

Sie saßen jetzt beide und hielten ihre Mützen im Schoß.

Tom schüttelte den Kopf. »Hier ist nichts abgeliefert worden.«

»Kannten Sie M'sieur Pritecharte, M'sieur?«

»Er hat sich mir einmal hier in der Bar-Tabac vorgestellt. Und einmal war ich auf einen Drink bei ihm zu Hause. Schon Wochen her – sie hatten meine Frau und mich dazu eingeladen. Ich bin aber allein hingegangen. Bei uns waren sie nie.«

Der größere der beiden Polizisten, der mit den blonderen Haaren, räusperte sich und sagte zu dem anderen: »Die Fotos?«

»*Ah, oui.* Wir haben in Pritechartes Haus zwei Fotos von Ihrem Haus gefunden, M'sieur Riplé – von außen aufgenommen.«

»Was? Von meinem Haus?«

»Ja, unverwechselbar. Die Fotos standen im Haus der Pritechartes auf dem Kaminsims.«

Tom betrachtete die beiden Fotos in der Hand des Polizisten. »Sehr eigenartig. Mein Haus ist nicht zu verkaufen.« Er lächelte. »Allerdings – ja! Ich erinnere mich, daß ich Pritchard einmal draußen auf der Straße gesehen habe. Vor ein paar Wochen. Meine Haushälterin hat mich darauf aufmerksam gemacht, daß da jemand unser Haus fotografierte, mit einer kleinen – recht gewöhnlichen Kamera.«

»Und Sie haben ihn als M'sieur Pritecharte erkannt?«

»O ja. – Es hat mir nicht gefallen, daß er da fotografierte, aber ich hab's dann doch lieber nicht beachtet. Meine Frau hat ihn auch gesehen – und eine Freundin meiner Frau, die an diesem Tag bei uns war.« Tom runzelte die Stirn und überlegte. »Ich erinnere mich auch, Madame Pritchard in einem Auto gesehen zu haben – wie sie ihren Mann ein paar Minuten später abholte, und dann sind sie zusammen weggefahren. Merkwürdig.«

In dem Moment kam Madame Annette ins Zimmer, und Tom wandte sich ihr zu. Sie fragte, ob die Herren einen Wunsch hätten? Tom wußte, daß sie bald den Tisch decken wollte.

»Ein Gläschen Wein, Messieurs?« fragte Tom. »*Un pastis?*«

Beide lehnten dankend ab, weil sie im Dienst oder *de jour* seien.

»Für mich jetzt auch nichts, Madame«, sagte Tom. »Äh – Madame Annette – ist hier am Donnerstag – oder Freitag – ein Anruf für mich gekommen?« fragte Tom mit einem Blick zu den Polizisten, von denen der eine nickte. »Von einem M'sieur Pritecharte? Der etwas bei uns abliefern wollte?« Tom fragte mit aufrichtigem Interesse, weil ihm plötzlich eingefallen war, daß Pritchard ja mit Madame Annette über eine Lieferung gesprochen und sie (was sehr unwahrscheinlich war) vergessen haben könnte, Tom Bescheid zu sagen.

»*Non, M'sieur Tome.*« Sie schüttelte den Kopf.

Tom wandte sich an die Polizisten: »Meine Haushälterin hat natürlich heute früh von der Tragödie gehört.«

Die Polizisten brummelten nur dazu. Solche Nachrichten verbreiteten sich immer rasch.

»Sie dürfen Madame Annette gern fragen, ob hier etwas abgeliefert worden ist«, sagte Tom.

Die Polizisten fragten, und Madame Annette verneinte und schüttelte wieder den Kopf.

»Kein Paket, M'sieur«, antwortete sie bestimmt.

»Das Ganze –« Tom wägte sorgsam seine Worte – »hat auch mit diesem M'sieur Murchisonne zu tun, Madame Annette. Sie erinnern sich – das war der Herr, der am Flughafen von Orly verschwunden ist. Der Amerikaner, der vor ein paar Jahren einmal über Nacht hier war.«

»*Ah, oui.* So ein großer«, sagte Madame Annette ausweichend.

»Ja. Wir hatten über Bilder gesprochen. Meine beiden Derwatts –« Tom zeigte auf die Wände, damit die französischen Polizisten sahen, was er meinte. »M'sieur Murchison hatte auch einen Derwatt, der dann leider in Orly gestohlen wurde. Ich hatte ihn ja anderntags nach Orly gefahren – gegen Mittag, glaube ich. Erinnern Sie sich, Madame?«

Tom hatte ganz beiläufig und ohne besondere Betonung gefragt, und glücklicherweise belohnte Madame Annette ihn, indem sie im gleichen Ton antwortete: »*Oui, M'sieur Tome.* Ich habe doch noch geholfen, seine Koffer zum Wagen zu bringen.«

Tom fand, das genügte wohl, obwohl er sie auch schon hatte sagen hören, sie habe Monsieur Murchison aus dem Haus gehen und ins Auto steigen sehen.

Heloise kam jetzt herunter, und Tom und die Polizisten erhoben sich.

»Meine Frau«, sagte Tom. »Madame Heloise –«

Die Polizisten stellten sich wieder vor.

»Die Rede ist vom Haus der Pritchards«, sagte Tom zu Heloise. »Etwas zu trinken, Chérie?«

»Nein danke. Ich warte noch.« Heloise gab sich ganz den Anschein, als wollte sie fortgehen, vielleicht in den Garten.

Madame Annette ging in die Küche zurück.

»Madame Riplé, haben Sie vielleicht ein Paket gesehen – etwa so lang – das hier irgendwo auf Ihrem Anwesen lag?« Der Polizist breitete dabei die Arme aus, um die ungefähre Länge zu zeigen.

Heloise machte große Augen. »Von Fleurop?«

Die Polizisten mußten lächeln.

»Nein, Madame. In eine Plane gewickelt – und zuge-schnürt. Am Donnerstagabend – oder Freitag?«

Tom überließ es Heloise, sie darüber aufzuklären, daß sie erst heute mittag aus Paris gekommen sei. Sie habe die Nacht vom Freitag in Paris verbracht, und am Donnerstag sei sie noch in Tanger gewesen, sagte sie.

Das war somit erledigt.

Die Polizisten hielten Rat, dann fragte der eine: »Können wir einmal Ihren Freund aus London sprechen?«

Ed Banbury stand bei den Rosen. Tom rief nach ihm, und Ed kam angetrabt.

»Die Polizei will dich nach einem Paket befragen, das hier abgeliefert worden sein soll«, sagte Tom noch auf der Terrasse zu ihm. »Ich habe keins gesehen, Heloise auch nicht.« Tom sprach ganz normal und ohne zu wissen, ob einer der Polizisten ihm auf die Terrasse gefolgt war.

Die Polizisten waren aber noch beide im Wohnzimmer, als Ed Banbury hineinging.

Ed wurde gefragt, ob er ein schmutziggraues Paket gese-hen habe, über einen Meter lang – in der Einfahrt, unter einer Hecke – irgendwo, auch vor dem Tor. »*Non*«, ant-wortete Ed. »*Non*.«

»Wann sind Sie hier angekommen, M'sieur?«

»Gestern – Freitag – gegen Mittag. Zum Lunch war ich schon hier.« Eds Gesicht wirkte durch die blonden Brauen überaus ehrlich. »Monsieur Ripley hat mich am Flughafen Roissy abgeholt.«

»Danke, M'sieur. Was sind Sie von Beruf?«

»Journalist«, antwortete Ed. Dann mußte er seinen Namen und seine Londoner Adresse auf einen Block schreiben, den einer der Beamten hervorzog.

»Bitte bestellen Sie Madame Murchison meine freundlichen Grüße, wenn Sie noch einmal mit ihr sprechen«, sagte Tom. »Ich habe sie in angenehmer – wenn auch etwas verschwommener – Erinnerung«, fügte er lächelnd hinzu.

»Wir werden noch einmal mit ihr sprechen«, sagte der eine Polizist, der mit den glatten braunen Haaren. »Sie ist – nun, sie glaubt, daß die Gebeine, die wir gefunden haben – oder die Pritcharte gefunden hat, vielleicht die Gebeine ihres Mannes sind.«

»Ihres Mannes«, wiederholte Tom ungläubig. »Aber – wo hat Pritchard sie denn gefunden?«

»Das wissen wir nicht genau, aber vielleicht nicht weit von hier. Zehn, fünfzehn Kilometer.«

Die Bewohner von Voisy hatten sich also noch nicht geäußert, dachte Tom, sofern sie überhaupt etwas gesehen hatten. Und Pritchard hatte nichts von Voisy gesagt – oder? »Sie werden das Skelett ja gewiß identifizieren können«, sagte Tom.

»*Le squelette est incomplet, M'sieur. Il n'y a pas de tête*«, sagte der Blonde mit ernstem Gesicht.

»*C'est horrible!*« flüsterte Heloise.

»Wir werden als erstes mal bestimmen, wie lange es im Wasser gelegen hat –«

»Kleidung?« fragte Tom.

»Ha! Alles abgefault, M'sieur. Nicht einmal mehr ein Knopf in der ursprünglichen Verpackung! – Die Fische – die Wasserströmung –«

»*Le fil de l'eau*«, wiederholte der andere Polizist mit einer entsprechenden Gebärde. »Die Strömung. Da geht so was weg – Kleider, Fleisch –«

»Jean!« sagte der andere Polizist mit einer unwirschen Handbewegung, die heißen sollte: »Das genügt! Hier ist eine Dame anwesend!«

Nach ein paar Sekunden Schweigen fuhr Jean fort: »Können Sie sich erinnern, M'sieur Riplé, ob Sie damals in Orly, vor dieser langen Zeit, gesehen haben, wie M'sieur Murchisonne in die Abflughalle gegangen ist?«

Tom konnte sich erinnern. »Ich habe meinen Wagen gar nicht auf den Parkplatz gebracht, ich habe nur vor dem Eingang gehalten und M'sieur Murchison geholfen, sein Gepäck auszuladen – und das eingepackte Bild – dann bin ich gleich weitergefahren. Das war vor der Tür zur Abflughalle. Er konnte seine paar Sachen leicht allein tragen. Darum habe ich ihm – wie das so ist – auch gar nicht mehr nachgesehen, wie er durch die Tür gegangen ist.«

Die Polizisten hielten wieder Rat, tuschelten miteinander und sahen in ihren Notizen nach.

Tom nahm an, daß sie sich jetzt vergewisserten, ob er der Polizei vor Jahren auch gesagt hatte, er habe Murchison in Orly mit seinem Gepäck vor der Abflughalle abgesetzt. Er hatte nicht die Absicht, sie darauf hinzuweisen, daß seine diesbezügliche Aussage doch gewiß schon lange aktenkundig sei. Und er gedachte auch nicht zu sagen, daß er es merkwürdig fände, wenn jemand Murchison in diese Gegend zurückgebracht hätte, um ihn zu ermorden, oder wenn Murchison hierher zurückgekommen wäre, um Selbstmord zu begehen. Tom stand plötzlich auf und ging zu seiner Frau.

»Ist dir nicht wohl, Darling?« fragte er auf englisch. »Ich glaube, die Herren sind gleich hier fertig. Möchtest du dich nicht setzen?«

»Mir fehlt nichts«, antwortete Heloise etwas kühl, als wollte sie sagen, daß Toms seltsame und zwielichtige Unternehmungen die Polizei ja erst hierher geführt hätten und ihre Anwesenheit nicht eben erfreulich sei. Sie stand mit verschränkten Armen an das Sideboard gelehnt und möglichst weit weg von den Polizisten.

Tom ging zu den Beamten zurück und setzte sich wieder, um ihnen nicht das Gefühl zu geben, er dränge jetzt auf ihren Abschied. »Könnten Sie Madame Murchison – falls Sie wieder mit ihr sprechen – bitte ausrichten, daß ich gern bereit bin, noch einmal mit ihr zu reden? Sie weiß zwar schon alles, was ich ihr sagen kann, aber –« Er verstummte.

Der Blonde namens Philippe sagte: »Ja, M'sieur, das werden wir ausrichten. Hat sie Ihre Telefonnummer?«

»Sie hatte sie jedenfalls mal«, sagte Tom freundlich, »und sie hat sich nicht geändert.«

Der andere Beamte hob jetzt den Finger, wie um sich zu Wort zu melden, und sagte: »Und eine Frau namens Cynthia, M'sieur – in England? Madame Murchisonne hat von ihr gesprochen.«

»Cynthia – ja«, antwortete Tom, als müsse er sie sich langsam ins Gedächtnis rufen. »Ich kenne sie flüchtig. Warum?«

»Ich glaube, Sie haben sie neulich in London getroffen.«

»Ja, richtig. Wir sind in einen Pub gegangen und haben was getrunken.« Tom lächelte. »Woher wissen Sie das?«

»Madame Murchisonne hat es uns gesagt, sie steht nämlich in Verbindung mit Madame Cynthia –«

»Grad-no-or«, soufflierte der Blonde, nachdem er in seinen Notizen nachgesehen hatte.

Tom wurde allmählich etwas unbehaglich. Er versuchte vorauszudenken. Was kamen als nächstes für Fragen?

»Haben Sie sich mit ihr in London – aus einem bestimmten Grund getroffen?«

»Ja«, sagte Tom. Er drehte sich so auf seinem Stuhl, daß er Ed sehen konnte, der stand und sich auf eine Stuhllehne stützte. »Erinnerst du dich an Cynthia, Ed?«

»J-aaa, verschwommen«, antwortete Ed auf englisch. »Ich habe sie seit Jahren nicht mehr gesehen.«

»Mein Grund«, fuhr Tom fort, jetzt wieder an die Polizisten gewandt, »war, sie zu fragen, was M'sieur Pritchard von mir wollte. Wissen Sie, ich fand M'sieur Pritchard – etwas überfreundlich, er wollte zum Beispiel unbedingt in mein Haus eingeladen werden – und ich wußte nun einmal sehr genau, daß meine Frau davon nichts wissen wollte!« Tom lachte. »Das eine Mal, als ich zu einem Drink bei den Pritchards war, hat M'sieur Pritchard den Namen von Cynthia –«

»Grad-no-or«, wiederholte der Polizist.

»Ja. Also, bei diesem Besuch hat M'sieur Pritchard – davon gesprochen, daß diese Cynthia wohl keine Freundin von mir sei – sie habe etwas gegen mich. Ich wollte wissen, was das sei, aber er hat es mir nicht gesagt. Das war nicht nett, aber eben typisch Pritchard! – Und als ich dann in London war, habe ich Madame Grad-noors Telefonnummer nachgeschlagen und sie gefragt, was es mit diesem Pritchard eigentlich auf sich hat.« Tom rief sich rasch in Erinnerung, daß Cynthia (nach seinem Eindruck) nicht gewillt war, Bernard Tufts das Etikett eines Bilderfälschers anhängen zu lassen. Cynthia hatte ihre selbstgesteckten Grenzen, und sie sollten Tom jetzt zugute kommen.

»Und weiter? Was haben Sie erfahren?« Der dunkelhaarige Polizist machte ein interessiertes Gesicht.

»Leider nicht viel. Cynthia hat mir gesagt, sie sei mit Pritchard nie zusammengetroffen – habe ihn überhaupt noch nie gesehen. Er habe sie aus heiterem Himmel angerufen.« Tom fiel plötzlich der Mittelsmann ein, dieser George Dingsda, der auf der großen Journalistenparty in London gewesen war, auf der auch Pritchard und Cynthia waren. Dieser Mittelsmann hatte Pritchard den Namen Ripley erwähnen hören und zu Pritchard gesagt, hier gebe es eine Frau, die Ripley hasse. So war Pritchard an Cynthias Namen gekommen (und Cynthia offenbar an seinen), aber sie waren nicht zusammengetroffen, um miteinander zu reden. Tom hatte jedoch nicht die Absicht, der Polizei diese Information zu liefern.

»Seltsam«, meinte der Blonde nachdenklich.

»Pritchard *war* seltsam!« Tom erhob sich, als wäre er vom langen Sitzen steif geworden. »Ich glaube, da es gleich acht ist, mache ich mir jetzt mal einen Gin Tonic. Und Sie, meine Herren – *un petit rouge?* Einen Scotch? Wonach Ihnen der Sinn steht.«

Tom sprach in einem Ton, als würden die Herren selbstverständlich was nehmen, was sie auch taten. Beide wählten *un petit rouge.*

»Ich sage Madame Bescheid«, sagte Heloise und ging zur Küche.

Die beiden Polizisten beglückwünschten Tom zu seinen Derwatts, dem über dem Kamin vor allem, der ein Bernard Tufts war. Und zu seinem Soutine.

»Freut mich, daß Ihnen die Bilder gefallen«, sagte Tom. »Ich schätze mich glücklich, sie zu besitzen.«

Ed hatte sich an der Hausbar sein Glas nachgefüllt, Heloise war auch wieder da, und nachdem alle etwas zu trinken hatten, wurde die Atmosphäre etwas lockerer. Tom sagte ruhig zu dem dunklen Beamten: »Zweierlei, M'sieur. Zum einen werde ich auch gern mit Madame Cynthia reden – falls sie mit mir reden will. Und zweitens, was glauben Sie, warum –« Tom sah in die Runde, aber niemand hörte zu.

Philippe, der Blonde, der seine Mütze jetzt unterm Arm hatte, schien ganz von Heloise angetan zu sein und auch sichtlich froh, statt über Knochen und verwestes Fleisch einmal über gar nichts zu reden. Auch Ed war zu Heloise getreten.

»Was meinen Sie«, fuhr Tom fort, »was M'sieur Pritchard mit diesen Knochen in seinem Gartenteich vorhatte?«

Jean, der Dunkle, schien zu überlegen.

»Wenn er sie aus einem Fluß gefischt hat – warum wirft

er sie dann wieder ins Wasser und – dann bringen sie sich beide um?«

Der Beamte zuckte die Achseln. »Es kann ja auch ein Unfall gewesen sein – zuerst ist er ausgerutscht und hineingefallen, dann sie, M'sieur – oder umgekehrt. Mit diesem Gartengerät wollten die da etwas herausholen – wie es aussieht. Ihr *télé* war noch an, Kaffee auf dem Tisch – ein Drink –« Erneutes Achselzucken – »das stand noch alles so im Wohnzimmer. – Vielleicht wollten sie die Gebeine vorübergehend irgendwo verstecken. Kann sein, daß wir morgen oder übermorgen mehr erfahren – oder auch nicht.«

Die Polizisten standen, beide mit ihrem Glas in der Hand.

Tom fiel noch etwas ein: Teddy, und er beschloß, ihn ins Gespräch zu bringen und trat zu der Gruppe um Heloise. »M'sieur«, sagte er zu Philippe, »M'sieur Pritchard hatte einen Freund – zumindest hatte er jemanden bei sich, wenn er auf den Kanälen herumfischte. Jeder sagt das.« Tom hatte ausdrücklich *pêcher* gesagt, »fischen«, nicht »suchen«. »Irgendwo habe ich gehört, daß dieser Mann Teddy hieß. Haben Sie schon mit ihm gesprochen?«

»Ah, ja – Teddy, Theodore«, sagte Jean, und die beiden Polizisten wechselten einen Blick. »*Oui, merci, M'sieur Riplé.* Wir haben davon gehört – von Ihren Freunden, den Grais – sehr nette Leute. Und wir haben auch seinen Namen und seine Pariser Telefonnummer im Haus der Pritechartes neben dem Telefon gefunden. Heute nachmittag hat jemand in Paris mit ihm gesprochen. Er sagt, nachdem Pritcharte die Gebeine in einem Fluß gefunden

hatte, war seine Arbeit für Pritecharte beendet. Und er –«
Der Polizist zögerte.

»Er ist dann abgereist«, sagte Philippe. »Entschuldige,
Jean.«

»Ja, abgereist«, sagte Jean mit einem Seitenblick zu Tom.
»Es hat ihn wohl sehr gewundert, daß die Gebeine – das
Skelett – anscheinend alles war, worauf Pritecharte es abgesehen hatte.« Jean sah Tom bei diesen Worten scharf an.
»Und nachdem Teddy sie gesehen hatte – ist er nach Paris
zurückgekehrt. Teddy ist Student. Er wollte sich ein bißchen Geld verdienen, weiter nichts.«

Philippe wollte etwas sagen, aber eine Geste von Jean ließ
ihn verstummen.

Tom wagte sich vor: »Ich glaube, so etwas in der hiesigen
Bar-Tabac gehört zu haben. Dieser Teddy habe sich sehr
gewundert – und beschlossen, den Pritchards Adieu zu
sagen.« Jetzt war Tom mit Achselzucken an der Reihe.

Die Polizisten hatten dazu nichts zu sagen. Sie wollten
nicht zum Abendessen bleiben, zu dem Tom sie einlud, obwohl er sicher gewesen war, daß sie ablehnen würden. Sie
ließen sich auch ihre Gläser nicht mehr nachfüllen.

»*Bonsoir, Madame, et merci*«, verabschiedeten sich beide
liebenswürdig und mit einer kleinen Verbeugung von
Heloise.

Sie fragten, wie lange Ed noch da sei.

»Mindestens noch drei Tage, hoffe ich«, sagte Tom
lächelnd.

»Mal sehen«, meinte Ed freundlich.

»Wir sind hier, meine Frau und ich«, versicherte Tom
den Polizisten, »falls wir Ihnen behilflich sein können.«

»Vielen Dank, M'sieur Riplé.«

Dann wünschten sie noch einen angenehmen Abend und gingen zu ihrem Wagen, den sie auf dem Hof stehengelassen hatten.

Als Tom von der Haustür zurückkam, meinte er: »Ganz nett, die beiden! Fandest du nicht auch, Ed?«

»J-aaa – schon.«

»Heloise, Chérie, ich möchte, daß *du* das Feuer anzündest. Jetzt sofort. Wenn es auch schon etwas spät ist – jetzt wollen wir es uns so richtig schmecken lassen.«

»Ich? – Welches Feuer?«

»Den Grill. Auf der Terrasse. Hier sind die Zündhölzer. Komm mit nach draußen und mach es an.«

Heloise, anmutig in ihrem langen gestreiften Rock, nahm die Zündholzschachtel und ging auf die Terrasse. Sie trug eine grüne Baumwollbluse mit halb hochgerollten Ärmeln. »Aber sonst machst du das doch immer«, sagte sie, während sie ein Streichholz anriß.

»Heute ist ein besonderer Abend. Du bist die – die –«

»Göttin«, half Ed nach.

»Göttin des Hauses«, sagte Tom.

Die Holzkohle fing Feuer. Gleichmäßige gelbe und blaue Flämmchen begannen darüber zu tanzen. Madame Annette hatte schon ein gutes Dutzend Kartoffeln in Folien gewickelt. Tom hängte sich wieder seine Schürze um und ging ans Werk.

Da klingelte das Telefon.

Tom stöhnte auf. »Geh du bitte, Heloise. Das sind entweder die Grais oder Noëlle, ich möchte wetten.«

Es waren die Grais. Tom hörte es, als er einmal ins Wohnzimmer ging. Natürlich mußte Heloise ihnen haarklein berichten, was die Polizei gesagt und gefragt hatte. Tom sprach in der Küche mit Madame Annette: Sie hatte ihre Sauce béarnaise und den Spargel, der den ersten Gang bilden sollte, fest im Griff.

Es wurde wirklich ein köstliches, erinnernswertes Mahl. Das waren Eds Worte. Das Telefon klingelte nicht ein einziges Mal und wurde auch von niemandem erwähnt. Tom sagte zu Madame Annette, sie könne morgen nach dem Frühstück sein Zimmer für den anderen Gast aus England herrichten, Monsieur Constant, der um halb zwölf auf dem Flughafen von Roissy ankomme.

Madame Annettes Gesicht verriet, wie sehr sie sich darauf freute. Gäste, Freunde, machten für sie das Haus lebendig, wie für andere Leute Blumen oder Musik.

Erst als sie im Wohnzimmer beim Kaffee saßen, fragte Tom Heloise, ob Agnès oder Antoine Grais etwas Neues zu berichten gehabt hätten.

»N-non – nur daß in dem Haus noch immer Licht brennt. Eines ihrer Kinder ist mal mit dem Hund hinspaziert. Die Polizei sucht noch – irgend etwas.« Die Sache schien Heloise bereits zu langweilen.

Ed sah Tom an und lächelte verstohlen. Tom fragte sich, ob Ed jetzt wohl daran gedacht hatte, daß – aber Tom hätte nicht einmal für sich selbst in Worte fassen können, was er dachte, schon gar nicht in Heloises Gegenwart! Bei den Absonderlichkeiten der Pritchards war kein Extrem zu weit hergeholt, wenn man sich auszumalen versuchte, wonach die Polizei dort suchen mochte – und was sie womöglich fand.

25

Am nächsten Morgen, nach der ersten Tasse Kaffee, sagte Tom zu Madame Annette, sie solle von ihrem Gang ins Dorf alles an Zeitungen mitbringen, was sie (es war Sonntag) bekommen könne.

»Ich könnte jetzt gleich gehen, M'sieur Tome, wenn –«

Tom wußte, daß sie das Frühstück für Madame Heloise meinte: Tee und Grapefruit. Tom erbot sich, das zu machen, wenn Heloise vorzeitig aufwachen sollte, was er bezweifelte. Und wann M'sieur Banbury aufstehen würde, konnte Tom einfach nicht sagen, denn sie beide waren gestern abend noch lange aufgeblieben.

Madame Annette machte sich auf den Weg, und Tom wußte, daß es ihr nicht nur um die Zeitungen ging, sondern vor allem um den neuesten Klatsch beim Bäcker. Und worauf wäre mehr Verlaß? Beim Bäcker würde viel geredet und maßlos übertrieben werden, aber wenn man ein paar Abstriche machte, kam man der Wahrheit einigermaßen nahe und war der Presse immer noch ein paar Stunden voraus.

Tom ging ein paar welke Blüten zupfen und hatte gerade eine orangefarbene und zwei gelbe Dahlien fürs Wohnzimmer geschnitten, als Madame Annette schon wieder zurückkam. Tom hörte das Türschloß klicken.

Er warf in der Küche einen Blick auf die Zeitungen. Madame Annette nahm die Croissants und eine Baguette aus dem Einkaufsnetz.

»Die Polizei, M'sieur Tome – sie sucht den *Kopf*«, flüsterte Madame Annette, obwohl außer Tom niemand zuhören konnte.

Tom runzelte die Stirn. »Im *Haus*?«

»Überall!« Auch wieder nur im Flüsterton.

Tom las. Die Schlagzeilen wußten von einem »ungewöhnlichen Haushalt in der Umgebung von Moret-sur-Loing« zu berichten, und weiter hieß es dann, daß David und Janice Pritchard, ein amerikanisches Ehepaar von Mitte Dreißig, in einem Teich auf ihrem Grundstück entweder tödlich ausgerutscht seien oder auf makabre Weise Selbstmord begangen hätten. Nach amtlicher Auskunft hätten sie etwa zehn Stunden im Wasser gelegen, bevor sie von zwei zwölfjährigen Jungen entdeckt wurden, die ihren Fund den Nachbarn meldeten. Aus dem schlammigen Grund des Teichs habe die Polizei einen Sack voll menschlicher Gebeine geborgen, ein unvollständiges Skelett, dem der Kopf und ein Fuß fehlten. Das Skelett gehöre zu einem etwa fünfzigjährigen Mann und habe bisher nicht identifiziert werden können. Die Pritchards seien beide nicht berufstätig gewesen, David Pritchard habe jedoch Einkünfte aus dem Vermögen seiner Familie in den USA bezogen. In einem weiteren Absatz hieß es, das unvollständige Skelett habe eine unbestimmte Zahl von Jahren im Wasser gelegen. Nachbarn hätten erzählt, daß Pritchard die Kanäle und Flüsse in der Umgebung abgesucht habe, offenbar nach ebendiesen Gebeinen, denn er habe seine Suche letzten Donnerstag eingestellt, gleich nachdem er diese Skeletteile gefunden habe.

Die zweite Zeitung meldete im wesentlichen das gleiche,

nur kürzer, und widmete einen ganzen Satz der Feststellung, daß die Pritchards in den nur drei Monaten, die sie in diesem Haus gewohnt hätten, ein ungewöhnlich zurückgezogenes Leben geführt und ihre einzige Freude offenbar darin gefunden hätten, spät nachts in ihrem alleinstehenden Haus Schallplatten zu hören, bis sie schließlich auf das Hobby verfielen, die Kanal- und Flußbetten der Umgebung abzusuchen. Die Polizei habe inzwischen mit den Familien beider in Verbindung treten können. Als die Leichen entdeckt worden seien, habe Licht im Haus gebrannt, die Türen seien offen gewesen, und im Wohnzimmer hätten noch volle Tassen und Gläser gestanden.

Nichts Neues, dachte Tom, für ihn aber doch jedesmal wieder ein bißchen schockierend, wenn er es so las.

»Was sucht die Polizei denn nun wirklich, Madame?« fragte Tom, einerseits in der Hoffnung, etwas zu erfahren, andererseits aber auch, um Madame Annette eine Freude zu machen, denn sie gab ihr Wissen so gern weiter. »Doch sicher nicht den Kopf«, flüsterte er ernst. »*Hinweise* vielleicht – ob es Selbstmord oder ein Unfall war.«

Madame Annette, die mit nassen Händen am Spülbecken stand, beugte sich zu Tom herüber. »M'sieur – ich habe heute früh gehört, daß sie eine *Peitsche* gefunden haben. Und noch jemand – Madame Hubert, Sie wissen ja, die Frau des Elektrikers – hat erzählt, sie hätten auch eine *Kette* gefunden. Keine große, aber eben eine Kette.«

Ed kam gerade herunter, und Tom begrüßte ihn und gab ihm im Wohnzimmer die beiden Zeitungen.

»Tee oder Kaffee?« fragte Tom.

»Kaffee mit etwas heißer Milch. Geht das?«

»Es geht. Setz dich an den Tisch, das ist bequemer.«

Ed wollte ein Croissant mit Marmelade.

Einmal angenommen, dachte Tom, während er Eds Bestellung in die Küche brachte, sie *fanden* den Kopf in Pritchards Haus? Oder den Ehering, der an irgendeiner unwahrscheinlichen Stelle versteckt war, womöglich in die Ritze zwischen zwei Fußbodendielen gehämmert? Einen Ehering mit Initialen? Und den Kopf woanders? Vielleicht hatte das für Teddy ja den Ausschlag gegeben.

»Kann ich mit dir nach Roissy fahren?« fragte Ed, als Tom zurückkam. »Mir würde es Spaß machen.«

»Natürlich! Und mir wäre deine Gesellschaft auch sehr recht. Wir nehmen den Kombi.«

Ed las weiter in der Zeitung. »Da steht nichts Neues drin, oder?«

»Nichts Neues für mich.«

»Weißt du was, Tom –« Ed unterbrach sich lächelnd.

»Sag's schon! Wenn es erfreulich ist!«

»Das ist es – aber jetzt habe ich die ganze Überraschung kaputtgemacht. Ich *glaube* nämlich, Jeff wird dir etwas mitbringen – die Tauben-Skizze. Bevor ich herkam, habe ich mit ihm darüber gesprochen.«

»Das ist ja eine tolle Idee!« sagte Tom und ließ seinen Blick über die Wohnzimmerwände gleiten. »Wie inspirierend das sein wird!«

Madame Annette kam mit einem Tablett herein.

Knapp eine Stunde später, nachdem Tom und Heloise noch einmal Toms Zimmer, das jetzt für Jeff bestimmt war, in Augenschein genommen und eine schlanke Vase mit einer roten Rose auf die Kommode gestellt hatten, brachen

Tom und Ed nach Roissy auf. Sie würden zum Lunch zurück sein, sagte Tom zu Madame Annette, mit etwas Glück vielleicht kurz nach eins.

Tom hatte Murchisons Ring aus dem schwarzen Wollsocken in der Schublade genommen und in seine linke Hosentasche gesteckt. »Fahren wir über Moret. Da gibt es so eine hübsche Brücke, und es ist kaum ein Umweg.«

»Gern«, sagte Ed. »Wunderbar.«

Und wunderbar war auch der Tag. Es hatte am frühen Morgen geregnet, so gegen sechs anscheinend, was für Garten und Rasen gerade recht gekommen war und Tom für heute das Gießen ersparte.

Die Brücke von Moret kam in Sicht, zwei starke rotbraune Türme rechts und links des Flusses, ehrwürdig und schützend.

»Mal sehen, wie wir hier möglichst nah ans Wasser kommen«, sagte Tom. »Die Brücke ist zweispurig, aber unter den Türmen gehts nur einspurig hindurch, so daß man manchmal nur abwechselnd fahren kann und warten muß.«

Die Torbögen der beiden Türme waren nur breit genug für jeweils einen Wagen. Tom mußte aber nur ein paar Sekunden auf zwei entgegenkommende Autos warten, dann fuhren sie über die Loing. Tom hätte hier so gern den Ring hineingeworfen, aber es war nicht möglich anzuhalten. Dafür bog er kurz hinter dem zweiten Turm nach links in eine Seitenstraße ein und parkte trotz der gelben Linie.

»Gehen wir mal auf die Brücke und werfen wenigstens einen Blick hinunter«, sagte Tom.

Sie gingen zur Brücke zurück, Tom mit beiden Händen

in den Hosentaschen, die linke fest um den Ring geschlossen. Jetzt zog er die Hand heraus, den Ring in der Faust.

»Etliches von dieser Architektur ist aus dem sechzehnten Jahrhundert«, sagte Tom. »Und Napoleon hat bei seiner Rückkehr von Elba eine Nacht hier verbracht. An dem Haus ist eine Plakette, soviel ich weiß.« Tom preßte die Hände gegeneinander und übergab den Ring von der linken in die rechte.

Ed sagte nichts und ließ das alles nur auf sich einwirken. Tom trat näher ans Brückengeländer, als hinter ihnen zwei Wagen vorbeifuhren. Einige Meter unter ihnen floß die Loing. Sie erschien Tom tief genug.

»M'sieur –«

Überrascht fuhr Tom herum und sah einen Polizisten in dunkelblauer Hose, hellblauem Sporthemd und Sonnenbrille.

»*Oui*«, sagte Tom.

»Gehört Ihnen dieser weiße Kombi, in der –?«

»*Oui*«, sagte Tom.

»Sie stehen im Parkverbot.«

»*Ah, oui! – Excusez-moi!* Wir fahren gleich weiter. Vielen Dank.«

Der Polizist salutierte und ging weiter, die weiße Pistolentasche an der Hüfte.

»Kennt er dich?« fragte Ed.

»Ich bin mir nicht sicher. Vielleicht. Jedenfalls nett von ihm, daß er uns nicht gleich einen Strafzettel verpaßt hat.« Tom lächelte. »Ich will es wenigstens nicht hoffen. Gehen wir.« Damit holte Tom aus und zielte auf die Mitte des Flusses, der zur Zeit nicht viel Wasser führte. Der Ring platschte ins Wasser, weit genug in der Mitte für Toms Ansprüche. Er warf Ed ein kurzes Lächeln zu, und sie gingen zum Wagen zurück.

Ed mochte glauben, er habe nur einen Stein ins Wasser geworfen, dachte Tom, und das war auch gut so.

Patricia Highsmith
Die Ripley-Romane

»Tom Ripley ist Patricia Highsmiths Lieblingsheld;
sie hat mit der Erschaffung dieser Figur nicht nur
Krimi- und Thrillerhelden einen Gegentyp vor die
Nase gesetzt, sie hat darüber hinaus seelenruhig auch
alle geschriebenen und ungeschriebenen Gesetze der
literarischen Gattung Kriminalroman beiseite gefegt.
Ripley ist nämlich sympathisch, obwohl ein Schurke
durch und durch.«
Ilse Leitenberger / Die Presse, Wien

Der talentierte Mr. Ripley
Roman. Aus dem Amerikanischen
von Barbara Bortfeldt
detebe 20481

Ripley Under Ground
Roman. Deutsch von Anne Uhde
detebe 20482

Ripley's Game
Roman. Deutsch von Anne Uhde
detebe 20346

Der Junge, der Ripley folgte
Roman. Deutsch von Anne Uhde
detebe 20649

Ripley Under Water
Roman. Deutsch von Otto Bayer
Leinen